チア男子!!

朝井リョウ

JN286815

集英社文庫

CONTENTS

チア辞典 …… 005

1　夏の合図 …… 018
2　幕が上がる …… 056
3　七人目 …… 091
4　チーム …… 139
5　初舞台 …… 188
6　新チーム …… 223
7　歪み …… 272
8　神奈川予選 …… 314
9　冬の出口 …… 345
10　二分三十秒の先 …… 390

あとがき …… 477
解説　吉田伸子 …… 481

チア辞典‼

チアリーディングのルール
（大会の場合）

膝の高さから、人間2.5人分の高さまで選手を持ち上げてもよい。

演技時間は、2分20秒〜30秒。そのうち、合計1分30秒以内は音楽を使用してよい。

チームの人数は8〜16人。

チア用語集

★ピラミッド
複数のスタンツが組み合わさったもの。

★スタンツ
いわゆる組み体操のようなもの。2〜4人ひと組で行い、様々な技がある。

★クライミング
スタンツやピラミッドなどで、トップがベースの上にのぼること。

★トップ
スタンツで上に立つ人。リフトされたり飛ばされたりする。花形的存在。

★モーション
振り付けの動きのこと。リズムよく、全員の動きを合わせることが重要。

★ディスマウント
スタンツやピラミッドなどの技で、トップがベースから降りること。

★スポット
スタンツで背後からベースの補助をする。タイミングの指示を出す司令塔。

★タンブリング
側転やバク転、ロンダートなどの器械体操的な動き。大勢でタイミングを合わせ連続で行い、躍動感を演出する。

★ダブルテイク
スタンツやピラミッドで、トップを完全に床に下ろさず、技を連続して行うこと。

★ベース
スタンツでトップを支える、チームの要。体格のいい人がなることが多い。

★ダンス
曲に合わせて踊ること。全員の動きをあわせることが重要。

モーション

★ローブイ

両手を逆V字にして下げること。

★パンチアップ

片手を腰に当て、もう一方の手を突き上げること。

★ハイブイ

両手をV字にして高く上げること。

★Tモーション

腕を真横にすること。

★クラスプ

一人で握手をするように、胸の前で手を叩くこと。

★ランジ

横や前に足を踏み出して、姿勢を変えること。

タンブリング

★ロンダート

側方倒立回転跳び1/4ひねり。側転に似ているが、手の着き方と最後の足の降ろしが両足になる点が違う。技と技のつなぎに使われる。

スタンツ

★ショルダー・ストラドル

トップが1人のベースの肩の上に座る。いわゆる肩車のこと。

★ショルダー・スタンド

トップが1人のベースの肩の上に立つ技。

★ダブルベース・ショルダー・スタンド

トップ1人が、2人のベースの肩の上に立つ技。

★ダブルベース・サイ・スタンド

トップ1人が、2人のベースの太股の上に立つ技。

★バックフリップ

飛ばされたトップが、空中で後ろ向きに回転する技。

★バスケットトス

トップが空中へ飛ばされる技。

★トゥ・タッチ

飛ばされたトップが、空中で足を広げる技。

★エレベーター

ベース2人の手の上に立ったトップを、スポットと3人で胸の位置まで持ち上げる技。

★エクステンション

エレベーターの状態から、ベースの腕が伸びきるところまでトップを持ち上げる。つまり、バンザイの上に人が乗っている状態。

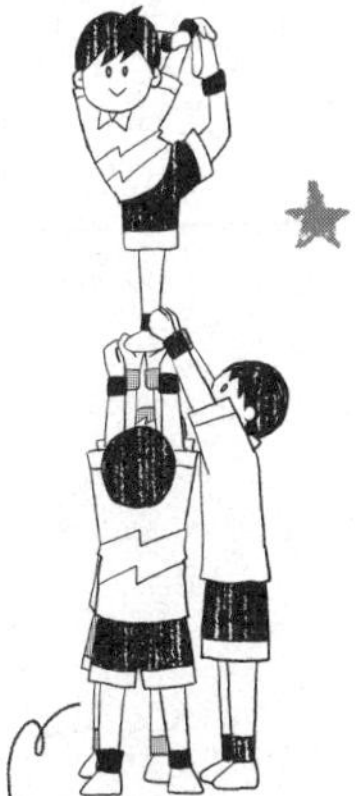

★フルツイスト・クレードル

ポップアップ・クレードルに、ひねりを加えた技。

★スコーピオン

エクステンションの状態から、トップが片足立ちになり、後ろに上げた足のつま先を手で握る技。

★ポップアップ・クレードル（ポップアップ）

ディスマウントのとき、ベースがトップを空中へと押し上げ、トップがぽんと飛び上がる技。

★リバティー

エクステンションの状態から、トップが片足立ちになってポーズを取る技。

★オール・ザ・ウェイ

エレベーターを経ず、トップをいきなりエクステンションの状態にもっていくこと。

★360度エレベーター

技を行うためにトップがベースに持ち上げられるときに、体を回転させる技。

★シングルベース・エクステンション

1人のベースの両腕の手のひらの上にトップが乗り、ベースの腕が伸びきるまで上げる技。

チア男子!!

◆

空が青いから、制服のシャツの白色が余計にまぶしく見える。応援席が騒がしい。首にタオルを巻いたたくさんの高校生が、同じ色のメガフォンを口に当てて何か叫んでいる。

ピッチャーが振りかぶる。バンッ、と、ミットがボールを捕まえる音がした。ボール。ランプが一つ点灯する。七回裏、点数は四対二。ワンアウト一、三塁の場面で、ピッチャーは慎重になっているようだ。ここでヒットを打たれたら、ひっくり返されるかもしれない。ピッチャーが首を振る。なかなか頷《うなず》かない。

よく焼けた褐色の頰《ほお》に、一筋の汗が垂れた。それと同時に、一馬《かずま》はリンゴを剝《む》き終わった。

「ばあちゃん、リンゴ剝けたよ」

一馬は祖母の耳元で大きな声を出す。祖母は何の反応も示さない。病院の白い電灯の光が、鼻から伸びる透明の管の上を滑り落ちていく。

フォークにリンゴのかけらを一つ刺し、祖母の口の近くまで持っていく。祖母は何の反応も示さない。テレビから漏れて聞こえてくる歓声が、行き場をなくして部屋の中をさまよっている。

さっき開けた窓から入り込んできた春の風が、花柄のカーテンをゆっくり大きくふくらませた。風はそのまま一馬の頬をかすめ、祖母の前髪の辺りで息絶える。

もう半年以上が経つ。一馬が部屋に現れても祖母が何も反応しなかった日、確かこの窓からは色づき始めた木々の葉が見えたはずだ。

浅黒い肌をした高校球児たちが死闘を繰り広げている。もうセンバツも決勝か、と思ってからすぐに、これ皆年下か、と気がつく。ピッチャーがやっと、鋭い目線でキャッチャーのサインに頷いた。

テレビの側には、オレンジ色のフレームの写真立てが置いてある。四角く縁どられてしまった小さな世界の中で、一馬の両親が肩を寄せ合って笑っている。両親は、もう十年間も四角い枠の中で笑ったままでいる。

母さん、と思う。父さん、と思う。

母は、世界中の人々のお手本みたいな笑顔をしている。父は、そんな母の肩に腕を回してピースサインをしている。

カキン、と気持ちのいい音が聞こえた。わあああ、と大観衆から歓声が沸き起こり、バッターが一塁を蹴《け》って二塁へ走っていく様子がテレビの画面に映し出されている。ランナーが蹴り出した足の裏からグラウンドの泥が飛び散った。

一馬は自分でリンゴを食べた。しゃくり、と小さな音がして、果汁が乾いた口の中に広がる。バッターランナーが二塁で止まった。一塁にいた選手がホームインする。もう一度リンゴを強く嚙《か》み砕いた。傷口にしみていく消毒液みたいに、甘さが滲む。試合を振り出しに戻したヒットに、大観衆が海のように揺れている。一馬は、何度も何度もリンゴを嚙み砕く。

おいしい。少しだけ泣きそうになった。

一馬がリンゴを飲み込んだそのときだった。

「一美《かずみ》……」

降り出した雨のように、か細く伸びるような声がした。

「ばあちゃん?」

一馬は祖母の顔を覗《のぞ》き込む。祖母の唇が、鳴り止《や》もうとしているギターの弦のように小刻みに震えている。

「ばあちゃん」

一馬がもう一度祖母に呼び掛けると、祖母はまた「一美」と呟《つぶや》いた。一馬はそのとき、祖母の目に明るい光が宿っていることに気がついた。祖母の目線を追う。

その先にはテレビの画面があった。いろんな色の光を迸《ほとばし》らせて野球の試合を描いている画面の中で、黄色と白のユニフォームを着たチアリーダーが、笑顔を爆発させながら踊っている。

「一美……」

祖母は確かめるようにもう一度そう呟くと、本当に愛《いと》しそうに目を細めて微笑《ほほえ》んだ。ばあちゃんがわらった。幸せそうに頬をふくらませて、わらった。

「ばあちゃん、ばあちゃん」

一馬は大きな声で呼び掛ける。祖母は振り絞るようにして言う。「一美ぃ」今度は、祖母はオレンジの写真立てを見つめているようだった。ばあちゃんの笑顔を本当に久しぶりに見た、と思うのと同時に、自分がこの病室で笑っていることだって久しぶりだ、と思った。

やがて一馬が病室から出て少し歩くと、別の病室から、いつも祖母の世話をしてくれている看護師が出てきた。「こんにちは。今日もお見舞い？」今日も髪の毛をきれいにまとめていて、たくさんの人の命を救う手はすらりと白い。

「さっき、半年ぶりかな、ばあちゃんが母さんの名前を呼んだんですよ」

一馬がそう言うと、看護師は「ほんと？」と嬉《うれ》しそうに声を弾ませて、

「一馬くんがそうやって嬉しそうに話してくれるのも、半年ぶりくらいかもしれない」

と笑った。一馬は少し照れくさくなって、視線を泳がせる。

今、一馬の目の前にある病室のテレビも、同じようにセンバツの試合の様子を映していた。先ほどヒットを放ったチームがさらに追加点をあげたらしく、その高校の応援席の様子が映し出されている。試合に出られなかった部員たちだろうか、皆同じキャップ

を被《かぶ》っている。

テレビカメラが動く。補欠の野球部員たちの汗ばんだ顔が、順番に映っていく。

そのとき、廊下に窓などないのに、突風に心が飛ばされたような気がした。画面から目が離せない。

「一馬くん？」

看護師が心配そうに声を出す。だけど一馬は、その画面から目を離せずに、いつまで経ってもその場に立ち尽くしていた。

1　夏の合図

仲間を応援する声は、よく響く。

晴希《はるき》は、鋭い眼光を放ちながら相手との間合いを計る姉の姿を見つめていた。気持ちのいいショートカットの髪の毛から、汗が飛び散っている。姉の晴子《はるこ》は大きな瞳《ひとみ》いっぱいに相手の姿を映していて、吊《つ》り上がった眉《まゆ》は晴希たちをも威嚇《いかく》しているかのようだ。

「姉ちゃん！　いつも通り！　いつも通りいいい！」

応援中、気がついたら立ち上がってしまっている晴希は、いつも誰かに柔道着の裾《すそ》を摑《つか》まれて座り直すことになる。今だって、隣に座っている一馬にTシャツをぐんと引っ張られてやっと、観衆の群れの中で自分だけが立ち上がっていたことに気がついた。

自分の中にある熱が、汗となり、声となり発散されていることがわかる。自分の声が晴子にまで届いていないにしても、つい叫んでしまう。戦っている仲間の姿を見ていると、自分の体の中にある熱気を声にせずにはいられない。

「姉ちゃん今！　今！　今！　今！　今！　今あああ！」

晴子が大きく一歩を踏み出し、一気に相手に寄っていく。応援席にいる者たちの腰が、揃《そろ》って少しだけ浮きあがる。

「晴子さん行けえ！　ハル、完全に立ち上がっちゃってる！　晴子さん今だあぁ！」

隣で一馬が叫んだのと、晴希がすとんと座り直したのと、ため息がこぼれるほど美しい晴子の背負い投げが決まったのはほぼ同時だった。晴希には、晴子の気合いの入った声がここまで聞こえた気がした。武道館全体を揺らしているような声援の中でも、相手選手の背が畳に叩《たた》きつけられる音が、どんと重く響く。それが、晴希たち命志院《めいしいん》大学の団体優勝を告げる合図となった。

「姉ちゃあああああああん！」

晴希はまたすぐに立ち上がって叫んだ。晴子は、武道館のど真ん中に突き刺さっているかのようにまっすぐ立っている。

「すげえ！　晴子さんすげええ！」

一馬は自分の胸の前でこれでもかというくらいの速度の拍手をしているし、応援席にいる女子部員たちも抱き合って喜んでいる。両耳では捉《とら》えきれないほどの歓声や拍手を、今、姉は一身に浴びているのだ。晴希は、自分に似ている鼻の形を見ながらも、一番遠い世界の人を見ているような気持ちになっていた。

姉ちゃん、すげえ。

晴子はきれいな角度で対戦相手に礼をしてから、応援席にいる晴希たちに向かってもう一度、丁寧に礼をした。一馬は礼に答えるように「晴子さんイケメーン！」と叫ぶと、晴希の両肩を掴んでぐわぐわ揺らした。「すげえよ！　お前の姉ちゃんはすげえよお！」そう喚《わめ》いたところで、あ、と小さく声を漏らして晴希の肩から手を外す。一馬が「ゴメン」と、急に本当に申し訳なさそうな顔をするので、晴希は「何だよ、大丈夫だよ」と笑ってしまう。

少しだけ肩が痛む。晴希は拳《こぶし》をぐっと握って、鈍い痛みに耐えた。

晴子は団体戦のメンバーの中に交ざって、皆に抱きしめられていた。皆、泣いているのか笑っているのかもわからないような顔をしている。多分、人間が本当に嬉《うれ》しいときはああいう表情になるのだ。

晴子以外の団体戦のメンバーは全員、晴子の先輩だ。だけど姉ちゃんが一番強い。姉ちゃんはいつだって、部にとって核のような存在で、晴希の一番の憧《あこが》れだ。

一番の憧れだった。

「ハル、もう行くって」移動し始めた団体の流れに乗り遅れないようにと、一馬が晴希のTシャツの裾を掴んだ。いつもは柔道着を引っ張られるので、薄いTシャツだと感覚が変わって不思議な気持ちがした。

柔道着を着ないで試合を見たのは、晴子の初試合以来のことだった。晴希は四歳のころ、晴子の初試合を見て柔道を始めた。小さい体に大きい真っ白な柔道着を着た姉の姿は、まだ世界のほとんどを見たことのない晴希の目に、剣をも邪魔だと投げ捨てた勇者のように映った。

「よし！　食おう！」

五人分はあるだろう大盛りのカツカレーを目の前にして、主将が野太い声で叫んだ。黄金色のカレーから立ち上る湯気は、魔法のてのひらとなって部員たちの鼻先を撫《な》でていく。うまそー！　いただきまーす！　お疲れさまでーす！　と、元気と若さでできたような声があちこちで飛び交ったかと思うと、皆、カレー皿やどんぶりに顔をつっこみ始めた。と同時に、ツルツル頭の店長がニヤリと笑いながらストップウォッチのボタンを押した。

皆、いつもより食べるスピードが速い。額や鼻の頭にたくさん汗の玉を並べて、うちわで自分を扇ぎながら、パワーの源を口の中へかきこんでいく。冷房はかかっているが、エネルギーを補給した体は温度を上げる一方だ。晴希は、口いっぱいに放り込んだ飯を嚙《か》み砕きながら、肉が、野菜が、全てが自分を突き動かす真っ赤な力に変わっていくのを感じる。全身を包み込んでいた緊張感からの解放と、大会の素晴らしい結果もあって、今日は誰もが一段と腹を空《す》かせていた。

全日本学生柔道優勝大会の女子五人制で命志院大学柔道部が優勝を飾るのは、今回が初めてだった。男子も一回戦を突破し、明日行われる二回戦以降に駒《こま》を進めている。

「メンチカツを生み出した先人に俺は感謝したいね！」一馬は油で口の周りをギラギラ

させながら揚げたてのカツにかぶりついている。一馬が噛み切った肉の断面から、晴希たちを映しだすほどつやつやに輝く肉汁がこぼれだす。真横に店長を従えたままカツカレーを頬張《ほおば》る主将が、「カズ、それトンカツだよ」と指さして教えた。

大会や練習の後には、店長のツルツル頭で有名な通称「ヒマワリ食堂」に来ることが慣例になっている。学生にやさしい値段とボリュームが自慢のこの定食屋は、命志院の運動部御用達《ごようたし》だ。本当の名前は「カフェ・サンフラワー」だが、そんな横文字は店の雰囲気にも店長の髪形にも似合わないということで「ヒマワリ食堂」が俗称となった。一馬はトンカツ定食、晴希は牛丼《ぎゅうどん》大盛りとそれぞれ格闘している。

特に今日みたいな大きな大会の後には、「二十分で食べきったらタダ！（食べきれなかった場合は四〇〇〇円）」という巨大カツカレーにその代の主将が挑む、というイベントも行われる。店の壁には、この巨大カツカレーを時間内に食べ切ったツワモノたちの写真がずらりと飾られているのだが、そのほとんどが歴代の命志院大学柔道部の主将たちだ。最短記録保持者の写真には王冠のマークが描かれている。

「男子は明日も試合あるんだから、しっかり食べときなよ！」

女子優勝で男子二回戦負けはありえねえぞー、と女大将である三年生のザキさんが大声で叫ぶ。「ザキさんかっこいい！」と拳を突き上げようとした一馬の腕が、氷たっぷりのお冷やが入っていたグラスを倒した。

何十人といる部員たちが、楽しそうに笑い、騒ぎながらたっぷり飯を食う。晴希は、こんなときにスポーツの醍醐味《だいごみ》を感じたりもする。

「主将やばいですよ！　店長めっちゃニヤニヤしだしてますよ！」

主将の挑戦を楽しむような女子部員の声にかぶせるように、店長が「五分経過〜」とハゲ頭を光らせながら言った。計算としてはもう四分の一を食べていなければいけないのだが、口の周りを油で汚している主将はまだカレーの上のカツさえ片づけられていなかった。晴希は、主将の首元にしたたる汗をおしぼりで拭《ふ》いてやる。

「主将、手伝いましょうか？」

「ぶゎか！　失格になるだろ！」

主将の口から飛び出した飯粒が、一馬の頬に張り付く。「ちょっと！　汚いッスよ主将！」「そばかすみたいでかわいいじゃん」この食堂には激安の裏メニューがあるのだが、その裏メニューは巨大カツカレーを時間内に制した者でないと頼めないらしい。しかし柔道部の場合は、その代の主将が食べ切ることができれば部員全員に裏メニューの権利が与えられるということで、皆、結構本気なのだ。

「主将、女子も見てますよ！　モテますよ！」

「うるせえカズ！　俺は柔道をやってない女子にモテたい！」

それどういう意味ですか主将ー！　と、女子部員たちが口を尖《とが》らせる。くだらないやりとりに笑いながら、晴希は視線を泳がせる。おもちゃ箱をひっくり返したような食堂の中で、晴希はやっと自分に似た鼻の形を見つけた。

「姉ちゃん」

晴子は、声をかけるまで真後ろに晴希がいることに気づいていなかったようだ。味噌《みそ》汁《しる》の入った椀《わん》を抱えたまま、上目づかいで振り向いた。

「びっくりした、どしたの」

晴子のジャンジャン焼き定食はほとんど食べられており、黄色いおしぼりはきれいに畳まれている。

「親父《おやじ》たちは？」

「先に帰ったよ。明日からの練習メニュー、また気合い入れて考え直すってさ。私がまた上手になってたから、って」

親バカだよね、と笑う晴子の背後では、歴代の主将たちが空の大皿を抱えて写真の中でピースサインをしている。カレーのにおいや揚げ物の油がたっぷりと染み込んだ店の壁に、幸せそうな笑顔の写真が並んでいる。

皆、柔道を愛する者たちだ。今、目の前にいる姉ちゃんだってそうだ。

俺だって、そうだった。

「姉ちゃん、おめでとう」晴希はまっすぐ立ったままそう言った。「今日、すげえかっこよかった」

晴子は、何よ、やめてよいきなり、と晴希の腹を叩きながら照れくさそうに笑ったが、

「うん、ありがとう」と晴希をしっかりと見つめて言った。

「あんたが立ち上がったり座ったりするから気が散ったわよ」

「え、マジ？」

「叫んだり、立ち上がったりするのって、けっこうわかるんだよね」

晴子は、はあと息を吐いた。

「あれ、気が散る」

「………」

「ウソ。あんたの応援には、パワーがあるよ。いつも感謝してる」

さっきまで汗に濡《ぬ》れていた前髪のすぐ下に並ぶ大きな瞳は、微笑《ほほえ》みながらもその中に強い光を携えている。その輝きを消さないまま、晴子は続けた。

「晴希」

「ん？」

「大丈夫よ、肩は絶対治る」

しっかりと芯の通った声が、そのまま晴希の肩を貫いた。

姉ちゃんはいつしか、本物の勇者になってしまった。

「ハイ、時間切れー」

向こうのほうから、何人もの部員たちの落胆した声が塊《かたまり》になって飛んできた。視線を向けると、ニヤニヤ笑いを顔いっぱいに浮かべた店長と、古い椅子《いす》の背もたれに体重を預けた主将の姿が見える。「誰か金を！　金を貸してくれえー！」丘のようにふくれた腹をさすりながら主将はそう叫んでおり、「うまいうまい」と一馬が残ったカレーを食べている。晴子はおしぼりで手を拭くと、「主将、引退までには食べ切ってくださいよー」と父から受け取っていた千円札四枚を財布から取り出した。


「明日のバスも朝早いからなー、今日はしっかり寝ろよ！　遅刻すんなよ！」

食堂の前で主将が大声をあげた。はい、と威勢のいい返事が束になる。

「今日の女子の結果に男も続くぞ！」

主将はそう言ったところで何やら吐きそうな顔をしてうずくまったので、女大将であるザキさんがすかさずバトンを受けとった。

「今日は体を休ませて、よく寝ること！　明日も、七時半にバスが来るからね。それじゃ解散！」

お疲れっした！　という何十人もの声の中で、晴希は自分の声が聞こえなくなっていた。

晴希の家は、大学から歩いて十分とかからない場所にある。大学も家も都内にあるが、都会らしさはまるでない。家の周りには古びた商店街と小さな小学校、学生御用達の飲み屋街、それに出口が二つしかない地下鉄の駅があるだけだ。だけど晴希はこの街が好きだった。大学の周りには遊ぶところがない、という部の奴《やつ》らも、なんだかんだ言ってこの街が気に入っている。

　そして、家には柔道の道場とジムがある。むしろ、道場とジムに家がくっついていると言ったほうがいいかもしれない。一階に広い道場があり、柔道と剣道が練習できるようになっている。一階の入口には立派な毛筆で「坂東《ばんどう》道場」と書かれており、自分の名字でありながら晴希はいつも迫力を感じてしまう。

　二階にはトレーニングジムとシャワールーム。そして三階が晴希たちの住む家だ。三階建てのビルのような形になっているので、屋上もある。屋上といっても何もないコンクリートの平面だが、ときどきそこで部員たちとバーベキューなどをするのだ。

　坂東道場は昔から命志院大学の公式の道場としても使われてきた。晴希の両親もかつては命志院の柔道部であり、現在は正式ではないが顧問のような立場で部に出入りしている。もちろん今日の大会にも来ていたし、主将が二十分ではカツカレーを食べ切れないことを見越して晴子に四〇〇〇円を渡していた。道場は普段から、命志院の学生たちや柔道や剣道を習いにくる子どもたちで賑《にぎ》わっている。

　今日武道館で行われた全日本学生柔道優勝大会は、全日本学生柔道連盟が主催する大学柔道の全国大会だ。優勝大会の場合、初日に女子三人制と五人制が決勝まで行われ、男子七人制の一回戦だけが行われる。二日目は男子の二回戦から大会が始まる。命志院は今回はじめて女子五人制で優勝を飾り、晴子に至っては四人だけ選ばれる優秀選手にも選出された。

「ほんとに、日が長くなったよね」

晴子の声に頷《うなず》きながら、晴希はTシャツをぱたぱたとさせて汗ばんだ胸に風を送り込む。湿気を含んだなまぬるい風が、腹の上をべっとりと通っていった。六月の終わりの夜は、巨大な親鳥にあたためられている卵の中みたいにしっとりしている。

もう何度歩いたかわからない、食堂から家までの道。すっかり水が減ってしまった神田川を眺めながら、晴希は思い出す。初めてあの食堂に行ったのも、柔道の試合の後だったように思う。

車が通り過ぎていく音がする。アパートの窓から、人間の生活を照らしだす明かりが漏れている。川を流れるきれいな水は、小さな小さな葉っぱを重そうにどこかへ運んでいる。

晴希は、この道を行き来しながら育った。晴子は、この道を行き来しながら強くなっていった。

「男子、勝てるかな」

明日の試合、と、晴子は長袖のTシャツの袖をまくりながら言った。二十歳の女子にしてはしっかりと実のつまった腕の筋肉が露《あら》わになる。もう七時を回っているというのに、夜はまだ現れてくれない。

「どうだろ。主将食べ切れなかったし、何か縁起悪いかもな」

「ていうか、一年の女子部員が店長の気を逸《そ》らしてる間に、カズがちょいちょい手伝ってたの知ってた?」「マジで?」

そこまでして激安裏メニューが欲しいかよ、と晴希は苦笑する。だけど、この代の主将だけあそこに写真が並ばないというのも寂しい。

命志院大学に入学して、もう三カ月が過ぎようとしている。人間は、三カ月もあれば新しい環境にすっかり慣れるのだと実感する。

姉ちゃんと二人きりでこの道を歩くのは久しぶりかもしれない。いつもなら、一馬とか先輩とか、誰かとわいわい話しながら歩くことが多い。二人で歩いていると、急に、夏へ向かおうとしている街並みのひとつひとつが鮮やかに感じられる。

喉仏《のどぼとけ》のあたりに汗を伝わせて、晴子が言った。

「明日、武道館で男子が優勝すれば、きっと主将も食べ切れるんじゃない?」

明日も食わせる気? と晴希はたじろぐ。あれは何回も挑戦すれば食べられるようになるってわけじゃないと思うんだよなあ、と続けたところで、晴子の厚みのある声が流れ星のように降ってきた。

「晴希、肩、治しなよ」

まだ街は明るい。早く夜になってくれればいいのに、と晴希は思った。

こんなに明るい街の中では、表情を隠すことができない。

「おう、もちろん」

晴希はまっすぐ前を見つめたまま答えた。二つ目の信号の向こう側から、ゆっくりと夜が歩いてくるのが見えた。

屋上の真ん中に寝転んで空を見上げていると、自分が今、地球の中心にいるような気持ちになる。両手両足を思いっきり伸ばして、両目いっぱいに夜空を映しだす。全身を包みこむ、地球が回っているのではなく自分の周りがゆっくりと動いていくような感覚。濡れたままの髪に真っ白なタオルを巻いて、晴希は真っ暗な屋上にいた。

家に着くと、両親が姉弟二人を迎えてくれた。「晴子！　よくやった！」と父は晴子の背中を思いっきり叩き、母は「もう新しい稽古《けいこ》のメニュー考えちゃったわよ」と嬉しそうにメニュー表を見せてきた。晴子は困ったように笑いながら、「とりあえずシャワー浴びさせてよ」と言ってシャワールームへと消えていく。

あ、と思った。こんな風に、俺を取り残さないでほしい。

「……俺もとりあえずシャワー」

晴希は誰にともなくそう言って、両親に背を向けた。

「晴希、あとで薬、ちゃんと飲むのよ」

母の言葉が背中に降りかかってきた。母の心もとない声は、晴希の肩甲骨のあたりに当たって、ぽろりとこぼれ落ちてしまう。

家の中だと、どこにいてもなんとなく柔道のにおいがする。道場にしみついた何十年にも亘《わた》る誰かの柔道は、鼻を刺激するにおいとしてではなくて、視覚にも、聴覚にも、触覚にも訴えかけてくる。

シャワーを浴びて、晴希はすぐに屋上に出た。Tシャツに短パン、サンダルだけで屋上に出るのは、幼かった日々に帰ったようで気持ちがいい。まだ星が見えるほどでもなかったが、街はもう夜に呑《の》み込まれていた。「よっと」硬いコンクリートに寝転ぶと、髪の毛を濡らしていた水の粒が弾《はじ》けて、じんわりとタオルへと染み込んでいくのがわかる。

こうして寝転んでいると、空が色を変えていくのがわかる。明日へ向けて、街じゅうにあふれるいろいろなものが眠りについていく音が聞こえるような気がする。

「やっぱここか」

屋上の入口のドアが開く音がした。晴希は視線を向けないまま答えた。

「何お前、人んち勝手に上がりこんで」

「ばあちゃんの見舞いの帰り〜」

一馬はそう言って、寝転ぶ晴希をぴょんと飛び越える。「っぶねえなぁ」

「お前の母ちゃんが、晴希ならずいぶん前にシャワー浴びに行ったわよお、なんてセクシーなこと言うからさ、絶対ここにいると思った」

「ずっと前から言おうと思ってたけど、母ちゃんのモノマネ全然似てねえよ」

えっうそっ早く言えよ、と笑いながら、一馬は寝転んでいる晴希を真正面から見下ろした。一馬の背後で星が瞬《またた》き始める。

「ハイ、これ」

一馬がそう言いながら握っていた拳を開くと、ぱらぱらと小さい粒のようなものが晴希の顔に落ちてきた。「ちょっ、何だよこれ!」「炎症止めだっつの」目を閉じて慌てる晴希を笑いながら、一馬は晴希の右側に座り込んだ。

「これ以上母ちゃんに心配かけんなよ」

晴希が上半身を起こすと、一馬はペットボトルに入ったミネラルウォーターを差し出してきた。ありがと、と受け取って、錠剤をぐぐっと水で流しこむ。こんな小さな塊が、一体何を治してくれるんだろうという思いだけが喉につっかえた。

冷たい水があたたかな食道を通って、するりと胃に到達する。心配かけんなよ、か。晴希はタオルで思いっきり頭を拭いた。乱れた短い髪の毛が束になる。

「ハル、大体ここにいるよな。考え事するとき」

一馬が履いている黒のハーフパンツからは、しっかりと引き締まってふくらんだふくらはぎの筋肉が覗《のぞ》いている。小柄ながら、肩幅は以前よりもがっちりしたようだ。

「そうかあ?」とはぐらかしながら、そうだな、と思う。確かに考え事をするときはいつだって、ここに来てしまう。そしていつだって、何も言わなくても一馬がこうやって後から来るのだ。

一馬と晴希は小さいころからコンビだった。悪ガキ同士、昔からずっとこの道場で柔道をやってきた。

「ていうかお前、何で見舞い帰りにここ来たの？」

まさか練習？　と訊《き》く晴希に、「ちげーよ！　お前の姉ちゃんじゃねえんだから」と一馬は笑って続ける。

「晴子さん、さっきもジムにいたよ。今日の試合で足腰の安定が足りないって思ったんだってさ」「ふーん」「ちなみに俺は、シャワー借りに来ただけ～」

ここなら水道代タダなんだもーん、と甘えた声で言う一馬に、卒業時にまとめて請求くるらしいよ、と晴希は毒を吐く。

ゆっくりゆっくり、夜を透かした雲が地球に沿って流れていくのが見える。月を隠したり、月の裏側に隠れたりしながら、雲は夏へと流れていく。

一馬は、ここから自転車で五分ほどにある築何十年かの風呂なしアパートで一人暮らしをしている。晴希が一馬と出会ったころにはもう、一馬には両親がいなかった。詳しく聞いたことはないが、事故で亡くなったらしい。祖母の家で暮らすために、一馬は晴希の通う小学校に転校してきた。二人が三年生のときだった。

二人はいつも「おもしろいこと」を探していた。新しい遊びを見つけるときもイタズラを企てるときも、「おもしろいこと」かどうか、それが一番大切だった。そのうち一馬もすぐに道場に通うようになり、柔道を始めた。小柄な二人の柔道はただの取っ組み合いのようなもので、たいてい、途中からは鬼ごっこになった。体を動かしているだけで楽しかった。もとから運動神経はよかったのでスポーツは何でもしたが、最終的にはやっぱり二人で道場に駆けこむことになった。

二人とも、男子では最軽量の六〇キロ以下の階級で柔道をしてきた。柔道をやるにしては小柄で線も細い二人は、それだけでライバルになることも多かった。

高校一年生の冬のある日、一馬の祖母は入院した。それと同時に、祖母の家は売り払われた。だから一馬は、大学一年生にしてもう二年以上も一人暮らしをしている。一馬は誰にもそのことを言わなかったけれど、晴希にだけは笑いながらこう言った。

「俺、今日から帰り道変わるから。あのセブンイレブンまで一緒に帰れるぜ。月曜は一緒にジャンプの立ち読みな」

あのとき晴希は、どう反応していいかわからなかった。ただ、一馬が笑っているから自分も笑おう、と思った。

夜が深くなっていくほど、星の光は強くなっていく。

「あ、そういえばカズ」

「ん？」

「お前、主将のカレーさりげなく食ってたらしいな」

「え！　何でバレてんの？」

絶対バレてねえと思ってたよー、と語尾を伸ばしたまま、一馬はコンクリートに寝転んだ。晴希もそれに続く。

「あのハゲ店長、かわいめの女子部員と話してるときはそっちに意識集中しちゃってんだよ、マジ不正余裕」

　二人仰向けで寝転んでいると、修学旅行の夜にでもタイムスリップしたような気持ちになる。晴希と一馬は、今まで何回この屋上に寝転んできたかわからない。柔道の試合で勝った日も負けた日も、テストが終わった日も先輩とケンカをした日も初めての彼女ができた日も、今と同じように両目に映しきれない大空を見上げながら、ここに二人並んで寝転がっていた気がする。

「カズ、ばあちゃん元気なの？　見舞いどうだった？」

「ああ、元気元気。リンゴとか、むいてもむいても食っちゃうからさ、困っちゃうよ」

「変わってねえなー。今度は俺も行こっかな」

「だーじょうぶだって、しゃべりまくって帰してくんねえぞ」

　今日だってうるさすぎて看護師さんに怒られてやんの、と一馬はニヤニヤしている。高校生のころ見舞いについていった記憶が蘇《よみがえ》る。目尻が一馬によく似たおばあちゃんは本当によくしゃべり、よく笑っていた。どこが悪くて入院しているのか、あのときの晴希には全くわからなかった。

「それより、女子優勝ってマジやばくね」

　どんだけ無敵だよあの女子たち、と、本人たちに聞かれたら投げ飛ばされそうなことを一馬は言う。

「男子も続かねえとなあ」

一馬が真上に放った声は、夏の夜に散っていく。晴希は、武道館の中心を貫くように立っていた姉の姿を思い出した。

「……俺さー」

「ん」

「なんでこんな柔道一家に生まれたんだろうなー」

「はー？」

一馬の声がやさしくなる。晴希はそれだけで少し、心の近くを引っかかれたような気持ちになる。

「俺、道場の子に生まれたから柔道始めただけなんじゃないかな。ピアノ教室の子に生まれてたら、ピアノやってたんじゃねえかな」

頭の後ろで手を組もうとして、晴希は顔をしかめた。右肩から右背中にかけて、鈍い痛みが駆け抜ける。

カズの顔を見ると、話せなくなりそうだ。今までの十年間が照れくささになって、言葉を邪魔してしまいそうだ。晴希は、ほんのりとまだ痛みを残す肩をてのひらで撫でながら、真上を向いたままでいた。そして、ほとんど乾いてしまった髪の毛に絡まるなまぬるい湿気を感じながら、話し始めた。

「俺さ……肩ケガして柔道できなくなったとき、ほんとはホッとしたんだよね」

声が空気に溶けて、その分夜が深くなる。何だよ急に、と、カズが隣でたじろいだのがわかった。

「俺わかってんだ。俺は姉ちゃんみたいに強くなれないってこととか、本当はスポーツ推薦だって断るべきだったとか、そういう、俺の感覚だけがわかることってあるだろ」

「ハル」

センチメンタルモードっすか？　と茶化してくる一馬を無視して続ける。

「だからさ、春に練習試合で肩ケガしたとき、すげえ、すーげえ痛かったんだけど、なんかわかってたっつうか、安心したっつうか……ホッとしちゃったんだよな」

晴希は、頭の下にしいてあったタオルを抜き取って、顔の上にかけた。熱を持ってきた視界が、今度は真っ白になる。

「このケガだってずっと治らないわけじゃないんだけどさ……こうやって、見る側っつうか、応援する側になってみて、やっぱわかった」

ハル、ともう一度、一馬が言った。さっきの声とは温度が違うことはすぐにわかった。だけど、カチカチに固まっていた心からやっと溶け出した言葉は、簡単には止まらない。

「俺、姉ちゃんみたいにかっこよくなれねえや」

不意に、一馬が顔の上のタオルを取った。危なかった。そうでもしてくれないと、本当にこのままセンチメンタルモードに入りこんでいってしまうところだった。

コンクリートが冷たくて気持ちがいい。夏の夜は、自転車のベルも、点《つ》いたり消えたりしている街灯も、車のエンジン音も、照れくさい話も、全てを美しく包んでくれる。

「あのなあ」

一馬が話しだしても、晴希は真上を向いたままでいた。

「柔道をしてるとき、ハルだってかっこいいんだよ」

車道を駆け抜けていく車のタイヤと道路のこすれる音が、不規則な間隔をあけて聞こえてくる。

「ハルは気づいてないかもしんないけどさ」

一馬は、残り少なくなったミネラルウォーターのペットボトルを宙に投げると、器用に片手でキャッチした。水が、夜の光を受けて自由に波打つ。

「ハルは相手を投げるとき、自分が投げられてるような顔するんだ。相手を倒すときも、自分が倒されるときみたいに辛《つら》そうな顔してんだよな」

一馬はもう一度ペットボトルを宙に投げた。闇の中でも水は光る。

「お前の柔道は、そういうとこがかっこよかったんだよ」

一馬はそう言うと、勝手にミネラルウォーターを全部飲みほした。それ一応、俺のなんだけどな、と晴希は思ったが真上を向いたままでいた。

そういうとこって、どういうとこだろう。わかったようなわからないような、でもきっとちゃんと確かめないほうがいいような、そんな気持ちがした。

少しの間、二人はそのままでいた。ずっと心の上のほうに浮かんでいたよわよわしい決意が、やっと重さを持って心の底まで降りてきた感触がした。一馬は何も言わずに、今までの十年間と同じように、ただ晴希の横にいる。

それが一番、気持ちがいい。それは、風呂上がりだからだとかそんな原因ではなくて、今までの十年間、雪の日だって嵐の日だって変わらないことだ。

「あっ」

晴希は、ひとさし指で自分の鼻の頭を触りながら、つい声をもらした。

「今、雨のひとつぶ目、俺の鼻の頭に落ちた」「マジ？　てか雨？」

傘持ってねーよ！　と一馬が喚きだす。晴希は上半身を起こして一馬からタオルを奪い返した。一馬は空のペットボトルを持ったまま立ち上がる。

「つうか、都市伝説みたいなのあんじゃん、雨のひとつぶ目が鼻の頭に当たると」

「願いが叶《かな》う？」

「次の日漫画みたいな巻きグソが出る」

うそつけ、と晴希は笑う。銀色の細長い雨が、乾き始めていた髪の毛をかすかに濡らしていく。


晴子の姿を見て、晴希も柔道着を着た。一馬に出会う何年も前のことだ。父も母も、いつも頭を撫でてくれるお兄ちゃんやお姉ちゃんたちも皆その白い服を着ていたので、四歳の晴希はいつ自分もあれを着られるのだろうと思っていた。晴子の初試合の日、晴子に向かって何やら大きな声を出している父の柔道着の裾をくいくいと引っ張りながら、晴希は言った。

「おれもあれ着たい」

父は頷くと、晴希の目線に合うようにしゃがんでくれた。それでも父の体はとても大きかった。父は、厚い皮に包まれた大きなてのひらを、ぽん、と晴希のつむじの上に乗せた。

「お前が自分からそう言ってくれるのを待ってた」

小さいころは、純粋に柔道が楽しかった。小柄で細身な体は同年代の選手にも力負けすることが多かったので、じゃあそれならと晴希は技術を磨いていった。小学二年生のころには、小学三年生までが出場する大会で優勝したこともあった。そしてすぐに一馬が道場に加わり、同じ階級での最大のライバルとなった。晴希と一馬は毎日取っ組み合うようにして、お互いを磨いていった。

晴希は、いつだって晴子の背中を見ていた。姉は、常に弟の前を歩いていた。

晴子は「天性の柔道センスがある」と言われていた。晴希と同じく小柄で細身ではあったが、晴子には瞬間的に爆発する力があったしそれを活かせる高い技術も備わっていた。小さいころから、晴希は姉の負ける姿をあまり見たことがない。晴子はいつだって柔道着を乱さずに、美しく相手を倒していた。

晴希は、そんな姉と自分をいつも比べていた。周りから比べられてショックを受ける前に、先回りして自分で比べてショックへの防御壁を作っていた。同級生たちの体つきが変わっていく中、晴希は華奢《きゃしゃ》なままだった。それが嫌で、同じく華奢な体つきの一馬と二人で筋トレのメニューを考えたり、電車に乗って遠くの街までプロテインを買いに行ったりもした。インターネットで買うのは、家族にバレそうだったので嫌だった。

「柔道は力が強けりゃ勝ちってもんじゃない。相手を倒せば勝ちなんだ」

二人はそう励まし合いながら、毎日丁寧にストレッチをし、トレーニングをし、戦うテクニックを磨こうとしていた。

自分の家が命志院大学の公式の練習道場であることは、中学生のころにはっきりと理解した。二人をチビとか坊主とか呼んで構ってくれるガタイのいい人たちは、皆、命志院の柔道部員だった。大きな学ランをもてあましている晴希たちの姿を見て、「お前らもいつか、俺らの後輩になるんかな」「私それまで女子柔道部にいたいなー」なんて言う人たちもいた。

「姉ちゃんと一緒でセンスがあるな」と言われていたのはせいぜい小学校を卒業するまでだった。晴希はそのことにうすうす気づいていながら、自分は坂東道場の長男であるという盾で自分のことを守り続けていた。

高校生になると、その盾がなければまっすぐ前を向いて歩けなかった。だけど本当は、その盾があったがために、自分一人では歩けなくなっていたのかもしれない。

高校二年生の時、一馬はついにインターハイ出場を決めた。同時に、晴子は三年連続のインターハイ出場を決め、坂東道場は浮足立っていた。

晴希はどんな試合でも見に行った。自分が出られない試合でも、晴子や一馬や、部活仲間が出るならば見に行って応援した。どうしてだろう、あの白い柔道着を身にまとった瞬間、晴子だけでなく、皆が剣をも投げ捨てた勇者に見えるのだ。晴希はいつも、そんな仲間たちの姿を後ろから見つめ、応援していた。

晴子は、最後のインターハイで準優勝を飾った。一馬は二回戦敗退だったが、インターハイに出られたというだけでもすごい。晴希はそのとき応援席にいて、二人の後ろ姿を見ながら立ち上がって拍手をしていた。

自分の中で何かが崩れていく音をかき消すように、てのひらが真っ赤になるまで拍手をし続けた。

晴子は申し分のない実績でスポーツ推薦枠を勝ち取り、当然のように命志院に入学した。一馬はスポーツ推薦をもらえていたのにそれを断って一般受験をした。そして、新入生の中で成績上位〇・五パーセントに入り、特待生として授業料を免除してもらっている。

俺が命志院のスポーツ推薦をもらえたのは、本当に、純粋に、実力があったからなのだろうか。そんな、腐って糸を引くような思いは、常に晴希の心を縛り上げていた。

「晴希！」

全身を貫いた痛みよりも、晴子の声の方が体によく響いた。

今年の春、命志院に入ってすぐの練習試合。対戦相手に仰向けに投げられたとき、光を放つ稲妻のような痛みが全身を駆け抜け、腐った自分自身が頭のてっぺんから引き裂かれたように感じた。相手の払い巻き込みを避《よ》けきれず背中が畳に叩きつけられたとき、対戦相手は晴希の右肩の上に乗ったままだった。

あのときは一馬がすぐに応急処置をしてくれて、そのまま病院に連れて行かれたけれど、痛みのせいで夜は満足に眠れないくらいだった。心臓が脈を打つたびにどくどくと痛んだ感覚は今でもよく覚えている。

そしてその夜、心の底からため息をついたことも、よく覚えている。諦《あきら》めと安堵《あんど》が混ざり合ってこぼれたため息は、肩を抱えていた左手の甲に降りかかって、とてもあたたかかった。

「そんなに落ち込んだってしょうがないんだから」肩に包帯を巻いた晴希に、晴子はそう言った。次はケガしないように気をつけるしかないんだから。何度も何度も、晴子はそう言ってくれた。

「そんな落ち込んだってしょうがないじゃん」

バスの前方から、女大将であるザキさんのハリのある声が飛んできて、晴希はハッと目が覚めた。武道館から道場へ帰るバスの中は、晴希以外にもまどろんでいる部員が数人いた。

「しょうがないよ。実力差があったもん」

ザキさんは言葉を選ばない。主将がガックリと肩を落としている様子が目に浮かぶ。

全日本学生柔道優勝大会の二日目、男子七人制は二回戦負けだった。つまり、今日は一回も勝てなかった。帰りのバスの中の空気は、行きとは正反対に重く沈んでいた。

「女子は優勝したってのに……情けねえ」

「大丈夫、あんたはけっこういつだって情けないから」

昨日だってカツカレー食べ切れなかったし！　ガハハと笑うザキさんにつられて、晴希も一馬も笑ってしまう。デリカシーがないと見せかけて、ザキさんが一番空気を読んでいるのかもしれない。

「今日も俺、立ち上がってた？」と隣に座る一馬に訊くと、「もち。もう途中から放っといた」と笑われる。どうりで視界が良好だったわけだ。

「お前の後ろザキさんでさ、あの人、がんばれ！　の間に、座れ、座れぇー！　って叫んでたからな」

晴希はいつだって、試合が終わったあとに喉がひりひりと痛んでいることに気がつく。バスはヒマワリ食堂へと走っている。今日も朝が早かったせいで、皆空腹なのだ。何人かの男子部員は食堂に着くのを待ちきれず、マネージャーが持ってきたバナナを食べている。

昨日の夜に降った雨は通り雨だったようで、今日は朝からよく晴れていた。晴れた日の夏の太陽は、街のすべてをきれいなものに見せてくれる。緑色をした葉の影が晴希の横顔を通っていった。

「そーいえば」前に座っていた晴子が、後ろ向きに身を乗り出してきた。「あ、晴子さんポッキー食います？」「それ今あんたが舐《な》めてたやつじゃん！　そんな汚いのいらないって！　それより晴希」

汚くないのにー、とわめく一馬の声が、一瞬、遠ざかった気がした。窓から差し込む光が、細い筋になって晴子の瞳に宿る。

「大会も終わったしさ、練習、復帰するっしょ？」

一馬の口から伸びるポッキーの先端が、少しだけ揺れた気がした。晴子の瞳は、いつだって強い決意が潜んでいる色をしている。

「まだ、わかんねえ」

ピアノの鍵盤《けんばん》を弱々しく叩いたような晴希の声は、バスが止まった音にかき消されてしまっていたかもしれない。晴子は何も言わないまま、自分の席に座り直した。一馬は窓の外の景色を見たまま、顎《あご》を小さく動かしてポッキーを噛み砕いている。

晴子の瞳は、昨日一馬と見た星に似ている。自分を燃やして孤独に光り続ける星に、とてもよく似ている。

ヒマワリ食堂に着いたバスから、部員たちが続々と降りていく。「腹減った！」「今日俺巨大カツカレーいける気ィするもん」「私、いけそう」「……ザキさんは確かにいけそう」晴希も荷物を抱えて、バスのステップを一気に飛び降りた。

「ハル」

一馬の声が、晴希の背中をつん、と突《つつ》いた。

「ほんとは、わかってんだよな」

晴希が振り向く直前だった。背中に大きな板を張り付けられたみたいに、晴希は体を動かすことができなかった。

「いいんだ。ハル、俺に任せろ。俺、今日食堂行かずにもう帰るから」

主将とかにお疲れ様でしたって言っといて、といつもの明るい声で言うと、一馬はバスが走り去った逆方向へと駆けていった。一馬のアパートがある方向だ。速いリズムの足音が遠ざかっていくのを聞いてから、晴希はやっと振り返ることができた。どんどん遠ざかっていく肩にかけられたエナメルバッグがリズムよく揺れて、太陽の光を打ち返している。

「今日は私が挑戦する！」「おま、絶対無理だって！」「いける！　あんたよりは食べれる！」食堂の中ではザキさんと主将が大声で吠《ほ》え合っており、ハゲ店長は油まみれの顔に例のニヤニヤ笑いを浮かべながらもうストップウォッチを準備していた。

食堂の中はあつい。気温だけではない。ここに集まっている部員たちの若さや、情熱や、希望や、愛情で、とにかくあついのだ。

姉ちゃんから離れた場所に座ろう。


窓から差し込んだ光に瞼《まぶた》をこじ開けられる。七月一日。月曜日。晴れ。ケリをつけるには、気持ちがいい条件がそろった。

二階にあるトレーニングジムには、朝から筋トレに励む何人かの先輩部員がいた。

「ハル、お前もやってけよ！」「無理っすよ、俺いまから一限す」「一限かよ！　一年生って感じだなー」声をかけてきた先輩部員に軽くあいさつをして、晴希は大学へと歩き出す。

しっかりと顔を見ることができなかった。朝から自主的にトレーニングをするような先輩には、何かを見透かされてしまうような気がした。

大学までは歩いて十分弱。晴希は一歩ずつ決意を噛みしめながら歩く。

宛先《あてさき》も何も書かれていない、真っ白な手紙の上を歩いているようだ。朝の街の中にいると、嘘《うそ》とか裏切りとか偽りとか、そんなものはこの世にないいんじゃないかと思えてくる。

「歩くの遅《おせ》えええ！」

鼓膜を貫くような大声とともに、背中にどんと強い衝撃を受け、晴希はよろめいた。

「どんだけモノ思いにふけってんだよ！　老夫婦の散歩みたいな速度だったぞ！」

一馬はそう言いながら、大きなヘッドフォンを耳から外した。

「カズ、お前いま靴で飛び蹴りしただろ？」

「済んだことは気にしない気にしない」

一馬のヘッドフォンからは、元気な女性ボーカルの弾けるような歌声がこぼれでている。

「ハル、今日一限だったっけ？」

「おー、一限一限」

「月曜から一限ってやばくね？　俺二限もキッツイのに」

そう言うとすぐ一馬はヘッドフォンをかけ直した。

「俺急いでるから先行くわ！　あんまり歩くの遅いと、誰かにまた飛び蹴りされっぞ」

されねえよ早く行け、と一馬の背中を軽く殴ってから、晴希は思う。カズは今日、一限の授業なんてないはずだ。こんな早い時間からどこに行くんだろう。

そんな疑問が湧《わ》いて出たころには、一馬のブルージーンズはもう遥《はる》か遠くにあった。

歩道をまっすぐに駆け抜けていくあの背中で決める一本背負いは、素早くて、獰猛《どうもう》で、だけどとても美しい。

あいつにはいつ言おう。そう考えると、きゅっと体中で何かが閉じたような気がした。

あいつには早く言おう。顧問の次は、あいつのところに行こう。

晴希と一馬は二人とも社会学部に通っている。晴希の場合、月曜日は一限と三限が必修科目だ。一限に第二外国語の中国語、三限には英語。大学が始まって三カ月もしないうちに、晴希は自分に中国語はできるわけがないと察した。中国語には大きく四つの音があり、晴希はどうしてもあんなにスムーズに音の高さを変えられない。

「音痴きたきた」教室に入ると、クラスの仲間が「音痴こっちー」と出迎えてくれる。ある日、中国人の教授が「中国語をうまく発音できない人は音楽のセンスがない人です」と流暢《りゅうちょう》な日本語で言った瞬間、晴希のこのクラスでのあだ名は「音痴」に決定し、「教授、お前のこと見ながら言ってたよ」とまで言われた。

特に今日は普段以上に舌が回らない。教授も途中から晴希しか指名しなくなっていた。低い音を出すためになぜか顎を引いてしまう晴希の姿を見て、仲のいいクラスメイトは顔を腕の中にうずめて肩を震わせていた。

いつもなら、笑うなよ、とか言いながらクラスメイトに絡んだかもしれない。だけど今日は、そんな気分にはならなかった。教室を出る。歩くスピードが速まる。そんなことをしたって、約束の時間が近づいてくるわけでもないのに。

図書館へ向かう。いつもの席が空いているので、荷物を置いて座る。ノートと筆記用具を取り出し、辞書を開く。三限の英語の課題英文に目を通していく。単語の順番のまま、頭の中で日本語に訳していく。

ダメだ、進まねえ。

シャーペンの先端は、ノートを突き刺しているかのように動かない。

もう言いにいこうか。しかし、顧問には、昼休みに会いたいと伝えてしまった。昼休みまであと一時間以上もある。晴希は、椅子の背もたれに思いっきり身を委《ゆだ》ねて天井を見上げた。口を小さく動かしてみる。

柔道部、やめます。

たったこれだけの言葉なのに、一文字一文字が糸を引いて喉に引っかかる。シャーペンの芯が削れる音、ふぞろいな足音、本のページをめくる音、静かなようで様々な音があふれている図書館の中で、晴希の声だけが音にならない。

柔道部をやめる。その決意を嚙み砕くたび、晴希の頭の中に浮かんでくるのは、顧問でも両親でも一馬の顔でもなく、姉である晴子の凛々《りり》しい顔だった。汗が目にしみたって相手を睨《にら》み続けるあの目を見つめて、俺は、姉ちゃんに伝えられるだろうか。

いくら考えてもわからない。だけど、自分はもう柔道をしないのだという確信のような思いだけは、頭のど真ん中から動くことはない。

これから、今までで一番大切な試合に臨むようだ。そう思ったとき、ノック三回分のシャーペンの芯がぽきりと折れた。

十二時半に、スポーツ科学研究室。

いつもだったらこの時間にはもうすっかり空腹になっている晴希でも、今日は違った。全身に張りめぐらされていた緊張の種が、体内の至る所でパンパンに膨らんでしまっているようだ。中国語のクラスメイトから昼食に誘われたが、断った。今は何も食べたくない。

試合前の緊張感に似ている。晴希は少しだけ懐かしい気持ちになる。大切な試合前や、団体戦のメンバーの発表前などは、それこそ何も考えられないくらいに、緊張感が体を支配していた。

真昼の陽射しは、空を貫いてなお、地面を突き刺そうとしている。昼休みということもあって、キャンパス内の空気はとてもカラフルに見える。そこらじゅうで薄着の学生たちが楽器を弾くみたいに話をしている。太陽の金、木々の緑、空の青がその風景に色を添えている。巨大な学生掲示板には黄色く光るチラシが貼《は》ってあり、晴希の視界にちくちく刺激を与える。

パレットみたいだ、と晴希は思う。七月の大学のキャンパスは、原色がいくつも並んでいるパレットみたいだ。そのままでももちろんきれいだけれど、混ぜたり水を加えたりすれば、何色にも変化していくことができる。

でも、自分が何色に変わっているのかは、自分だけではわからない。紙に塗ってはじめてそれが何色から何色に変わったのかがわかるように、他者に触れてみてやっと、自分がどう変わろうとしているのかがわかる。

スポーツ科学研究室は、キャンパスの奥にある部室棟の裏にある。各部活の顧問、コーチがいる教官室や、パソコンの設備が整っている講義室が入っている。柔道部もたまにここの講義室でミーティングをしたりする。

晴希が教官室の扉に手をかけようとすると、勝手に扉が開いた。

「お、ハル」

中から現れたのは、一馬だった。朝見たのと同じヘッドフォンを首にかけたまま、一馬は「じゃ」と手を挙げてするりとすれ違おうとする。

「おい」

晴希は一馬の肩を摑んで、こちらへ振り返らせる。朝とは違い、ヘッドフォンからは音が漏れていない。

「何してんだよ……こんなとこで」

一馬は、晴希の両目を見つめたまま言った。

「ハルといっしょのこと」

一馬は、ふ、と目を逸らして、「じゃね」とその場から立ち去って行った。見慣れたブルージーンズの足取りが軽い。

開いた扉の前で、晴希は立ち尽くしていた。

ハルといっしょのこと。

晴希は、教官室の中で難しい顔をしている顧問めがけて走った。太ももがデスクにぶつかって大きな音がする。「室内を走るな！」という誰かの声が聞こえたが、そんな注意に構ってはいられない。

「先生」

「……おう、晴希」

顧問は顔を上げると、悲しそうに眉を下げた。

「お前も、話があるんだったよな」

「先生」頭で考えるよりも口が早く動くなんて、晴希は初めてだった。

「さっきカズとすれ違ったんですけど、あいつは何の用だったんですか？」

顧問は一瞬だけ、晴希から目を逸らした。いつも大声で怒鳴っている顧問のそんな表情を、晴希は初めて見た。

「一馬は部を辞めるそうだ。きっとこのあと話をしにくる晴希もそう言うつもりだろうから、話を聞いてあげてください、と言っていたよ」


走りながら叫ぶ。

「カズ！」

キャンパスの中央部にある巨大な学生掲示板。

「カズ!」

そこまで来てやっと一馬は振り返った。何度見ても大きなヘッドフォンを外して、

「何だよ~全力でキャンパス走ってんなよ~恥ずかしいヤツ~」とからかうように笑う。

「お前、お前、何でだよ」

「ハル、息切れやばいって」

ハルが本気で走ってるトコ久しぶりに見たわ、と一馬は茶化すが、晴希はそんな姿を見て苛立《いらだ》ちを募らせた。

「何でお前もやめんだよ! お前が柔道やめる必要はねえだろうが!」

思ったよりも大きな声が出た。何人もの学生がこちらに振り向いた。

「カズは、ちゃんと強い」

晴希は、全身の毛穴から汗が湧き出しているのを感じた。

「だからお前は、柔道続けろ」

体の中にある熱が、怒りとなり声となり汗となり、発散されていく。

今目の前に立っている一馬は、晴希の知っている一馬じゃないみたいだった。今までずっと一緒にいた一馬よりも、もっともっと色んなことを見て、色んなことを知っている、大木のように力強い青年に見える。

脇の下が汗であつい。周囲の目が、気にならなくなる。

「俺はずっと悩んでたよ、俺が命志院の柔道部にいていいのかって。俺より実績ある奴

でも推薦とれなかったのに、俺は坂東道場の息子だからって推薦もらえて……だから肩ケガしたときは、きっとこれは罰を喰《く》らったんだなって思った。これで柔道やめられるって思ったんだ。だけどお前がやめる必要なんてない」

　そこまで話してやっと息継ぎをする。新しい空気が体の中に入ってきてはじめて、晴希は、少しだけ自分が泣きそうになっていることに気がついた。汗か涙かもわからないもので、心がひたひたに濡れている気がした。

「ハルが柔道をやめるなら俺もやめる。俺も、タイミングを計ってたんだ。俺が柔道をやめるタイミングは、今だ」

「何言ってんだよ……カズ、お前は」

「俺は、ハルと新しいことを始める」

　晴希の声を覆い隠すように、一馬はそう言った。

「新しいこと？」

　晴希がそう訊き返すと、一馬は夏のかたまりのような黄金の太陽を背後に携えて頷いた。

2　幕が上がる

キャラメル味のアイスが太陽に食べられていく。一馬のアパートに着くまで、二人はいつものようにくだらない話をしながら並んで歩いた。「どうでもいいこと話していい?」「おう」「月島《つきしま》駅って月なのか島なのか駅なのかハッキリしろって感じだよな」「駅だろ」

だけど、いくらどうでもいいことを話していたとしても、さっき一馬から聞いた言葉のひとつひとつがべっとりと鼓膜を覆っているような気がする。何を話そうとしても、少し照れくさい。一馬もそう思っているのか、いつもより口数が少ない。

友人に代返を頼んで大学を出た。いつもは授業を受けている時間帯に大学の外を歩いていると、当然のことだけれど、いつもいる場所とはちがう場所にもこうして同じだけの時間があるのだ、と気がつく。晴希は、一馬と初めて授業をサボった日のことを思い出していた。中二の夏休み直前、最後の水泳の授業が終わったあとだった。更衣室で水着から制服に着がえると、なんとなくそのままこっそり学校を抜け出した。その瞬間、半熟たまごを真っ二つに割ったような太陽が光の液体をこぼしているのが両目いっぱいに飛び込んできた。濡《ぬ》れたままの髪と首から下げたタオルが歩くたびに揺れた。あのときは、どっちが「おもしろいこと」が足りていなかったのだろうか。

七分丈のパンツを少し下げて履いて、いつもより大股《おおまた》で歩く。白いサンダルの先が小石を蹴飛《けと》ばしたとき、アイスは全部なくなってしまった。

「キャズ！」

晴希は、アイスの棒をくわえたまま言った。くいくい、と棒の先っぽが動く。

「言えてねえし……食い終わったんなら棒くわえてんなよ」

「アパート着いたってば」

溶けたアイスの糖分でねちょねちょになってしまった指で、晴希はボロアパートを指さす。一馬は、自分のアパートなのに、やっと到着に気がついたように「お」と声を漏らした。心ここにあらずというよりも、何かに神経を集中させていたように見えた。

「行こう」一馬が言った。

「おう」と、晴希。

「はい」と、知らない声。

一馬と晴希は同時に後ろを振り返る。

背後には、黒ぶちのメガネをかけた背の高い痩身《そうしん》の男が立っていた。ストレートの黒髪が、陽射しを存分に浴びて光る。

「俺も行く」

その男は、教科書を朗読するように言った。

「誰……」

晴希は口にくわえていたアイスの棒をぽろりと落とした。

「カズ、知り合い？」

「お前の知り合いじゃねえの？」

「俺は、溝口《みぞぐち》渉《わたる》だ。誰の知り合いでもない」

「じゃあいよいよ誰だよ！」

晴希は多少の混乱の中で、命志院のクラッチバッグを持っているから命志院の学生だ、とぼんやり思った。メガネかけてるからたぶん頭いいんだ、とも思った。男の右手には、四つ折りの黄色い紙が握られている。「何だよこいつ」と言いながらも、一馬が口元を緩ませたような気がした。


「エアコンないんだった、ここ！　あっちぃ」

部屋に入るなり晴希は叫ぶ。部屋の中は、何倍もの密度に濃縮されたような熱気でいっぱいだった。「しかも何かキムチくさくない？」「俺が朝食った」「死ね！」

一馬のアパートには、風呂もエアコンもない。だから一馬はよく坂東道場のシャワールームを借りに来る。家具も必要最低限のものしかない。親戚《しんせき》が特待生入学のお祝いとしてプレゼントしてくれたという最新のマックが、薄汚れたコタツ机に不釣り合いだ。

いくらボロくてもエアコンがなくても、晴希はこのアパートが好きだ。一馬がここで一人暮らしをはじめてから、何度ここに泊まりに来たかわからない。ここで初めて酒を飲んだ。試しに交代でタバコを吸ってみた。思い出と湿気が染み込んだ壁は、前の道路をトラックが通っただけできしきしと音をたてる。

「窓！　窓を開けるしかない！」と晴希が喚《わめ》くと、「じゃあ俺が」と溝口が窓に手をかける。

ガタン、と音がしただけで窓は微動だにしなかった。三人の間に沈黙が流れる。

「開かないんだが」

「開かないんだが、じゃないんだが！　ていうかお前誰なんだよ！」

やっとこの疑問を口にできた。一瞬、皆が我に返ったような空気になる。

「……俺はさっき溝口渉と名乗ったと思うんだが」

「いや名前とかそういうことじゃないんだが」

晴希はもしかしたら年上かも、と思ったが、それは杞憂《きゆう》だった。溝口は細長い指でメガネの位置を直す。

「商学部一年の溝口渉。朝、掲示板でこのチラシを見た。昼間、掲示板の前で大騒ぎをしている君たちを見た。話を聞いていると、カズと呼ばれていた君がこのチラシにある【橋本《はしもと》一馬】だとわかった。その場で話しかけようと思ったがタイミングを逃し続け、

「……タイミング逃しすぎだろ」

今にもニュースでも読みだしそうな口調で話し終えた溝口に、一馬はすかさずツッコんだ。普通ついてこねえよ、呆《あき》れたようにこぼす晴希に、溝口が向かい直る。

「【機会が二度君のドアをノックすると考えるな】」

「…………」

「フランスのモラリスト、シャンフォールの言葉だ。俺は、掲示板に貼《は》ってあるこのチラシの前で、人目を気にすることなく大声で言い合っている君たちを見たとき、これは俺の機会だと思った。だからノックされたドアを開こうと思ったんだ」

「…………」

早くこいつを帰そう、という晴希の表情を見抜いたのか、溝口は早口で続けた。

「いや、だから、チラシ見てピンときたっていうか。なんていうか、俺は一から何かを創《つく》り上げることが好きっていうか、何に関しても。今年チームを発足するっていうし、俺もやったことのないことだったし、挑戦してみたいっていうか」

さっきまでの話し方とは打って変わって、溝口はメガネを直したりとあたふたしている。晴希には溝口の言っていることが全くわからない。

「なんていうか、とにかく」

溝口は一息置いてから言った。

「今追いかけなきゃダメだって思ったんだ」

話がつかめないでいる晴希をよそに、

「いや、こんなに早くメンバー候補が名乗りをあげるなんてな」

と、一馬は一人でにやにやしている。溝口に向かって「ちょっとそれ貸して」と言うと、一馬はきれいに四つ折りされていた紙を受け取った。レモン味のシロップで染めたようなその黄色いチラシには見覚えがあった。あれは確か、大学の学生掲示板に貼られていた。今日、スポーツ科学研究室に行く途中、やたら視界をちくちくと刺激したものだ。

満月のように輝く黄色の上を、大きく大きく横切っている四つの文字。


【男子チア】


三人とも、同時にその文字を読んだ。ただ一人、一馬だけが大きく頷《うなず》く。

「【誰かを応援することが、主役になる】」

チラシの一番下に書かれている文字。一馬の癖である右上がりの文字を目で追うと、さっきの一馬の声が鮮やかに蘇《よみがえ》ってきた。

「【誰かの背中を押すことが、自分の力になる】……」

晴希は小さく小さく声に出していた。人を応援すること。誰かの背中を押すこと。その言葉にはなぜか、白色のイメージがあった。今まで何回見てきたかもわからない、柔道着に包まれた晴子の白い背中。

「チアって……女がやるもんだよな？」

「一般的にはそうだな。だけど、男がやっちゃいけないなんて決まりはない。今大学のチア界で一番強いチームだって、男女混成チームなんだぜ」

何でもないような顔をして一馬は答える。

「でも俺、男子だけのチアなんて見たことないんだけど……」

晴希は誰に言うでもなく呟《つぶや》く。

「朝イチでこのチラシが目についた。強烈なインパクトだ」

溝口は、チラシをまじまじと見つめたままメガネを直す。確かに網膜の奥を突いてくるようなこの黄色は、あの巨大な掲示板の中でも特に目立っていた。

「授業サボらせてまでハルを家に連れてきたのには、理由があるんだ」

「俺もいるんだが」

「……お前は勝手に後つけてきたんじゃん」

一馬がおもむろに立ち上がって歩きだすと、古くなった床板がこすれてきしきしと音をたてた。久しぶりにこの音を聞く、と少し懐かしく思いながら、晴希には思い当たることがあった。一馬が部屋の中央に運んできたのは、いつも部屋の片隅に置いてあった古い段ボール箱だった。この部屋に初めて来てから二年以上経つが、晴希はその段ボール箱の中身を見たことがない。

「ハルにこの中身を見せるのは初めてだよな」

「ちなみに俺も初めてだ」

「……お前は今日初めて会ったもんな」

一馬が段ボール箱の蓋《ふた》を開けると、ほこりがうわっと空中を舞った。晴希と溝口は鼻と口を押さえながら、揃《そろ》って段ボール箱の中を覗《のぞ》き込む。

きれいに収納されている、何本ものビデオテープと一冊のアルバム。そして、オレンジ色のフレームが鮮やかな写真立てが入っていた。一馬はその写真立てを手にとって言った。

「これ、俺の両親」

不意だった。一馬のてのひらの中で、二人の男女が笑っている。オレンジのフレーム内には収まりきらないほどの笑顔は、一馬が笑ったときのそれにとてもよく似ていた。一馬はこの写真の女性と同じように、なめらかな頰《ほお》をふくらませて笑うのだ。

「すごくいい写真だ」

溝口が一文字一文字を奥歯で嚙《か》みしめるように言った。写真の古さや空気の波長から、一馬の両親がもうこのフレームの中でしか生きていないということを察したようだ。

「カズ、母親似なんだな」

「そうなのかな、自分ではよくわかんねえや」

一馬が照れたように笑うと、「俺もそう思う」と溝口がもうひと押しする。

「俺の母さんはな、チアをやってたんだ」

一馬によく似た頰のラインをした女の人は、黄色と白のユニフォームを着ている。

「親父《おやじ》は、母さんの大学時代にチアのコーチをしてたんだって」

そんでそのまま結婚したんだって、コーチと学生がだぜ？　と一馬は笑ったが、それは楽しいから笑うという笑顔ではなかった。

男の人は、健康的でたくましい腕を女の人の肩に回しており、この小さな長方形の中に必死におさまろうとしているように見える。

晴希は、この部屋で両親のアルバムをめくる一馬の姿を想像して、鼻の奥がツンとなった。

「母さんが所属してたチームだ」

アルバムのページが開かれた途端、全身を包み込むような躍動感が飛び出してきた。全て、チアの写真だ。静止画なのに全てが動いているように見える。この世にある全ての色や音、感情がしきつめられているようだった。一馬の母親のユニフォームの黄色、白、他のチームの人達の赤、橙《だいだい》、金、黒、声援、掛け声、音楽、手拍子、歓声、一糸乱れぬ動き、空中へ舞う体。

「すごい……」

溝口が黒ぶちメガネの中で目を輝かせた。一馬はゆっくりとページをめくりだす。

「俺の母さんな、高校生のときにチアリーディングに出会って、それからずーっとチアの虜《とりこ》でさ、実業団時代には世界大会にも出場するようなチームにいたんだって。このビデオは大会の映像とか練習のときに撮った動画とかの寄せ集め。ここビデオデッキないから観られねえんだけど」

選手の表情がアップになったり、真正面から全体像を捉《とら》えたり、高く跳ぶ選手を追いかけたりと、一枚一枚の写真はめまぐるしく角度を変える。その中に一馬の母親を見つけるたび、「あ」「これ」「ここにもいるぞ」「それ別人だろ！」と、晴希と溝口は指をさし合った。

「ガキのころから何回も聞かされたから覚えてる。【チアリーダーとは、観客も選手も関係なくすべての人を応援し、励まし、笑顔にする人のこと。そして、そのために自らの努力を惜しまない人のこと】。これって」

カチッと音がするみたいに、一馬と目が合う。

「柔道の試合を見てるときの、お前のことだろ」

丸めた背中の細胞から、ぷつぷつと汗が噴き出してくる。しかし、それはこの部屋の暑さからくる汗ではない。

「母さん、こんなに美しいスピリットを持ったスポーツはないって言ってた。親父に技とか教えてもらったりもしたな。ガキのころからいろんな大会にも連れてってもらってさ。俺もうめちゃくちゃ感動しちゃって。観客と声の掛け合いとかするんだぜ。お互いにエールを送り合ってんだよ。すげえよな、ほんとに、そんなスポーツって他にないんだよ」

この写真一枚一枚に切り取られている世界が、目の前で繋《つな》がっていくことを想像する。それはきっと、世界中の花が一斉に咲いたような、色鮮やかな景色だ。

アルバムの最後のページに辿《たど》りついた。

三層のピラミッドの一番上で、一馬の母親は両手を高く上げている。高く突き上げられている拳《こぶし》の固さは、ダイヤモンドの硬度にきっと負けない。

この写真に写っている数え切れないほどの人が、全員、笑っている。

敵も味方も関係ない、全員だ。

「最近あるキッカケで気づいたんだ。何で男がやっちゃ変なんだ？　何で俺は今まで挑戦しなかったんだ？　って。人を応援することに性別なんて関係ねえって」

一馬は、アルバムではなくオレンジの写真立てを見つめていた。じっと見つめながら、まるで自分に言い聞かせるように言った。

「やっぱり俺もやりたい……俺がやらなきゃって、思ったんだ」

柔道の優勝大会の二日目、一馬がヒマワリ食堂に行かずに早く帰ったのは、きっとこのチラシを作るためだったんだ。今日、一限がないのに早く大学へ行っていたのも、このチラシを構内に貼るため。

チラシを横断する【男子チア】の文字。

一馬がさっき話してくれた【新しいこと】という言葉が頭の中で蘇る。機会が二度君のドアをノックすると考えるな。溝口はそう言っていた。

声が、扉をノックする。おもしろいこと、の予感がする。何年経っても変わらない合言葉。

「やる」

たった二文字。実際に口に出してみると、握りこぶしのように固い決意が、心の中にどかんと現れた気がした。

応援することが、主役になる。誰かの背中を押すことが、スポーツになる。

「ハルはそう言ってくれると思ってたよ」

一馬は、当然のようにそう言った。

「とりあえず三人目、だな」

溝口がさらりとそう言ったので、たまらず晴希が嚙みつく。「なんで俺が三人目なんだよ！　お前だろ！」「俺はチラシを見たときからやるって決めてたから、俺のほうが早い」「納得いかねえ！」「【青春の生活の中で、もっぱら幸福を与えてくれる本質的なものは友情の贈りものである】」「…………」「オスラーの言葉だ」「さっきから誰なんだよ！」

「ストップ！」

二人が顔を向けると、にやにや笑いを浮かべた一馬が、携帯の画面をこちらに見せつけてきた。

睨《にら》むようにしてメニューを見つめながら、溝口はメガネを直した。

「……こんなとこ、初めて来た」

えっマジで！　と晴希は身を乗り出す。「命志院の学生だったらフツー一回は来たことあるよ」「友達いないの？」盛り上がる二人を溝口が一蹴《いっしゅう》する。

「俺の実家、料亭だから。こういう安い店、入るなって言われてるんだ」

晴希よりも一馬よりも、ハゲ店長があんぐりと口を開けた。たぶんこれから先、溝口のごはんはめちゃくちゃ少なくされるんだろうな、と晴希は思った。

一馬の携帯にメールをしてきた四人目候補が昼食をまだ食べていないということで、四人はヒマワリ食堂で待ち合わせることになった。

「何か俺、知ってるヤツのような気もすんだよな……」

「お前も？　実は俺も、なーんか名前に見覚えあるっつーか」

携帯の画面を見ながら晴希と一馬は首をかしげる。遠野浩司《とおのこうじ》です、という文字が記憶をつんつんと突《つつ》いてくる。

「おまちどお」ハゲ店長がたこ焼きを運んできてくれた。三人とも昼食は済ませていたので、適当につまめるものを頼んだ。晴希と一馬には割り箸《ばし》が出てきたが、ハゲ店長は溝口につまようじを差し出していた。早速仕返しが始まっているようだ。

はふはふと忙しくたこ焼きを食べていると、扉が開く音とともに、ハゲ店長の「お、久しぶり」という声が聞こえた。

食堂の入口に男が立っている。

三人は、口からたこ焼きをぶらさげたまま入口に顔を向けた。晴希は思わず「おおっ」と声をあげてしまった。

そこには、力士がいた。目がくりくりで小動物のような顔をしているため、小学生力士のようにも見える。

「どうしたの、最近来てなかったよね」

ハゲ店長は小学生力士の頭を撫《な》でながら、壁の写真を指さして言う。

「君の記録はまだ破られてないんだよ」

「あ！」

ガタン！　と音を立てて、一馬がまっすぐに立ち上がった。

「見たことある名前だと思った！　遠野浩司！　巨大カツカレーの最短記録保持者！」

ヒマワリ食堂の壁には十枚以上の写真が貼られている。その中で一枚だけ、王冠のマークが赤ペンで描かれているものがある。その赤い王冠を恥ずかしそうにかぶっているのは、照れ笑いのような顔でピースをしている小学生力士だった。

「……この遠野浩司って、てっきり過去の柔道部主将だと思ってたのに……」と言葉を

なくした一馬に、

「それ、高校生の時の写真だから恥ずかしいんです」と小学生力士はさらりとトドメを刺した。

「トンは何年生なんだ？」と、溝口。

「トン？」

　溝口以外の全員の声が揃う。

「遠野だからトン。お前たちだってカズ、ハルなんて呼び合ってんだから、ちょうどいいだろ」溝口は何の悪気もない様子で言う。

でもトンかあ、と晴希がもごもごしていると、裏メニューであるカニクリームコロッケ定食が運ばれてきた。

「僕は文学部の一年です。掲示板を見て、アドレスが載っていたので……」

ぱっちりとした目を少し伏せてトンは答える。恥ずかしがっているのかと思ったら、定食に目を奪われているようだった。カニクリームコロッケが四つに千切りキャベツ、ごはん大盛りに味噌汁《みそしる》、つけもの付きで三五〇円。

「……腹減ってたんだ」「食いな食いな」「あとでちょっとちょうだい」

ぴかぴかの笑顔でカニクリームコロッケを照らすトンを見て、三人は言った。

「あと、俺達も一年だから、敬語じゃなくてもいいよ」

一馬の言葉に頷きながら、トンはすごい勢いで定食を平らげていく。三人は、なぜだか神妙な面持ちでそれを見守っていた。

「わ……」「ちょっとちょうだいって言ったのに……」「早送り見てるみたいだ」

あっという間だった。トンが一瞬で定食を食べ切ると、店長が一人で拍手をする。

「チラシ見てメールしてくれたんだ」

テーブルにひじを、てのひらにアゴを乗せている一馬は嬉《うれ》しそうな表情をしている。

「すごく目立ってたから」

トンは、体のわりに小さい声で話す。

「今体重何キロ?」

「いきなり何聞いてんだよ!」

思わず立ち上がってしまった晴希に対して、「だってそれ以外にまず何を知りたいんだ?」と溝口はキョトンとしている。コイツには悪意があるわけではない、それはわかる。

「一〇〇キロ近いかな……」

「今まで何かスポーツやってたとか?」溝口は刑事のように質問を重ねる。

「いや特に何も……ごめんなさい」トンはどんどん、顔を俯《うつむ》かせていく。

「文字通り大物だな、四人目は」

一馬が、前歯に挟まったかつおぶしをつまようじでほじくりだしながら言う。

「チアのいいところはな、ポジションごとに適した体格があるってところだ。トンがチアに向いてないなんて、そんなことは全くない」

一馬は、少し不安そうな顔をしていた溝口の肩に手を置いた。「別に俺は、トンがチアに向いてないなんて言ってない」溝口がそう言い終わるよりも早く、トンは顔をあげた。

そして言った。

「……変わりたくて」

それは、空調の音に負けるくらい小さな声だった。

「そっか」

と一馬が呟くと、トンは小さく頷いた。そのうつむいている瞼《まぶた》は、まだ上がっていないだけの幕のように見えた。

「とぅでぃ・いず・ざ・ふぁーすと・でぃ、おぶ・ざ・れすと・おぶ・ゆあ・らいふ」

「……溝口、英語の発音はひどいんだな」

「映画【アメリカン・ビューティー】の中の台詞《せりふ》だ」

晴希のひとりごとを無視して、溝口は続ける。

「意味は、【今日は、あなたのこれからの人生の最初の日です】」

めちゃくちゃいい言葉じゃん。思わず晴希は声に出していた。

「トンのことだ。……あと、俺のことでもある」

一文字一文字嚙みしめるようにそう言う溝口の横顔を、晴希はじっと見ていた。

まずは四人。幕が上がるには十分だ。

大学の授業を終えた学生たちや、お揃いのジャージに身を包んだ男女グループで駅の周辺は賑《にぎ》やかだ。店に現れたときよりももっと膨らんだように見えるトンの腹を触りながら、一馬が「蹴った！　赤ちゃん、蹴ったわ！」とふざけている。トンは「あ、あなたの子よ」と無理やりボケようとして失敗している。

一馬は、三人にそれぞれ一本ずつビデオテープを渡した。一馬の母親の演技が収められているテープだ。そして全員で連絡先を交換したあと、一馬は「明日は体操着持参で、昼休み後に体育館に集合」と言った。帰り際、溝口は店長に向かって「トンの友達ってことで、これからは俺も裏メニュー頼んでいいですか」とメガネを光らせていたけれど、店長は「ツーン！」と一昔前の漫画みたいにスネていた。

「トン、家に帰ったらまたちゃんと飯食うのか？」

「うん。何で？」サイダーを飲んでいたトンは、げっぷをして首をかしげる。

豪雨のように降り注ぐセミの鳴き声の中を、四人は並んで歩く。今までならば、まだ汗の乾ききっていない体をタオルで拭《ふ》きながら、ふざけて柔道の技をかけ合ったりしながら歩いた道だ。

「今度料亭のごはん食べさせてほしいな」「絶対来るな」溝口とトンはそう言い合いな

がら地下鉄の駅の階段を下りていく。そんな二人の背中を見送りながら、晴希は少しの間何も話さないでいた。

改めて二人きりになると、やっぱり照れくさい。学生掲示板の前で一馬が言ってくれた言葉は、なかなか消えないTシャツの染みのように、晴希の耳の内側で音もなく息をしている。

なぜか、空気が冷たく感じられた。汗をかいた背中にTシャツが張り付いているほどなのに、ふわりと、体の内側から冷たい風が吹いたようだった。

「ハル?」

晴子の凜《りん》とした声に、晴希は足を止める。姉に気づかれないように道場を横切ろうとしていた自分の後ろ姿はきっと、とても情けないものに見えているんだろうと思った。振り返ると、そこには全身汗だくの晴子がいた。ずっと練習していたのだろう、短い黒髪が汗でくっついて束になっている。

聞いたのかもしれない、と思った。

「ハルでしょ?　おかえり」

晴子は晴希に背を向け、タオルで顔の汗を拭いた。晴希は、「ただいま」と呟いたきり、何も言えなくなってしまった。

晴子の脚が、少しだけ震えている。

いつも練習していた道場なのに、なぜだか今は、足を踏み入れてはいけない場所に見える。晴希が黙ったまま立ち尽くしていると、晴子が口を開いた。

「部、やめるってホント？」

もう、タオルで汗を拭いてはいない。ただ、晴希に背を向けている。

「ほんとなの？」

晴子の声は揺れない。いつだってピンと背筋を伸ばして、晴子は正しいことを正しいと言う。間違っていることは間違っていると言う。

「ケガしたから？」

晴子の中で、人間は二つに分けられる。努力する人、しない人。自分が認める人、認めない人。

「結果が出ないから？」

柔道をやめるということは、きっと、俺は姉ちゃんにとって「認めない人」になる。

晴子はいつだって晴希の前を歩いていた。晴子は誰よりも努力をしていて、晴希はその背中を見ていた。応援していた。

「ケガだって、炎症止め飲んでるし、もう治りそうなんでしょ？　そうだよね？　結果なんて、努力次第でどうにでもなるんだよ」

姉ちゃん、それは姉ちゃんから見た景色だ。姉ちゃんの背中の向こうにある景色を、俺は見たことがないんだ。

十年以上ずっと柔道をやってきて、たった一度だって、見たことがないんだ。

「私は反対だよ」

晴子の声にはいつだって、一本の芯が通っている。強さがそのまま塊《かたまり》になったような芯。その芯はいつだって鋭く鋭く尖《とが》って、晴希の心を刺してくる。

だけど今日は少し違った。芯にいつもの鋭さがない。

「やめないでよ、柔道」

今の晴子は、自分の鋭さで自分を傷つけているようだ。

「……あんたが応援してくれるとき、私は勝てるんだよ」

晴希はやっと気がついた。脚と同じように、声も震えている。言わなければいけないことはたくさんあるはずなのに、声が出ない。

今日の前にある晴子の背中が、六年前、あの日のそれに似ている。

「ごめん」

晴希は、右手に持っていたビデオテープを強く握った。

「俺、やりたいことがあるんだ」

俺は柔道をやめたいんじゃない。新しく、やりたいことがあるんだ。

最後の一言は声に出さなかった。きっと何を言っても言い訳に聞こえるだろう、と晴希は思った。

「私は反対だよ」

晴子の声を背中に浴びて、晴希は階段を上った。自分の部屋に入ると、押し入れに片づけてしまっていたビデオデッキを取り出す。どうにか配線を正しく繋ぎ、一馬から受け取ったビデオをセットした。

明日は昼休み後に体育館に集合、という一馬の言葉を頭の中で確認し、晴希は昨日まで着ていたトレーニング用の練習着を手にとった。気持ちの良い清潔なにおいは、月曜日の柔道着を連想させる。たった一人の息子が柔道を始めたとき、父はとても喜んでいた。祖父から道場を継いだ父の背中は、小さな晴希をおぶったってまだまだ広かった。洗剤のにおいを思いっきり吸い込みながら、晴希は一馬の声を思い出す。今日、自分の中で生まれた新しい何かが揺らいでしまわないように、一文字一文字、思い出す。


俺は、ハルと新しいことを始める。大学の学生掲示板の周りにいた人々は皆、さっきまで大声を出していた二人の様子をまだ好奇に満ちた目で見つめていた。

「ハルだって、部をやめるのはもったいねえよ。屋上で俺が言ったこと、覚えてる？」

周りの目が恥ずかしい。晴希はどこか冷静にそんなことを思っていた。逆に一馬は、そんなこと一切気にしていないように見えた。

「ハルはな、相手を投げるとき、自分が投げられてるみたいな顔すんだよ。部の仲間や、晴子さんとかが試合してるときは、誰よりも大きな声だして、ていうか空気読まずに立ち上がっちゃったりして、誰よりも本気で応援すんだよ」

温度も色もそのままに、一馬の声は蘇ってくる。

「ハルは、自分が出られない試合だって、お前が一番疲れてんじゃねえのって勢いで応援してるんだよ。そんなこと、誰にもできない。お前はできる。俺は、お前のそんなところを誰よりも見てきた」

晴希は、応援中に立ち上がってしまう自分の柔道着を引っ張ってくれていたのは、いつだって一馬だったことを思い出していた。

「ハルの人を応援する力はすげえんだ。一番お前のことを見てきた俺が言うんだから間違いない。部をやめて、ハルのこんなにすげえところまで無くなっちゃうのは、もったいねえ」

試合に出られない自分。主役になれない自分。だからいつも、応援するしかなかった。姉や、一馬や、仲間の姿。彼らの後ろ姿を見ながら、晴希はいつだって声を張り上げていた。

「ハル、この世にはな」

一瞬、周りの目が気にならなくなった。

「人を応援することで、主役になれるスポーツがあるんだ」

容赦のない陽射しの熱が、自分の心のある一点に集中した気がした。晴希はそのときの感触を、今でもありありと思い出すことができる。カズはいつだって、この笑顔で俺を巻き込んでくれていた。楽しくて、腹がよじれるくらいおかしな出来事に、俺たちはいつだって二人で飛びこんでいった。

「そんなめちゃくちゃかっこいいスポーツがあるんだよ」

一馬の顔が急に、少年時代のそれに見えた。

「……一発おもしろいことしようぜ、ハル」

一馬はそう言って、出会ったころのように白い歯を見せて笑った。

プールの塩素のにおいもそのままに学校を脱け出したときも、こんな気持ちだったのかもしれない。晴希は思った。ほんの少しの決意が圧倒的な罪悪感を上回る瞬間がある。そのとき、人は、絶対に脱け出せないと思っていたところから、一歩踏み出すことができる。

「……何それ？」

晴希と一馬の声が、見事に重なった。

「体操着」

溝口とトンの声も、見事に重なった。

見知らぬ男子学生たちがちらちらと視線を送りながら、汗くさい更衣室から出ていく。

この授業あんな四人組いたっけ？　というひそひそ話が聞こえてきたりして、晴希は少し恥ずかしい。だけど他の三人はそんなこと気にしている様子もない。ここからちらりと見える体育館では、次の体育の授業の準備がちゃくちゃくと行われていた。

溝口は白いランニングシャツに、ぴっちりとした短い黒スパッツを履いていた。意外にも、太ももはしっかりとした筋肉に包まれている。「中学時代は長距離やってたんだ。これが一番動きやすい」と自慢げに言っているが、完全に浮いている。トンは前後に大きく「3Ｂ　遠野」と記されているジャージを着ており、背中を丸めたその姿はまるで具をつめすぎた肉まんのようだ。「中学時代のジャージしか見つからなくて……でも三年Ｂ組でちょっと嬉しかったんだよね」先生の名字は吉田だったけど、と笑うトンはすでに汗をかいている。皆、一馬から手渡されたビデオをちゃんと観てきたし、集合時間にも遅刻しなかった。しかし体操着については説明が足りなかったのかもしれない。

「もう服はそれでいいや……じゃ、体育の授業もぐるか」

一馬はにこりと笑ってそう言ったが、晴希をはじめ三人ともポカンとする。

「え？　今から練習とかすんじゃないの？」

「練習するから体操着持ってきたんだろう」晴希と溝口が口々に質問をする。

「誰もそんなこと言ってないだろ。今から体育の授業に皆でもぐって、メンバーをスカウトすんだよ」

ほら行くぞ、と一馬はにこにこ笑って体育館へと歩いていく。

「体育って……」絶望的な様子で呟いたトンをはじめとして、その場に焼き付いたように三人とも立ち尽くしてしまった。体育を本当に履修している者たちが、不思議な顔をしながら横を通り過ぎていく。

「【どんな馬鹿げた考えでも、行動を起こさないと世界は変わらない】、か」

「……溝口、それ誰？」

「マイケル・ムーア」

溝口は大股で体育館へと歩いていく。「しゃーねえ、行くか」晴希は項垂《うなだ》れているトンのやわらかい背中をたぷんたぷんと波打つまで叩《たた》いた。

ずらりと体育館に並べられているマットを見てやっと、一馬の魂胆がわかった。今週のこの時間、体育は体操をやるんだ。ビデオを観て思ったけれど、チアをやるんだったら体操経験者は絶対にいたほうがいい。

晴希はざっと体育館を見渡す。割合的には、男子が7で女子が3。運動神経がよさそうな男子が多い。一馬と晴希はさりげなく列に交ざり、見よう見まねで前方倒立回転跳びなどに挑戦する。持ち前の運動神経でなんとなく形にはなる。毎日飲んでいた炎症止めが効いているのか、激しく肩が痛むこともない。

しかし、マットの上でアルマジロのようになってしまって先生に笛を鳴らされているトンや、ひたすらもも上げをしてから全ての技に見事に失敗する溝口の姿は確かに異様だった。

（あの二人は無視で）（ＯＫ）

晴希は一馬とアイコンタクトで会話をし、めぼしい学生をチェックすることにした。

男子は、経験者というよりは運動神経で技をこなしているヤツが多い気がする。女子は逆に、きれいに技を決めている子が多い。こういうのって、男子は未経験でも勢いでなんとかしようとするけど、女子は違うのかもしれない。あ、でも、あの不安そうな顔のポニーテールの女の子、あの子は絶対に体操未経験だ、あ、あぶね、お、おー、あんなやり方じゃ手首ひねりそう。

「どんだけ女の子のことじーっと見とんねん」

急に、アクの強い関西弁が晴希の右耳を支配した。右後ろを振り返ると、短めの黒髪をツンツンに立てた男が立っていた。

「自分、やらしい顔して見とったなあ。鼻の下ビンビンやったで」

左側からも関西弁が降ってきた。振り返ると、茶髪パーマの男が立っている。

関西弁二人は揃って右手を挙げて、「よっ」と言う。

晴希は思った。また、変なのがきた。

「お前のツレって、コイツやろ？」ツンツン黒髪がそう言いながら、後ろを振り返る。

「そうそう、俺、この鼻の下ビンビン男とこの授業もぐってんだ」と言いながら、一馬が晴希に向かって親指を出している。晴希は一馬に駆け寄る。

「何だよこのエロ関西弁は！」慌てる晴希に、がははははと茶髪パーマが豪快に笑い、黒髪ツンツンは「エロ関西弁かあ。最近ご無沙汰《ぶさた》なんやけどなあ」と聞いてもいないことをカミングアウトしてくる。

どうやら一馬が声をかけたようだ。「えっイチローも？　俺もご無沙汰！」「ウェーイ！」二人組は最低なハイタッチを交わしている。

「俺ら二人とも商学部一年な。俺が総一郎《そういちろう》。イチローって呼ばれとる。コイツは弦《げん》」

出身関西やからこんなしゃべり方やねん、と、ツンツンの黒髪がさわやかに言ったのと同時に、ピーッと大きなホイッスルが鳴って「そこ、そこの三年B組のひと！　丸まってないで早くマットからどいて！」という先生の怒鳴り声が響く。晴希と一馬の笑顔が少し引きつる。

「二人ともうまいよね。体操やってたの？」と、一馬。

「ううん。俺はずっと野球。まあ体動かすの好きやし」

「俺ら地元が一緒なんよ。俺は高校からサッカー部やったけど」

弦がそう答えたのと同時に、「黒スパッツ、もも上げはいいから早く！」という先生の怒鳴り声が響いた。晴希と一馬の笑顔がさらに引きつる。

そのとき背後で、うおおおと歓声が上がり、「トン、倒立はできるのかよ！」という溝口の大声が聞こえてきた。

思わず振り返ると、トンが美しい三点倒立を披露していた。溝口や他の男子たちがその周りで「何でだ？」「仕組みは？」としきりに首をかしげている。あいつらが仲間だってことどうにかして隠さないと、と思っていると、一馬に耳を引っ張られた。

「今日の夜、ハル空いてる？」

「お、おう」あわてて振り返ると、もう二人組はいなくなっていた。

「安く酒が飲めるぞ。あいつらのテニスサークルの飲み会に行くことになった。俺ら、今サークル難民って設定になってるからそこんとこよろしく」

「え？　飲み会？」

「久しぶりに飲むぞー！」

そう言って伸びをしてから、一馬も列の中へ交ざっていく。マットの上では、イチローがきれいなロンダートを決めていた。


ビニール袋に靴を入れて座敷にあがると、奥のほうから「こっちこっち！」と声が聞こえてきた。イチローと弦が、先輩に酒を差し出しながら手を振っている。溝口は座敷の入口付近で「俺は酒に強いです」といきなり宣言したため、酒豪が集まっている一角に連れて行かれ、トンは入口に固まっていた先輩女子軍団に「かわいーやわらかーい！」ともみくちゃにされている。

居酒屋の大座敷は、上から見ると大地震が起きたあとの街のようだった。好きなように好きな者たちと飲み、騒ぎ、コールが起き、一気飲みが始まる。中には下心が丸見えの男子や女子もいて、全体的に体温が高い感じだ。おおおおおと歓声があがったほうを見ると、溝口が一升瓶をきれいに飲みほしたところだった。当の本人は「余裕です」と言い放ち、メガネを直している。

　イチローと弦が所属しているテニスサークルは、命志院ではない大学の学生も多く所属しているらしく、人数は百五十を超える大所帯のサークルだった。

「待ってたでー！」

　早くも出来上がっている様子の弦がビールを差し出してくる。晴希も一馬も特別飲めるというわけでもなかったが、それなりに酒はいけるほうだ。

「先輩、今日飲みに来たいって言うてた友達ッス。ハルとカズ」

　イチローがあっさりと紹介する。晴希は、今日知り合った人を「友達」だとハッキリ言うところがいいな、と思った。

「お前らサークル難民なんだってー？」先輩、と呼ばれた長髪の男が、晴希の肩に手を回してきた。不摂生が溜《た》まっている腕は、やけに重く感じた。「どうせ新歓のタダ飲み回りまくってどこにも居つけなかったんだろー？」飲め飲めぇ、と臭い息を吐きながらグラスを差し出してくる。

「この先輩、いま八年生やねん」「言うな言うな！」晴希に耳打ちをしてきた弦が、八年生だという先輩にヘッドロックをされる。「あ！　吉川さんにも紹介すっか」酒を置いて立ち上がろうとしたイチローを、その八年生が止めた。

「いいよ、吉川は。あいつは練習することしか考えてない真面目《まじめ》クンなんだからさ。それより飲め飲め！　大先輩が言ってんだぞ！」

八年生はイチローを無理やり座らせて、空いていたグラスになみなみと金色のビールを注《つ》ぐ。イチローは「あざっす」と小さく言って、弦に何か目配せをしていた。

またどこかで大声があがる。べろべろに酔っ払った女の人が倒れこんで、誰かがその女を真正面から抱きとめたらしい。「そのままキスしろキスしろー！」誰かがそう叫んで、そのまま盛大なキスコールが起こる。

イチローは黙ってビールを飲み、弦は軟骨の唐揚げを割り箸でつまんだり離したりしている。

「吉川さんって？」一馬が、弦のわき腹をつついた。

「……このサークルでテニス一番うまい人。大会でもサークルながらいいとこいくんやで。俺ら一年の練習メニューとかも全っ部考えてくれてんねん」

酒はめちゃ弱いんやけどな、と、弦はビールの入っているグラスを自分から遠ざけた。

「真面目すぎるとかって、ここではちょっと浮いとる。他の先輩たちは飲みたいだけやし、本気でテニスやりたいなら体育会の部活に入れば、なんつってな。今日だって来とらんかもしれんわ」

イチローがそう続けて、唐揚げに手を伸ばした。冷め切った鶏肉の断面からぬるい油がじんわりと染み出している。

「なあ」

一馬が声を出したとき、ちょうどキスコールが止《や》んだ。一馬はまっすぐに背筋を伸ばして、イチローと弦に向き合っている。

「ここの唐揚げ、まっずいよなあ」

一馬の周りが、少し静かになった。

「俺たちの行きつけで、唐揚げもっとうまくて、もっと安くて、店長すげえハゲてる店があるんだよ」

周りの人たちがなに、なに、と好奇心に揺さぶられ始めている。

一馬は、不意に晴希の腕を思いっきり引きあげた。広い宴会場の中、一馬と晴希の二人だけが立ち上がっている。

「俺たちのところに来いよ」

一馬はいろんな音や声を蹴散らすように言った。

「おもしろいこと、いっぱいあるぜ」

溝口、トン、帰るぞ。一馬はそう言って、足の踏み場もないような座敷をずんずんと進んでいく。サークルの人たちは、首だけ動かして新参者の退場を見送っている。さっき倒れこんでいた女の人が、「何よ、あいつらあ」と指をさしている。溝口はしっかりと日本酒の瓶を抱えたままついてきた。

一段飛ばしで階段を駆け降りる。どんどんそのスピードは速くなっていく。目の前にある一馬のつむじの形は昔から変わらない。こいつの何をしでかすか分からないところも、昔から変わらない。

「やべー、超ドキドキした！」笑いながらそう言う一馬の短い髪の毛を、店の看板のネオンの光がさっとすべり落ちた。

「俺の方がドキドキしたっつの！　お前ほんといきなり何なんだよやめろよー……」

「いやごめんごめん！　あーしかし緊張したなー！」

あの八年生の顔！　と一馬は気持ち良さそうに笑っている。

店の外に出ると、トンが立っていた。「そういえばトン、トイレ行ったきりだったけど大丈夫か？」溝口はそう言いながら、ミネラルウォーターでも飲むかのように日本酒を飲み干す。

「うん、ちょっとね……それにしても酒強いよね、ほんと」

酒でほてった頬と外の気温はきっと同じくらいだ。四人で、夏の飲み屋街を歩く。

「そういえば、飲み会代払ってねえや。今フツーに金払いに戻ったらおもしろいだろうなー」

「八年生に殺されるんじゃね？」

「ま、いいや。今度あいつらに会ったとき、ちゃんと金渡そう」

一馬の声には揺らぎがない。迷いがない。だから聞き手も不安にならない。

「自信満々だな、カズ。イチローと弦がメンバーになるって」

「体育のとき、あいつらが使ってたタオル見た？」晴希は首を横に振る。「タオルにな、すげえ数の寄せ書きがあったんだよ。よく見ると、部活の同期だけじゃなくて、先輩、後輩、あと文化祭のクラス実行委員とか、いろーんな仲間達が寄せ書きしてたんだ。洗濯してだいぶ薄くなってたけどさ、あいつら、そういうヤツらなんだよ。誰かと何かするのが楽しくてしかたないヤツらなんだ」お前らといっしょでな、と一馬は付け加えた。

「居酒屋に入ったとき、チラシをあいつらのカバンの中にねじこんどいたんだ。絶対、今夜中にメールがくる」

たぶんすっげえくだらないアドレスだぜあいつら。一馬はニッと笑った。

夏の夜の学生街は、あったためたパンの中身みたいだ。酔ってふらふらになっている学生たちを避けることはできても、じっとりと重みを持った暑さからは逃げられない。だけど今はそんな暑さだって気にならない。四人並んで歩いていると、この街にあふれている光や音が、瑞々《みずみず》しい活気になって自分の中に流れ込んでくる気がする。お互いの体温が、夏の空気を伝わってお互いに染み込んでいく。

「あーあ、せっかくならもっと食っときゃ良かったな。トンが全員分の唐揚げとか食っちゃうの」伝説になるぜー、と、一馬がにやにやする。

「いや、もっと飲んでおけば良かった」

溝口それはやめとけ、と晴希は笑う。

するとすると隣でトンの腹が、ぐう、と鳴った。トンが恥ずかしそうに両手で顔を隠している。「顔でかすぎて全然隠れてないな」冷静にそう言う溝口の頭を晴希は叩いた。

そのとき、

「あと一人で、七人だ」

一馬のひとりごとが、晴希の右耳をかすめていった。

3　七人目

溝口の実家は、その街が飛んでいかないようにするための重しかと思うほど、でんとしていた。
「何これ！　俺迷子になる自信あるわ！」「俺そんとき迷子のお知らせしたるわ！」まだ溝口の生態をよく知らないイチローと弦は、目と口を最大限に開けたまま大きな門の前に立ち尽くしている。「溝口の家、高級料亭やってんだよ」晴希は物知り顔でそう言ったが、実家に来たのはもちろん初めてだ。一馬は右隣で「そりゃヒマワリ食堂行かねえよな」と呟《つぶや》き、トンは左隣で「……高級料亭♥」と今にも涎《よだれ》を垂らしそうな顔をしている。

飲み会に潜入した夜のうちに、一馬から【仲間が六人になりました】というメールが一斉送信された。次の日、全員でヒマワリ食堂に集合した（溝口が高い酒をプレゼントした途端、溝口と店長はやけに仲良くなった）。食堂に集合した瞬間、イチローは「この二人、覚えとるぞ！」と溝口とトンを指さして叫び、続いて「体育で存在感やばかった二人や！」と弦が喚《わめ》いた。トンが頭をかきながら「照れるなあ」と言ったが、褒め言葉ではないとは誰も言えなかった。そこで一馬は二人にもビデオテープを渡した。

そしてその二日後、【明日午後四時に溝口の家に集合】というメールが一馬から回り、溝口以外からの【どこだよ】【都内の料亭をひとつずつ巡れってことなのかな】【ジャマイカとかじゃまいか？】【イチロー一番つまらん！】という返信が一馬に殺到することになった。

門から家のドアまでを歩く、という行為は初めてだ。「木、生えとるやーん！」「花、咲いとるやーん！」関西二人組は蛾《が》のように庭園を舞っている。

「【努力の前に成功がくるのは辞書の中だけだ】、ってやつだ。この家を建てるためにすごく努力したんだよ……俺の祖父母が」

ちなみに今のはイギリスのメイクアーティスト、ヴィダル・サスーンの言葉だ、と溝口は胸を張ったが、「お前は何の努力もしてないわけだよね」と一馬が笑顔で言う。

皆でちゃんとビデオが観られるところはないか、という一馬の発言を受けて溝口邸に白羽の矢が立ったのだが、溝口にとって「ちゃんとビデオが観られる」とは、「巨大スクリーンに映る映像をゆったりとした空間で観られること」という意味であることが判明した。

案内された部屋には大きなスクリーンとプロジェクターがあり、人数分の飲み物とポップコーンが用意されていた。「……ポップコーン？」「おふくろが、映画でも観ると思ったみたいだ」

「皆、渡してたビデオ持ってきてる？」

一馬がそう言うと、「もちろーん！」と叫んだイチローをはじめとして、晴希たちはそれぞれカバンからビデオテープを取りだす。

「今日はこのビデオ観ながら、俺がチアリーディングの基礎を説明していくから」

「ストップ！」弦が声を上げる。

「ビデオ観て思ったんやけど、そもそもチアダンスとチアリーディングってのは、どう違うん？」

俺もそれ思っててーん、とイチローがポップコーンを口に放り込む。

「フットサルとサッカーの違いみたいなもんちゃう？　野球とソフトボールみたいな」

「……僕にゃりに考えてみたんだけぢょ」

とりあえず飲みこめ、と一馬がトンにジュースを差し出す。口の中を埋め尽くしていたポップコーンをゆっくりと飲みこんでから、トンは言った。

「チアダンスの動画も観てみたんだ、あれから。チアダンスはラインダンスをたくさんやるけれど、チアリーディングはあまりやらない。逆に、チアリーディングは組み体操のようなことをするけど、チアダンスはやらない……どうかな？」

一馬は満足そうに頷《うなず》く。「トン、正解。チアリーディングの場合、膝《ひざ》の高さから人間二・五人分まで選手を持ち上げてもいいんだ。組み体操みたいなやつをスタンツやピラミッドっていうんだけど、そのときに規定の高さを超えちゃうと減点をくらっちまう。それに、確かにチアリーディングではラインダンスはあんまりやらねえな」

トンすげえじゃん、と弦が言うと、トンは頰《ほお》をふくらませて笑う。もちろん頰をふくらませている中身はポップコーンだ。

「あと、俺の中で最大に違うのはここ。チアリーディングは、観客との呼応ができるんだ」

晴希は、写真やビデオを思い出す。

「やっぱそれがすげえと思うんだよな。そんなスポーツって他にないだろ？　だって観客が参加するんだぜ」

ぼりぼり、とポップコーンをむさぼり食う音でトンが相槌《あいづち》を打った。

「おっきなルールとして、まあこれは大会に出るときはってことなんだけど、チームは八人以上十六人以下。演技の時間は二分二十秒以上二分三十秒以内。そのうち、合計一分三十秒以内は音楽を使ってもいいんだ」

「あ」と晴希が声をあげる。

「ビデオ観てて、なんでいきなり音楽が途切れたりするんだろうって思ってたんだけど、あの掛け声だけのところってルールで決まってんだ？」

ぼりぼ～り、とポップコーンをむさぼり食う音でトンは納得したことを示した。

「そうそう。音楽使用が一分三十一秒以上だったら、それも減点になるんだ」

一馬はそこで一呼吸おいて、全員の目を見つめた。トンは自分の分のポップコーンを食べ終えてしまったので、そっと弦の分に手を伸ばしている。

「俺はひとまず、十月にある学祭を初舞台にしたいと思ってる」

学祭、と晴希は繰り返した。命志院大学の学祭は、全国的に見てもかなり大規模だ。毎年、十月最初の土日、二日間かけて十万人以上の来場者がある。

学祭で、初舞台。晴希は心の中で呟く。

「現実的に考えて、一般的な十六人チームでの演技は間に合わないと思う。だから俺としては、一人メンバーを増やして、まずは七人でやりたい。オリジナルメンバーで、初舞台だ」


溝口は銃でも構えるようにリモコンをスクリーンに向けている。

「チアリーディングには三つのポジションがあるんだ。ハイ溝口止めて！」

溝口の停止ボタンはコンマ一秒も遅れない。「……静止画だと笑顔が猟奇的な人がおんな」ぼそりとそう言ったイチローの頭を晴希はぱこんと叩《はた》く。

「今一番上でY字バランスをしている人がトップ。飛ばされたりもするから、当然小柄な人が多い。まあ一番目立つ、花形ってイメージかな」

画面を指さしながら、このチームだと俺とハルかな、と一馬が続ける。確かに晴希も一馬も、体重は六〇キロに満たないくらいだ。「野球で言うと四番って感じ？」発言が無視されたイチローも溝口も弦も、身長は一七五センチ以上ある。

「トップを支えてるのがベース。肩にトップを乗せたり、てのひらで支えたりする。チームの要《かなめ》だ。体格がいいヤツがやるな、うん。弦とイチローはベースかな、あと……」

全員の視線がトンに集まる。「サッカーでいうとキーパーって感じ？」「いや、野球でいうキャッチャーやろ！」イチローと弦のやや的外れの会話は再び無視される。

「そんで、背後で構えてるのがスポット。役割はベースの補助、支えって感じだな。ラクそうに見えるかもしれないけど、トップを持ち上げるタイミングとかはスポットが指示するんだ。いわゆる司令塔」

司令塔、という言葉に溝口がピクンと反応した。ぎらりと光ったメガネの黒いフレームが、「まさにこの私のことですね」と言っている。

「この組み体操みたいなやつが【スタンツ】。今やってんのが【ダブルベース・ショルダー・スタンド】」

溝口再生押して、と一馬が指示する。

「ハイ、ストップ！　ハイこれ見てこれ見て」

一馬が指さす画面には、女の人がやっているとは思えないほど体に負担のかかりそうな技が映し出されている。人の上でY字バランスをするって、どんな感覚なのだろう。

ベースの負担は莫大《ばくだい》だと思われるが、全員、笑顔を保っている。

「今映ってるやつみたいに、スタンツをさらに組み合わせたものを【ピラミッド】っていうのね。これは【ロングビーチ】って技」

トンはメモを取りながら説明を聞いている。

「そんで、あ、いいよ再生して……ハイ止めて！」

一馬がそう言った瞬間、トップがすごい勢いで飛び上がった。

「これもいかにもチアリーディングって感じだよな。これはベースとスポットがトス隊になって、トップを飛ばしてる。ちなみに今飛んでるトップが俺の母さんね」

マジで！　と皆スクリーンに駆け寄る。一馬の母親はやはり小柄で、空中で足をまっすぐに伸ばし後ろ向きに回転している。観客が皆、わっと声をあげているのが静止画でもわかる。

空中でも笑顔だ。観客席にある何百という笑顔は全部、トップの軌道を追って上を向いている。トップは世界を照らす太陽のようだ。

あの場所に行きたい。晴希はそう思った。

その後も一馬は技が決まるたびに画面を止めさせて、細かく説明していった。「このすげー揃《そろ》ってんのがダンスね」「それは言われなくてもわかるんだが」「……そう言う溝口、リズム感なさそうやなあ」「うるさいんだが」

「俺たちはチア初心者だから、まずはダンスで最大限に魅せたいよな……ハイ、ここ！

これ【モーション】っていって、けっこう細かく決まってんだ」

よく見て、と一馬が皆を一度見渡した。

「この両手をV字にして高く上げるのが【ハイブイ】、下げるのが【ローブイ】。真横にするのは【Tモーション】ね。この、左手を腰にあてて右手を突き上げるよく見るヤツが【パンチアップ】。胸の前で手をたたくのが【クラスプ】。そんで、横や前に足を踏み出して姿勢を変えるのが、【ランジ】」

イチローと弦は「いきなりいっぱい言われても無理！」「覚えられまっへ～ん！」と言いながらも実際に真似《まね》をしてみている。「素早く動いて、ぴったり揃えることが大切」という一馬の言葉を聞いた弦は、素早い足の動きでポップコーンを蹴飛《けと》ばした。

「ホームラーン！」とイチローが叫ぶ。

「……流れで見とるとわからへんけど、ひとつひとつの技が繋《つな》がってんねんな」

ぶちまけられたポップコーンをかき集めながら、弦が言う。

「そう。スタンツができないとピラミッドはできないし、モーションが決まらないとダンスも揃わない。華やかに見えるけど、地道な努力の塊《かたまり》なんだ。あ、ストップ！」

画面には、まさに今動き出そうとしている三人組が映っている。

「こっからが、【タンブリング】。わかりやすく言うとバク転とかバク宙」

一馬の言葉が合図だったかのように、画面の中の三人が全く同じタイミングで動き出し、弓のように体をしならせて軽やかに連続バク転を決めていった。

できるようになりたい。イチローと弦が、「俺もなりたい！」「俺のほうがなりたいわ！」と続けた。無意識のうちに、声に出ていたようだ。

四角い画面の中から、チアリーダーたちの手や足が飛び出してきそうだ。こんなふうに動きまわれたら、どれだけ気持ちいいのだろう。

コトン、と音がした。溝口がリモコンを置いた。スクリーンの中で、演技はクライマックスへと差しかかる。カタ、と音がした。トンがペンを置いた。

全員が、スクリーンを見つめている。

「練習すれば、絶対俺たちもできるようになる」

一馬がそう呟いたのと、大きな歓声がスピーカーから聞こえてきたのは同時だった。最後の大きなピラミッドもばっちりと決め、演技を終えたチアリーダーたちはいっぱいに広げたてのひらを振りながら、笑顔で競技エリアから去っていく。何かが爆発したように沸き上がる拍手と、鮮やかな色をしたユニフォーム。一馬の母親は、最後まで観客に向かって手を振っていた。

一番最後まで手を振っている母親の姿を、一馬は最後まで見つめていた。

「……こうやって一つずつ見ていくと途方に暮れてるヤツもいるけど」

一馬はちらりと放心状態のトンを見ながら言う。

「基本からやっていくから大丈夫だ。まず、宿題な。毎日倒立をすること」

「倒立？　三点倒立じゃなくて？」トンの顔が、ムリですと言っている。

「そう、倒立。倒立は筋トレにもなるし、バランス感覚も鍛えられるし、チアリーダーの基本なんだ。トップもベースも絶対必要。これから毎日、思い立ったら倒立！」

一馬はそう言うと実際に倒立をしてみせた。一馬の倒立は、喩《たと》えるならアルファベットのIだ。ぴっちり閉じられた足先からてのひらまでまっすぐに伸びている。

「大切なのは、体をぎゅっと締めて一直線になる感覚を身につけること。尻とか胸とかが突き出たらダメなんだ。肩で床を押して、重心を常に高いところに引き上げる」

いきなりやるのが難しかったらはじめは壁とか使ってもOK、と言いながら一馬が倒立をやめる。その場でやってみると、晴希、イチロー、弦の三人は割ときれいにできた。トンは世にも奇妙な三点倒立を披露し、「気持ち悪っ」「今すぐやめて今すぐやめて」とやめさせられる。「溝口は、特にこれから毎日やってくれ。トンは三点じゃなくて二点でできるようにな。もちろん、俺も毎日やる」二点かあ、とトンが嘆く。

「あと必ず毎日やってほしいことは、ストレッチな。体が柔らかいとケガもしにくいし、タンブリングにも影響する。柔軟は毎日やれば絶対に効果が出るから、毎日続けてほしい」

一馬はそう言うといきなり脚を一八〇度に開いたため、急に床に埋まったかのようにすとんと上体が落ちた。「無理だ」溝口は「一足す一は二だ」というようにきっぱりと宣言する。

「無理じゃないよ。絶対できるようになる」

一馬はするすると元の体勢に戻る。

「絶対、できるようになる」

ゆっくりともう一度、一馬は言った。

コンコン、と、ノックが部屋に響いた。反射的に、溝口がプロジェクターの電源を切る。

「もう夜でしょう、夕飯どうですか？」

「似すぎやろ!!」

ドアが開くやいなや、関西二人組が同時にツッコんだ。「母親もメガネとかベタやな！」ドアを開けた溝口の母親はきょとんとしているが、晴希も一馬もトンも心の中では同じツッコミを入れていた。とりあえずメガネをかけているところから始まり、目元、頬骨の出具合、顎《あご》のライン、全てが溝口とそっくりだった。

「別にわざわざ来なくていいって言ったのに」と、溝口。

「いいじゃないの渉。皆さん映画はどうでしたか？　勉強になりましたか？　あら、ポップコーンも全て食べてくれて……一階に夕飯が用意してありますからね、召し上がってくださいね」

母親は迷惑そうにする溝口にお構いなしに、「冷めないうちにいらしてくださいね」と、部屋から去っていった。「映画？」とトンが言うと、「だから、この部屋を貸してもらうために、映画を観るってことにしてあったんだ」と溝口は答える。「母親からしか遺伝子を受け継いでいない新しいタイプの人類のようですね、博士」「そのようだな助手」一馬と晴希がふざけていると、トンが「そうなんだ。じゃあ夕飯を食べに行こう」と、カバンから箸《はし》を取り出す。

「マイ箸?」「名前彫ってあんぞ!」「遠野浩二って誰?」「まさかトンの本名?」

バタン、と音をたてて溝口がドアを閉めた。

「外で食べよう」

溝口の声には、他の意見を寄せ付けない強さがあった。一馬が「でも、用意してくださってるんだろ?」と言っても、「いいんだ。どうせ店で出すものだから」と、いつもよりも大きな声で溝口は答える。

「それより、カズは前から七人っていう数字にこだわってるみたいだけど、何か意味はあるのか?」

溝口は、ビデオを取り出しながらそう言った。ここで夕飯を食べるという選択肢は、溝口の中では完全に消えたようだ。マイ箸を鼻の穴に刺す、というよくわからない形で自分の意見を主張していたトンを、晴希は「諦《あきら》めろ」と小声で諭した。

「さっき、大会では八人以上十六人以下がルールやって言っとったもんな。七人じゃダメやん?」と弦。はじめてまともなこと言ったな、と思っていると、イチローが「お前はじめてまともなこと言うたな」と隣で目を丸くした。

「一人足りないくらいがさ、ちょうどいいと思うんだよな」

一馬はかばんの中にビデオを片づけ始める。

「母さんが一番はじめにチームを立ち上げたときの人数が、七人だったんだって。だから大会も目指せなかったらしいんだけど、いつ思い出しても、その時期が一番楽しかったって言ってたんだ」

白いケースの中に黒いビデオテープがサク、サク、と収められていく。いつのまにか、窓の外がしっとりと暗くなり始めている。

「大会で優勝とかしたときもそれはそれで楽しかったんだろうけど、技術もなくて、練習場所もままならなくて、しかもいくら練習したって大会には出られない。七人で練習してたときが一番楽しかったんだって。あと一人集まったら大会に出ようね、って、それを合言葉にしてたって」

確かに、とイチローが言った。

「俺も、田んぼで木の棒とか使って野球やっとったガキんころが一番心から楽しんどったかもな」

「そうそう、そういうことだと思うんだよ。だから俺もまず、母さんを見習ってっていうか、ま、いきなりそんな集まんねえだろってのもあるんだけどさ」

まだ知らないことがたくさんある。晴希は目の前にある十年来の親友の横顔を見てそう思った。誰よりも腹を割ってお互いのことを話してきたと思っていたけど、俺はまだ、カズのことを何も知らないのかもしれない。

「【たとえマスタードの種のように小さな始まりでも、芽を出し、根を張ることがいくらでもあるのです】。ナイチンゲールの言葉だ」

出たね、溝口お得意の名言集、と晴希が笑うと、一馬が真剣に言った。

「絶対に芽を出して、根を張ってやろう。俺の両親まで届くくらい」

おう、と返事をしようと思ったら、トンがぐうと腹を鳴らした。「ベタな漫画かお前は」とイチローに腹を叩かれている。

「じゃあ外に飯食いに行くかー」

近くにおいしい中華があるぞ、と溝口が言い終わるが早いか、トンがシャキンとマイ箸を取りだした。「さっきと違うヤツやん！」「和食と中華でデザイン使い分けてんねん！」

両親に挨拶《あいさつ》だけでもとリビングに行こうとする五人を溝口が断固として止めるので、そのまま溝口家を後にすることになった。「俺が言っておくから大丈夫だ」そう言われても、と思ったが、五人は溝口の鋭い目線に負けてすごすごと退散した。「くそ、どさくさに紛れて溝口の部屋見つけたろと思っとったのにな」「どんなエロ本持っとるか予想つかんねんコイツ」

やっと役目を終えた太陽が、残光を滲《にじ》ませながら消えていく。皆でビデオを観ている間に、こんなにも時間が過ぎていたのかと思う。

「そーいえば、イチロー」

思い出したように弦が言った。

「カズたちが潜入してきたときにはおれへんかったけどさ、あの体操の授業、めっちゃすごいヤツひとりおるよな？」

あ！　とイチローが声をあげる。

「おるおる！　あいつやろ、徳川翔《とくがわしょう》とかいう近々天下統一しそうな名前のヤツやろ？　お手本とかいつもやらされとるよな！」あいつこそ四番や！　とイチローは素振りをする。

「先週は休んどったから、カズたちは見てないはずや。いつも休んどるわけやないし、今週は来るんちゃうか？」と、弦。「プリンス系イケメンやからな。なんとなく今まで話したことなかってん、俺ら」イケメン苦手やねーん、と、ガサツに笑うイチロー。

「お前らが仲良くなってくれてたら、また今週も授業に潜入することはなかったかもしれないのに……」

一馬の言葉に、トンと溝口がピクンと反応する。「やだやだやだ」とトンが首を振る。

「今週ももぐりますか、体育」

トンがまた鼻の穴にマイ箸を突き刺すというわけのわからない自己主張をしそうになったので、晴希は慌てて止めた。

目の前に中学二年生の晴子がいる。セーラー服の襟が風に吹かれて靡《なび》いている。晴希は中学一年生だ。学ランがまだ大きい。

晴子は悲しそうな顔をしてこちらを見ている。悲しそうでもあり、痛そうでもあり、悔しそうでもあり、晴希を睨《にら》んでいるようでもある。晴子の背後にはたっぷりとした夜空が広がっていて、まるで晴子が夜を背負っているように見える。晴子は何も言わずに、一直線に晴希を見つめている。

子どものころは、取っ組み合いのケンカをしても晴子の常勝だった。しかしいつからか、晴子の力では晴希は倒れなくなってきた。それは、晴希の体は硬い筋肉をまとった男らしい骨格へ、晴子の体は丸みを帯びた女性的な骨格へと変化をしていく時期だった。

「私は誰にも負けたくないのに」

中学校の女子柔道部で、晴子は浮いていた。一年生のころから先輩の誰よりも強かったというただそれだけのことで、生意気だと言われていた。それは男子部から見ても明らかだった。晴子が二年生になったころ、普通に接しているのは晴希と一馬くらいだった。

ある夏の日、団体戦のメンバーを決める校内試合で、晴子はついに皆の前で女子部長に勝った。そのとき女子部長と男子部長は付き合っており、女子部長は男子部長に晴子の悪口をこぼしていた。

そしてついに、男子部長は晴子の目の前でこう言った。

「いいよな道場の娘は。子どものころから環境に恵まれて。強くならないはずないもん晴子は男子部長に飛びかかった。しかしもちろん、十五歳の男に、十四歳の女は敵《かな》わなかった。

敵わなかったのだ。

その日、夕食の席にいない晴子を、晴希は探した。すぐに、屋上でうずくまっている晴子の姿を見つけた。

「姉ちゃん、ごはん」

晴希の声に、晴子はゆっくりと立ち上がった。セーラー服はしわしわになってしまって、スカートは襞《ひだ》の部分がぐちゃぐちゃだった。

「……ハルはいいよね」

晴子が振り返る。

「ハルは男だもん。肩幅もあって、筋肉もついて、誰にも負けないようになれる」

晴子は泣きながら笑っていた。たぶん、一番悲しいかたちで笑っていた。

「……私は誰にも負けたくないのに。体は大きくならない。胸なんかいらない。こんな細い体、いらない！　もっと強い筋肉が欲しい！　男か女かなんて関係ない！　あんなヤツ倒してやりたい！　絶対勝てるのに！　私が女ってだけで、なんであんなヤツにも敵わないの！」

晴子は肩で息をしている。

「……ハルが羨《うらや》ましい。ハルは男だから、誰よりも強くなれるんだよ。柔道ずっと続けてよ。私の代わりにあの男を倒して。私はウチの部長を何度だって倒すから」

この世界にあふれているすべての不条理を貫いてしまうほどの強い光が、晴子の目の中で深く深く息をしていた。

晴子は、晴希を見つめ続けている。

違う。

晴希の背後に立っている一馬を、溝口を、トンを、イチローを、弦を見つめ続けている。

そこで目が覚めた。Tシャツが汗に濡《ぬ》れて、寒いくらいだった。

惜しげもなく降り注いでくる朝日の中で携帯電話を開くと、夜中のうちに届いていた未読メールが二通あった。【逆立ちやったで】【倒立、ストレッチ、完了】イチローと溝口からだ。倒立とストレッチを毎日しろと一馬に言われてから、メンバー内では「やりました」とメールを送り合うようになっている。特に、思い立ったらやれという倒立にこのメールは効果的だ。

晴希はTシャツの裾《すそ》をナイロンパンツの中に入れて、「よっ」と倒立をする。重心を高く保ち、肩で床を押すイメージで。毎日何回もやっていると、自分の体の中に確かな軸が生まれているような感覚になる。きれいな姿勢を保つためには、腹筋や背筋など、体幹部の筋肉が大切であることがよくわかる。

柔道ずっと続けてよ。

逆さになった世界を眺めながらも、頭の中では晴子の言葉が響き渡っていた。頭に血が上っていくように、記憶の中にある晴子の声がゆっくりと体中に浸透していく。晴希は何度も何度も倒立を繰り返しながら、晴子の言葉を思い出していた。


「逆さから見ると、女子のTシャツの中身が見えそうな気がすんねん！」

「あ、それわかる！」

「弦もカズもうるせえ。今あそこの女子がすげえ睨んでたぞ」

「ハル、俺たちが言っとった体操のお兄さんはな、あいつや、あいつ」

イチローがくいくいと顎を動かした先には、壁を利用して倒立をしているトンの姿があった。体重が重いトンは、壁を使わないと腕だけの倒立ができない。「トンが体操のお兄さん……？」「ちゃうわ！　その向こうにおるヤツや！」ツッコますな！　と、イチローにつつかれてバランスを崩される。

トンの向こうにあるマットでは、白いTシャツに黒いラインの入った長ジャージをはいた男子が立っていた。さらさら黒髪に高い鼻、切れ長の二重瞼《ふたえまぶた》。

「何あれ王子様？　徳川って名字だけあってオーラあるな」

「いかにも一五〇キロ級エースピッチャーて感じやろ？」

「しっかし、引き締まったいい体してんなー」

「まっ！　カズくんたらあ、すうぐカラダ見るう」一馬が弦を蹴り倒す。

今日の体操の授業では、各自の実技披露が行われるそうだ。それが先生から発表されたとき、トンは素直に「いやです」と声を出した。声を出したのはトンだけだったので、体育館内は異様な空気になってしまった。

溝口からは前日、【悪い、諸事情で行けない。君たちで七人目を連れ去ってきてくれ】と人聞きの悪いメールが届いていた。今日、溝口は来られなくてちょうどよかったかもしれない。実技は学生全員の前で順に行われるようなので、ピノキオの鼻のように高い溝口のプライドがへし折られるところだった。

実技が始まるまで、それぞれ思い思いに技の練習をしている。トンはストレッチが終わった途端、「倒立がんばらなきゃ」と本来の目的を忘れて壁倒立を繰り返しているし、晴希たち四人は四人で倒立をしては休み、倒立をしては休みを繰り返していた。

「あいつなっかなか技やらへんな。今はブルペンってことか？」

「前はぽんぽこぽんぽこバク転とかしてたてんで」

「……俺たちがガン見してるからじゃない？」

「……しかも四人揃って倒立しながらな」

やがて空気を切り裂くようなホイッスルが鳴り響き、男女別に整列させられる。男女それぞれ一人ずつ技を行い、その他は座って待機だ。

男子のマットでは弦が勢いのあるロンダートを決めており（技のあとに「照英《しようえい》です！」と叫んだので爆笑されていた）、女子のマットでもいかにも元気そうな女子が甲高い声をあげながら脚の曲がった側転をしていた。徳川翔は男子の列の四番目だ。

不意に隣を見て、晴希は「あ」と小さく声を出した。初めてこの授業に潜入したときに、つい目が奪われるほどに危なっかしかったポニーテールの女の子がそこにいた。不安そうな表情だって前と変わらない。ただ一つだけ違うのは、右の鼻の穴に突っ込まれているティッシュ。

「……鼻血？　実技、やめといたら？」

晴希が声をかけると、その女の子は驚いた様子でこちらを見た。潤んだ大きな目が印象的だった。人見知りなのかもしれない、怯《おび》えているようにも見える。

「いや、さっきマットにぶつけて鼻血出ちゃっただけで……私、この授業頑張らないとダメだから」

意外にもはっきりとした口調でそう言いながら、女の子は困ったように笑った。大きな目と小さな口と細い体。こんなところにいなかったら、高校生くらいに見えるかもしれない。

「そっか、なら、頑張ろう」

女の子は一瞬だけ目を見開いて、ティッシュを鼻のもっと奥に押し込んだ。

「ありがとう」

晴希の後ろに並んでいた一馬がトントンと肩をたたき、「何、ナンパ？」とからかってくる。殴ってやろうと後ろを振り返ると、一馬は少し上を見上げるような角度のままぽかんと口を開けて固まっていた。

「すげえ」

こぼれでる一馬の声。晴希は一馬の視線の先を追う。

体育館の時が止まっているのかと思った。遥《はる》か上空にある徳川翔の形のいい目と、目が合った気がした。きっと、そこにいる誰もがそう思っていた。彼は弓のように体をしならせて、高い位置でゆっくりと回転している。

「七人目見つけた」

そう呟いた一馬の声が、やけにはっきりと聞こえた気がした。

トンが落としたスプーンがカレーを飛び散らせ、弦のTシャツに斬新な模様を付けた。

「俺はできない」

翔はもう一度そう言うと、「……Tシャツすごく汚れたよ」と弦を指さした。

体育が終わってすぐ、晴希たち五人は翔を囲もうとした。「あのイケメン将軍を探せ！」「この体育館で一番モテそうなヤツを探せ！」とイチローと弦がわあわあ騒いでいると、トンが「もしかして彼？」と今にも体育館から去ろうとしている男子学生を指さした。その男子は真っ黄色のTシャツに真っピンクの短パン、そして真緑のキャップというどこかの国の国旗のような服装をしていた。

「いや、あれはない」「あれは違う」「イケメンはあんな服着ん」と矢継ぎ早にトンの意見を却下していたメンバーだったが、トンが「徳川翔くん？」と呼んでみると、その原色カラフル男子はくるりと振り向いた。

「私服ダサ!!」

イチローと弦のツッコミが見事に重なったところで、晴希たち五人は翔に向かってロケットスタートを切った。「え？」と気味悪がる翔に五人は立て続けに名乗り、そのまま「奢《おご》るから奢るから！」「マイ箸貸すから！」とヒマワリ食堂に連れ込んだ。

ヒマワリ食堂に着いた途端、翔は「あ！　どっかで見たことあると思ってた！」とトンのことを指さしながら叫んだ。「この王者がいるってことは？」「もちろん、裏メニューが食べられるんだよ」晴希の言葉を聞いた翔は、人なつっこい猫のような笑顔を見せた。整った顔に、くしゃっとした笑顔。コイツはモテるな、と晴希は直感した。

「高校のとき、ちょっと体操をしていたんだ」翔は食事の仕方も美しかった。食器も口の周りも汚れていない。隣のイスの上であぐらをかいているイチローが「ずっと体育のジャージのままでおったら絶対モテるのに……」と、悲しそうに呟く。

海原のようなカレーを片づけているトン以外のメンバーが食事を終え、一馬は「さて」と深い息をした。そして、まっすぐに翔を見つめて、「俺たちのチアリーディングチームに入ってほしい」と単刀直入に告げた。

しかし、翔の単刀のほうがもっと直入だった。

「俺はできない」

あまりにも直入であったため、イチローはお冷やを飲みながら「へーそうなんやあ」と言ってしまった。その後、トンが弦に向かってカレーを飛ばす。

「俺たちは今日、チアリーディングチームのメンバーを探すためにあの授業にこっそりもぐりこんだんだ」

一馬に続いて「全然こっそりじゃなかったけどね……」と翔が小さく呟く。

「それで君のタンブリングに一目惚《ひとめぼ》れした。俺たち全員」

「恥ずかしいけど……アタシも惚れたわ」「あら、アタシもよ」晴希はそばにあったおしぼりでイチローと弦の口を塞《ふさ》ぐ。

「ごめん、それでもできない」

あんなにも穏やかだった翔の表情は、いつのまにか翳《かげ》ってしまった。トンがテーブルに置いた銀色のスプーンが、カンと冷たい音を立てる。

「俺たちは、本気でチアリーディングをやりたいと思ってる。そのためには、翔の力が必要なんだ」

「できない」

翔の目は、一馬に負けないくらいに本気だった。そして、いらなくなったものでも捨てるかのように投げかけられた「できない」は、先ほどの「俺はできない」とは全く違った温度だった。

この「できない」は、「俺はできない」じゃない。「君たちはできない」だ。

「掲示板に貼《は》ってあったチラシ見たよ。あれ、君らのチラシでしょ？　今日だって技をやってるところ見たけど、あれじゃ絶対チアリーディングなんて無理だ。ましてや男だけで。そんなチーム見たことないし、チアってそんな甘いもんじゃないんだよ。素人が集まって練習したところで、遊びレベルのものしかできない。タンブリングだけじゃない。スタンツだってダンスだって、どうやって練習するつもり？　コーチは？　場所は？」

きつく締めてあった蛇口を力任せにひねったみたいに、翔の言葉は止まらない。

「現実的じゃないよ。俺は、そんな甘い考えでチアをやるチームには入りたくない」

翔は、一馬の目をまっすぐに見たままそう言った。

「チアは、そんな甘いもんじゃないんだ」

翔は、奥歯で言葉を噛《か》み砕くようにそう言って、ごちそうさま、とヒマワリ食堂を出て行ってしまった。残された五人はテーブルの中心を見つめたまま黙りこんでしまう。

「……ま、今までが順調すぎたんちゃう？」

弦がカレーの染みの部分をおしぼりでとんとんと叩《たた》きながら言う。

「それにしてもなんや、すげえチアに詳しくなかった？」

こくこく、とトンが頷くと、顎の肉がぷるんぷるんと揺れた。

「今日は一回目の勧誘に失敗しただけだ。翔は絶対チームに入る」

一馬は何か確信したように言った。

「あいつが何者なのかはわからない。だけどあいつ、チアの厳しさを知ってる。少なくともチアに触れたことがあるんだ」

スタンツ、タンブリング。翔はチアリーディング用語をいくつも知っていた。

「俺たちが本気だってことを示せば、あいつはきっと七人目になってくれる」

「いいカラダの持ち主だしねっ♥とふざける弦に一馬がヘッドロックをかけていると、

「七人目、捕り逃したみたいだな」

と、人情味のない声がドカンとテーブルの上に落ちてきた。「エロメガネどこ行ってたん!」「お前、今日の体育の実技サボったから来週皆の前でやり直しらしいで、バク宙」イチローと弦の発言は無視して、一馬は言った。

「溝口、今日何で体育来られなかったの?」

「料亭の新メニューでも考えてたの?」じゅるりとよだれを垂らすトンを片手で制すと、溝口はメガネをギランと光らせた。

「命志院の女子チアのチームに話を通してきた。今度、一緒に練習してくれるようにな」

トンが芝生の上に広げた雑誌のページが、太陽の光をぴかりと反射させる。

「これこれ、これ見て」

トンの太い指がさしているページには、【大特集！　最強王者SPARKS、それを追う実力集団DREAMS】という文字とそれぞれのチームの写真が載っていた。

「うちのDREAMSって、こんなに強いのか」

知らずに合同練習を頼んでしまった、と溝口がメガネを直す。記事によると、これまで圧倒的な得点差で王者の座を譲らなかった【SPARKS】という他大学のチームに、命志院大学のチアリーディングチーム【DREAMS】が肉薄しているらしい。野球やサッカー、もちろん柔道にも「この大学は強い」、というものはあるが、そういう世界がチアリーディングにもあるのか、と、当然のことを再確認する。

溝口曰《いわ》く、【DREAMS】の練習に参加するのは、ちょうど二週間後の午後五時からになったという。「二週間後か、ちょうどいい目標になるかもしれないな」一馬はにやりとする。「女子チアかあ」「ミニスカートかあ」と鼻の下を伸ばすイチローと弦の頭を一発はたき、晴希たちは大学の近くの公園に向かった。「公園で練習？」と訝《いぶか》しげに言う溝口に向かって、一馬は当然だという顔で頷く。「翔が言ったように、俺たちに練習場所なんてないだろ。公園で十分！」あとから聞くと、トンと弦は午後の授業を完全にサボったらしい。

大学のすぐ近くには、命志院生御用達《ごようたし》の芝生の公園がある。敷地はとても広く、手入れも行き届いているので、朝昼晩問わずサッカーやバドミントンを楽しむ学生たちで溢《あふ》れ返る。中でも人気スポットの一つが、大きな木に囲まれた芝生のスペースだ。トイレもあるし自販機も近い。偶然そのスポットが空いていたので、晴希たちは荷物を木の根元に置いて体操着に着替える。

「さて、皆聞いてくれ」

トンの倒立の補助をしながら一馬が言った。今のところ、トンと溝口は補助がないときれいな形で倒立ができないので一馬と晴希がそれぞれ補助についている。イチローはいつものようにニカニカ笑って、「何で逆立ちもできへんのやー、しっかりしろやー」と言いながら地面に手をついた。無駄のない動作だ。トンが血の上った真っ赤な顔で何か言ったようだったが、晴希にはよく聞こえなかった。

「女子チアの練習に行くのが二週間後。とりあえず、一週間後までに達成したい目標が二つある」

一馬は全員によく聞こえるように、大きな声で続けた。

「一つ目は、翔をチームに入れること」

それはもちろん！　と答える弦の倒立はきれいだ。脚もしっかり閉じられ、胸や尻が出っ張ることもなくまっすぐ。「よしよし」と一馬が満足そうにうなずく。

「二つ目は、ロンダートとバク転を連続してできるようにすること」

その言葉を聞いた瞬間、トンと溝口が地面に崩れ落ちた。「精神的ショックでメガネが割れるところだったんだが」と言いつつ、溝口は体勢を立て直す。

「大丈夫だ、絶対できる」

そう言う一馬に、「バク転ってあのバク転か？」「僕みたいなシルエットの人がバク転したらそれはもう世にも奇妙な物語だよ……」と、溝口とトンは倒立をしたままわあわあ抵抗する。一馬は、まあ聞けよ、と二人を制する。

「一週間後の体育の授業で、翔に見せてやるんだ。それで翔がチームに入って、七人でDREAMSのところに行く。この流れでいこう」

バク転ができるようになったら、何でも食べさせてやるから、と晴希が言うとトンの倒立の姿勢はきゅっと引き締まった。バク転ができるようになったら、好きな酒好きなだけ飲ませてやるから、と一馬が言うと、溝口が「……北陸に行かないと手に入らない焼酎《しょうちゅう》でも？」と訊《き》き直してくる。

思い立つたびに倒立をしていると、回数を重ねるたびに安定していくのがわかる。これがチアの技に繋がっていくと思うととても気持ちがいい。

「イチロー、弦、お前ら次のステップな。その姿勢、肩で地面を押す感覚を保ったまま、前後に歩く練習だ」

やったらあー！　と叫び、イチローと弦はそのまま動こうとする。倒立で歩くなんてことは、昔から一馬とよくやっていた。その遊びがこんなふうに活かされる日が来るなんて、あのときは全く考えていなかった。

「トン、俺はお前のベース力に期待してるからさ。まあ焦らずいこう」

一馬の励ましに、トンが小さく「ありがとう」と言ったのが聞こえた。溝口は赤い顔をして耐えている。家の壁を使って練習したのだろう、補助さえあればきれいなIの字を作れるようになっている。

「基礎から一つずつやれば絶対にできるようになるんだ。素人だって、そうやって頑張ればできるようになる」

真面目《まじめ》にそう言う一馬の周りを、イチローと弦がゴキブリのようにカサカサと倒立で歩き回る。

「翔もそれをわかってくれる」

真夏の太陽は六人を溶かすように照らし、Tシャツが背中にぴたりとくっつく。いつしか、ちらちらとこちらを見ながら通り過ぎていく学生たちの目線も気にならなくなってきた。一馬が汗をぬぐいながら言う。「倒立ばかりだと疲れるから、間にストレッチを挟もう。ゆっくりと筋肉を伸ばすんだ」

夕方になってもなかなか気温が下がらない。六人は汗だくになったTシャツを何枚も着替えた。自販機で買ったアクエリアスを飲み、それを全て汗として発散していた。

「溝口とトンには、俺がロンダートを教える。ハルとイチローと弦には、バク転の練習に入ってもらう。第一段階はこれだ」

一馬はそう言うとタオルで汗を拭《ふ》いて、立ったままの状態から後方へ体を倒してブリッジをした。「おお！」と弦が声をあげる。

「これはバク転の前段階として、バランスや重心の取り方とかの感覚をつかむのに役立つんだ……って、何かお前ら勢いでバク転できそうだけどな」

そんな勢いでできるわけないじゃん、と晴希が顔の前で手を振ったのと、「おりゃっ」とイチローが地面を蹴って大きく腕を振り上げたのは同時だった。

イチローの靴底が晴希の顔の高さまで上がってくる。それと同時に、細かくちぎれた芝生の切れ端がはらはらと飛び散り、弦の汗ばんだ首筋に張り付いた。全身がバネのようになったイチローの頭が元の位置に戻ってくる。

通りすがりの女子学生が「すごーい」と小さく声をあげたのが聞こえた。イチローは手についた芝生をパンパンと払ったあと、笑った。

「勢いでできるもんやな」


各々の授業が始まる前までの時間、そして授業が終わってからの時間、六人は毎日公園に集まった。もう七月も後半に差しかかり、大学では前期試験対策期間に入っているため休講になっている授業も多い。試験対策期間とはもちろん試験勉強をするための期間なのだが、誰一人として勉強はしていなかった。朝八時には全員が顔を合わせ、時間をかけてストレッチをしてから、日課である倒立をする。そして十分な水分補給、休憩の時間を取りつつタンブリングの基礎を練習していると、あっという間に昼食の時間になって、汗だくのまま皆でヒマワリ食堂へと走る。一番暑い時間帯である十四時から十六時のあいだは、ヒマワリ食堂のテレビとテーブルを借りて、一馬の母親のビデオを見ながらポジションや技の研究をする。一馬は、一つ一つのスタンツ、ピラミッド、モーション、ポジションの役割を事細かに説明してくれる。晴希たちはメモをとったり実際に動いてみたりしながら、チアリーディングの知識を身につけていった。とにかく時間がない。翔をチームに入れ、DREAMSとの合同練習に参加するためには、少しの時間も無駄にはできなかった。

すっかり仲良くなったハゲ店長が冷たいスイカを持ってきてくれるころには体力が回復しており、一番暑い時間帯を回避した六人はまた公園で練習をする。家に帰ると時間を見つけて倒立。誰かからの【倒立完了】というメールが、甘えてしまいそうになる自分の尻を叩いてくれる。

「おい、弦」

イチローが、弦のパーマがかかった茶髪をつんつん引っ張る。

「昨日、逆立ちの連絡してへんのお前だけやぞ。サボっててえぇのんかぁ～？」

乱れた髪の毛を直しながら、弦は「ちょっと忘れただけやろ」と口を尖らせる。帰り際、服を着替えているときは大抵こういうやりとりが交わされる。

弦は負けず嫌いだ。子どものころからそうだった。

正確に言うと、イチローに負けるのが絶対に嫌だった。

小学生のころから一緒に野球を始め、中学も同じ野球部だった。イチローは天性ともいうべき運動神経を備えていたため、入部してすぐにレギュラーになった。イチローは不動の四番を背負い、先輩が引退した中学二年の秋からは絶対的なエースとなった。一方、弦はいつだって「イチローの親友」というポジションでありムードメーカーであった。イチローと共にボケ、ツッコまれ、毎日泥まみれになって白球を追いかけていた。

だけど一度も、イチローに勝てなかった。

弦は高校でサッカー部に入部した。周囲には「野球にもう飽きてーん」とおちゃらけて言っていたが、本当の理由はそうじゃなかった。

だけどそれは誰にも言わなかった。サッカーもそれなりにできたし、部活仲間もいい奴《やつ》らだったし、それでいいと思っていた。

だけどやっぱり、それなりなのだ。弦はどこでも一番にはなれなかった。

イチローは勝ち負けにこだわらない。くだらないミスで負けた試合でも、しょうがないしょうがない、と言って笑っている。弦が絶対に負けたくないと思っている相手は、何かに勝つことに全く執着していない。

イチローは、自分ができるのだから皆もできるだろう、という顔をして誰にもできないプレーを連発していた。そんな姿は、他のメンバーにとってプレッシャーだった。だけど、イチローは偉ぶらない。どのポジションに立っても誰よりもうまいのに、偉ぶらない。だからこそ部の誰もイチローを嫌うことすらできなかった。
　さらにイチローはきっと、悔しいという感情を知らない。
さらにイチローは、悔しい、という感情を自分が知らない、ということを知らない。
だから、倒立がなかなかできないトンに向かって、言ってしまう。
　何で逆立ちもできへんのやー、しっかりしろやー
誰もできないバク転を一発で決めたあとに、言ってしまう。
　勢いでできるもんやな
できない。普通はできない。お前だからできる。弦はあのとき、ゲラゲラと笑いながらいろんな言葉を飲みくだしていた。トンは苦手な倒立をしながら、真っ赤な顔をして、小さな声で誰にも聞こえないように呟いていた。だけど弦には聞こえてしまっていた。
　ごめんね
トンのその声を聞いたとき、突然、弦は血液が逆流したような気持ちがした。過去の自分に向かって、真っ赤な血が流れていっているような気がした。あのときにトンが感じていた感情を、弦は今まで何度感じてきたかわからない。中学の最後の試合のレギュラー発表の瞬間。県選抜選手に選ばれたやつがいる、と、コーチが言った瞬間。部の仲間たちと遊びでボウリングをしているようなときでさえ、そんな瞬間はあった。イチローの前から逃げ出したくなるのだ。その場にいられなくなるのだ。そして、逃げた。そ

んな理由で野球をやめた。弦は、背中に張り付いてしまったTシャツの袖を肩までたくしあげる。俺はサッカーをやりたかったわけじゃない。ただ、イチローのそばで同じスポーツをしたくなかっただけだ。

だけどまた、俺は、イチローの元へ帰ってきた。弦は汗ばんだてのひらを、ぎゅっと握りしめる。

もう一度戻ってきた。イチローの隣に。それはなぜだろう。わからない。

ずっと苛立《いらだ》っていた。言ってやりたかった。お前はやろうと思ったら何だってできる、もっともっと勝ち負けにこだわれば優勝だってできる、もっともっとメンバーに歩み寄れば頼りになるリーダーにだってなれる、お前は何だってできる。だけど言ってやらなかった。絶対に言ってやらなかった。

悔しかった。イチローに勝てない自分自身も、何にも奮起しないイチローの姿も。

八時を回り、暗くなった公園には人影もまばらだった。三枚目のTシャツに夏の風が絡まる。昨日、溝口が体をピンと伸ばしたまきれいなロンダートを決めた。晴希が初めて補助なしでバク転に成功した。弦は「すげえ！」と抱擁したが、心の中ではやっぱり悔しかった。

自分は負けず嫌いなのだ、本当に。心の底では、誰にだって負けたくないと思っている。

イチロー、多分お前は、やろうと思ったら何だってできる。

だけど俺にだって、できるはずだ。

弦はタオルで汗を拭いて、心を落ち着かせた。バク転への恐怖心は、もう無い。

「よし」

声を出して、弦は腕を大きく振り上げた。


ヴ、と携帯が震えるたびに、どうしてもペンを置いてしまう。どれだけ遠いところに携帯を置いていたとしても、なぜだか、必ず聞き取ってしまう。

メールは弦からだった。内容は、【バク転成功】。

周りに何もないことを確認して、床にてのひらをつく。毎日母が掃除してくれているフローリングに、自分の影が落ちる。

小学生のころから頭がよかった。そのころ、周りの皆がどうしてテストで間違えるのかがわからなかった。頭がいい上に素直だった溝口は、その思いを自然に言葉に出していた。どうしてわからない。何がわからない。小学生のうちはそれでよかった。周りもそんな溝口を自然に受け止めていた。

そのころは健在だった祖父母の「公立の学校で伸び伸び育てるべき」という教育方針から、溝口は受験をせずに地元の公立中学へ進学した。本来ならば都内トップクラスの私立中学へ入学することも可能だったが、両親は、一代で大きな料亭を創《つく》り上げた祖父母に頭が上がらなかった。

　中学校に入っても溝口の性格は変わらなかった。ただ本人に悪気はなく、思ったことを素直に口に出していただけだった。周囲の方が溝口よりも素直でなくなっていった。やがて、溝口が何か話すたびにくすくすと笑い声が起こるようになっていた。誰も溝口と話さなくなった。溝口が触るものは誰も触らなくなった。順位表のトップ以外に、溝口に居場所はなかった。自分より下の位置に名前がある生徒を見下していないと、足元ががくがく震えた。

　昔から足が速かった溝口は中学校では陸上部に入り、長距離の選手になった。一人で淡々と練習をこなし、常に己と戦う長距離は溝口の性格に合っていた。

　自分は周囲とは違うと思っていた。選ばれた人間なのだと思っていた。そう思わないと、この細い二本足では立っていられなかった。

　陸上部の顧問は、いつも一人で練習をしている溝口を誰よりも見ていた。そして言った。

「溝口、もっと苦悩する道を選びなさい」

　そのときは、その言葉の意味がわからなかった。

「人は苦悩を突き抜けて、歓喜を勝ち得るんだよ」

　顧問はそう言って、溝口を駅伝のチームに加入させた。溝口はそこで初めて、誰かからタスキを受け取り、誰かへタスキを渡すために走った。その中で生まれる衝突、競争、それが苦悩なのだと知った。と同時に、それが歓喜なのかもしれないと思った。

その冬、祖父母が相次いで他界した。するとすぐ、レベルの高い私立中学への編入試験を受けさせられた。両親はもともと公立ではなく私立の進学校に溝口を通わせたがっていた。それを祖父母が止めていたのだ。

ある日の練習の終わりに、溝口は自分が転校するということを部員に告げた。罪悪感からか、駅伝チームのメンバーの顔は見ることができなかった。俯《うつむ》いたまま言った。

今までありがとう。

言いながら、また苦悩が訪れたんだと思った。せっかく歓喜を勝ち得たと思ったのに、またこうして、苦悩がやってくるのかと思った。

溝口をチームに引き入れてくれた顧問は、冬の寒さに負けてすっかり冷たくなってしまった溝口の両てのひらをしっかりと握った。

「【我々はひたすら悩み、そして歓喜するために生まれてきたのです。ほとんど、こう言ってもいいでしょう。人は苦悩を突き抜けて歓喜を勝ち得るのだと】……これはベートーヴェンの言葉だ」

顧問はやさしい目をしていた。

「溝口、苦悩することを忘れず、歓喜を勝ち得なさい」

両てのひらで全体重を支える。頭に血がのぼって、のぼって、のぼって、そのまま固まってしまったように感じた。

苦悩も歓喜も、誰かと関わることで生まれるものだとわかっていたのに、また溝口はひとりになった。ひとりで臨んだ大学受験にもそれなりの苦悩があったけれど、そのタスキはどこにもつながらないように思えた。結局第一志望の国立大学には受からず、命志院の商学部に入学した。浪人を決意することもできなかった。

机の上には何冊もの参考書が積み上げられている。両親から出された条件。浪人をせず命志院に入学するならば、在学中は勉学に身を捧《ささ》げること。

高々と積み上げられている参考書が、逆さまになっている。

初めて一人で倒立ができたときの感覚。それまでは、ハルがずっと脚を支えてくれていた。初めてロンダートをしたときの筋肉の躍動。それまでは、カズやイチローが何度も何度もコツを教えてくれていた。

初めて掲示板でチラシを見たとき。晴希と一馬の後ろ姿を追いかけた日。

声をかけるのが怖かった。楽しそうに言葉を交わしながら前を歩いている二つの背中が怖かった。声をかけたらまた、昔みたいに笑われるんじゃないかと思った。溝口が一言発するたびに、その楽しそうな二人の笑顔が曇るのではないかと思うと、怖かった。

人は苦悩を突き抜けて、歓喜を勝ち得る。

ヴ、と、また携帯が震える。誰かとメールなんて、したことがなかった。未だに耳に慣れないから、こんなにも鮮やかに聞き取ってしまう。

「トン、溝口の報告メール見た？」

「……これで僕だけになっちゃったねえ」

夜の公園は光が少ない。誰もいない。じんとした夏の空気が地上に膜を張っている。

午後九時ごろ、溝口から【バク転補助なしで初成功。イチローがビールで祝ってくれた】、イチローから【俺が証人！　メガネがすとーんって落ちてん！】というメールがメンバーに回った。翔に会うまであと二日となった今、バク転ができないのは自分だけだった。ロンダートからのバク転も、溝口とトン以外はなんとかできるようになった。イチローだけは、「ロンダートから続けてやったほうが勢いがついてバク転しやすいのに」なんて不思議そうにしていた。

「気にすんなって」

一馬が、トンの肩の上にてのひらを置いた。だけどトンはやっぱり上手に笑えない。

イチローの笑顔が蘇《よみがえ》る。

「絶対できるようになるから」

ありがとう、とトンは思う。それと同時に、ごめんね、とも思う。

誰もいない時間に練習に付き合ってほしい。練習終わりのアクエリアスを買おうと一馬が自販機のボタンを押したとき、トンは小さくそう呟いた。ペットボトルが落ちてくる音がやけに大きく響いて、一馬は一度、トンの声を聞き逃した。

一馬とトンは、一度家に帰ったふりをして、もう一度公園に戻ってきた。さっき皆で歩いた道を、今度は二人だけで逆向きに歩く。

「本当にごめん。疲れてるよね、こんな時間に練習に付き合わせて」

トンは心底申し訳ない気持ちになった。「気にすんなって」と一馬に背中を叩かれても、やっぱり「ごめん」と呟いてしまう。

「皆がどんどんできるようになってさ、すごく嬉《うれ》しいんだ、僕も。……だけど」

だけどね、とトンは続ける。

「僕が練習してると、皆僕のところに寄ってきてくれるでしょ。こうしたほうがいい、ってアドバイスをしにきてくれるでしょ。それがすごく申し訳ないんだ。皆の時間を僕が奪っているみたいで……僕がいるせいで、翔がチームに入ってくれないんじゃないかって」

「何言ってんだよ」

一馬は少し強い口調で言った。だけど、トンは話すことをやめない。

「僕は太ってるし、運動神経だってないから……翔から見たら、僕はこのチームの邪魔者なんじゃないかな」

暗い夜道で、トンの白い肌はぼうと光る。

「そんなこと思ってたのか」

一馬の声色には、少し、咎《とが》めるような気持ちが漂っていた。トンはまた、ごめんね、と思う。

「……僕ができないせいで、皆の練習時間が少なくなってるのは事実だもんね」

あ、でも、と、トンは慌てて顔をあげる。

「だからって、こうやってカズの時間を奪ってもいいって思ってるわけじゃないんだ。僕は本当にカズに感謝してるんだよ」

一馬は頭をかいて、「感謝ァ？」と笑った。トンは頭の中で自分の思いを伝えるための言葉を探す。

今までだったら、頭の中で言葉を探すだけで終わってしまっていた。だけど今はこうして、声にして自分の思いを伝えようと思う。

「チアは体格に適したポジションがあるって言ってくれたでしょ。トンがチアに向いてないなんて思わないって」

部活に憧れていた。漫画やドラマに出てくるような「部活」にずっと憧れていた。でもきっと迷惑がかかると思って、踏み出せずにいた。

「そんなスポーツがあるなんて知らなかったから」

自分がきっと役立てるポジションがある。そんなスポーツは、どこにもないと思っていた。

イチローは暗闇の中で光る携帯電話の画面を見つめながら、眠れずにいた。

弦の報告メールが皆に回ったとき、すぐに【おめでとう！　その感覚を忘れずに】【私は実験において失敗など一度たりともしていない。これでは電球は光らないという発見をいままでに二万回してきたのだ。これはエジソンの言葉だ。俺はもうちょっと実験を繰り返さなきゃいけないいな】【溝口長いしわかりにくい。弦おめでとう】などと、様々な返信が飛び交った。皆、弦のバク転成功を喜んでいた。だけどイチローは、返信できなかった。

弦からイチローに届いた報告メールは、皆に送られていたものとは違った。イチローにだけは個別送信でメールが送られてきていた。


【バク転成功した。勢いでなんかできんかったけどな】


宛先《あてさき》に記されているのはイチローのアドレスだけで、送信時刻は深夜の三時を回ったころだった。送ろうか送るまいか、ずっと迷っていたのかもしれない。弦にはそういうところがある。腹を割っているように見えて、本当は本音を表に出していない。

画面を見つめたまま寝がえりを打つ。液晶の中に並ぶ規則的な文字が、どんどん弦のクセのある字に見えてくる。

野球を始めてからすぐ、イチローは持ち前の運動神経もあってレギュラーになった。

周りは、勝手にイチローのことを天才だと言った。すげえなあ、運動神経いいもんなあ、イチローは何でもできるんやなあ、あんまり練習せんでもできてまうからなあ。なぜか周囲は自分のことを、練習しなくてもできる、と言う。センスがあるから、と言う。イチローはそれがわからなかった。自分だって周りと同じだけ練習して同じだけトレーニングをしているはずなのに、なぜそんなことを言われるのか。勝手にそんなことを言われて、勝手に過大評価をされることが嫌だった。

イチローにとってスポーツは勝ち負けではなかった。それまでに皆で練習をしている日々や、皆で貪《むさぼ》り食う昼飯の弁当や、試合が終わった後に皆で飲むスポーツドリンクや、そういうことがイチローにとってのスポーツだった。だから、自分のことを本気になっていないと思う人もいるということもわかっていた。

イチローは中学、高校と、部長やキャプテンに選ばれたことは一度もなかった。高校二年生の五月、弦がサッカー部の副キャプテンに決まったことを聞いたときは、胸の奥底がチリッと痛んだ。

高校で野球を続けないことを、弦はイチローに事後報告してきた。「俺、サッカー部にしたわ」お前は甲子園か？　ニヤニヤしながらそう言ってきた弦を見て、イチローは思った。

弦って、本当は、俺のこと嫌いなんやないか。

もちろん、無視されたり悪口を言われたりしたことは一度だってない。そういう「嫌い」じゃないのだ。好きの反対の嫌いではない。でも何の反対かはわからない。

こいつは多分、俺のそばにいたくなかった。だからサッカー部に入った。

理由はわからないが、そう思うことで自分の中で全てのつじつまが合う気がした。

大学に進学して、二人で同じテニスサークルに入った。勝負のにおいがしないこのサークルならば、二人一緒にいられるかもしれないと思った。

どうしてだろう。電気の消えた携帯画面をぱたんと閉じる。両腕を思いっきり伸ばして、深呼吸をする。人の息のようにあたたかい空気が入り込んできて、心臓のあたりを弄《もてあそ》んだ。

チアんとこ入んね？　と言ってきたのは、弦だった。

明日は翔に会う日だ。寝転んだまま、腕を思いっきり振り上げる。バク転の感覚が体の芯から蘇ってくる。大丈夫。俺は、できる。

俺はできる。俺ができることは、間違ったことじゃない。俺はできるんやから、それは正しいはずや。

なのに何で、弦はあんなメールを送ってきたんやろう。俺はできる。それは何か間違っとるんやろうか。

ベッドから起き上がると、思っていたよりも汗をかいていた。右肩にてのひらを置く。てのひらの温度が、直接肩には伝わらない。

よく軋《きし》むアパートの床に手をついて、体の内側に力を込め、足をあげる。

肩に殴られたような痛みが響く。腕というよりも腹筋と背筋でバランスを保ちながら、肩の痛みに耐える。

思わず目を瞑《つむ》ると、ベッドの上で携帯が震えた。

【間に合いました】

トンからのメールが回ったのは、翔に会う前日のことだった。矢継ぎ早に返信が飛び交う。【間に合いましたって何や？　トイレ？】【イチローは本当に馬鹿なんだな。トン、試験勉強だろ？】【溝口が一番馬鹿だ。バク転だろ普通に考えて！】【なんや泣けとったのにイチローのトイレで台無しや】いつ思い出してもそれぞれの返信に笑ってしまう。

屋上のコンクリートは、夏の夜でもひんやりと冷たい。遮《さえぎ》るものが何もないから、足音はどこまでも広がっていく。タン、タン、と不規則に弾《はじ》ける音は、闇の中へ飛んでいったかと思うとシャボン玉のように消える。道場の屋上でバク転をすると、世界中の夜を独り占めしているような気持ちになる。回転する瞬間、一瞬だけ自分が世界を手にしたような気がするのだ。

毎日欠かさずに飲んでいた炎症止めのおかげで、肩が痛むこともなくなった。しかし、毎日くたくたに疲れて家に帰ってくるたびに、道場に迎えられるということに心が痛んだ。晴希は最後まで公園で練習をしていることが多かったが、それは道場から誰もいなくなった時間に家に帰りたいからだ。一馬はそのことを見抜いてくれていて、いつだって最後まで一緒に練習をしてくれた。

だけど、両親にも、晴子にも、今自分が何をしているかということは言えなかった。毎日汗だくの練習着を洗濯機に放り込んでいるので、何かスポーツをしているということは気づいているだろう。

晴子とはまだ、部をやめてから一言も声を交わしていない。目も、合わない。

パンパン、と二回、てのひらを合わせた。自分の中でリズムを整える。

軽くステップを踏んで、高く振り上げていた両腕を下ろし、上半身も前傾させる。脚はずっと伸ばしたまま、地面についた手を両手同時に突き放す。ロンダート。勢いを保ったまま、体より内側に足を着地させ、重心を後方へ移動させる。全身の筋肉を使って体を一本に締めるようにして、着地の衝撃をそのままに体を後方へ回転させる。腰の筋肉のバネを利用して、両足で大きく円を描く。バク転。

タン、と、乾いた着地音が明日の空へと響く。何回やっても気持ちいい。足を踏み出すたびに、体の中にある迷いが全てどこかへ飛び散っていくような気がする。

よく焼けた腕は夜の闇に紛れてしまいそうなほどだ。こんな肌の色では、柔道着は似合わない。

皆、この一週間必死に練習した。トレーニング方法も練習方法も、本やインターネットで研究して、教え合って、励まし合った。一日一日の流れるスピードが速かった。この速度は、子どものときのそれに似ていた。がむしゃらに道場で技を覚えていた少年時代に戻ったみたいだった。

一人で飛ぶよりも、皆で飛ぶほうが高くバク転ができる気がする。と、晴希はメールの文字を打ち込んだ。にひひ、と笑いながら送信ボタンを押す。すぐに返信が届く。

【いま午前三時だっつの！　睡眠妨害すんなや！】【俺はそのイチローの返信で起きたんだが】

夜空に、明日が透けて見える。

明日はいい日だ。絶対に。

4　チーム

体育の授業が終わった体育館には、きれいに横一列に並んだ晴希たち六人と、それに対峙《たいじ》するように立っている翔、そしてマットを片づけたくてしかたがない様子の体育教師がいるだけだ。雨音のように四方八方から降り注ぐセミの声の中で、翔はたっぷりと深呼吸をしてから、言った。

「……そんなやり方でバク転してたら、絶対に肘《ひじ》壊すよ。特に、太めの彼」

晴希は顔をあげる。隣にいる一馬も、同時に顔をあげていた。

「正しいやり方くらい、俺が教えてあげるから」

六人は十秒くらいポカンとしていた。「素直にチームに入るって言えや！」と叫んだイチローの声がきっかけとなり、晴希は我に返った。「発言までイケメンで腹立つねん！」イチローはまだ叫んでいる。

七人目のチームメイト。ずっと目標にしていた、第一の関門。

相変わらず私服のセンスが奇怪な（今日はバスケのユニフォームのようなタンクトップに麦わら帽子をかぶっている）翔を連れてヒマワリ食堂に行くと、ハゲ店長がいつものにやにや笑いを浮かべてスイカを丸々一玉持ってきてくれた。大きな包丁でパックリ割られた真っ赤な断面に、銀色のスプーンが八本刺さる。「八本？」「店長も食うの？」

毎日ヒマワリ食堂に通いテレビを貸してもらっているうちに、メンバーは皆、ハゲ店長と仲良くなっていた。溝口が家からくすねてきた日本酒のせいで店長はたまにおかしな味付けをする。そんなときは溝口が勝手に厨房《ちゆうぼう》を使うこともあった。

「翔が入って、本格始動だな」

一馬がそう言うと、翔は「よろしく」と口の周りをティッシュで拭いた。スイカの甘さが、翔がこの場にいる不可思議さをあいまいにしてくれる。

翔は、このチームに入ることを決めた理由を語らなかった。六人はそれを改めて訊《き》く気もなかったし、晴希は、翔が話してくれるなら聞こうと思っていた。

食堂のカレンダーには赤のバツ印が並んでいる。柔道部を辞めてもう一カ月近く経っている。

「学祭まであと約二カ月か」

てのひらについたスイカの汁をなめながら、あっという間っすねえと一馬が呟く。

「学祭？」と、翔。

「俺ら学祭出るんやで」

イチローがそう言ってハゲ店長にスイカの追加を注文するが無視される。「あの店長もう日本酒まわっとるんとちゃうか！」

「学祭に出る？　チアリーディングで？」翔はぼろぼろとスイカの種を落としている。トンがそれを見て「わあー修学旅行で見た鹿のフンみたい」とのんきな声を出した。

「……そういえば言ってなかったっけ」晴希は頭をかく。

「聞いてない！　学祭って……あと約二カ月しかないよな？」

「それさっきカズが言ったで」弦がスイカをお代わりする。

「それどころかだな」溝口が真っ白いハンカチで上品に口元をぬぐった。

「来週の今日には、我が校の女子チアチームとの合同練習が待っているぞ」

「女子チア!?」「女子チア〜」驚いた声が翔、語尾と鼻の下を伸ばしたのがイチローだ。

「来週？　来週って来週？」

助けを求めるように一馬を見た翔に向かって、「翔は焦っててもイケメンだなあ」トンがのんきなコメントを放った。

「女子チアってまさか、【DREAMS】？」

古いつり橋を渡るように恐る恐る言う翔に、それだ、と溝口ががっつり頷《うなず》く。ミニスカートの女の子がいっぱいなんてまさに男の夢、それがDREAMS、とイチローが瞳《ひとみ》をうるうるさせる。

「ごめん」

翔が小さく手を挙げた。空調の風に麦わら帽子が揺れている。

「俺、行けない」

え？　と、一馬が間の抜けた顔をする。

「俺、その合同練習には行けない」

ミニスカートなのに？　と、声を出せたのはイチローだけだった。他のメンバーは、翔の声を包んでいる今までとは違う温度を敏感に察知していた。

「あと、俺がチームに入る条件が一つだけある」

翔が思いつめたような表情でそう言うと、やっとイチローも静かになった。

「俺は、スタンツには参加できない」

ダンスとタンブリングは、しっかりやる。翔はそう言って、しゃく、とスイカを一口食べた。赤い汁が一筋、翔の細い顎《あご》に垂れる。

まだわからないことがたくさんある。しゃく、と、トンがスイカを食べる音が翔のそれに続いた。六人がロンダートとバク転を決めたからとはいえ、翔がメンバーになってくれた理由は誰も知らない。


昼食をとると、いつものように食堂のテレビを借り、一馬がビデオを取り出した。テープを受け取った溝口が、「あれ」と声を出す。

「カズ、ビデオ間違えてないか？　いつものと違うぞ」

「ううん、これでオッケー」

一馬は何だか落ち着かない様子だ。

「とりあえず、観てほしいんだ」

溝口は無言でビデオテープをセットした。パッと画面が切り替わる。

今までのビデオは、現役で活躍している一馬の母親の所属するチームの大会映像だった。華やかなユニフォームを身にまとったチアリーダーたち、立派な会場、飛び交うエール。今回の映像は、少し違う。

今までの映像の中で、一番若い時代の一馬の母親が映っている。大学生くらいのころだろうか。表情があどけない。場所はどこかの公園だろうか。大学内のようにも見える。立派なステージなんてない。地面にシートが敷かれていて、観客が数十人ほど、そのまわりを囲んでいる。大会というよりも、ストリートパフォーマンスという印象だ。

映っているメンバーの数は、七人。

「これってもしかして」晴希は身を乗り出す。

「カズの母さんの、チーム創成期のときの映像？」

「じゃあこの映像が」とトン。「カズが七人っていう数字にこだわってた理由だね」イチローと弦も状況を察したらしく、いそいそと姿勢を正して画面に向き合う。何も知らない翔だけがぽかんとしている。

画面に映る七人の顔の向こうで、一馬の母親が「はい」と手を挙げた。すると、脇に置かれたラジカセから陽気な音楽が流れだし、トップが高く宙を舞った。画面の中の七人はその瞬間、パッと笑顔を輝かせる。今までビデオで見てきた全国レベルの演技と七人の演技を比べると、もちろん見劣りはする。演技の中で行っているピラミッドも、初心者用のものなのだろうか、あまり揃《そろ》っていない。前に見たときほど現実味がないようにも見えない。ダンスもモーションも、メンバーの数も、技術も、何もかも足りないけれど、そんなものよりももっともっと大切なものが心に迫ってくる。

俺は今、励まされている。晴希は思った。

チアリーダーとは、観客も選手も関係なくすべての人を応援し、励まし、笑顔にする人のこと。そして、そのために自らの努力を惜しまない人のこと。

演技が終わり映像が止まる。「おおー」とイチローが拍手をした。

「やっぱ、初めての二分三十秒の演技って下手だよなー」

今まですげえのばっか見てたから特になあ、と一馬は照れたように笑う。そうしてももう一度、きゅっと声色を引き締めた。

「俺はこの七人で、学祭のステージで、今の映像と同じ演技をやりたい」

一馬が七人という数字にこだわっていた理由。とても強い意志に深く根差していた理由。

「確かに、これをそのままやれば構成も振り付けも考えなくて済むから合理的だな」

そこじゃねえだろ、と晴希は溝口の頭を叩いた。カズについていくよ、とトンが笑った。あたしもついていくわ、とイチローがボケた。あたしもよ、と弦がかぶせた。やるからには、素敵な演技にしよう、と翔が締めくくった。

「七人で、超えよう」

一馬は、テレビ画面の中で停止している母の笑顔をちらりと見た。


曲が始まったのと同時に、トップが高く高く宙を舞う。着地してすぐに七人でロンダート、バク転、そしてスタンツ。曲が止まって、隊形が変わる。ぴったりと合った掛け声とモーション。そのあとスタンツをしながら、声の掛け合い。そしてまた曲が始まり、七人で隊形を変えながらのダンス。そのあといくつものスタンツでクライマックスへ。最後にトップが大きく宙を舞い、二分三十秒の演技は終わる。

「この演技の中で使われているスタンツ、タンブリングは、あと約二カ月間精一杯練習すれば、俺たちにもできるレベルのものばかりだ」

タンブリング界のプリンスもいることだしね、と一馬は付け加える。

「演技はスタンツの組み合わせでできてる。それに、基本的なスタンツができれば、そこからどんどんレベルの高いスタンツに繋《つな》げていくことができる。というか、そうやってスタンツの難易度を上げていかないと危ない」翔が説明に加わる。

まじめな空気に耐えられなくなったのか、溝口が無言で翔の麦わら帽子を取った。

「俺が見たところ、この演技をやるうえで習得すべきスタンツは、こんな感じかな」

翔がテーブルの上にノートを広げた。そこには、何ページにも亘《わた》り、スタンツの名前と簡単な絵が描かれている。

「めちゃくちゃ絵下手やな!!」

関西二人組は間髪をいれずに声を揃えてツッコんだ。「何この絵！　腕とかぐちゃぐちゃで怖い！」「昔の土器に彫ってある絵!?　豊作!?」

「……口で説明しよっか」

翔がスネたので、説明役が一馬にバトンタッチされる。

「まずダブルベース・サイ・スタンド。サイってのは日本語で太ももって意味な。だから技は言葉どおり、トップ一人が、二人のベースの太ももの上に立つってこと。ダブルベース・ショルダー・スタンドは、トップ一人が二人のベースの肩の上に立つ」説明しながら、一馬がさらさらと簡単な絵を描く。「あーわかりやす」「顔がかっこいいだけじゃダメやなー」

「ショルダー・ストラドル。わかりやすく言うと肩車。さっきのダブルベース・サイ・スタンドと繋げて、トップがポーズを決めればもう小さなルーティーンの完成」説明していくたびに一馬が絵を描いていくので、オリジナルのテキストブックが出来上がっていく。

「ショルダー・スタンド。これはストラドルと違って、トップがベースの肩の上に立つスタンツ」このあたりからけっこう危なそうだな、と溝口が呟く。「正しく習得しないとベースが肩を痛めちゃうからね。だけど使用頻度も高いし、ルーティーンには欠かせない」翔が復活し、説明に加わる。

「エレベーター。ベース二人とスポットでトップを胸の位置まで持ち上げる。これもすっごくよく使う。ダブルベース・サイ・スタンドとショルダー・ストラドルができれば、それから繋げてできるんだ」「基本的な技ができれば、それが難易度の高い技へと繋がっていくんだ」一馬と翔がリズムよく説明していく。「じゃあ基本的な絵が描けへん翔は何にも描けへんな」「………」

「エクステンション。エレベーターの状態から、ベースの腕が伸びきるところまでトップを持ち上げる。これはもうけっこう初級のレベルじゃないかも」バンザイの上に人が乗るということだ。

「ダブルテイク。トップを完全には落とさずに、技を連続して行うこと。エレベーターからのエクステンション、そしてそこからのダブルテイクができるようになると、スタンツの連続技ができるから演技の構成力がグンと上がる」

トンが不安そうな表情になる。このあたりから、自分たちがやる、という現実味が少しずつなくなっていく。

「オール・ザ・ウェイ。エレベーターを経ずに、トップをいきなりエクステンションまで持っていく技。難易度も高いけど、できたらかっこいいんだよなー」一馬はぐいっと麦茶を飲み干す。

「リバティー。エクステンションの状態から、トップが一本足になってポーズをとる技。これはいろんな部位の筋肉が大切だし、トップはY字バランスとかができるくらい柔軟性が必要」バンザイの上でY字バランス。ここまでくると、中国雑技団のようなイメージだ。

「そして、バスケットトス。演技の冒頭と中盤、終盤に一回ずつあったよな。トップが空中へ飛ばされる技。これは見せ場！　トップがまっすぐ飛びあがるストレートジャンプでもかっこいいけど、ビデオみたいに空中で脚を広げるトゥ・タッチ、後ろ向きに回転するバックフリップなんかできたら見栄えがグンとよくなる。トップがスターになれる瞬間だな」

コホン、とイチローと弦が咳払いをしたけれど、翔が即座に「お前らは体格的にベースだから」と切り捨てる。

「じゃ、タンブリングね」翔が生き生きとする。「体操の話になると生き生きすんなあ」「鼻の穴ふくらませて腹立つなあ」モテない予想をされた二人はちくちくと翔を攻撃する。

「まず、前見せてくれたロンダートとバク転は、全員が正しい形でできるようにしよう。途中で二人ずつのタンブリングが交差する場面では、ロンダートからの連続バク転や、ロンダート、バク転、バク宙の流れが必要になってくる」バク宙……と、溝口が自分の辞書の中で必死にその言葉を探す。「…………」見つからなかったらしい。

「タンブリングは、練習すればするだけ、できるようになる。正しい方法で練習すれば、二カ月後、何だってできるようになるよ」

　一馬は一度、改めてメンバーを見渡してから口を開いた。

「モーションもダンスも、練習すればするだけ揃う。体が動くようになると、笑顔だって自然にできるようになる。そうすれば、見ている人が笑顔になってくれる。そこまでくれば、もう立派なチアリーディングだな」

　いいこと言うね、と翔が相槌《あいづち》を打つ。

「明日から、本格始動する。今までやってきたストレッチや倒立が活《い》きてくるぜ。スタンツはチアリーディングに絶対に必要な技なんだけど、もちろん危険が伴う。俺たちは七人しかいないチームだから、絶対に誰もケガだけはしないようにしよう」一馬は続ける。

「スタンツは、信頼感が大切なんだ。トップの、ベースやスポットへの信頼感。絶対に受け取ってくれる、っていう安心感」

　信頼感、安心感、とトンが繰り返す。

「迷いがあってはいけないんだ。メンバーを百パーセント信頼しよう。まずはそこからだな。明日から、改めてよろしく」

　改まんなや照れるがな！　と、イチローが一馬の背中をバシンと叩いた。「明日からテスト始まるから、練習来られないヤツはメール回せよー！」ぐあああテストおおおと弦がのたうち回る。「大丈夫だ、弦。福沢諭吉の言葉がある。【学問は米をつきながらも出来るものなり】……な？」「……な？　って何!?　俺テスト中に米つかへんもん！」

食堂を覆うような喧騒《けんそう》の中で、小さな小さな声で翔がつぶやいた言葉を、晴希は聞き逃さなかった。

迷いがあってはいけない。

翔は誰にも聞こえないくらいの声で、そう言った。


「歴史に残るひどいスピーチでした」

晴希の中国語のスピーチは、教授の流暢《りゅうちょう》な日本語できれいに締めくくられた。中国語の前期試験は、筆記と「自己紹介」がテーマのスピーチだった。スピーチ中、クラスメイトが肩を震わせて笑っているのは目に入っていたが、晴希は気にしなかった。

試験が終わってもいつも通りでいるのは、一馬と溝口、そして翔だけだった。

「溝口と翔はわかるけど、なんでカズもテストできましたみたいな顔してんねん！」

「カズ、頭いいんだよ」「俺、授業料免除の特待生だよ？　知らなかったっけ？」

ふらふらしながら帰ってきた弦は「……俺は米をつきながら勉強して福沢諭吉になる」とわけのわからないことをぼやき芝生に倒れこんだ。

スタンツの練習を始めてみて明らかになったことのひとつは、翔の指導力の高さだった。一馬は今まで通り、トレーニング方法などを事細かに教えてくれたが、スタンツをやるにあたって実践的なアドバイスは翔が全てを請け負っていた。タンブリングにおいても翔はコーチの役割を担ってくれた。

　夏の太陽は容赦ない。晴希は今まで日焼け止めなどを塗ったことはなかったが、顔が白くなるほど塗りこまないとすぐにヒリヒリと痛くなってしまう。顔の面積が人一倍広いトンは日焼け止めを塗るのにも長時間を要するし、溝口はメガネのフレームのラインだけ白い部分が残っていて面白い。

　午前中は、たっぷりと時間をかけてストレッチをし、一馬直伝のトレーニングをする。体幹を作る筋力トレーニング、モーションやタンブリングに役立つ肩の柔軟性を高めるトレーニング、フォームを固めるためのトレーニング。あっというまに汗が噴き出して、Tシャツが背中に張り付いてしまう。皆、凍らせたペットボトルを持ってきて、水を張ったバケツの中に放り込んでいる。ハゲ店長が提供してくれる氷でバケツの水自体を冷やせば、お手製クーラーボックスのできあがりだ。

「ただ筋肉をつければいいってわけじゃないんだ。チアリーディングに必要な筋肉に特化して鍛えることが大事」

　一馬が作ったメニューを皆で同時にこなす。「こうすればサボれないだろ」太陽とともに動いていく木の影を追いながら、七人で円になり、一馬の持つストップウォッチに合わせて声を出してカウントをする。「４はヨンやろ！」「いや、４はシだ」「７はシチやろ！」「いや、7はナナだ」

数あるトレーニングの中には、裸足《はだし》でタオルの端に立ち、足の指でタオルを引き寄せる、なんてものもあった。「これは倒立と同じで、暇さえあればやってくれ」一馬は言う。「足の裏の筋肉や皮膚からの情報って、チアリーディングではすっごく重要なんだ」「トン速《はや》！　足の指の動き速！」

今までのスポーツ経験ではなかなかないトレーニングばかりで初めは戸惑ったが、徐々に慣れていく。今まであまり使ったことのない筋肉が、内側から肉体を補強しているような感覚だ。他のスポーツをやっているときとは違い、内部に溜《た》まっていた邪魔な液体や脂肪が、汗と筋肉に生まれ変わっていくようだ。

ストレッチでは時間をかけて柔軟性を高めていく。「今と、風呂上がりに毎日一時間以上やるのがベスト」一馬がトンの背中を押してやり、翔は溝口の背中を押してやる。「ごめんね、カズは自分のストレッチやっていいよ」トンは上体を倒しながら言う。「気にすんなって」一馬は腕に力を込める。「柔軟性がつくと、トンの苦手なタンブリングも上達しやすくなるんやん？」遠くからイチローがそう言うと、トンは小さく頷いて言う。「ごめんね」

Tシャツを二回ほど着替えるくらいたっぷりと汗をかいたあと、ヒマワリ食堂で昼食をとる。ハゲ店長は晴希たちが来る時間帯はクーラーをガンガンにつけておいてくれる。汗をかいた分だけ、食堂内に入ったとき全身が冷えたサイダーになったような気持ちになる。冷気に当たって汗がしゅわしゅわと消えていくのだ。その後夕方まではスタンツの練習をする。ここでは翔のコーチングが冴《さ》えわたる。翔はまず、たっぷりと芝生の生えたやわらかい場所を探した。

「初心者なんだから、本当はちゃんとしたマットがあるところでやるべきなんだけどね……トップの二人、落ちてケガしないようにね」

イチローと弦の太ももの上に乗り、ダブルベース・サイ・スタンドを作る。人の上に乗る、ということはもちろん初体験だった。人間の筋肉は、思ったよりもやわらかい。

「力まないで大丈夫、トップは変にバランスを取ろうとしないで」

そこから、バックベースのトンが晴希の両脚の間に首を突っ込み、晴希を肩に乗せる。その瞬間、背中から後ろに倒れそうになる。

怖い。

とても自然に湧《わ》き出てきた思いだった。自分がベースの肩の上で立ち上がったり、飛び上がったりする場面が想像できない。

翔が晴希の背中を支えてくれる。

「いきなりショルダー・ストラドルへの乗り込みをやろうとすると、乗ったときの運動感覚や動作がわからないから危険なんだ。まずは丁寧に技を繫げて感覚を覚える」

それから丁寧にトンの肩から降りる。これを、晴希、一馬、と交代で何度も慣れるまで行う。何度も行ううちに、何かに引き寄せられるように背中がぐらつく感覚も薄れていく。

慣れてきたら、直接ショルダー・ストラドルに入る乗り込みを練習する。

「トップが、ベースの後方から跳び箱に乗るように飛び乗る。トップが飛び上がると同時にベースはトップを持ち上げて、一気に肩に乗せる。この感覚はショルダー・スタンドでも大切だから、しっかりと二人が息を合わせる感覚を身につけよう」

晴希はイチローの、一馬はトンの肩に乗る。今度はさっきとは逆に、勢い余って前に倒れてしまいそうになる。そのたび、イチローの首、肩に負担をかけているようで、気持ちが焦る。気持ちが焦るとまた、重心が前に傾いてしまう。弦と溝口がそれぞれスポットにつく。丁寧に、丁寧に、何度も同じことを繰り返す。

「息が合えば、軽々とトップが肩まで上がれるはずだ。ベースはトップと一緒に伸びあがらないように。降りるときは慎重に」何かを言われるたびに、体に力が入って、汗が噴き出してくる。気がつくとまた、全身汗だくだ。「ハル、変な力を入れるな。リラックスリラックス」

息が合ったときは、飛び乗るというよりも、体が自然に浮き上がる感覚がする。力の作用の仕方が全く変わってくる。野球をずっとやっていたこともあってイチローは体つきはがっしりとしているが、それでも人の上に乗るということは不安だ。「大丈夫やって、俺が支えてんねんから」イチローはにかにか笑っているが、首筋に浮かんだ汗が疲労を物語っている。

ぐらつくたびに、怖くなる。自分の中のバランス感覚が、他の誰とも一致していないように感じる。自分の中でバランスを保とうとすればするほど崩れていく気がする。

「ショルダー・ストラドルの乗り込みの感覚を忘れるな」

翔は何度もそう言った。

「ショルダー・スタンドでは肩の上に立つことになるからな」

ショルダー・スタンドでは、トップはベースの後ろからふくらはぎに足をかけて、バネを利用して一気にベースの肩の上に立つ。難易度がグッと上がる。

「まずはスポットをつけて、安全に、確実に練習しよう」

スポットがトップの腰を掴んでくれているので、肩の上に乗る分にはあまり苦労がない。しかし不安定だ。ベースと自分が一体になっているという感覚がない。ベースが一センチ揺れるだけで、トップはその何倍も揺れてしまう。怖い。まだ固まりきっていないゼリーの上に立っているみたいだ。

「トップが上に立ったら、ベースはトップのふくらはぎの上部を両手で支持して、トップのスネを自分の後頭部に押しつける。トップは足に力を入れすぎるとかかとでベースの首を締め付けちゃうから気をつけて。重心が揺らがないように」

大学生の男一人を肩の上に乗せているのだ。ベースは二人とも、首筋に、腕に、てのひらに、汗を滲ませている。

「乗り込みのとき、ベースは肘を上げるな。腕の筋肉だけしか使えなくなるからな。肩の筋肉も使えるようになると楽になる」

何度も練習するうちに、翔のアドバイスは具体的になっていく。

「ベース、手幅を狭くしないように。手幅を広くすれば自然と肘も下がる」

一歩間違えたらケガをする。だけど生身の体を使って技を作ることで、信頼感がどんどん積み上がっていく。「カウントに合わせて降りるところまでやろう」初めは全くできなかったことでも、何度も何度も繰り返していくうちに、体が感覚に慣れてくる。他人のバランスが、自分のバランス感覚に混ざり込んでくるイメージだ。この感覚が気持ちいい。不安定になっても、ベースやスポットの存在が自分を励ましてくれる。地面から人一人分高いところから見る景色が、自分を励ましてくれる。

この景色はもしかして、一馬の母親が一番はじめに見た景色なのかもしれない。一馬の母親もきっと、今自分が抱《いだ》いているような危うさや興奮に取りつかれたんだ。人の上に乗っていると、影は二倍ではなく四倍になる。いつか、高く高く宙を舞い、くるりときれいに回るとき、この目には一体何が映るのだろう。

女子の集団というのは、この世の何よりも力を持つ。目の前にずらりと並んだ女子たちの何十という目線が、晴希たち六人の全身をぐさぐさと容赦なく射抜いてくる。短パンをぎゅっと握りしめて完全に俯《うつむ》いてしまっているトンに至っては、先生に怒られる直前の小学生みたいだ。さっきまで、あらかじめ家で炙《あぶ》ってきたマシュマロを歩きながら食べていた人間だとは思えない。

「六人？」

列のど真ん中にいる女の人が言った。別に今から怒られるわけでもないのに、晴希は腹筋に力を込める。

「いや、七人です……今日、一人来られなくて」

人数を見て眉《まゆ》をひそめたDREAMSのキャプテンに向かって、一馬ははっきりとそう言った。翔は前から言っていた通り、今日の合同練習には来ていない。

「男子だけのチアリーディングチームなんて初めて見たけど……いつからやってるんだっけ？　チーム名はなんていうの？」

「結成は一カ月ほど前です。チーム名は……えーっと」

「決まってないの？　すごく実力のあるチームだからきっとDREAMSにとっても意味のある合同練習になると思いますって聞いてるんだけど」

メンバー全員がキッと溝口を睨んだ。「そうでもしないと合同練習なんかしてくれないだろ」当の本人は全く悪びれていない。

ウォーターボーイズ的な？　うわ、懐かしー。小さな声が漏れ聞こえてくるたび、トンがどんどん下を向いてしまう。DREAMSのメンバーは皆、六人に対してどこか軽《けい》蔑《べつ》したような視線を向けている。これは思ったよりアウェイだぞ、と、晴希は拳《こぶし》を握りしめた。

　六人は、体育館に入る前からその空気に圧倒されていた。いつもDREAMSが練習を行っている体育館に着いたときから、中からさまざまな掛け声が聞こえてきていた。カウント、演技中の掛け声、そしてコーチの怒鳴り声に、全員の返事。漏れてくる音を聞いているだけで、中で繰り広げられている練習風景を想像することができる。

　体育館の扉を開くと、今まで映像でしか見たことのなかったチアリーディングというものが、いきなり両目いっぱいに広がった。一糸乱れぬ動き、というものを目の前で見ると、人はその場に立ちすくむのだ。火山が噴火しているかのように、体育館の至る所でエネルギーが爆発している。「すげえな」イチローが、心から降参したような声を出した。

　Aチーム、すなわちレギュラーメンバーは十六人。そこに入れなかった者から選抜されたBチームが十六人。Bチームにも入れなかった者が二十人ほど。人を二人も乗せているようなベース、ベースの上に乗りトップを支えているミドル、高いところでY字バランスをしているトップ、その誰にも勝てないと思った。

　挨拶《あいさつ》のあと、六人はチームのOGに指導をしてもらえることになった。かつてこのチームに在籍していたOGのうち何人かは、現在様々な高校や大学でコーチングを行っているという。髪の毛を高い位置で結んでおり、きれいな形のおでこが輝いている。

「ウソついてたなんて、ホント……」

六人の前に立つなり、ＯＧははあ、とため息をついた。「怖いよお……」小さく呟いたトンの太ももを晴希がバシッと叩《たた》く。

「でもまあ、せっかく来てくれたんだから、約束通りコーチングはします」

よろしくお願いします、と六人は声を揃えて返事をする。ＯＧはその姿を見て、一度小さく頷いた。汗で湿度が上がった体育館の中で、ＯＧの顎から汗が一粒落ちる。


「エレベーターで、ベースはそんな脚の持ち方しちゃダメ！　手でトップの体重の掛かり方を感じて、あとベースはトップから目を離さない！」

「エレベーターに乗り込むとき、トップはもっと膝《ひざ》の屈伸を使って！　スポットはただいるだけじゃないのよ、ちゃんとトップの腰を支えなさい！」

「ダブルテイクのときは、トップの足の高さを合わせて！　そのためにはベースが高さを合わせないとダメ！　あとトップはそんな内股《うちまた》の姿勢になっちゃダメ！」

「そんなやり方でエクステンションを続けたら、ベースは肘を壊す！　スポットはもっとトップの足首を握って全体を観察しなさい！　何のためのスポットなのよ！」

「安定したエクステンションがまだできないのに、オール・ザ・ウェイをそんな風にやったら危ない！　スピードが出てないし、見ているほうが怖いわよ！」

はい！　はい！　と威勢よく返事をし続けられたのは、イチローだけだった。少しずつ積み重なっていた自信が、根っこの部分から引き抜かれていく。何度も落ちる。スポットに拾われる。そのたび、心臓の余計な部分がどんどん削《そ》ぎ落とされて、ど真ん中にある真っ黒な思いだけが残った。汗でぬるぬると滑るベースの肩の上から、また、落ちる。

できない。つらい。帰りたい。

DREAMSのメンバーが少し遠くから六人のことを指さしたり、笑ったりしているのが見える。一時間ほど大声で怒鳴られているうちに、OGはついに「……もっと、基礎をちゃんとやろう」と諦めたように首を振った。ついてきて、と連れて行かれた先には、トランポリンや跳び箱、厚いマットがあった。そこでは、Bチームに入れなかった補欠メンバーたちが練習をしていた。

晴希は肩で息をする。束になった髪の毛から、ぽとりと汗が落ちる。どのポジションも、何一つとして満足する技ができなかった。

「初級者が、乗り込みやディスマウント、バスケットトスの練習をするには、跳び箱やトランポリンを使うと効果的なのよ」

まずはここからやったほうがいいみたいね、とOGはため息をついた。顔を見られるのも恥ずかしいくらいだったが、晴希は「はい」と返事をした。

跳び箱を使うと、脇を締め、腕を伸ばし、肩を下げるというディスマウントの正しい姿勢が自然にできるのだという。さらに、バスケットトスや、エレベーター、オール・

ザ・ウェイの際に大切であるクライミング（乗り込み）の正しい姿勢が、跳び箱を使うことによって身につくのだという。

「バスケットトスは、いきなり実践しないほうがいい。トランポリンを使って空中姿勢の基本を身につけてからやりなさい。特にあなたたち男子はすぐ力ずくでやろうとするから。まず基礎を覚えなさい」

そう言われ、トランポリンに目線を向けると、空中にいた女子メンバーと目が合った。晴希は小さく声をあげてしまった。それは、潜入していた体育の授業にいた、実技披露のときに鼻血を出していたポニーテールの女の子だった。

女の子も一瞬だけ目を大きく開いたが、すぐにきゅっと口を一文字に絞った。トランポリンに跳ね返されるたび、汗の雫《しずく》が飛び散っている。晴希も、自分自身のことに意識を集中させる。

ベース、スポットはそれぞれ動きのポイントを女子メンバーの協力を得て教わっている。晴希と一馬は交代で道具を貸してもらい、ディスマウントやジャンプの練習だ。

バスケットトスのストレートジャンプでは、トップは素早く伸びあがり体をまっすぐに伸ばす。

トゥ・タッチをする場合は、最高地点に達したのを感じてから一瞬で脚を開き、上半身を折りたたむ。

トスされるとき、手を上げても肩は上げない。空中で顎を上げたり、上を向いたりしてはいけない。

知らないことが多すぎる。できないことが多すぎる。そんな六人をあざ笑うかのように、DREAMSのAチームは一糸乱れぬ演技を続けている。

トランポリンという絶対的なバネがなくなっても、自分は高く飛べるのだろうか。そんな不安な気持ちは、すぐに姿勢となって現れる。少しでも集中できていないと、正しい姿勢を保ったまま高く真上へまっすぐに飛び上がることはできない。たまに、汗が目に入って痛む。そんなときは目を閉じてしまう。そうすると姿勢が乱れる。怒鳴られる。

だけどそのたびに、体の中にあるバランスの軸に肉がついて、もっともっと強固な、太く丈夫なものになっていっている気がする。きっと一馬もそうなのだろう。汗にまみれた疲労の表情の中にも、何かを摑みつつある興奮が隠れているように見える。

この興奮があるから、やめられない。柔道を始めたころにも、こういう興奮はあった。

練習終了の時間が近づいてくると、OGが一度六人を集めた。

「お疲れ様」

お疲れ様です、と汗だくの六人は声を揃える。

「あなたたちが遊びでチアをやろうとしてるんじゃないってことはわかった。でも指導者もいない中で大技を練習するのは相当危険よ。今まで、誰かコーチがいたの？」OGも、もう汗だくだ。

「翔……えっと、今日来られなかった徳川というメンバーが、体操の経験者で色々と詳しかったので」

　一馬の声に、ＯＧは眉をひそめた。

「徳川？　それって……徳川翔？」

　え？　と、一馬が声を漏らす。

「知っているんですか？　翔のこと」

　溝口がそう言って、一歩前に出た。そして続けた。

「俺たちは翔のこと、あまり知らないんです」

　ＯＧは「そう……」と呟いたきり、幕を下ろしたように何も言わなくなってしまった。


　ロッカールームで着替えを済ませ、晴希が一人で自販機の前にいると、アクエリアスが落下してくるのと同時に体育館の扉が開いた。一瞬だけわっと音が漏れてきたが、すぐに分厚い扉がそれを防ぐ。

「あの」

　声をかけられると思っていなかったので、肩がびくっと動いてしまった。振り返ると、申し訳なさそうな顔の女の子がこちらを見ていた。

「あの、えっと、お疲れ様でした」

　女の子の小さな膝は、真っ白なサポーターで覆われている。

「……今日は鼻血出してないんだね」

「やっぱり、覚えてたんだ」

女の子は、ちなみに鼻血はあのときだけです、とはっきりと言った。やっぱり、か弱いのは外見だけのようだ。

「DREAMSのメンバーだったんだね。だからあの授業にもいたんだ」

「そのことなんだけど」

女の子は晴希の言葉を遮《さえぎ》るように続けた。

「私があの授業をとってること、DREAMSの誰にも言わないでほしいの。私、運動神経が悪くて、Bチームにも入れないし、特にタンブリングが下手だから……」

晴希は何も言えずに女の子を見ていた。あらわになった額に前髪がはりついている。

「それだけ、お願いします」

頭を下げると、高い位置でまとめられた黒髪が元気良く揺れた。「誰にも言わないよ」言う相手もいないし、と続けると、女の子はバネが反動するようにぴょこんと上半身を起こした。

「ありがとう」

笑顔を初めて見た、と晴希は思った。

「私、酒井《さかい》千裕《ちひろ》。今日はお疲れ様」

そう言うと、千裕はポニーテールを翻《ひるがえ》してぱたぱたと体育館の中へ戻っていった。

晴希はペットボトルのキャップをぎゅっと回して、からからになった体の中にアクエリアスを流し込む。笑顔を初めて見た、と、もう一度思った。


「つーかーれーたー！」

イチローが真っ先にコンクリートの上で大の字になる。「あのＯＧ絶対サド！」真夏の夜が、イチローの叫びを丸ごと吸い込む。「ていうかそもそもＯＧって何？【おでこ、ガチで出てる】の略？」

皆で円になって寝転がる。円の中心には、翔が買ってきてくれた缶ビールと、帰りにもらったスポーツブランドのユニフォームカタログがある。カタログを開くと、【ＳＰＡＲＫＳも愛用の圧倒的人気デザイン！】という文字と共に白と水色のユニフォームが大きく紹介されていた。「ＳＰＡＲＫＳってどんだけすごいねん！」「ＤＲＥＡＭＳより上なんやろ！　人間？」とイチローと弦は屋上のコンクリートの上をゴロゴロしながら喚《わめ》いている。

夜のコンクリートは人の肌よりは冷たいので、気持ちいい。夏の夜風がさーっと肌を撫《な》でていく。寝転んでいると、缶ビールをコンクリートに置く音が骨に直接響く。

手足をまっすぐに伸ばす。このまま、大の字のまま刻み込まれたっていいと思うくらい、体はくたくたに疲れていた。体を動かしているもの全てが汗となって放出されてしまったみたいだ。もう体の中には何も残っていない。

「……今日は落ち込んだなーあ！」

一馬が寝転んだまま、真上に向かって大声を放つ。「俺もー」続いて大声を出してみる。悔しい気持ちも声に乗っかってどこかへ飛んでいってくれるかと思ったけれど、すぐにばらばらに砕けて落ちてくる。体はくたくたに疲れているのに、出どころのわからないエネルギーが体の核で燃えているのがわかる。

チームのメンバーを道場の屋上に連れてきたのは初めてだった。家の外から繋がっているらせん階段を上れば、道場の中に入らずに屋上に行ける。「何ここ！　ハル、こんなとこあるんなら早く言えや！　女の子連れ込めるやん！」「それめっちゃ気持ちよさそうやな！」「ユニフォームカタログ見ようや！」「時代はユニセックスやからユニセックスなやつにしよや！」「お前ユニセックス言いたいだけやろ！」

「ほんとだよ、こんな場所があるなら早く言ってほしかったよ」翔が関西二人組を一瞥《いちべつ》してから、形のいいつめでプルトップを開ける。今日もシャツを二枚重ねて着るという理解しがたい着こなしをしているが、もう誰もそこに言及しなくなった。ただ、翔に彼女ができない理由はよくわかった。

「翔、飲めるクチか」溝口がメガネをギランと光らせる。それなりにな、と、ぐいっとビールをあおった後くちびるをふき、翔が言う。

「こんな場所があるんだったらさ、ここ練習場所にできるじゃん」

皆が一斉に上半身をあげた。翔が驚いてのけ反る。「え、ハル何で今までそれ言いださなかったの？」

「…………」

「もしかして、思いつかなかったとか？」

「日が暮れれば、ここ、絶好の練習場所になるね」

誰にも見られることないしね、とトンがビールを掲げたのがきっかけとなり、全員で乾杯をした。金色の二酸化炭素が、喉《のど》を暴れながら滑走していく。うまい。そのまま内側を向いて円の形になり、翔への報告も兼ねて矢継ぎ早に今日の反省点を述べあう。

「道具を使った練習は、すごくよかったな」「ベースも、力の支え方とかめっちゃ参考になったわ」「翔、日本酒は買ってきてある？」「トランポリンとかマットとか跳び箱とか、俺たちも常に使えたらいいのに」「モーションもダンスも、ビデオに撮ってスローで見て揃ってるか確かめてたよな」「Bチームのサブセンターが一番かわいかってん。メジャーリーグ級やってん」「僕はベースとして、まず筋肉量を増やしたほうがいいと思った」「翔、日本酒は買ってきてある？」「倒立の感覚がいろんなところで活きてるのがわかったよな。倒立は大切だ」「俺はAチームの最後列の右から二番目がタイプやったけどな」「二分三十秒の演技を何度も通せるほどの体力も必要だよな」「トップは胸の張りでポーズが安定するんだけど、それってベースにも活かせるんじゃないかな」「翔、日本酒は買ってきてある？」「翔は日本酒を買ってきてないねん！　そのメガネの奥の脅迫的な目つきやめろや！」

自分が受けたアドバイスを共有してはビールを飲み、ボケてはビールを飲み、ツッコんではビールを飲み続けているうちに、唯一全く酒の影響を受けていない溝口が言った。

「そういえば、DREAMSのOGが翔のこと知ってるみたいだったけど」

翔の喉がごくんと鳴る。

「翔の知り合いか？」

ぷしゅ、と溝口が新しくプルトップを開けた音だけが屋上に響いた。

「……俺は知らないな」

そうか、と溝口はごくごくと喉を鳴らす。一瞬、誰も話さなくなる。

「つーかさあ、マージださかったなあ俺ら」

イチローは、もう一度コンクリートに寝転がる。手足を大の字に広げて、「ダッサダサやったなあ～！」と肺活量を全部使い切るくらいの大声を出す。

「野球みたいになあ、点数ついて負け！　とかなら別にダサくないねん。コールドでもな。やけど、今日の感じはすげえダサセえ。ニヤニヤされて、空気で〝負け〟って言われとる感じ？　イヤやわあ、あんなん」

イチローみすぎやろ、と笑いながら、弦はイチローの頭をぱこんと叩《はた》いた。近所迷惑だろ、と言いながらも、溝口はサッと新しいビールを差し出す。

がしっと新しいビールを受け取ると、イチローは言った。

「なんやろなあ」

「悔しいなあ、こんなん」

声でかいってお前、と晴希は自分のビールを飲む。おい弦、コイツ黙らせろよ、と弦の方を振り返って、晴希はまばたきを止めてしまった。

弦は、ぽかんと口を開けたままイチローのことを見ていた。

「イチロー、お前、悔しいんか？」

呆《ほう》けたようにそう訊く弦に、イチローは叫び返す。

「悔しいやろ！　なんやお前ら、すっかり萎縮しやがって。点数ついて負けって言われたわけやないんやから堂々としとけや！」

イチローはそう喚くと、子どもみたいにコンクリートの上で寝転んだままばたばた暴れた。大きな赤ちゃんみたいで気持ちが悪かったが、なんとなく誰も止めなかった。

確かに悔しかった。戦う前から負けていた。そう受け入れてしまっていたことが、今になって許せなくなる。

「【失敗したところでやめてしまうから失敗になる。成功するところまで続ければ、それは成功になる】」

溝口はそう言って、全員の飲み残しをさくさく片づけ、同じく仰向けになった。

「パナソニックの創業者、松下幸之助の言葉だ。成功するまでやろう。成功するまでやればいいんだ。いくら失敗しても、成功するまでやれば勝ちだ」溝口、同じことしか言ってないよ、と一馬がニヤニヤする。

全員が寝転ぶと、七つの頭できれいな円ができる。弦とイチローは気に入ったユニフォームのデザインに赤ペンで印をつけて投票を行っている。「負けたくないな」そう言いながら、晴希はうんと体を伸ばした。「翔、もっとスパルタで教えてくれ」ぽつぽつと、酒くさい呟きが空中に溶けては消えていく。「星きれいやな」「つーか暑いな」「屋上でこんなことしとる俺たちはサムいけどな」仲間の声がすぐそばで聞こえる。「翔、日本酒」「もうやめたれや！」

「チーム名どうする？」

ふっ、と、思い出したように晴希は言った。

「……今日、チーム名決まってないって言ったとき、変な空気になったもんね」トンが力ない笑い声を混ぜて言った。「でも確かにチーム名なんて考えてなかったよね」

「ここマジ大事やぞ」「何がいいかなー」「メガネズ」「メガネお前だけやろ！」「チェリーボーイズ」「何でいきなり下ネタ!?」「もうDREAMSで良いじゃないか」「絶対ダメやろ！　それ一番やったらダメなヤツや！」

「……俺さあ」

DREAMERSもあかんで！　と弦が早めにツッコむ。違う違う、と一馬は軽く笑う。

「俺さあ、ほんとは壊したいんだよね、いろいろ」

壊したい。一馬から、初めて聞く言葉だった。

「ハルの背負ってる姉ちゃんへの罪悪感も、溝口が名言で隠してる本音とかさ、トンの自分に自信がなさすぎるところも……翔が、なんか、抱えてるっぽいこととかさ」

皆、寝転んでいるので、どんな顔をしているのかわからない。ただ、俺たちの名前がなかったね、と弦とイチローが囁《ささや》きあっているのが聞こえる。

「チアは女がやるもんだって固定観念も、七人じゃ少なすぎるだろっていう冷たい目も、二カ月でできるわけないってバカにしてくる奴らも、全部壊したいんだよ。俺たちの演技を見てくれる人の常識と、俺たち自身を壊したいんだ」

壊したい。一馬がそう繰り返すたび、ここからいつも見ている景色の粒がぱちんぱちんと弾《はじ》けて壊れて、全く新しい世界に見える。

顔が熱を持つ。ビールはそんなに飲んでいない。

「つまりな」

一馬は突然立ち上がる。

「壊す。ブレイク。ブレイク！　ブレイカー！　ブレイカーズ！　BREAKERS！BREAKERSで決定!!」

一馬はそう叫びながら、隠していた缶ビールを寝転んでいる六人に向かってぶちまけた。

「ちょ、やめろや！」「うわあ〜おいし〜」「ちょうどよくダサくていいかもな」「俺たちダサかったからなー今日」「メガネズの次にいいな」六人も次々に立ち上がり、一馬に仕返しをする。

壊したい、今までの自分も、自分の周りを取り巻いているものも。「ベッタベタや！」「なんかもう何かで優勝したみたいだねえ」「おい、トン全部口で受けとるぞ！」夏の夜のど真ん中で大声をあげながら、七人はいつまでもビールをかけあい続けた。


その二日後、坂東家には巨大な段ボール箱がいくつも届いた。配達されたのは、朝の練習をしに晴希が家を出ようとしているときだった。差出人は「溝口渉」。何これ、何なの、とうろうろする母の前でガムテープをはがし、段ボール箱を開けてみる。そこには、数枚のマット、跳び箱、挙句の果てには組み立て式のトランポリンまで入っていた。

「カズもハルも、練習場所にああいう器具があればいいのにって言ってただろ」

ワンコールで電話に出た溝口は、けろりとそう言ってのけた。

「そろそろ届くころだろうと思ってたんだ。今、トンとそっちに向かってるから」

電話の向こう側から、僕も手伝うから頑張って運ぼうね、というトンののんきな声が聞こえてくる。

マットや跳び箱は想像通り重く、階段を何往復もするのは大変な重労働だった。それだけで汗が止まらない。途中、「学祭実行委員から正式にステージの使用許可がおりた！」と興奮して電話をしてきたカズをナイスタイミングとばかりに呼びつけ、その流れのまま弦、イチロー、翔を招集した。「ていうか正式に許可おりたのさっきなのかよ！」という遅めのツッコミが炸裂《さくれつ》したのち、一時間以上かけて七人がかりで新しい練習場所を完成させた。マットがあれば、今までよりも安全かつ効率的にタンブリング、スタンツの練習ができる。跳び箱があれば、乗り込みやディスマウントの練習ができる。トランポリンがあれば、空中姿勢の感覚をつかむことができる。人々が忙しそうに行き来している学生街を見下ろしながら、マット、跳び箱、トランポリンに囲まれて、七人は缶コーラで乾杯をした。

「疲れた！」「初めてコーラというものを飲んだがなかなかうまいな」「つい最近もここで乾杯したよな俺ら」「ここ日陰がない！」「お腹空いたあ」七人でヒマワリ食堂に駆けこみ、ハゲ店長に冷房を最低温度まで下げるように言いつけ、汗を噴き出しながら裏メニューを頰張る。「ていうか器具とか、溝口いくらで買ったわけ？」「俺は買い物するときあまり値段とか覚えてないんだ」「……やなやつ」

陽射しの力が弱くなってきたら、汗だくのまま公園から屋上へと移動する。夕方までは公園でいつものようにストレッチとトレーニングをし、モーションとダンスの練習。テレビで流したビデオテープをデジカメで撮ったものを見ながら、ダンスを覚える。

とにかく何度もやること。全員でやること。ストレッチだって毎日続ける。トレーニングだって毎日何セットもやる。思い立ったら倒立をする。毎日全員でモーションを揃える。声を出す。お互いを見合う。ダンスを揃える。ビデオに撮る。屋上でスタンツを組み立てる。ロンダートを、バク転を、とにかく何度も繰り返す。バク宙の指導を受ける、マットを使う、跳び箱を使う、トランポリンを使う、何度も基本の感覚を体に叩き込む。汗をたっぷりとかいたらTシャツを着替える。辛《つら》いときは励まし合う。できないことは教え合う。悔しいときは大声で叫ぶ。毎日いっしょに飯を食う。たまには全員で銭湯にも行く。明日の天気予報が雨ならば、全員で器具にブルーシートをかける。

そうやって毎日を過ごすことによって、チアリーディングが体の奥まで染み込んでいく。チームの一員であるという思いが血液に溶けて全身を隈《くま》なく巡っていく。

ある日、翔が一馬のビデオを一日持って帰ったと思ったら、次の日CDを持ってきた。

「この演技で使われている曲を探して、同じところで切って繋いで二分三十秒作ってきたよ」すげえええ、とイチローや弦やらに翔がもみくちゃにされている間に、晴希はiPodに曲を入れてスピーカーに繋いだ。屋上で演技の音楽が流れ始めたとき、ここ最近で一番の大声が出た。「すげえええええ！」「これでもう皆で歌いながらやらんでええんや！　ずっと言いたかったけどハル音痴やねん！」「……」「ずっと言いたかったけどハル音痴やねん！」「聞こえてなかったわけじゃねえよ！　もう一回大きめに言ってあげるなよ！」

技ができるようになったら、ゆっくりとカウントでやってみる。技をひとつずつ繋げて、「演技」と呼べるものにしていく。技の順番を、動きを、隊形の移動を、モーションを、ダンスの振り付けを覚えて、カウントで繰り返し繰り返し練習していく。何度も何度もそれを繰り返し、いける、と思ったら音楽に合わせて演技を行ってみる。

公園では通行人に笑われていたことだって、屋上でなら思いっきり挑戦できる。声が揃うと、動きが揃う。隊形が変わるたびにいちいちカウントを止めて、確認し合う。ビデオでダンスを撮影し、スローモーション再生でズレている個所を見つけ出し、タイミングや角度を合わせる。

演技ができあがっていくたびに、チームができあがっていく。

わからないこともたくさんある。なぜ、こんなことをしているのか。たまに晴希は考える。なぜ自分はチアリーディングをやろうと思ったのか、なぜこのチームにいるのか、なぜ毎日全身汗だくになってまで、大声を出して喉を潰《つぶ》してまで、体中にあざを作ってまで、こんなことをしているのか。二分三十秒の演技のあいだに、一体何をしたいのか。

柔道部の先輩たちが、シャワールームでチアの真似事をしているのを見た。皆、女子みたいに高い声で、かけ声を真似ていた。

笑われてまで、バカにされてまで、俺は何をしたいのだろう。

わからない。だけど、源のわからない青い衝動は、一番強いエンジンとなって人を突き動かす。

柔道をしていたころは、こんな気持ちになれなかった。わけもなく体が動くなんてことはなかった。あったとしたらたった一回だけ、まだ柔道着を着る前に、姉ちゃんの背中が勇者のそれに見えたときだけだ。

晴希のバイト先のカフェは、とても狭い。とても狭いから、BREAKERSが全員集まると、オシャレな内装も台無しになるほど一気に男くさくなってしまう。「ハル全然ウェイター姿似合わへんな」「かわいいメイドさんをください」「ハル、この店は日本酒を置いているのか？」「僕にはカロリーが低い割に甘いものをください」偏差値の低い注文を全て無視し、晴希はキッチンに戻って店長に平謝りした。ただでさえ週に一回しか働けず迷惑をかけているのに、こんなふうに店を占領されては申し訳なくて仕方がない。大学のすぐ近くにあるこのカフェは、いつもは読書や課題をする人でいっぱいになるのだが、今日はくったくたの練習着を身にまとった汗臭い集団が場所をとっている。店長は「晴希の友達？」と口だけで笑った。キッチンの先輩も「……何か一人すごく食べそうな子がいんだけど……」と怯《おび》えている。晴希は「あいつは白飯とかで大丈夫なんで」すいません、ととにかく謝る。

一馬の持ってきたノートパソコンを囲んで、皆わいわいと騒いでいる。飲み物を運びに行くついでにその画面をちらりと盗み見るつもりだったのだが、晴希はつい足を止めてしまった。

「学祭の公式サイト？」

黄色を基調としたカラフルな画面には、大きな文字で描かれたタイムテーブルが表示されていた。

＠Ｎｏｒｔｈ Ｓｔａｇｅ　10月2日　13：00　ＢＲＥＡＫＥＲＳ
「ハルにも早く見せたくてさ」一馬はそう言ってアイスココアを受け取る。

皆が勝手にトレイから飲み物をかっぱらっていく中で、もう一度画面の文字を目で追う。

十月二日、午後一時。これがＢＲＥＡＫＥＲＳの初舞台。

晴希ー、とキッチンの先輩から声がかかり、我に返る。カウンターを見ると他のドリンクが溜まっていた。すいませんすいません、と足早にドリンクを取りに戻ると、先輩は「ちょっと話してくれれば」と言って顎をくいくい、と動かした。その代わり後で何かおごってね、という言葉を背中で跳ね返して、晴希は残りのドリンクを抱えてメンバーのいるテーブルへ小走りする。

「これ見ると、本当に出るんだなあって実感するねえ」

トンは全く実感していなさそうな声でそう言うと、驚異的な吸い込み力でタピオカミルクティをただのミルクティに変えた。お酒を求めてきょろきょろしている溝口は無視だ。

命志院大学の学祭には、大きな野外ステージが二つある。North　StageとSouth　Stage。芸能人が来るイベントやバンド、ダンスなどのショーはこのステージで行われる。学祭のタイムテーブルには大きく分けて時系列が二つ存在することになる。

「すげえな、今から緊張してきた」

一馬はそう言って、South　Stageのタイムテーブルをクリックした。少しのタイムラグがあって、今度は青が基調のタイムテーブルが表示される。

「あ！」「あ！」「あ！」

何人かの声が揃った。トンが吹き飛ばしたタピオカが、弦の頬に激突する。「あ！」イチローの気づきはワンテンポ遅い。

@South　Stage　10月2日　13：00　DREAMS

晴希戻ってこーい、という店長からの声で、ホールに戻される。新しい客が入ってきた。いらっしゃいませ、とメニューを差し出しながら外に泳がせた視線が、固まる。

自分と同じ鼻の形が見えた。

命志院大学柔道部員共通の大きなスポーツバッグを右肩にかけている。額に汗を浮かべて、コンクリートに浮かぶ逃げ水の中でまっすぐに立っている。

こっちを見ている。

本当は、ずっと長い間、店の中を見ていたのかもしれない。だけど、晴希自身が瞬時に目を逸らしてしまったから、わからない。晴子と目が合ったのは、ほんの一瞬だった。あの、という客からの声で晴希は我に返った。バイト中にボーっとするな、と心の中で自分を叱る。「えっ？　DREAMSと同じ時間てこと!?」ワンテンポ遅いイチローの声が奥の一角から聞こえてくる。早く皆のところに行きたい。火傷の痕《あと》のように網膜に焼き付いた晴子の視線が、じくじくと痛い。

【明日は今日と違う自分になる。毎日毎日違う自分になること。これは「試すこと」を続けなければならないということ】

溝口がある日、鼻の穴を膨らませながら教えてくれた言葉（実業家でコラムニストの、デイル・ドーテンの言葉だ）は本当だったようだ。トゥ・タッチの高さ、脚の開き、スタンツの安定感。少しずつだが、毎日、誰かの何かが変化していく。

一向に変化しないのは気温の高さとセミの声くらいだ。いくら日陰とはいっても、公園練習ではTシャツが何枚も必要になる。イチロー以外の全員が、暑さに負けて練習着の袖をまくっている。「あれ？　トン、筋肉ついた？」弦はむき出しになったトンの二の腕を揉《も》むようにして手を動かす。「ちょっと、やめてよ」何か恥ずかしいから、とトンは抵抗する。「なあに、トンちゃん、ここがいいのん？」「気持ち悪いからやめて！」トンは腹で弦を押し潰した。

トレーニングとストレッチが終わると、翔が一度集合をかけた。

「動画をチェックしてて思ったんだけど」皆がデジカメの画面を覗《のぞ》き込む。

「スタンツのとき、ベースをしっかりさせたほうがいいと思う。もちろんそのためにはトップもしっかりしないといけないんだけど」翔は皆が動画を観られるように画面を動かしてくれる。

「エレベーターでもオール・ザ・ウェイでもエクステンションでも、ベースが腕の力に頼りすぎてる。もっと膝のバネを使えば、軽くトップをあげられるはずなんだ」翔は小刻みに動画を止める。

「ここね、トンとか、背中を反らせながらトップを持ち上げてるだろ。これ、腕だけで上げようとしている証拠なんだ。多分、二分三十秒通すだけの体力がもたない原因は、これだ」

できないことは何度も練習する。トンは額に汗を浮かべて、トップを持ち上げる。

「だから、そこで膝の屈伸を使って」何度も何度もやり直す。

「トップから目を逸らしたらダメだって、終始トップを目で追って」トンの盛り上がった肩の筋肉に、ぴったりと汗に濡《ぬ》れたTシャツが張り付いている。

「自分の体に沿ってトップを上げるイメージで」「トップの真下に入って、一本の軸を作る感じ」

翔が細かくアドバイスをするたび、ごめん、ごめん、とトンは呟く。わかった、ではなく、ごめん。やってみる、ではなく、ごめん。翔はアドバイスをしているのだから、謝る理由などないのに。トンが、ごめんと謝るたびに、ベースとトップの軸がズレていくような気がする。

「トーン」

ストレッチをしていたイチローが、ボールを投げるように言った。

「なかなかうまくならんなあ。ガッと気合い入れてやったらできるんちゃうん」

また、スタンツが揺らぐ。晴希は前に倒れそうになり、スポットに入っていた溝口が大きく腕を伸ばしてきた。

「……ごめん、ごめんね」

トンの額に粒となって浮かんでいた汗が繋がって、筋になる。そのたびにまたスタンツが揺らぐ。

そのとき不意に、

「トンちゃん？」

という聞き慣れない声が二つ重なった。スタンツのバランスが一気に崩れる。晴希はスポットの溝口に支えられるようにして地面に落ちた。

「やっぱりトンちゃんじゃん。前飲み会で偶然会って以来だよな？」

そう言う茶髪を見て、あ、と先に声を出したのはイチローのほうだった。弦も「先輩」と声を漏らしている。

「飲み会のとき、お前すぐ店から出て行ったけどさ……まさかトンちゃんが命志院に今年入学してるとは思わなかったよ」

もう一人の坊主頭は、くちびるの片方だけをあげるようにしてニヤニヤと笑っている。

やがてその二人組は弦とイチローを見つけ、「お」と楽しそうに笑った。

「お前ら、俺らのサークルやめた一年じゃね？　ていうかこいつら全員アレじゃん、あの飲み会でわけわかんないこと言ってた奴《やつ》らじゃん」

二人組は晴希や一馬にも目を向けた。「サムい空気になったもんな、あのあと」晴希はそこでピンときた。こいつら、弦とイチローが元々いたテニスサークルの先輩だ。

「二浪してるとかって聞いたけど、やっと大学生になれたんだ？」「トンちゃん、こいつらお前のおともだち？」「デブ、また太ったか？」

トンは何も言わないで俯いている。握りしめた両手の拳から、汗が滴《したた》り落ちてきそうだ。

「大学で噂《うわさ》になってんの聞いたことあるけど」ここで一度、二人組は三日月のように目を細めた。

「お前、チアとかしてるんだってな。男のくせに」

お前がチア！　坊主頭がそう言って、わざとらしく手を叩く。

「お前がチアとかありえねーだろ。ポンポン持ってスカートはいて踊る気かよ」

しかもそれ高校の体育のときの短パンじゃね？　ありえねー！　二人はそう言って、

トンの太ももをパンパンと叩いた。やわらけー！　と言ってまた笑う。

「この一年とかもメンバー？　もしかしてデブに初めてできたおともだちなの？」

お前らとっととサークル来なくなりやがって、と言って、二人はイチローと弦を睨《にら》む。

イチローは全く動じていない。

「ていうか、男のチアとか」

言うな、と思った。

「気持ち悪《わり》ィんだよ」

こいつらがこれ以上しゃべると、トンが言ってしまうかもしれない。

ごめんって、謝ってしまうかもしれない。

トンはいつまでも俯いたままだった。ぽつり、と、降り始めの雨のように、額から汗が零《こぼ》れ落ちる。汗ばんだ肩を強張《こわば》らせて、トンは黙ったままくちびるを噛《か》みしめている。トンが抱えているもの。トンを黙らせてしまっているもの。アドバイスをされても「ごめん」と謝ってしまう、トンの背中に重く重く張り付いているもの。

劣等感。

ほんの少しの沈黙のあと、凛《りん》とした声がした。

「【凡人はいつも挑戦者をあざ笑う】」

溝口がメガネを直す。

「俺と酒飲みで負けた奴が大口叩くな。トンのことを笑う資格は、お前たちにはない」

溝口はそう言うと、「行こう」と言って自分の荷物を引っ摑んで公園を出て行く。メンバーも慌ててそれに続く。二人組はまだ何か言いたげな表情で、弦とイチローに向かって「お前らデブといると友達なくすぞ」と言い放った。

溝口、ごめんね、とトンが足早に溝口を追いかける。「誰か飲みモン忘れてんで！」ばたばたと足音をたてながらイチローや弦が追いつく。溝口は歩くスピードを緩めない。

「……誰かに見下されている人より、誰かを見下してる奴のほうが、本当は弱いんだ」

それは、誰かの名言や格言ではないようだった。まるで自分に言い聞かせているかのように、溝口はそう言った。

「皆、ごめんね」

溝口の早足に追いつこうと必死に歩きながら、トンはぽつりぽつりと話し出した。自分は二浪をしてやっと大学に入れたということ。あの飲み会のトイレで二人組に会い、その場にいられなくなったこと。だから店の外で待っていたこと。

半そで短パン姿の七人は、荷物を抱えて歩く。トンだけが話し続けている。

「僕、高校で友達一人もいなかったんだ」

ずっとクラスメイトから見下されてきた。いつだって、外見で判断されてきた。スポーツも勉強もできなかった。どこにいてもはみだし者だった。

「皆で何かに向けて練習するなんて、僕にとってはこれが初めてなんだ」

だから嬉しかった。毎日練習をしているというだけで嬉しかった。だけどその分、できない自分が辛かった。体が大きいのに役に立たない自分が嫌だった。アドバイスをされるたび、自分がまた邪魔な存在になってしまうようで辛かった。

「せっかく体が大きいのに、力がないからトップを支えられない」

技術がないなら、運動神経がないなら、タンブリングをうまくできないなら、ダンスをうまく踊れないなら、誰よりも練習するしかない、誰よりもトレーニングを積み重ねるしかない。せっかく体が大きいのだから。ベースは人を支えるのだから。

九月の街並みは、夏よりもまたぐっと彩りが鮮やかになったように見える。

「……チアは、誰か一人だけ頑張ればいいってものじゃないじゃん」

晴希は、考えながら言った。

「トンだけが練習しても、トンだけがトレーニングしてもダメだろ。トップもベースもスポットも、皆が練習して、やっと技が成功するんだから」

そうだな、と一馬が短く相槌を打つ。

「トップを支えるベースに必要なのは、運動神経でも、腕力でもない。信頼感なんだよ」

晴希の声に、弦もイチローも、頷いてくれる。

「それがあるじゃん、トンと俺らには」

晴希がそう言うと、トンは、

「……うん、ごめんね」

と言ってまた俯いた。晴希は、七つあるうちでひと際大きな影を見つめて言う。

「ごめんねって言わなくてもいい」

一体感。信頼感。チームを作り上げるもの。チアリーディングは一人でやるものじゃない。

根っこの部分にあった事実がやっと今、全身を巡っていく。一人でやるものじゃない
チアをやっているトンは、一人じゃない。

影は七つとも形は違う、だけど並んでいる。

「ハル、ありがとう」

トンは、小さな小さな声でそう呟いた。ごめんね、ではなく、ありがとう。

そのまま道場に着き屋上に上がると、段ボール箱が置いてあった。

「……また何か届いてる」「……今度は何だろ」「コロッケとかじゃないかな！」「トン腹減ってんの？」

戸惑うメンバーをよそに、溝口だけが「届いてる届いてる」とニヤニヤしている。開けてみると、黄色地に黒いロゴが目立つユニフォームが七人分入っていた。

「前にカタログ見てて、皆がかっこいいって言ってたやつ。BREAKERSでお願いしますって七人分頼んでおいた。名前も入ってる」溝口は平然とそう言ってのける。

「買う前に一言言えやマジで！」「サイズとかあるだろ！」そう言いながらも、メンバーは次々に自分の名前入りのユニフォームを胸の前に広げていく。「かっけー！」「料亭

の儲《もう》けすげー！」「一気にチアっぽくなった！」皆、Tシャツを脱いでユニフォームを着てみる。鏡もないので自分が似合っているかどうかはわからないが、ユニフォームを着たメンバーが全員かっこよく見えるので、きっと自分も似合っているはずだ。

ユニフォームを夕空に掲げる。BREAKERS。壊す者たち。トンは今日、自分の中に蓄積されてきた劣等感を、ほんの少しでも壊せたのだろうか。

毎晩眠ろうと思って目を閉じると、網膜の裏側に焼き付いた晴子の目線が蘇ってくる。その向こう側には、かつての景色が広がっている。いっぱい食べて大きくなるのよ、と毎日おいしい料理を作ってくれた母の姿。晴子の大会帰りで疲れてしまった晴希をおんぶしてくれた父の背中。初めて真っ白な柔道着に袖を通した時の自分。

一番壊さなければいけないものを抱えているのは、俺なのかもしれない。

暮れていく秋の空に、ユニフォームの黄色を映す。

長かった夏休みが終わる。

初舞台まで、あと一カ月だ。

5　初舞台

　前期試験の成績発表があった日、一馬はトンによる押しつぶしの刑に処せられた。Aプラスが一番多いという気味の悪い成績表をこれみよがしに見せびらかしたからだ。

　七人は期日ぎりぎりに大慌てで後期の授業登録を済ませた。全員、午後六時以降の授業を取らないようにして、夜はチアの練習時間にあてようということになった。後期の授業は、「息子が九月からこの大学に留学生としてやってきます」という中国語の教授の宣言により幕が開いた。恐ろしい出来のスピーチで前期試験を乗り切った晴希は、教授からCという単位獲得ぎりぎりの評価をもらっていた。一見、海などで全身を焼いてきたクラスメイトと晴希の姿は大差ないが、服を脱いでみるとまるで違う。晴希はTシャツ、短パンの形を残して真っ黒なのだ。

　授業が始まってすぐ行われた学祭のリハーサルで、DREAMSのメンバーに会った。こちらが勢いよく挨拶《あいさつ》をすると、その何倍もの声で挨拶を返された。しかし、元気な声とは裏腹に目は少しも笑っていなかった。足早に移動をするDREAMSの集団の中に、晴希は千裕の姿を見つけた。周りに見つからないようにと小さく頭を下げると、千裕は顔の横で小さくピースサインをした。どうしてだかわからないが、晴希はその瞬間、千裕から目を逸《そ》らしてしまった。

リハーサルは出入りとステージ上での動きの確認のみだったため、演技を披露することはなかった。正直、その時点でBREAKERSは通しで演技を成功させたことがなかったため、皆「僕たち完璧《かんぺき》です」というすまし顔でリハを乗り切ることに成功した。リハに携わってくれた学祭実行委員の数や表情を見ていると、DREAMSに比べてBREAKERSへの期待は圧倒的に低いことが窺《うかが》えた。男のチアって何？　何そのユニフォーム？　つうか七人しかいねえの？　いっちょうまえにインカムをつけた学生スタッフたちの顔に、そう書いてある。

その帰り、ヒマワリ食堂に皆で寄ると、壁に堂々と「BREAKERS定食」という文字が躍っていたので、一度皆で何も言わずに店を出た。

「……今の何？」

「皆見たよな？」

意を決してもう一度店に入ってみると、「待ってたよ！」とハゲ店長が笑顔満開で迎えてくれた。改めて店の内装を見渡すと、黄色い紙に黒文字で【BREAKERS定食！　これを食べて学祭を見に行こう！】と書かれたチラシが壁いっぱいに貼《は》られていた。チラシの下部にはBREAKERSの紹介、学祭のステージのスケジュールなどが書かれている。驚く七人を前にして、店長は「何か協力したくってさあ」とハゲあがった頭をポリポリとかいた。溝口が、また良い日本酒を持ってきますよ、と魔法の言葉を放ち、七人はそろってBREAKERS定食を注文する。食堂のトレイにも同じようにチラシが貼られており、その上に載っているのは、人気の揚げ物が揃《そろ》い踏みのボリューム満点定食だ。

「もうひとつ宣伝の手を打ってるからさ、頑張れよ」

帰り際、そう言ってニヤリとする店長に七人で頭を下げる。練習を始めてからは、毎日皆でこの食堂でご飯を食べて、わいわい騒いで、テレビとテーブルを借りて、スイカをもらって、お酒も飲んだ。そして店長は宣伝までしてくれている。

誰かに応援されることは、こんなにも幸せなことなんだ。口の中に残る濃いくちソースの余韻を味わいながら思う。頑張れよ、という言葉が、エンジンになる。BREAKERSの初舞台も、誰かのエンジンになればいい。

「あのー」

鈴のように澄んだ声がして、軽く肩を突《つ》かれた。

「ハルくん、で名前合ってる？」

振り返ると、そこには千裕がいた。忙しそうにキャンパス内を歩いている学生たちを背景に、「久しぶり」と小さく手を振っている。

「ひ、久しぶり」

晴希は思わず声を上ずらせる。千裕は「DREAMS」と大きくプリントされたスポーツバッグを右肩にかけており、体を左に傾けてバランスを取っている。「前、体育館来てたときに、ハルって呼ばれてたから。ハルくんで名前合ってる？」そう言って首を傾《かし》げる千裕を見て晴希は、こんなにちっさかったっけ、と思った。チアをしているときは、もっと大きく見える。これから練習なのだろう、ジャージ姿にいつものポニーテールをしている。そういえば、この髪形以外の姿を見たことがないな、と晴希は思った。

「ハルくんで大丈夫」

俺いま自分でハルくんって言っちゃったよ……と思いながら、晴希は自分を落ち着かせる。キャンパスにいると、千裕は普通の女の子みたいに見える。いや、別にいつも普通の女の子なんだけど、と、慌ててまた自分を落ち着かせる。

「ハルくんたち、後期は体操の授業とってないんだね」

体育館以外の場所で千裕を見かけると、晴希は少し緊張してしまう。ハルくんなんてそんな呼び名、首筋あたりがかゆくなってしまう。

「うん……まあ、前期も授業にもぐってただけなんだけどね」

なんとなくキャンパスを見渡して、周りにBREAKERSのメンバーがいないことを確かめる。

「ていうか、話したかったのはそんなことじゃなくて」

千裕が少し声を大きくしてそう言った瞬間、晴希の携帯がポケットの中で震えた。

「後期始まってから、ハルくんたち学食行った？」

ううん、俺たちヒマワリ食堂行っちゃうからなあ、と答えながら、晴希はそれとなく携帯の画面を開く。新着メールが一件。弦からだ。

「学食にね」

メールを開く。

「BREAKERS定食ってのがあったんだけど」

【件名：やべえ　本文：BREAKERS定食、学食に進出しとるでえええええ】

「……男子のチアって書いてあったし、BREAKERSってハルくんたちのことだよね？」

もともと女の子の前ではうまく笑えない晴希だったが、このときほど笑顔が引きつったことはこれまでに無かった。「かっこいいチーム名だね」千裕は屈託のない笑顔でそう言って、じゃあね、と颯爽《さっそう》とキャンパスを歩いていった。一歩ずつ左右に揺れる千裕のポニーテールが小さくなっていくたびに、携帯が連続してヴーヴー震えている。皆、続々と返信しているのだろう。

その日の授業が終わってから、屋上で全員同時に倒立をしていると、溝口が言った。

「ヒマワリ食堂の店長って実は、若い頃、ずっと学食の厨房にいたらしいんだ」

へえ、と答えると、晴希の顎《あご》から耳へと汗が伝う。

「そのあと自分で定食屋を開いてからも、学食のメニューとかにはずっと関わってたんだって」

　学食の定食もおいしいもんね、とトンが逆さまに涎《よだれ》を垂らす。

「学食にいたころの同僚が今、偉い立場になってるらしくて、その人に頼んだんだってさ。BREAKERS定食」

　すげえな、店長、と一馬がニヤニヤする。めちゃくちゃ恥ずかしいけどな、と晴希が言ったところで、タイマーが鳴る。倒立終了の合図だ。

「【友とぶどう酒は古いほど良し】ってやつだな」「………」「ちなみにイギリスの諺《ことわざ》だ」「……誰も訊《き》いてないのに」

　そのあとは筋肉をほぐすストレッチをして、体幹を鍛えるトレーニング。

「DREAMSは、あのBREAKERS定食が俺たちってこと、わかっとるんかな」

　弦の無邪気な声に、「あ、それなら……」と反応してしまってから晴希は口をつぐんだ。千裕のことは、なんとなく言わないでおこうと思った。「それなら？　何？」弦が開脚をしたままにじり寄ってくる。「それなら……わかってるだろ、男子のチアリーディングチームなんて俺たちだけだし」

　ヒマワリ食堂と学食の宣伝効果は抜群で、「学祭で男子のチアがあるらしいよ」という声が晴希の耳にも届くようになっていた。中国語の教授も授業中、「BREAKERS定食を食べた息子が、学祭のステージを見に行くと言っていました」と言っていた。

学部の友達は晴希がBREAKERSの一員であることを知らないため、見に行く見に行かない、定食うまい、男子でチアは気色悪い、などと好き勝手に言っていた。晴希はどんなコメントにも「そうだな」と笑顔で返していた。だが、「チアって見たことある？ けっこうすげえよ」と一言付け加えるのは忘れなかった。

初めて、二分三十秒の演技を一度もミスすることなく通すことができたのは、学祭まであと二週間を切った日だった。演技が終わった瞬間、「九回裏二死満塁でホームラン打ったみたいや！」「めっちゃ気持ちええ！」と、イチローと弦はアラレちゃんのように屋上を駆け回り出した。「嬉《うれ》しいというよりも、安心した」溝口の声に、晴希は「俺も」と、トンは「ぐう」と腹を鳴らして返事をした。翔と一馬は難しい顔をして、今の演技を撮っていたデジカメの画面を覗《のぞ》いている。その周りをアラレちゃん二人組が「きーん！」と言いながら駆け回っている。

「あと二週間か」

晴希は汗ばんだユニフォームをぱたぱたとする。あれから皆、二日に一回はユニフォームを着て練習している。「俺めっちゃ似合うねんサッカー部ぽいねん」と毎日着ている弦は、洗濯をしていない疑惑が浮上している。イチローは今日も袖をまくらないまま、しっかりとユニフォームを着こなしている。

柔道部のメンバーにも、大学の友達にも、中国語の先生にも、トンの昔の友達にも、イチローや弦の元サークル仲間にも、（時間的に絶対に無理だけど）DREAMSの人たちにも、千裕にも、男子がチアをやるなんて気色悪いと言っていた誰かにも、何も知らない人たちにも、この演技を見てほしい。誰だっていい。少しでも多くの人に見てもらいたい。少しでも多くの人に、チアのエネルギーを感じてもらいたい。

かつて、一番に応援していた人にも。


セミの声がなくなっても、九月の終わりの街は夏を引きずっている。大学が始まると、朝から講義、昼はヒマワリ食堂に集合、午後六時まで講義、それから屋上練習、という新たなタイムスケジュールができあがった。誰かが終電を逃したときは、結局皆でカズのアパートに行ったり、こっそりと晴希の部屋に泊まったりした。バレていないつもりだったが、朝になると人数分の朝ごはんが用意されていた。両親は、晴希が柔道部を辞めてから何も干渉しなくなった。大学に向かうとき、たまにジムで朝練をしている部員と鉢合わせになることがある。挨拶はするが、それ以外の会話はない。誰も何も触れてこない。シャワールームでまた笑われているのかもしれない、だけどそれは考えても仕方のないことだ。

家の中で会っても、外で会ってもどこで会っても、晴子は何にも言ってこない。ただ、割れた鏡のような目で晴希のことを見るだけだ。いっそのこと、何か言ってくれた方がいい。そう思いながらも自分からは何も言えずに、日々は過ぎていく。

九月の終わりといってもまだ暑い。イチロー以外のメンバーは、Tシャツやユニフォームの袖を肩まで捲《まく》っており、引き締まった腕の筋肉が露《あら》わになっている。皆、余分な肉が落ち、必要な筋肉がしっかりと身についてきている。

「やっぱり、バックフリップだな……」

一馬がタオルで汗を拭《ふ》く。初めてミスなく演技を通せた日からも、毎日何度も通し練習をしているが、確実に成功するわけではない。むしろ、どこかでスタンツが崩れてしまったりする回数のほうが多い。

バックフリップ。トップが空中で後方回転をするこの技は、この演技の中でも難易度が高い。演技の冒頭と中盤と最後、三度ある。三度とも、トップは晴希だ。初めてバックフリップを見たときは、「これを自分がやるのか?」と思ったが、トランポリンを使って空中姿勢を何度も体に刷り込ませてから実践練習を行ったため、もう恐怖心はなかった。しかし、恐怖心がなくなることと技がうまくいくこととは別問題だ。

「バックフリップはやっぱり見せ場だし、きれいに決めてすぐ次のスタンツに繋《つな》げたいよな」

翔が撮ったビデオを何度も再生しながら、うまくいかない原因を分析する。トップの晴希が空中に投げられ後方回転をし、同時に一馬と翔が両サイドでバク宙をする。トン、溝口、イチロー、弦は四人でトス隊を作る。

「このバックフリップで演技が始まるからな」

冒頭のバックフリップの成功率は、高いとは言えない。

「もっとバスケットトスに高さが欲しいよな……見映えもそうだし、そうしたほうがハルも思いっきり回転できるだろ」

翔と一馬に言われるがまま、晴希はトランポリンを使って回転ジャンプの感覚をもう一度鍛える。「飛んでいるときは手を引き上げる。そうすれば回転効率が上がるから」翔が丁寧に教えてくれる分、応《こた》えられない自分が悔しい。トス隊はトップを飛ばすためのセットの仕方を、改めて一馬から教えてもらっている。

「回転を自分でコントロールできるように」翔の声が聞こえる。まっすぐに飛び上がり、胸を中心に回転するイメージ。両目の中で、青空が、街が、屋上が一緒に回転する。

またトス隊と合流して、実践的なバックフリップの練習に入る。「トス隊は手の握りを緩めないように」一馬がアドバイスをする。トス隊四人が、はい、と声を合わせる。いつもと同じ要領で、トス隊にクライミングする。

あれ？

晴希はそのとき、言いようのない違和感を覚えた。直感ともいえる不安。トス隊のバランスがいつもと違う。何だろう、この感覚は。誰かが、トス隊の中の誰かがいつもと違う。晴希は不安の上に乗り込んだまま、トス隊の四つの額を見下ろした。

イチロー。イチローの汗の量が、尋常じゃない。

トス隊に飛ばされた瞬間、やばい、と思った。全くバネを感じることができなかった、タイミングがズレる、高さが足りない、それでも無理やり後方回転をしようとしたので、姿勢が崩れたまま体が落ちていく、見える景色がいつもと違う、足りない、ダメだ、やべえ、これは、

事故になる。

「イチロー！」

体が落下していくのと同時に、弦の怒号が響いた。晴希の体を、トンと溝口がかろうじてキャッチしてくれる。

「大丈夫か？」

一馬が駆け寄ってくる。いつのまにか固く閉じていた目をゆっくり開けてみる。大丈夫、痛むところはない。晴希は「俺は大丈夫」と体を起こした。

イチローがコンクリートの上に倒れている。肩を抱えている。そんなイチローを見下ろすように、弦が立っている。

イチローの汗の量は、やっぱりおかしい。

「イチロー」

晴希は弦の背中を見上げる。

「お前ずっと、肩かばっとるやろ」

弦のこんな声を初めて聞いた、と晴希は思った。弦はいつだってムードメーカーだった。イチローとセットで、二人組の無敵のムードメーカー。そんな弦が怒りを隠せない

様子でイチローに歩み寄り、イチローのTシャツの袖を乱暴に捲った。

いつの日からかイチローは、Tシャツの袖を捲らなくなっていた。どれだけ暑い日でも、どれだけ汗をかいていても、袖を捲っていなかった。

露わになったイチローの太い腕から肩にかけて、たくさんのシップが貼られている。

「イチロー、お前、いつから痛めててん。何で俺たちに言わんのや。お前、ずっと肩かばってベースやっとったやろ。俺が見たらすぐわかる、そんなん。何年お前と一緒にスポーツしてきたと思ってんねん」

イチローは俯《うつむ》いたまま、袖を元に戻す。

「俺はイチローのことが未《いま》だにわからん」

弦は奥歯で言葉を噛《か》みしめるようにして言った。

「お前は何でもできる。野球もチーム内の誰よりも、うまかった。やから、お前は勝ち負けにこだわらん。試合に負けても、お前が一番できるからな」

イチローは肩を抱えたまま、弦を見ない。

「やから今までのお前は、悔しさすら顔に出さんかった」

イチローは痛めた肩をかばっていた。ずっと隠して我慢していた。弦だけはイチローの変化に気がついていた。

「お前な、DREAMSとの合同練習のあと、初めて悔しいって言ったんやで、俺の前で」

晴希は思い出した。あの合同練習の日、夜の屋上で、酔ったイチローが悔しいと叫んだこと。それを見ている弦の顔が、酷《ひど》く嬉しそうだったこと。

「俺、めちゃめちゃ嬉しかったわ。めちゃめちゃ気持ち良かったわ。ずっと見たかったんや、お前がナンバーワンじゃなくなる瞬間。初めてやろ、お前。自分が一番やないチーム。そんなんこの世に山ほどあるんやで」

弦は突然、胸ぐらを摑《つか》んでイチローを立ち上がらせた。「弦！」そう言って晴希は一歩前へ出たが、一馬に右手で制される。

「肩が痛いならそう言えや！　言ってくれたら、誰かが支える！　悔しいなら悔しいって言えや、そしたら誰かがお前を励ます。俺に支えさせろや。励まさせろや」

晴希の前に立ちふさがるようにして弦は立っている。だからイチローの表情はよく見えない。

「……肩、そんなに痛いんか？」

弦はそう言って、イチローから手を離した。イチローは、左腕で顔を隠している。

「……違う」

イチローは言った。

「痛いんやない」

イチローの声は震えていた。

「悔しいんや」

泣いている。

悔しくて泣いているんだ。

「技ができんことが、悔しい」

悔し泣き、を久しぶりに見た。夏の終わりの夜は、夢の中みたいに澄んだ空気になる。人はいつから悔し泣きをしなくなるのだろう。悔し泣きができるときって、もしかすると、人生の中でもほんの一瞬なのかもしれない。

そんなことを思いながらふと後ろを振り返ると、翔は少し離れたところに立っていた。翔一人だけ、こちらを見てはいなかった。


全員が上下ユニフォーム姿だったので、とにかく目立った。列に並んでいる時点で、周囲がざわつき始める。あいつら何でユニフォーム着て学食来てんだよ、ホットパンツ履いてるあの集団何？　あれじゃね、男のチアの人たちじゃね？　ちょっと気持ちワリー。なんか一人ぱつんぱつんじゃん。

そんなざわめきを吹き飛ばすように、七人で声を合わせてBREAKERS定食を頼む。マイ箸《はし》持参のトンが丁寧にサービスの割り箸を断ると、七人は混雑する学食の中でたった一つだけ空いていたテーブルを丸ごと占領した。

「うまい飯は明日の活力になるな！」「明日の活力になるな！　明日の！」「活力になる

なあ、明日の学祭の！」「学祭の午後一時からの活力になるなあ！」

大声で明日のことを宣伝しながら、ガツガツと定食を平らげる。油でギトギトに汚れた口をぬぐっていると、遠くのほうで千裕が笑いながらこっちを見ていることに気がついた。何あの子たち、と冷ややかに笑っている女子集団を飛びこすように、晴希は「明日頑張ろうな！」と言った。「もち！」「当然！」と答えるメンバーの向こうで、千裕はピースサインをした。

練習中は打って変わって、誰も明日が本番だということを口にしなかった。すでに緊張し始めていたからかもしれない。倒立やトレーニングのときは、不自然なくらい皆言葉を選んでいたし、「よし、じゃあ最初から通すか」と言った翔は声が裏返っていた。だけどベースの上に乗ったときの肩の筋肉の感触、バスケットトスで飛ばされたときの重心の感覚、バク転をするときの背中のバネ、ダンスのときに見えるメンバーの後ろ姿、「ＧＯ！　ＦＩＧＨＴ！　ＷＩＮ！」とぴったり揃った声が響いたあとに残る余韻、全てがいつもと同じだから、明日が特別な日だと思えない。

いつものように何回か演技を通して、ビデオを見て、反省点を挙げていく。いつもと同じだけ失敗もして、汗をかいて、締めのストレッチをする。いつものように夜は更けて、屋上の白いコンクリートも闇に呑まれていく。道路を通っていく車の音も、練習後に飲むアクエリアスも、腹が減り出して夜食が食いたくなる時間も、いつもと同じ。

いつもと違うところは、今日は誰もユニフォームを着ていないということ。そして、明日の集合時間が、久しぶりに午前中だということ。

「起きれっかなあ〜」

「いやそこは起きろや」弦がイチローにピシッとツッコむ。

「明日遅刻した奴《やつ》、昼飯おごりな！」一馬がニヤニヤする。

「絶対俺やん、嫌や嫌や嫌やああ」

「俺の酒代も出すことになるだろうから、金下ろした方がいいと思うぞ」溝口がイチローを黙らせる。それより本番前に飲むなよ、と思ったが、晴希は何も言わずに着替え始める。

「俺、溝口が本気で飲むところ見たことないや」そう言う翔に、

「こいつはほんとにすごいよ、店長と酒で仲良くなるくらいだから」晴希は笑う。

「……店長がどのくらい飲むのかもわかんねえけど」翔がTシャツを脱いだとき、

「頑張ろうね、明日」

　ぽつりと、トンが言った。

「……皆言わないようにしてたのにい〜」

　一馬がトンの髪の毛をくしゃくしゃ、とする。

「見返してやろうぜ、トンの同級生」

　一馬がそう言うと、トンは「うん」と返事をして泣き笑いのような表情になった。途端にイチローと弦が、「あのサークルの先輩！　あのときの怒り忘れとった！　むっか

つく奴らやったなー!」「明日ぎゃふんと言わせたんねん!」「ホンマにぎゃふんって言われたら引くけどな!」とわあわあ喚《わめ》きだす。

頑張ろうね、明日。

今まで何度も、言われたことも言ったこともある言葉だ。頑張れじゃなくて頑張ろう。いっしょに頑張ろう。

「あ、ハル」

皆がばたばたと荷物をまとめている中、くるりと一馬は晴希のほうを振り向いた。急に一対一になったようで、晴希は「な、何だよ」と少したじろいでしまう。

見慣れたTシャツとブルージーンズに着替えた一馬は、十年前からずっと変わらない笑顔で言った。

「ちょっと、話そうぜ」


今日の夜空は、まだ開かれていない本の表紙のように見える。ところどころで、星がやわらかく輝いている。

「この屋上が、こんなふうになるなんてな」

一馬は、畳まれたマットをぽんぽんと叩《たた》いて、トランポリンの上で小さく跳ねた。

「ちょっと前までは想像もしてなかったよな、こんなの」けらけらと一馬は笑う。

二人で夜の屋上にいるのは久しぶりだった。柔道をやっていた頃は、よく二人で屋上に寝転んだ。アイツがムカつくあの子が可愛いなんて、くだらない話でも真剣な話でも、屋上でならずっとしていられた。

そういえばチアを始めてからは、屋上で二人きりになったことは一度も無かったかもしれない。いつだってここにはチームの誰かがいた。

「……なーんでこんな風になっちまったのかなあ」

晴希の声に、一馬が反応する。

「屋上でバーベキュー、もうできねえな」

そうかもしれねえな、と言って、一馬はひょいとトランポリンから飛び降りる。よっと、とおっさんみたいな声を出して一馬が横になるので、晴希もそれに続く。冷たいコンクリートの上で隣どうし夜空を見上げていると、まだ子どもだったころにタイムスリップしたみたいだ。

道場内の練習試合で一馬に負けただけで、半日くらい口もきこうとしなかったころ。柔道で負けた悔しさを、今よりももっともっと素直に発散できていたころ。

「お前、DREAMSの子と付き合ってんの？」

「は!?」

ものすごい速さで上半身が起き上がった。こんなところで、腹筋の強化が感じられる。

「なになに、図星？」

「違《ちげ》えよ！　何だよ、いきなり」

「だってアイコンタクトとか取ってやらしいんだもん、お前ら」

体育館でも話してただろ、あの子名前なんて言うの？　もうやった？　てかなんで俺何も知らないの？　と、一馬はしつこく訊いてくる。うるせえうるせえうるせえ、と晴希は一発パンチを喰《く》らわせる。

「そんなこと訊くために屋上に残ったんならもう戻るぞ」

ああ違う違う帰らないで、と一馬が晴希にしがみつく。もう肌寒い。あと数時間で、十月二日、初舞台の日がやってくる。

「……晴子さん、明日のこと知ってんの？」

そういえば、前にこの方法を使ったのは俺だったな、と晴希は思う。こうやって寝転んでいたから、顔を見なくても済んだから、柔道をやめる、ってカズに言えたんだ。

「どうせお前のことだから、話せてないんだろ」

うるせえなあ、と悪態をついてみたが言葉が続かない。少し沈黙になる。

「……話そうと思ってるよ、毎日」

少し冷たくなった空気の中に、明日のにおいがする。

「……もういいよその話は。お前はどうなの、最近ばあちゃんの見舞い行ってんの？」

晴希が逃げるようにそう言うと、一馬はよっと上半身を起こした。てのひらをパンパンと払う音が、乾いた空気によく響く。

「元気元気。面会が終わる時間まで帰らせてくんない」

一馬は思いっきり伸びをする。盛り上がったふくらはぎの筋肉がたくましい。そのまま寝転んでいる晴希を見下ろしてきた。

「変わってないよ、何も」

一馬の目は、夜空のどこに隠れていたとしてもきっと、光る。


ドスン、と鈍い音がした。聞こえたというよりも、重みを持った音が空気を揺らした。今まで何百回、何千回と聞いたことがある音。

人の背中が、道場の畳に叩きつけられる音。

晴希は階段を駆け降りる。音の後についてくる震動が、近づいてくる。ちゃんと話をしなくてはならない人。

その人は、道場にいる。いつでも。

「姉ちゃん」

声を出しながら道場を覗いた瞬間、晴希は後悔した。

来るんじゃなかった。

道場には、晴子と、男子部の主将の姿があった。晴子は晴希に気づいていないようで、

「アアアァ!」「ヤアッ!」と雄叫《おたけ》びをあげながら主将の体にぶつかっている。どんと構

えた主将は、力いっぱいに向かってくる小柄な晴子の体をいとも簡単に投げてしまう。

ドスンと、鈍い音がするたびに、少し床が揺れる。

畳に叩きつけられているのは、姉の背中だった。そんな音を、晴希は聞いたことがなかった。

一体いつからこうしているのだろう。柔道着は乱れてぐちゃぐちゃだし、髪の毛は汗でべたべただし、足元はもうふらふらだ。もうすでに、主将に勝とうと思って摑みかかっているようには見えない。主将も、晴子に勝とうとしているわけじゃない、まるで何かを説得し続けるように、晴子を畳に投げ続けている。

「アアァァア！」「もう一本お願いします！」「ヤアアッ！」

小さな体のどこからこんなにも大きな声が、力が、気迫が生まれるのだろう。一瞬の隙《すき》を見つけて相手に摑みかかるその姿は、まるで弾丸のようだ。晴子が主将に投げられるたびに、あの日の声が蘇《よみがえ》る。

私は負けたくないのに……私は誰にも負けたくないのに。体は大きくならない。胸なんかいらない。こんな細い体、いらない！　もっと強い筋肉が欲しい！　男か女かなんて関係ない！

姉ちゃん。俺も今、負けたくないものがあるんだ。

姉ちゃん。

「久しぶりだね」

道場へと一歩踏み出そうとした晴希の右肩を、誰かが、ぐ、と掴んで引き戻した。驚いて後ろを振り返る。

「ハル、あんたが今、何を言おうとしてるかはわかんないけど、やめときな」

ザキさんは晴希の右肩から手を離さない。ぐ、ともう少し力を込めて、確かめるように言う。「もう、ケガは大丈夫なんだね？」ザキさんは優しく笑う。

「あの、ちゃんとした挨拶もしないで」

ごめんなさい、という晴希の言葉を聞きたくないというように、ザキさんは言った。

「十月十日に、全日本学生柔道体重別選手権大会がある。あんたも知ってるよね。これも日本武道館で行われる、全国大会。今度は体重別の、個人戦」

ドスン、とまた、晴子が畳に投げつけられる。だけどすぐに立ち上がる。「もう一本お願いします！」乱れた柔道着を直そうともしない。

「晴子、そこで優勝するって言ってる」

ザキさんはそう言うと、優しい目をきゅっと鋭くして、晴希を見つめた。

「あんたの応援がなくても、一人でも勝てるって信じたいんだって」

蘇る。頭の中に、姉ちゃんの声。

あんたが応援してくれるとき、私は勝てるんだよ

「私はあんたが今何をしているかよくわかんないけどさ、カズも一緒なんでしょ？　なら安心だよ。肩のケガも心配ないみたいだしね」

ザキさんはそう言って、晴希の肩をポンポンと優しく叩いた。

「あんたが晴子を応援する力は、あんたが自分で思ってるよりもずっとずっと、大きな力だったんだよ」

今日の練習はもうやめさせるから、大丈夫。ザキさんはひらひら手を振ると、道場の中に入り戸を閉めた。真っ白い戸に視界が遮断される。

あの人はきっと、俺の応援なんかがなくても勝てる。自分の部屋へと続く階段を一段ずつ上りながら、晴希は思う。力をもらっていたのはいつだって、あの背中を後ろから見ている俺のほうだったんだから。


イチローはあっさり遅刻した。

「十分だけやん六分の一時間だけやん六百秒だけやん！」本人はそう言ってばたばたと暴れたが、むなしくもトンに取り押さえられ、「奢《おご》り、決定」と溝口裁判長から重い宣告を言い渡された。

どこまでも続く青い空に浮かぶ雲は、手で小さくちぎったわたあめのようだ。学祭当日、集合場所は屋上。

当然自分が一番だろうと思って早めに屋上に出ると、溝口が倒立をしていたので晴希は恐れおののいた。「人生で一番、目覚めが良かった」という溝口の目の下にはクマができており、眠れなかったことが丸わかりだった。

いつものように屋上でストレッチをし、トレーニングをし、最終調整をする。「今日ほんとに本番？」「信じられないね」「お前ら、昨日してないやろうな」「中学生みたいなこと言うなや！」それなりに汗をかいてきたらTシャツからユニフォームに着替える。

午前十一時になる前にヒマワリ食堂へ向かう。演技は午後一時から始まるため、早めに昼食を摂《と》っておこうという算段だ。「早起きだったからもう腹ペコやな！」「遅刻した奴のセリフとは思えないな」眠れなかったであろう溝口は、熟睡して遅刻してきたイチローに厳しい。

学生街を歩いていると、やっと今日が学祭であるという実感がわいてくる。人がいつもの何倍もいる。ユニフォーム姿の七人は歩いているだけで目立ち、「見に来てやー！」「一時からやでー！」とお調子者の関西二人組の大声でさらに注目を集めている。「イケメンばっかやでー！」「よりどりみどりやでー！」宣伝内容はどんどん誇大していく。

信号待ちで止まっていると、溝口が「あ」と小さく声を出した。道路の向かいを同じ方向へ歩いている団体がある。DREAMSだ。何十ものデコ出しポニーテールが固まっていると、なかなかの迫力だ。向こうもこちらに気がついたようなので、七人はぺこりと頭を下げる。

「あ、あのOGもおる」「今日もおでこガチで出とるな」「つーかさっきのイケメンやでーとか聞こえとったんかな」「そのうち俺らあのデコで頭突きされるんとちゃうか」

信号が青に変わる直前、晴希はDREAMSの最後尾に千裕の姿を見つけた。気合いの表れだろうか、今日はいつもより高い位置で髪の毛をまとめている気がする。千裕もこちらに気がついたようだ。小さく、口が動く。

が、ん、ば、ろ、う、ね
晴希は誰にも見つからないように小さく頷いた。信号が変わって歩き出すと、右隣で一馬がにやにやにやにやにやにやにやにやにやにやしていた。「……何だよ」「べっつにィ？」「……やめろその顔」「なあんでェ？」

「ハゲ店長ー！　めしー！」

ガラリ、と七人で勢いよく食堂の扉を開けると、中でごった返していた人々が皆こちらを振り返った。「おう来たか！」ハゲ店長の頭もいつもよりぴっかぴかに見える。店内では、学生におじさんにサラリーマンに近所のおばさん、様々な客が皆、BREAKERS定食を食べている。「本物のBREAKERSの登場だ！」店長の大きな声が店内に響く。

誰？

客の誰も声には出さなかったが、晴希には全員分の「誰？」が重なって聞こえたような気がした。すでに食事をしていた客たちは、入口に突っ立っている七人を一瞥《いちべつ》したあと、また食事に集中した。学祭に遊びに来たらしい女子高生がひそひそ話をしている。

「昨日、気合い入れて洗ったんだ」

トンがそう言いながらマイ箸を取り出したのと同時に、店長が定食を運んできてくれる。

「しっかり食って、頑張ってこいよ」ハゲ店長は自分の宣伝効果の小ささにショックを隠し切れていない様子だったが、晴希たちはそんなこと全然気にしていなかった。きっと、今、世界で一番おいしいものは目の前に並んでいる七つの定食だ。

「一時前になったら三十分だけ店閉めて、見に行くからな」

食べ終わった食器を片づけながら、店長はそう言ってガッツポーズをした。店長マジありがとー！　七人でそう叫んで、まだ食事をしているお客さんにもダメ押しでステージの宣伝をする。「勘定はいつも通り別々？」「いや一括で」溝口がスパーンとそう言い切ったので、イチローは泣きそうになりながら財布を取り出す。ぼそりと「……遅刻するほどよく眠りやがって」と呟《つぶや》いたところを見ると、やっぱり溝口は昨日眠れなかったみたいだ。

コイツでも緊張するんだな、と微笑《ほほえ》ましい気持ちになりながら、晴希は「ごちそうさまー」と言って扉を開ける。そのとき、入れ違いに新たな客がヒマワリ食堂に入ってきた。

一瞬、目が合った。

反射的に足を止めてしまう。「七人分は高《たけ》えよう!」泣きべそをかいているイチローが背後からぶつかってきても、足は動かない。

姉ちゃん。

どうしてだろう、目が合った瞬間、心臓がつぶれるように苦しくなった。

あんたが晴子を応援する力は、あんたが自分で思ってるよりもずっとずっと、大きな力だったんだよ
「……ハル、行こうぜ」

一馬が、ドン、と晴希の背中を強めに殴った。その衝撃でやっと、足が動かせるようになる。「痛《いて》えよ」と悪態をつきながらも、一馬にはやっぱり見抜かれているんだ、と思う。


「人すごそうだね。彼女、どっかで押しつぶされちゃってるかも」

その一言で、控室の空気が一瞬で凍りついた。

「今何て?」「今何て?」「今何て?」「今何て?」「今何て?」「今何て?」

六連続の質問が投げかけられたトンは、「え、どしたの」とたじろぐ。控室の外からは、人々の何層にも重なった賑《にぎ》やかな声が聞こえてくる。

「おっおっおまっ、お前、彼女おんのか!?」「マジで言うてんのか!?」「ゲーム画面の中の女の子は彼女とは言わんのやで!?」「コンビニでお釣り返してもらうとき指ふれたからってそれは彼女ちゃうねんで!?」

まず撃沈したのはイチローと弦だった。二人とも頭を抱えてその場にしゃがみこんでいる。

「【最もやさしい友情と、最も強い憎しみとは、親しみの結果から生ずる】リヴァロールの言葉だ……」

うまいこと言うなあリヴァロールは……溝口は低い声でそう呟き、静かにトンに背を向けた。「ていうか」翔が全員を見渡してから言う。「トンしか彼女がいないって、なんか……」全員、シーンとなる。

普段ならキャンパス内で見ることもない大人たちや高校生の制服姿が入り交じって、正門付近からすごい混雑だった。いつもは授業に行くためにすいすいと歩ける道が、今日は出店でいっぱいだ。たこ焼きやクレープという文字を見るたび、「食べたい」「あれ欲しい」とマイ箸を取り出そうとするトンを羽交い絞めにしながら、七人は人混みをかきわけて控室へと進む。七人揃ってユニフォームを着ているので、あちらこちらで「あ、あれ！」「定食だ！」などという声が聞こえる。「定食ではないです」溝口が丁寧に訂正をしながら、七人は控室にやっとの思いで辿《たど》りつく。

控室に入る前、学祭のスタッフに音源を手渡してから、一馬が誰かにビデオカメラを渡しているのを見た。人混みにまぎれてよく見えなかったが、一馬がその相手に向かって強く頷いたのだけは確認できた。

晴希は一縷《いちる》の望みをかけて、自分を中心にして、円を描くように人混みを見渡した。どこにいたってわかるはずだ。満員の武道館でも、どこにいるのかすぐわかったんだから。

ここにいる人たちが皆、一時からのステージを見に来た人だとは限らない。ただこの場所を通りすがっただけなのかもしれない。今からどこかにご飯を食べに行くのかもしれない。だけどもう誰だっていい、誰だっていいから、見てほしい。一人でも多くの人に、届いてほしい。たとえここにいない人にも。

「そういえばね」

彼女の話をなかったことにするかのように、トンが明るい声を出す。

「僕、控室に入る前、ＤＲＥＡＭＳのあのＯＧ見つけたよ。同じ時間にＤＲＥＡＭＳもステージがあるのにね、こっちにいた」

そんなバカな、なんて一馬は笑ったけれど、弦も「それ俺も見た！」と言う。「あのおでこ、人混みの中でも目立っててん。のろしみたいな存在やな」あの人ＯＧなんやからＤＲＥＡＭＳ見に行くに決まっとるやろボケパーマ、とイチローと弦は幼い子どものように言い合いを始める。翔はシューズのひもをしっかりと結び、とんとん、とつま先を床に叩きつけている。

そんなことをしながら、七人はいつのまにか、いつものように円になっている。ユニフォームのBREAKERSという文字がすべて、円の中心に向いている。

あと五分です、と実行委員が教えてくれる。

不思議と緊張はしていない。

「……OGだけじゃなくてね、さっき、僕、見つけたんだ」

出会ったころに比べると、無駄な肉が落ち、必要な筋肉をたっぷりと蓄えたトンが、いつものように優しい声で言う。

「人混みの中にいたんだ、僕の同級生」

「あの飲み会にいたって奴らか」

溝口があのとき感じた怒りを奥歯ですり潰《つぶ》すように声を出した。

「僕、人生でこんなことするの初めてなんだ。友達もいなかったし、誰かの前で何かするなんて、そんなこと考えたこともなかった……だから、だからっていうか、うん、何て言っていいかわかんないけど」

トンは、へへ、と笑うと、打ち上げでいっぱいおいしいもの食べようね、と締めくくった。まとめがそれかよ、と一馬がトンの頭を殴る。

「実は俺たちも、元々おったサークルの奴ら見つけてん」

「このユニフォーム見て笑っとった奴もおったけどさ、もう関係ないわ。そんなんどうでもええな、なんか」

なんやかっこいいこと言いよるなあ、と弦がげらげら笑う。そしてすぐに、真剣な目で言う。

「イチロー。肩、大丈夫か」

おう、とイチローが答える。「テーピングもしっかりしとるし、調子いいで」イチローは左手で、痛めている右肩をパンパン、と叩いた。

実行委員が、今からMCがステージに出ます、と伝えてくれる。そのあとすぐに、マイクを通したMCの声と、大きな歓声が聞こえてきた。

ここから一歩出るとたくさんの観客がいて、ステージがあるなんて考えられない。壁一枚だけ挟んだ控室の中はしんとしている。七人で小さな円を作って、しんとしている。

もうすぐ始まる。

「さっき」

何かを決意したかのように、翔が口を開いた。

「さっき、トンが見たって言ってた、DREAMSのOG……」

そこで一度、翔は唾《つば》を飲む。そして続けた。

「高城《たかぎ》コーチが、DREAMSじゃなくて俺たちのステージを見に来てるってのは本当だ」

高城コーチ。翔ははっきりとそう言った。誰も知らないはずのあのOGの名前を言った。

「俺も、いつまでも逃げ続けるわけにはいかないと思ってる」

翔が強く拳《こぶし》を握りしめたとき、控室に実行委員が入ってきた。インカムをつけたまま、「BREAKERSさん、入場お願いします」と言う。七人は「はい」と揃って返事をした。

ステージに上がると、様々などよめきが大海原のように波打った。

「男子チアリーディングチーム、BREAKERSです！」

一馬がマイクを通してそう言うと、七人はたっぷりと時間をかけて礼をした。歓声や野次が静まったころに、ゆっくりと顔を上げる。そこには、むしろ引き潮のように緊張感が遠ざかってしまうほどの人がいた。

あ、あそこに店長がいる。すげー手振ってるよ。気づいてる、気づいてるって。うわ、あそこにいるの中国語の教授だよ……ほんとに息子と見に来てる。すげえ、あ、え、マジで、あれザキさんと主将だ。

草原のように波打つ観客の中で、一人だけ微動だにせず腕を組んでいる人がいる。DREAMSのOGだ。

もうすぐDREAMSの演技が南ステージで始まる。そんなことはどうでもいいと言うように、OGは翔のことを見つめているように見える。

命志院の学生も、ナンパ待ちの女子高生も、ヤンキーみたいな怖そうな人も、おばさんもおじさんも、最前列にいる人たちも最後列にいる人たちも、知っている人も知らない人も、皆、皆、ステージを見ている。訝《いぶか》しげな目をしている人も、好奇心に満ちた目をしている人も、眉《まゆ》をしかめている人もいる。

ここにいないのは、姉ちゃんだけだ。

七人はステージの中央に集まって、円陣を組む。力を溜《た》めこむように、小さく小さく七人で固まる。

心の底から、熱い気持ちが湧《わ》き上がってくる。全身を巡っている血液が、沸騰している。この小さな円陣の中に、七人の生命力が凝縮されている。

隣で頭をくっつけている一馬の鼓動が、伝わってくる。

七人で肩を抱き合って、頭を寄せ合う。

「いつもどおり」

一馬が言う。落ち着いた声だ。

「いつもどおりにやろう。そうすれば大丈夫」

皆で頷く。こうしていると、いつもみたいに屋上にいる気分になる。マットや跳び箱が散乱している、いつもの屋上。

「BREAKERSの初舞台だ。こっから始めよう」

おう、という七人の声が舞台の上に響く。屋上が舞台に変わっただけだ。屋上から見えるいつもの街並みが、無数の観客に変わっただけ。

七人の初舞台だ。

「【人は苦悩を突き抜けて、歓喜を勝ち得る】」

　皆、お、お、という顔つきになる。「いつものヤツですね、溝口さん」イチローが茶化すように言う。

「溝口、ちなみにそれ誰の言葉？」

　晴希がくすくす軽く笑いながら訊くと、溝口は、すう、と深呼吸をした。

　そして、言った。

「今の俺の気持ちだ」

　最高、と一馬が言うと、七人は「GO！　FIGHT！　WIN！　BREAKERS！」と声を張り上げる。歓声が一層大きくなる。

　円陣から離れて、それぞれが所定の位置につく。

　晴希は呼吸を整えて、イチローとトンの肩に手を掛ける。そしてトス隊の上に乗りこむ。

　てのひらから伝わる、筋肉の柔らかい弾力。ベースの体から感じるバネ。今まで何十回、何百回と感じてきた、いつもの感覚。

　一馬が右手をあげる。準備が完了したという合図だ。

　ここにいる全員、トンの昔のクラスメイトにも中国語の教授にもその息子にも、ヤンキーにも女子高生にもおばさんにもおじさんにも、店長にもDREAMSのOGにもカズの母さんにもばあちゃんにもザキさんにも、姉ちゃんにも。

全員に、届け。

大音量で音楽が流れ始める。頭上に広がる青い大空を突き破る気持ちで、晴希は大きく飛び上がった。

6　新チーム

本日閉店、と貼《は》り紙があるにも拘《かかわ》らず、午後九時のヒマワリ食堂の中にはハゲ店長を除いて、十六人の客がいた。遅めの集合だ。晴希たちBREAKERSが七人。その他、様々な風貌《ふうぼう》をしている男子大学生が八人。そして、腕を組んだまま石像のように動かない、ガチでおでこが出ている女が一人。

テーブルをいくつかどけて椅子《いす》を並べているので、食堂の中はちょっとした教室みたいになっている。「もうちょっとでできるから！」と、厨房《ちゅうぼう》から溝口と店長の声が飛んでくる。二人で大量の炒飯《チャーハン》を作ってくれているみたいだ。

「えーっと……」

椅子に座ってずらりと並ぶ顔を見て、一馬はぽりぽりと頭をかいた。トンは厨房から漏れてくる音や匂いを指揮するようにマイ箸《はし》をひらひらと動かしている。

そして何より、食堂の隅の椅子に、足を組んで座っているＤＲＥＡＭＳのＯＧの存在感がぴりぴりと肌に突き刺さる。ＤＲＥＡＭＳは、こんな雰囲気をまとった人にずっと指導されていたのか。千裕も大変だな……そう思って晴希は首を横に振る。今、千裕は関係ない。翔はOGとは真反対の隅、つまりOGと最長距離の位置で小さくなっている。「えーっと……」以降言葉を失くした一馬と共に呆然《ぼうぜん》としていると、厨房から食欲を刺激する匂《にお》いのかたまりがむわりと迫ってきた。「できあがったぞ、溝口特製炒飯だ」その瞬間、さながら世界的指揮者のように、トンはサッと箸の動きを止める。「マザー母さんの言葉にあるだろ……【たいせつなのはどれだけたくさんのことをしたかではなく、どれだけ心を】」「こめたかです、やろ！　それもう聞いたことあんねん！　あとテレサどこ行ってんねん！」イチローのツッコミに、OGが「ふっ」と息を漏らした。笑いの沸点は低いらしい。

「……とりあえず、食おう」

一馬が諦《あきら》めたようにそう言うと、皆、わっと炒飯の大皿に集まった。箸では戦いにくいと気がついたトンは、ついに伝家の宝刀である金のマイスプーンを取り出した。

学祭での演技が終わった瞬間、一馬は舞台袖から大急ぎで大量のチラシを持ってきて、「バラまけバラまけ！」と晴希たちを急《せ》かした。読みのいい溝口などは、すぐに「メンバー募集中です！」なんて大声をあげながら観客に向かって盛大にチラシを撒《ま》き始めたが、何かを勘違いしたらしいイチローがチラシで作った紙ヒコーキをスーと飛ばした辺りで学祭の実行委員に止められた。「何でアカンねん！」と弦がブーブー文句を垂れていたが、「道に落ちた物はゴミになるでしょーが！」という正しすぎる一喝によって七人は全員動きを止めた。

晴希は「新メンバー募集！」と書かれたあのチラシを思い出しながら、新顔を見渡す。

「翔より私服がダサいヤツはおれへんみたいやな」頰《ほお》をハムスターのようにしているイチローを見て、「お前食いすぎ……」と呟《つぶや》いたが、その向こうにドラム缶のような頰をしたトンが見えたので黙った。

「兄貴、もっと食ってください！　俺は食っていい身分じゃござんせん！」

「いや、ヤンキーさん、あなたの分だからあなたが食べなよ」

一馬は見た目そのまんまの呼び名を使いながら、金髪オールバックを制止する。そういえば学祭のとき、このあんまり近寄りたくない風貌をしたヤクザの手下みたいなの見たかも、と思っていると、舎弟らしき二人組が「俺の分もどうぞ！」「俺の分も！」と自分の皿を差し出している。

皆、BREAKERSのメンバーも含めて、溝口特製の炒飯をおいしそうに頰張っている。それはとても幸せそうな画だったが、晴希は思いっきり息を吸って言った。

「そろそろ自己紹介したほうがいいんじゃないかな！」

飲み下していなかったご飯粒がぴょんぴょん飛び、弦が「キャー汚ーい」と気持ちの悪い声を出した。

そういえば、遠野浩司をはじめて「トン」と呼んだのは溝口だった。新メンバーの自己紹介は、いつのまにか溝口による新メンバー名付け大会になる。

「俺は三年の金田保《かねだたもつ》という者です。以後、お見知りおきを」

深々と頭を下げる金髪オールバック。彼を見ていると、任侠《にんきょう》映画を連想してしまう。

「二年の、金田さんの舎弟その一です」「二年の、金田さんの舎弟その二です」以後、お見知りおきを、とハモりながら、舎弟二人組が続く。深く頭を下げる三人の腕には、タトゥーだろうか、黒い薔薇《ばら》が描かれている。

「男たるもの、団体競技に勤《いそ》しむべきかと思い、ここに参《めえ》りやした」

そう言う金田の腕に、「何やこの薔薇、本物？」弦が触ろうとしたとき、「わあ～」と間抜けな声を出してトンがお冷やをこぼした。

薔薇のタトゥーは水に溶けて消えた。気まずい空気が流れる。「やっぱり。三人とも、任侠映画ファンなだけでしょ。あと、もしかして有名な漫画のファンだったり？」と言って、トンはにこにこしたまま三人にタオルを差し出した。椅子に置かれた金田のカバンから、有名なバスケ漫画や野球漫画の表紙が見える。そういえばあれって、一言でまとめるとヤンキーが団体競技にのめりこむって話だったよな……と晴希が思ったとき、

「君たちのあだ名は、金、銀、銅で」

溝口が言い放った。店内にいた全員がざわざわとする。店長が、普段はメニューが書いてある小さな黒板にチョークで「金田保……金、その他……銀、銅」と書き記す。その他って……と、また店内がざわざわとする。

続いて、ブロッコリーのような頭をした中肉中背がガタッと席を立った。

「俺は一年の安藤《あんどう》タケル。俺も見る前は好き勝手言ってる側だったけど……このチーム、学祭で一番目立ってたから、俺も入りてえ。俺も目立ちたい！」

「君のあだ名は目立ちたがり屋のブロッコリーだ」

タケルの言葉を遮るようにスパーンとそう言い切った溝口に、「長い！」「そんな子どもに読み聞かせする絵本みたいな呼び名はどうかと思う！」と世論が対抗する。目立ち、まで書いてしまっていた店長は結局、「タケルはタケルでいいじゃん」と笑う一馬に従う。

続いて、すっくとタンクトップの二人組が立ち上がったと思ったら、椅子とテーブルをどけてスペースを作り出した。そして何も言わずに三点倒立をし、頭だけでぐるぐると回り始めた。弦がまた「キャー」と叫ぶ。二人は何事もなかったように立ち上がると、髪形を直しながら言った。

「三年の鍋島卓哉《なべしまたくや》。特技はブレイクダンス。卓巳《たくみ》とは二人でダンスチームを組んでる」

「一年の鍋島卓巳。今日、兄貴と偶然ステージを見て思ったんだよな、BREAKERSっつってんのに、ブレイカーがいないって」

ぶれいくだんす……、と、誰よりもダンスが苦手な溝口がつぶやいた。兄の卓哉は青色、弟の卓巳は赤色のバスケのユニフォームみたいな服を着ている。凛々《りり》しい眉《まゆ》にきりっとした目が印象的だが、何よりタンクトップから健康的に伸びている腕の筋肉がすごい。「これはいいベースになりそうだ」一馬はそう呟いてニヤニヤしている。

皆の視線がある一点に集中する。そこにいるサラサラ髪の童顔少年は、食堂に入ってきてからずっと、一馬に視線を集中させていた。

「じゃあ次」

「……君さ」視線に耐えかねた一馬は言う。

「もしかして、学祭のステージ、最前列で見てなかった？」

童顔少年は一馬の発言にパァァと顔を輝かせ、がたんと椅子から立ち上がった。

「うんっ、ボク、見てた！　気づいてくれてたんだね！」

「声、高!!」弦とイチローのツッコミが見事にかぶり、DREAMSのOGが「ふっ」と息を漏らした。童顔少年はそんなツッコミを気にも留めず、「嬉《うれ》しい嬉しい」と一馬ににじり寄っていく。座っているときには気がつかなかったが、彼はとってもラブリーなピンクの靴下に真っ白なスニーカーを履いていた。大きめのパーカにはうさぎのアップリケがついている。

「えっと、名前を……」

後ずさりをする一馬に向かって、うさぎちゃんは言う。

「ボクは一年生の佐久間《さくま》！　だから、サクちゃんって呼んでほしいな」

サクはそう言ってY字バランスならぬI字バランスをした。上げた右足が耳に触れている。今度はイチローが「キャー！」と叫ぶ。

「ボクは子どものころバレリーナだったんだよ！」

「サク、ね」ちゃん付けをさり気なく拒否して、一馬はサクを両手で制止しながら言う。「バレリーナって、女性に対する言葉じゃなかったっけ……まあいいや、下の名前は？」

「龍造《りゅうぞう》」

サクは少女のような声でそう言うと、片足でくるりと華麗にターンをし、恋する乙女《おとめ》の視線を尚更《なおさら》強めた。店長がチョークで「佐久間龍造……サクちゃん」と書き記す軽快な音だけが食堂内に響く。

「……じゃあ、次」

一馬がげんなりすると、それまで静かに状況を眺めていた痩身《そうしん》の男が立ち上がった。

「一年の森尚史《もりひさし》。いきなりだけど、俺、本当は陽明《ようめい》大学のＳＰＡＲＫＳに入りたかった」

ＳＰＡＲＫＳという単語を聞いて、翔が一瞬顔をあげた。「ＳＰＡＲＫＳって、今全国で一番強いチーム？」という一馬の発言で、晴希も思い出した。ユニフォームカタログやチアの雑誌などで紹介されていた、全国最強の男女混成チームだ。

「俺、チアの大会の会場整理のバイトをしたことがあって、そこでＳＰＡＲＫＳの演技を見た。率直に、入りたいって思った。だけどＳＰＡＲＫＳは、ほぼ陽明高校からチームに所属していた陽明大学のメンバーで構成されてるらしい。陽明に落ちた俺は、チアをやることを諦めた。命志院には女子のチームしかないって聞いてたし。だけど」

尚史はそこで、ポケットから小さく折りたたまれた紙を取り出した。

「学祭の初日、このチラシが道に落ちてた。近くにいた人に訊《き》いたら、さっきまでステージで男のチアがやってたって。俺は今日DREAMSを見に行ってたから知らなかったんだ。だから、まだBREAKERSの演技は見たことがない」

尚史はそこで何かを見極めるように視線を動かした。

「だから、練習が始まるのがすごく楽しみなんだ。男だけってことは、きっとSPARKSよりも迫力があってすごいんだろうな」

SPARKSよりもすごい……と思案し始めてしまったトンの口を一馬が塞《ふさ》ぐ。よろしく、と言って尚史が座ったのと同時に、最後の人物が、ガタンと音を立てて立ち上がった。そのとき、翔が少しだけ肩を震わせたのが見えた。

「最後は私ね」

DREAMSのOGは、背筋をピンと伸ばしていてとても凛々しい。OGはそのまままっすぐメンバーを見据えて、ハッキリと言った。

「今日からBREAKERSの専任コーチになった高城です」

「え！」

全員の声が揃《そろ》う。新生BREAKERSが、初めて一致団結した瞬間だった。

冷たい水がほてったてのひらに気持ちいい。炒飯が盛られていた大皿を洗いながら、晴希は一馬に話しかける。指先にしっかり力を込めていないと落としてしまいそうなほど、皿は大きい。

「……高城コーチのこと、カズ、お前あらかじめ何か聞いてた？」

晴希が手渡した大皿をフキンで拭《ふ》きながら、一馬は首を横に振る。

「何も聞いてねえ。いきなりだよ、いきなり。今日の集まりに来たいって言うから来てもらったけど、まさか専任コーチなんて……お前、泡残りすぎだよ、ちゃんとすすげよ」

厨房からは、ハゲ店長の仕込みを手伝う溝口と、新メニューの考案に協力しているトンの専門的な会話が聞こえてくる。「掃除とは心をこめることや！」「掃除とは心もきれいにすることや！」店内を掃除しているイチローと弦の声がうるさい。だけどやっぱり、誰の声からもいつもの元気は感じられない。

初舞台を終えてから、七人はよく食堂の手伝いをするようになった。特にこうして会合に使わせてもらった日は、皿洗いや店の掃除をする。溝口は料理の腕前を生かして仕込みを手伝い、トンは鋭い味覚を生かして新メニュー考案に携わったりする。

「しかし、結構ひどい言われようだったよな」

一馬が笑う。だけどそれは本当の笑みじゃない。一馬が無理をして笑っている姿なんて、晴希は今まであまり見たことがなかった。

ぴかぴかになったお皿が棚に並んでいく。まるで鏡のようなそれらには、自分の情けない表情が映っている。何か、あんまりおいしくならないね、と、トンのあきらめの声が厨房から聞こえてくる。

下手《へた》。DREAMSなんかと比べ物にならないくらい、下手。

シャーシャーと泣き声のような音を立てて、水はシンクの上を流れていく。その音の隙間《すきま》から、コーチの声が漏れて聞こえてくるようだ。横を見ると、一馬も無言で水の流れを眺めていた。

下手。

コーチの言葉の中で、何度その言葉が出てきたかわからない。

あの演技は、チアリーディングとは呼べない。トップはブレブレだし、ベースもスポットも本来の役割を全く果たせていない。ただ力任せにトップが投げられ、受け止められているだけ。あんなもの胴上げと変わらない。チアリーディングチームだと名乗らないでほしい。

一文字一文字、傷口に言葉をすりこむように思い出される。初めてDREAMSの練習に参加したときとは違った痛みが、心の根をじくじくと突く。あのときと違って初舞台にはそれなりの自信があった。あらかじめアドバイスをもらう気で臨んだあの日に聞いた「下手」と今日の「下手」とでは、意味が大きく違う。

コーチはその後、「それじゃ、連絡用メーリスを作るから」と、ちゃっちゃかと全員分のメールアドレスを集め、「私は毎週火、金の夜なら大丈夫だから、その日は皆バイトとか入れないでね」と勝手なことを言い捨て、最後に翔の前に立った。

「翔」

翔は顔を上げない。

「こんなところにいたんだね」

コーチはたっぷりと時間をかけてそう言うと、「じゃ、今日中に連絡回すから！」と手を振って食堂から出て行った。「……顔が怖かったよう」と抱きつこうとするサクを、一馬は右手だけで制した。

新しいメンバーたちはこれから入るチームのことを「下手だ」と言われ戸惑っていたようだし、晴希たちは状況についていけず誰も声を出せなかった。蓋《ふた》を閉めたように静かになった店内で、やがて翔がぽつりと言った。

「……俺、先に帰る」

手伝いをすべて終えると、晴希たちは店を出た。油断をしていると終電を逃しそうな時間になっていたので、晴希と一馬以外の電車組は皆ちょっと早足になる。

朝までやっている居酒屋を探してウロウロしている学生とすれ違いながら、六人は歩く。今日家に帰ったらまず倒立な、なんて言い合いながら、飲み屋街をまっすぐに貫く。

酔っ払ってまっすぐ歩けなくなっている人に道を譲りながら、トンが言った。

「……翔のことなんだけどさ」

うん、と一馬が相槌《あいづち》を打つ。

「いつか僕たちにも、きっと話してくれるよね」

そうだな、と晴希は言う。わからないから、そう言うしかなかった。

駅のロータリーには勢いに任せて大声で騒いでいる学生たちのかたまりがある。三カ月前までは話をしたこともなかった四人の背中を見送っていると、一馬が晴希の脇腹をつついた。

「ハル、あれからDREAMSの子と進展あったのか？」

なんでやねん！　と、ついイチローや弦のようにツッコんでしまう。

「お前そここだわるなあ」

「だって今時アイコンタクトって何？　ハル、そういうとこ変に純粋だよな」

うるせえなあ、と言いながら晴希は、が、ん、ば、ろ、う、ね、と口だけ動かしていた千裕の顔を思い出していた。DREAMSのステージはどうだったのだろうか。Aチームにも Bチームにも入れなかった千裕は、それでもステージを楽しめたのだろうか。

楽しめないと、意味がない。チアリーディングって、唯一、見ている人を笑顔にすることができるスポーツだ。

だけどそれは、やっている本人が心からの笑顔じゃないとダメだ。

「……今日の高城コーチの言葉、悔しかったな」

めーっちゃくちゃな、と晴希は付け足す。

「だけど、悔しいって思えるうちは、大丈夫なのかもな」

一馬はそう言うと、よくわかんねえけどさ、とポケットに手を突っ込んだ。夏の風は、空へ吸い込まれていくようにして吹いていたのに対して、秋の風は空から落ちてきたみたいだ。

あっという間に、初舞台から一週間経った。晴希は心の中で、まだあの初舞台を引きずっている。

気持ちがよかった。気持ちがよかったことに変わりはない。まだまだ技術も足りなかったし、ミスもいくつかあったけれど、あんなに清々《すがすが》しい気持ちは後にも先にも感じたことがない。初舞台に満足していないわけではない。

だけど、と思う。このことを考えるたび、無意識に歩く速度が落ちる。

今日は十月十日の日曜日。

全日本学生柔道体重別選手権大会、当日。

今朝《けさ》起きると、テーブルの上には「武道館に行ってきます」という書き置きと共にラップがかけられた朝ごはんが置いてあった。それを見て安心した。わざと目覚まし時計をオフにして、深く眠った甲斐《かい》があった。大切な試合の日の朝に、晴子と顔を合わせたくなかった。

車や自転車に追い抜かれながら、歩幅はどんどん小さくなっていく。今日の練習は、あまり集中できなかった。

朝、ちゃんと見送ってやればよかったのだろうか。そこで、「がんばれ」と、一言言うことができれば、それでよかったのだろうか。

道場が見えてきて、晴希は一度深呼吸をした。道場の入口を見るとやっぱり胸がちくちくと痛むが、屋上を見上げると勇気が湧《わ》く。天気予報によると、明日は雨らしい。マット、トランポリン、跳び箱、ひとつひとつにブルーシートをかけよう、そう思うと、少し歩幅が大きくなった。

もしかしたら、正式にこの授業名簿に登録されている学生よりも、BREAKERSの人数のほうが多いかもしれない。前期と同様、ジャージ姿で首に笛をかけた体育の先生は「……あの子の三点倒立、パワーアップしてる……」と呟いて呆然としている。十五人もいると、潜入というよりは乱入といった感じである。堂々と追加でマットを準備し、さも「体育の授業を受けています」という顔をして、一馬や翔がチアの基礎をレクチャーする。授業の流れは無視だ。

「……すごいね、やっぱり後期もやるんだね」晴希の背後で千裕が苦笑している。

「ここまでくるとさすがに迷惑だよな……」

ズラリと並ぶ倒立の群れを見ながら、晴希はため息をつく。サクやタケルは補助がないと倒立をすることができないようだ。卓哉と卓巳は今日も原色のタンクトップを着ているので、目立って仕方がない。金が「一馬の兄貴、俺の倒立どうでしょうか」と言うと、銀と銅が「一馬の兄貴、金さんの倒立はどうでしょうか」といちいち繰り返すのでうっとうしい。見本で倒立をしているのがトンだという点も不気味だ。トンはこちらに背を向けているので、マヨネーズの入れ物のように見える。

相当の注目を集めつつも、ジャージ姿で首から笛を下げた一馬は一切気にしていない様子だ。「余計な力を入れないで、一枚の板になったような気持ちで！」アドバイスをしながら、変なタイミングで無駄に笛を吹いたりしている。学生のうち何人かが一馬の指示に従おうとして、先生が慌てて止めている。

「千裕みたいにちゃんと授業受けたいって人もいっぱいいるのに、悪いな……はたから見たらめちゃめちゃうぜえな俺たち」

「ううん、見ているだけで楽しいからいいよ。私はね」

千裕が「新メンバー、いっぱいだね」と言った途端、バランスを崩した卓哉がイチローに向かってばたりと倒れ、共倒れしたイチローが「ぷぎゃ」と潰《つぶ》されたカエルのような声をあげた。トンは微動だにしない。その姿は努力の結晶そのもののようでもあるし、やっぱり気味の悪いマヨネーズのようでもある。今度は卓巳が弦に向かってばたりと倒れ、共倒れした弦が「ぐえ」と呻《うめ》いた。

「いや、やっぱり見てるだけで楽しくはないだろ……」と晴希が吐き捨てると、千裕は

「いいじゃんいいじゃん」と言って笑った。人ごとだと思って、と言おうとすると、千裕の声に遮られた。

「本当に、見ているだけで楽しいんだよ、BREAKERSの皆って」

楽しい、と言っておきながら、千裕は、少し悲しそうに見える。

「うらやましいよ」

千裕はそう言うと、晴希が何かを言う前に体育の授業へと戻っていってしまった。

「ケツ出っぱらせちゃダメ！　金さんめっちゃケツ出てる！」「申し訳ございません！」

「金さんの分も、俺たちが申し訳ございません！」「ややこしいねんあんたら！」

千裕は、チアが楽しくないのだろうか。

そう思ったとき、体育館のドアが勢いよく開いた。

「遅れましたどす」

ひょろりと伸びる細身の体に、坊ちゃん刈りの黒髪、切れ長の一重瞼《ひとえまぶた》。不自然な日本語を話す来訪者の出で立《いた》ちに、晴希は記憶のやわらかい部分を突かれた気がした。どこかで見たことがある、と思った途端、力尽きたトンが雪崩《なだれ》のようにマットの上に崩れ落ちた。

「……この子は何者なの？」

高城コーチはピンと背筋を伸ばしたまま、わかりやすく坊ちゃん刈りを指さす。

「俺がお世話になっている中国語の教授の息子です」

「はじめまして、留学生の陳《ちん》どす」

はんなりしちゃったよ！　とイチローがツッコむと、コーチは「ふっ」と小さく噴き出した。

「それで、何で中国語教授の息子がここにいるわけ？」

眉をひそめてそう言うコーチの背後で、体育館の床がぴかりと光る。コーチはＤＲＥＡＭＳの練習に参加させてもらったときと同じ体育館を予約してくれていた。


あの日体育の授業に遅れてやってきた陳は、「よろしくお願いします。僕は留学生の陳どす」とはんなりとした自己紹介を披露した後、マイペースにストレッチを始めた。その時点では晴希以外、陳に注目していなかった。しかし、「よっと」と陳が声をあげた途端、倒立は軒並みバタバタと倒れていった。

「軟体人間……」

サクの倒立の補助を手放した一馬は、ぽつりとそう呟いた。

そのまま、陳は「ストレッチどす」と言いながら、足をあらぬ方向に持っていったり腰をねじったりと、到底「ストレッチ」とは思えない芸当を繰り広げ続けた。細身の体にぴっちりとしたスパッツを着用していたため、陳の造形は一層不気味に見えた。「えいっ」「ほっ」と小さく声をあげながら、陳はどんどん姿かたちを変えていく。針金細工のようにぐちゃぐちゃに体を曲げた状態でころころマットの上を転がり始めたとき、我に返った一馬が陳めがけてロケットスタートを切った。そして立て膝《ひざ》の姿勢のままスーと陳の前に滑り込んだ一馬は、目をらんらんと輝かせて、

「一緒にチアをやらないか」

と童話の王子さながらに真剣にプロポーズをした。

「うん」

と陳は頷《うなず》いた。あまりにも返事が軽かったので、少し静かになってしまった。「……ていうか、授業参加してよ」ジャージの先生のむなしい独り言が響く。

プロポーズをした姿勢のまま固まってしまった一馬王子に、陳姫はしっとりと言った。

「ただ、チームに入る代わりに、一つだけ、条件があるんどす」

条件、という言葉に、一瞬、空気が凍る。「いや、だから授業受けてって!」先生がついにピーピー笛を吹き始める。

「私に、日本語を教えるんどす」

俺が日本語教育係やるねん! とイチローが叫んだのと同時に、晴希は陳の服を摑《つか》んで、ある場所へと走り出した。体育館を出た辺りで、「授業受けろ!」と言う先生の叫び声と笛の音が聞こえた。

「教授！」ガンガンと扉を何度か叩《たた》くと、中からいつものようにおっとりとした表情の中国語の教授が出てきた。

「あら、音痴くん」音痴くん？　と後ろから追ってきたメンバーがざわざわしだしたが、それは無視して晴希はまくしたてる。

「教授、息子さんは何者なんすか!?」

「あらまあ、うちの息子と友達になったの？　言ったじゃない、留学生として命志院に来るって。私たち一緒にあなた達のステージ見てたわよ」

「そうじゃなくて！　あなたの息子さん、体がぐちゃぐちゃになるんですよ！」晴希がそう言ってびしっと陳を指さすと、陳は細長い右足を頭の上に持っていき、にやりと笑った。サクと弦が「キャー！」と叫び声をあげる。

「だってうちの子、中国では日本でいうところの国体の体操選手なんだもの。柔軟はお手の物ね」

教授はにこりと笑ってそう言い残し、「音痴くん、このままだと単位危ないわよ」と言って幕を下ろすように扉を閉めた。

「……というわけなんです」

晴希が説明している間にも、陳は「ストレッチどすえ」と言って自称「ストレッチ」

を続けている。「……ちなみに、最初に日本語を教えた先生が京都の人だったそうです」なぜか静かになってしまったので、晴希は一言付け加えた。

「……ほんとに、すごい素材ばっかりだわ」

コーチはそう言って困ったように両手で顔を覆った。


デジカメから、小さく音が漏れている。画面の中ではBREAKERSが演技を終えて手を振っている。やがて画面はブラックアウトして、DREAMSの姿が映し出される。陳の登場で沸いた体育館はすぐに静かになった。

「僕、こっち見に行ってればよかったどす」

悪気のない声色でそう言った陳に続いて、尚史が立ち上がる。

「DREAMSと比べるまでもない。SPARKSなんて尚更だ。やっと俺だってチアができるって思ったのに、そのチームがこんなレベルなんて」

どうしてくれんだよ、と言い残して、尚史はビデオカメラから目を逸《そ》らした。高城コーチは何も言わないで腕を組み、メンバー全員を見下ろしている。

高城コーチが持ってきたDREAMSとBREAKERSの学祭の演技映像は、メンバーから言葉を奪うのには十分だった。DREAMSが行っている技の難易度、演技の構成の素晴らしさ、ダンスやモーションの完成度。自分たちも同じようにチアリーディングをやっているからこそ、そのレベルの違いが身にしみてわかる。

「トップがブレない」

コーチが指を折る。

「キャッチは高い位置で行う」

コーチの声は聞きやすい。

「力じゃなくて技術で技を行っている。全身を使っている。動きが揃っている。技に連続性がある……何もかも、BREAKERSにはない特徴。まだまだ挙げようと思えば、技術面で劣るところはいくつもある。だけど、技術面で劣る点っていうのは、イコール練習すれば誰にでも身につく点ってこと。言い方を変えれば」

「BREAKERSがDREAMSを超えることができる範囲」

翔が、ビデオカメラの画面を見つめたままそう言った。コーチが頷く。尚史はまだ納得していないようで、「超えられねえって」と吐き捨てた。

「尚史、聞いて。練習すれば、あなた達だって技術ではすぐにDREAMSを超えられる」

メンバーを見渡して話しているようで、結局、コーチの視線は翔で止まる。翔の表情からは何も読み取れない。

「私は、あなた達十六人をこの舞台に立たせたい」

コーチがそう言ったとき、メンバー全員が顔を上げた。コーチは、カラフルなA4サイズのポスターを皆に見えるように広げている。

「三月二十七、二十八日に幕張《まくはり》メッセで行われるチアリーディング全国選手権。毎年DREAMSも出場して、三位以内入賞を果たしている大会よ」

チアリーディング全国選手権、と、翔が小さな声で繰り返した。どうやら翔は知っているらしい。

「一月三十、三十一日に行われる神奈川予選で基準点を超える演技を行わなければ、全国選手権への出場権は得られない」

一月？　と、タケルが不安そうな声を出しながらアフロ頭を揺らした。一月末ってことは、と、頭の中で計算する。もう、三カ月とちょっとしかない。三カ月なんて、チアを始めてから学祭を迎えるまでの期間とほぼ一緒だ。思い返してもはっきりとは覚えていないくらい、その三カ月は一瞬で通り過ぎてしまった。これからそれと同じくらいの期間で、神奈川予選に出る……

神奈川？

「コーチ、俺たちは東京予選に出るんじゃないの？　何で神奈川？」

晴希がまさに声を出そうとしたとき、一馬が手を挙げて言った。

「全国選手権の地区予選には、再エントリー制度があるのよ。例えば私たちは、東京予選とは別に神奈川、埼玉、千葉予選にエントリーができる。もちろん東京予選に出てもいいんだけど、東京予選の開催日は神奈川予選よりも二週間以上早い。BREAKER

Sは初心者チームなんだから、できるだけ練習期間が長いほうがいい」

コーチは続ける。

「地区予選として最後に行われるのは千葉大会なんだけど、それでは逆に全国選手権までの期間が短すぎる。予選と同じ演技を選手権でしたくないからね。それも考慮した上で、このチームに一番適しているのは神奈川予選。というよりも、正月休みの関係もあって、結構多くのチームが東京予選を避けるのよね。DREAMSも神奈川予選に出るつもりだろうし」

一月末には、DREAMSと同じ舞台で戦う。しん、と眠ったように誰も話さなくなる。

「それって、DREAMSもSPARKSもライバルになるってこと？」

もう一度尚史が声を出した。そうね、とコーチが頷くと、尚史は力なく「だからそんなのこのチームでは無理だって。笑い話みてえ」と吐き捨てた。静かになった体育館の中で、尚史の声だけが不穏な空気の中を浮遊している。

「……大丈夫だもん」

メンバーの中に漂った不安を払拭《ふっしょく》するような声がした。コーチの声ではない。

「サク？」

一馬が驚いた様子で声を出す。小柄なサクが、ぴんと立ち上がっていた。

「コーチや尚史くんから見たらへたくそなのかもしれないけど、かっこよかったもん。

だから大丈夫だもん。なんで尚史くんは、やる前から無理とか、比べるまでもないとか言うの？」

倒立だって毎日やってるもん、できるようになったもん、と、サクがおもむろに倒立を始める。当初は補助がなければできなかった倒立も、維持する時間は長くはないけれども、一人でできるようになっている。「まだ全然よろよろじゃねえか」尚史は小さな声でそう言ったが、よろよろであろうと、サクは一人で倒立をし続ける。

「……やってみないとわかんないわよ、何事も」

コーチはそう言って、尚史ではなく翔を見た。

「選手権に出るためには、あなた達のスキルアップが絶対条件よ」

新メンバーには教育係として翔がつき、基礎を徹底的に教え込む。晴希たち六人には高城コーチがついた。

「メンバーが七人から十六人になることで、チアリーディングのスタンツ、ダンス、構成の幅は一気に広がる。むしろ、十六人になってやっと基準値になったって感じね」

コーチは晴希と一馬を見る。

「この二人のトップは割と良かったけど、まだまだ。バスケットトスっていうよりも胴上げって感じだったからね。ベースやスポットははっきり言ってほとんど機能していなかった。もっともっとできる。一人、肩をかばった演技をしている人がいるようにも見えたけど……」イチローが目を泳がせる。ポーカーフェイスのできないヤツだ。

「新たなトップとして、陳を加える。もう一人のトップは、やっぱり体型的にサクなんだけど……」コーチがそこで言葉を止めると「一馬くん以外にカラダ触られたくないの！」というサクの高音が聞こえてきた。晴希はその瞬間、一馬の顔がどっさりと老けた気がした。「……まあ、練習すれば大丈夫でしょ」コーチの言葉に、皆、無理やり頷く。

「十六人体制になることで、スタンツはピラミッド形式になる。ルール上、トップを持ち上げられる高さは、人間二・五人分まで。そうすることによって、よりレベルの高い技を組み合わせることができ、結果、高得点に結び付く」

コーチは慣れた手つきでデジカメの映像を早送りしたり止めたりしながら、「これ」「ここね」「こういうこと」と説明していく。映像を見つめるたびにＤＲＥＡＭＳのレベルの高さを見せつけられるようで、六人は少しずつ落ち込んでいく。「今、陳みたいな人がいっぱいおったな……」「こんなに動いたら、トンが途中でお腹《なか》空《す》かせてまうやん……」「いちごのにおいとかを体につけとけば、大丈夫かも……」この映像に映っているのは、あのたくさんのメンバーから選抜された十六人なのだ。自分たちのように、寄せ集めの十六人ではない。

小さな画面の中でＤＲＥＡＭＳが技を決めていくたび、そんなのこのチームでは無理だよ、という尚史の言葉が蘇《よみがえ》ってくる。

「【永遠に生きるがごとく夢を見ろ。今日死んでしまうがごとく生きろ】」

固まってしまった周囲の空気に切れ目を入れるように、溝口が言った。

「ジェームズ・ディーンの言葉だ。今の俺たちにぴったりじゃないか？　毎日毎日、今日が本番、今日で終わりだというくらいに練習しよう。神奈川予選突破、全国選手権出場、と永遠に俺たちの夢は続くと思えば」

クッサー！　とイチローが茶化すと、溝口はムッとした表情をして黙ってしまった。

ごめんてごめんてー、とイチローが笑いながら謝っても、溝口は何も言わない。

「まず私が、DREAMSで教えてきたことを全て、あなた達に教える」

コーチの凛とした声が響き渡る。

「そしてそのあと、DREAMSを超える技術を、あなた達に伝授する」

じゃあ早速始めるわよ、と言ってパンパンと手を叩いたコーチを、

「待ってください、コーチ」

一馬が呼びとめた。

「肝心なことを聞いていません。どうして、俺たちのコーチになってくれたんですか？」

コーチは「あら、演技が下手すぎたからよ」とおどけると、そのままシューズのひもを結ぶためにかがんでしまった。

みるみるうちにサバの味噌煮《みそに》がなくなっていく。晴希は、麦茶の表面に浮かんだ脂分が揺れながら広がっていくのを見つめていた。母が作る味噌煮のタレは甘口で、あたたかいご飯によく合う。

まだ、麦茶は冷たい。指に触れた結露は、一瞬で体温と同じ温度になる。

あれから、大会の結果がどうなったのかも訊けないでいる。晴子はわざと、晴希と食事の時間をズラしているようだ。

晴希は、家で食事ができる時間があってもわざと食堂へ行くようになった。母の作ってくれる食事は大好きだったが、言葉も一緒に飲みこんでしまうあの食卓は辛《つら》い。それに、昔からずっと、二人の子どもが柔道にのめりこんでいく様子を嬉しそうに眺めていた母が作る料理は、今の晴希にはおいしすぎてなおさら辛かった。母は、よく食べる息子のために品数の多い夕食を用意してくれる。腹を空かせている理由が柔道の練習じゃなくても、それは変わらない。

ヒマワリ食堂に向かっている途中、晴希はいつも歩幅が小さくなる。テーブルを挟んで向かい合っていれば、いつかまた昔みたいに普通に話せるようになるのかもしれない。その一言目が生まれるのかもしれない。

いつもより重いヒマワリ食堂の扉を開ける。

うっすらと冷房が効いた店内から、おっすー、と一馬が手を振ってきた。空になった定食の皿が電灯の光を反射している。

「じゃあ、俺はこれで」

一馬の隣に座っていた尚史は、晴希とすれ違いざまに「お疲れ様」とだけ言って食堂から出て行ってしまった。テーブルには、定食代ぴったりのお金と雑誌が置いてある。

「あれ？」

「なになに、尚史と飯食ってたの？　めっずらしー」

晴希は尚史が座っていた席に腰かける。ハゲ店長が食器を片づけてくれるついでに、トンカツ定食を頼む。一馬はつまようじを口にくわえたまま、「何か呼び出されちゃってよ」と笑っている。

「尚史に？」と、晴希。

「おう。来てみたら二人だけだった」

「何話したの何話したの」

「何、ハルくん嫉妬《しっと》？」

ちげーよサクじゃあるまいし、と晴希がニヤニヤすると、やめろよっ、と一馬はつまようじを噴き出した。

「……俺、尚史と二人っきりで飯食う自信ねぇなあ」

合わない靴を履き続けるとかかとが擦れていくように、尚史の言葉は少しずつ空気を歪《ゆが》めていく。SPARKSに憧《あこが》れているという尚史は、ただ正直なだけなのかもしれない。正直なうえに不器用なのだろう。それはわかっている。わかっているけれど、尚史の一言はタバコの煙のように充満していく。

「悪いヤツじゃないんだけどな」

一馬がそう言うのと同時に、トンカツ定食が運ばれてきた。トンカツからのぼる金色のゆげに鼻孔をくすぐられてやっと、晴希は自分が腹を空かせていたことを思い出す。

「怒られちった。俺がもっとちゃんとしないとダメだって」

一馬はそう言って、テーブルの上の雑誌を指さした。表紙には、【世界で一番熱い夏第×回サマーカップ　優勝・陽明高校SPARKS】と書かれている。

「尚史が置いてったの？」

口の中で広がる肉汁の香りを鼻に通しながら、晴希は訊いた。

「おう。SPARKSは高校のときからこんな練習を毎日してるんだ、だってよー」

チアをやる高校生が目指すものは八月末に代々木体育館で行われる「サマーカップ」という大会らしい。陽明高校、二年ぶりに王座奪還。雑誌には、何ページにも亘《わた》ってSPARKSのことが特集されていた。載っている練習メニューはとても高校生がこなす量とは思えない。

ベースの上に乗るトップでありながら脂分をたっぷりと摂取している今の自分の姿に、晴希は少し後ろめたさを感じる。尚史の前でトンカツ定食と言わなくてよかった。

「……今日何してたの？」

何となく話を逸らせたほうがいいような気がした。今日はオフだった。高城コーチがついてからは、週に二日、火曜と金曜は体育館を使えるようになったため、皆、その日の午後六時からはバイトも予定も授業も入れない。そして月曜日と水曜日の午後六時からは屋上練習。この日も皆、予定を入れない。しかしもちろんバイトをしないと生活がきついメンバーもいるので、木曜日はオフ。土日は有志で屋上練習をする。

「んー、ばあちゃんとこ行ってきた」

今日も喋《しゃべ》り通して病院の人に注意されてやんの。一馬はそう言うと、背もたれに重心を移動させて、椅子の前足を宙に浮かせた。そのままゆらゆら揺れている。

「そういえば」

フキンで手をふきながら入ってきた店長が、一馬と晴希の前に座った。

「二人とも気づいてないかもしれないけど、壁の写真、増えただろう」

晴希は白飯をもぐもぐとしながら、「ん？」と声を漏らす。いきなり店長がそんなことを言い出す理由がよくわからなかった。

壁写真の列に視線を移すと、巨大カツカレー歴代制覇者の隣に、イチローとタケルの馬鹿みたいなツーショットがあった。写真には「二人で食べました（ルール外）」と書いてある。とにかく目立ちたがり屋のタケルは、イチローを慕っている。かわいい子分ができたイチローもまんざらではなさそうだ。

「いや、その二人の写真じゃなくて」

店長はそう言って、深爪気味のひとさし指でその隣の写真を指した。そこには、まだ少しも汚れていない真新しい写真がある。小川の水面《みなも》のように、写真の表面がぴかぴか光っている。

「主将、食い切ったんだ……」

一馬がそうつぶやくと、店長は優しく微笑《ほほえ》んで深く深く頷いた。柔道部の皆の姿だ。真ん中で空っぽの皿と共に笑っている主将と、右手を大きく突きあげているザキさん。その後ろに並んでいる部員。

「君たちが新メンバーとここで会った日、武道館で大きな大会があっただろう。そこで、主将が初めて個人で優勝したんだよ。他にも優勝した選手がいたり、なかなか好成績だったらしくてね、皆すごく盛り上がっていたよ」

写真を見つめる二人の背後で、店長は続けた。

「大会のあと、やっぱり皆でこの食堂に来てね。君たちは夜遅くに集合してたから顔を合わせなかったけど……」

学祭のあと、なぜヒマワリ食堂への集合時間をこんなにも遅い時間に設定したのだろうと晴希は思っていた。今ならわかる、一馬がわざわざその時間にしてくれていたんだ。柔道部の人たちに会わないように。真っ白な皿を中心に、いくつもの笑顔が並ぶ写真。だけど晴希の目に映るのは、たったひとりだけだった。

自分と似ている鼻の形。

勝てなかったんだ、と思った。写真の中心で、電灯の光を受けて鏡のように光る真っ白な皿。写真の中には、ぴかぴかに光るものがたくさん映っていて、余計に晴子の顔が曇って見えた。


ふるふると全身を震わせて耐えているサクの右耳に、タケルがふっと息を吹きかけた。その途端「あふん」と言ってサクはその場に崩れ落ちる。ぎゃははと腹を抱えて笑うタケルとイチローを見て、尚史が「ちゃんとやれっつの」と吐き捨てる。

一定の姿勢をずっとキープし続けるトレーニングでは、体の軸を鍛えることができる。全員で円になって、右ひじとつま先だけで全身を支える。体育館内の空気は季節そのものだ。そこにいるだけで汗をかいていた夏とは全く違う。十一月にもなると、あんなにずっとタンクトップを着ていた卓哉と卓巳も今では同じブランドのトレーナーを着ている。

柔軟性や筋肉を鍛える基礎トレーニングは、毎日たっぷりと時間をかけて行う。トレーニング後には、思いっきり動いた後の疲れではなく、体の芯からじわじわと浸透していくような疲れが全身を襲う。だけどその感覚が気持ちいい。インナーマッスルは、トップにもベースにも大切な筋肉だ。体の中に一本の太い軸を作るイメージ。

いつものトレーニングを命じたかと思うと、コーチは「一馬」とこちらに向かって手招きをした。

「今日、ちょっと一人ずつ呼び出すから。ノート、一人一冊渡していくからね」コーチはそれだけ言うと、じゃあトレーニング続けて、と言って二階席に歩いて行ってしまった。

五分ほどたっぷり話した後、一馬は表紙に「カズ」と書かれたA4サイズのノートを持って帰ってきた。何だか少し顔が赤い。

「何お前、顔赤いよ。告白でもされたの?」

「バカヤロ、ちげえよ」

一馬はそそくさとトレーニングに戻る。一体何を言われたんだろうか。

「ハル」

呼ばれた方に振り返ると、コーチが手招きをしていた。はい、と威勢のいい返事をして立ち上がる。「ちょっと陳! 無理無理! これを日本語では虐待というんやで!」

「ギャクタイ?」陳に無理やり開脚させられているイチローの泣き声がうるさい。尚史が冷たい目をしながら「ふざけてんなよ」と毒づく。

コーチは表紙に「ハル」と書かれたノートを差し出すと同時に、言った。

「ハルはね、下手なの」

「え!」

素直に大声が出た。皆がくるっとこっちを振り向く。「気にしないで、続けて!」コーチの凛とした声は、体育館の壁によく反響する。しかし晴希の頭の中で反響し続けているのは、下手という言葉だけだった。他には何も聞こえない。ハルはね、下手なの。ハルはね、下手なの。ハルはね、下手なの。

「ちょっと……ちゃんと聞いてる?」

他人から見た自分の実力がどれくらいかなんて、気にしたことがなかった。

「あのね、落ち込みすぎ。ちょっとよく聞いて」

コーチはノートでぱたぱたと晴希の頬を叩きながら言う。ハルはね、下手なの、が徐々にフェードアウトしていき、やっとコーチの言葉を聞く余裕ができる。

「下手っていうのは、一般的な意味じゃないのよ。そりゃ、もともと身体能力が高いんだろうし、七月からチアを始めたようには見えない動きをしている。十月の時点でバックフリップを決めたのには本当にびっくりした。あれは心からすごいと思う」

晴希は、自分の心がわかりやすく膨らんでいくのを感じた。

「でもね」

コーチの声のトーンがひとつ下がり、膨らんだ心が固くなる。

「筋力や、身体能力に頼りすぎてる。技を習得しているというよりも、男だからできてしまっている技がたくさんある。例えばバスケットトスだって、女子の場合、もっとベースの肩やスポットのてのひらを自分で強く押して、それをバネにする。だけどあんた達は元々脚力もジャンプ力もあるから、そういうことをしないで自分の力だけで飛ぼうとする。それでも高く飛べるのは男子だからよ。絶対的な筋肉量が少ないDREAMSの女子は、どうやって演技のレベルを高めていると思う？」

考えたことがなかった、という顔をすると、すぐに見抜かれる。

「とにかく基礎を固めるの。技に挑むというよりも、完成度を高める。トップは絶対にブレちゃダメ。三層のピラミッドでも、リバティーでも、シングルベースのエクステンションでも。トップは絶対にブレない。その一点を磨き続ける」

ぴかぴかに磨かれた宝石のような瞳《ひとみ》で、コーチは言う。

「男子が力でやってしまうことを、女子は努力で成功させる。それはつまり、男子が力に頼らないで努力を重ね続けたら、女子よりも美しいチアができるかもしれないってこと」

コーチはノートをぱらぱらとめくる。今言ったことも今から言うことも、ここに全部書いてあるから、と続ける。

「このノートは反省ノート。毎日練習が終わったあと、思ったことを何でもいいから、とにかく毎日書くこと。あと、さっき言った下手っていうのはね」

コーチはそこでノートを開いた。そこには、力強い文字でこう書かれている。

【カズに勝て】

「ハル、ライバル心を持ちなさい。あなたはカズと比べて、下手なの。柔軟性、バランス、軸、全てにおいてカズの方が一歩先を行っている……だけどあなたは、カズのことをライバルだと思ってないわよね」
ライバル。その言葉に、背骨がきりっと痛んだ。コーチは、俺が気づいていない俺の中の部分を、見抜いている。そう思った途端、晴希は一馬がさっき真っ赤な顔をしていた理由がわかった。

トップ……一馬、晴希、陳、サク
ベース（ミドルトップ）……金、タケル、弦
ベース……トン、イチロー、尚史、卓哉、卓巳
スポット……溝口、銀、銅
ポジションは固定というわけではなく、各ピラミッドによって臨機応変に変わるという。これが、各々の身体能力や特徴を考慮したうえでの、ベストポジションらしい。メンバーが一人ずつコーチに呼ばれていく中で、今まで新メンバー組のコーチを担っていた翔が、とりあえずこの場をまとめることになった。
翔がホワイトボードの余白で技の説明をしてくれている。
「ビッグ・Mやロングビーチっていうピラミッドは、いわゆる個々のスタンツの横繋《よこつな》ぎだ。今までやってきた二層のスタンツが横に繋がって大きなピラミッドに見えている。

まずはこういう形のピラミッドから練習しよう。三層のピラミッドはまたひとつレベルが上がるから」

キュッキュッと音をたてて軽快にピラミッドの図を描いていく翔。「翔はん、ピカソを目指してはるの？」と訊く陳に、イチローが「これをジャパニーズドヘタイラストといいます」と流暢《りゅうちょう》にレクチャーしている。

「トップ同士は互いの手に体重をかけない。共倒れになるからな。ベースとスポットは適切な距離感を取る。あとは今までやってきたスタンツと一緒だから、すぐできるよ。七人じゃ人数が足りなかっただけで、本来初舞台でもできたはずだ」

最後にコーチが翔を呼び、卓巳がノートを抱えて帰ってくる。実際にスタンツをやってみようと、ホワイトボードを見て気がついた。

ポジション分けのところに、翔の名前がない。

「ハル？」

早くクライミングしろよ、と一馬が言う。夏はとうに過ぎ去ったのに、背中のくぼみを汗が伝っていった気がした。ベースの姿勢で構えているイチローが、アゴをくいくいと動かして、早く早く、と合図をしている。筋肉のつまったイチローのふくらはぎに足をかけながら、晴希の頭の中ではいろんな場面がフラッシュバックしていた。いつものバランスが保てない。

初めて会ったときから、翔がチアに詳しかったこと。だけど、スタンツはできない、と言っていたこと。DREAMSとの合同練習を断ったこと。DREAMSではなく、BREAKERSのステージを見に来ていた高城コーチ。そして、高城コーチの名前を知っていた翔。

イチローと息を合わせる、全身のバネを使って肩に乗る。少し離れたところで、陳が「よっと」と言いながら、トンの上で軽々とY字バランスをしている。

初舞台直前。翔の言葉。

俺も、いつまでも逃げ続けるわけにはいかないと思ってる

「翔！」

ピン、と張りつめた空気を切り裂くようなコーチの声が響き渡り、一瞬、スタンツのバランスが崩れた。「一回降りる」晴希はイチローの肩からディスマウントする。声がした方を見ると、翔とコーチが睨《にら》み合っている。いや、よく見ると、睨み合っているのではない。

「いつまで逃げ続けるつもりなの」

睨んでいるのはコーチだけだ。翔はただ、俯《うつむ》いている。自分の足元を睨むかのように俯いている。

「翔、あなたは本当に逃げ続けるつもりなんてないはずよ。本当にそのつもりなら、もうチアには近寄らないはずでしょう。だけどあなたはもう一度こうやって、チアに戻ってきたじゃない」

コーチの言葉に、翔は何も反応しない。

誰も触れられなかった翔のこと。誰もわからなかった翔のこと。

「こんなメンバーに囲まれて」コーチは一度、ちらりと晴希たちを見てから続けた。

「まだ怖がってるの？　あなたは本当に最高のベースだったのよ。あなたがチームを支えていた。それは間違いない」

コーチはそこで唾《つば》を飲んだ。一瞬の沈黙が、体育館を覆う。

「私が、あなたのことを許してないとでも思っているの？」

翔はそこで、顔を上げた。何かを訴えかけるように、眉を下げたまま、翔はコーチを見つめている。

「私だけじゃない」

怒っているのか、悲しんでいるのか、泣きそうなのか、叫び出してしまいそうなのか、翔の瞳にはどの感情も込められているように見える。

息をする音も、うるさい。

「……さくらも、もう、許してる。許してるっていうのも違う。さくらは初めから怒ってなんていないのよ」

さくら。

翔はコーチに背を向けた。

「翔」

コーチの声を無視して、翔は体育館の出口へと歩いていく。誰に視線を送ることもなく、体育館から出て行ってしまった。

バタン、と重い音がして扉が閉まり、少しの間、誰も声を出せなかった。金縛りにあったように動けない。

「……追いかけなきゃ」

振り絞るように一馬がそう言ったのと同時に、イチローとタケルが「翔おおお！」「待てえええ！」とロケットスタートを切った。晴希たちも揺れるアフロ頭の後を追う。あの様子だと、翔は体育館を出てから、どこかへ行ってしまったかもしれない。

「俺は体育館出て右探すから、タケルは左や！」「ラジャー！」

イチローがそう言いながら、スプリンターのようなスピードを保ったまま扉へと向かう。そして、「おりゃー探し出せー！」と勢いよく扉を開け放ったイチローとタケルの姿が、「どえあー！」「あっぶねえええ！」という叫び声だけを残してすぐに消えた。

二人とも、扉のすぐそばで体操座りをしていた翔に躓《つまず》いて転んだ。

「なんでやねん！」「すぐ近くにいるじゃん！」いてて、と肘《ひじ》やら足やらを押さえつつ、二人は立ち上がる。

「……翔、何してんの」

一馬が呆然と呟く。

「予想以上の勢いだったよ」

翔は尻をぱんぱんと払いながら立ち上がる。

「腹減ったから、飯食いに行こう」

翔は多分、隠していたわけじゃなかった。その表情を見て、晴希は思った。抱えているものを、言いたくなかったんじゃない。きっと、こうやって、コーチを含めたメンバー皆に、飯を食いながらでも気楽に話せる日を待っていたんだ。


埼玉県立陽明大学付属高校。幼少から中学まで続けていた体操の経験もあり、翔は高校入学と同時に高校の男女混成チアリーディングチームにスカウトされ、すぐにAチームのベースというポジションを手に入れた。

「男女混成チーム？」

タケルがアフロ頭を揺らしながら訊く。

「チアのチームって、DREAMSみたいに女子だけだと思われがちだけど、大会で優勝するようなところは男女混成が多いんだ。チアの本場、アメリカでもほとんどのチームが男女混成。女子がトップで、男子がベース。技の幅も迫力も全然違ってくる。陽明高校は高校の全国大会で何度も優勝している名門校。チームのメンバーは、そのまま陽明大学に進学して、あのSPARKSに入る」

SPARKS？　と今度は逆方向にアフロ頭を揺らすタケルに対して、尚史は苛立《いらだ》ちを隠そうともしない。

「SPARKSは今、日本で一番強い大学のチアリーディングチーム」お前、俺の話何も聞いてなかっただろ？　早口で説明したあと、尚史はわかりやすくため息をつく。

その年、翔とは別にもう一人だけ、Aチーム入りを果たした一年生がいた。翔と同じ中学校出身の女子生徒。中学時代は全国でもトップレベルの体操選手であり、翔が選ばれなかった都内選抜強化選手にも選ばれていた。入部当初から、その少女は周りから羨《せん》望《ぼう》の眼差しを存分に浴びていた。

名前は、高城さくら。

「コーチの妹だ」

翔は、拳《こぶし》を強く握りしめたまま続ける。コーチはグラスの氷水を少し飲んだきり、動かない。

「コーチはそのころ、陽明高校でチアを教えていたんだ」

翔とさくらは、瞬《また》く間にチームの要《かなめ》となっていった。中学時代から互いをよく知る二人は、チームの中で最高のパートナーとなった。空中で華麗に舞い、華やかに注目を浴びるのはさくらで、それを支えるのが翔の役目だった。

陽明高校では、八月末に行われる全国高校チアリーディング選手権、通称「サマーカップ」に向けて日々練習を積み重ねていた。チームの誰もがこの二人のことを信じていた。そして、高校三年生の夏、最後のサマーカップ。高一、高二の時から連続で優勝していたので、その記録を自分の代で止めてしまうわけにはいかなかった。

さくらの姉である高城コーチに率いられ、チームは八月を迎えた。サマーカップ決勝大会は、八月二十八日、二十九日に行われる。日本で一番の二分三十秒間を創《つく》り上げるため、朝早くから夜遅くまで毎日練習をした。家族よりも誰よりも、チームのメンバーと一緒にいた。

さくらはチームのセンターを任され、誰よりも目立つトップのポジションにいた。翔はいつもいつも、汗を流してさくらの体を支えていた。

「俺たちはいつしか、チームそのものの精神的支柱のような存在になってしまっていた」

翔の言葉を邪魔しないように、店長がそっと人数分のお冷やを持ってきてくれた。喉《のど》が渇いていたのか、トンは一気にその冷水をほとんど飲み干す。

事件は突然起きた。サマーカップが二日後に迫った猛暑日。探せば、原因なんていくらでもあった。汗をかいていたからかもしれない、疲労困憊《ひろうこんぱい》の体に限界がきていたからかもしれない。

「俺は、さくらを落とした」

ふ、と、食堂内が静かになった。

不幸な偶然が重なった。病院！　と叫ぶコーチ、右足を押さえ、床でうずくまっているさくら、「さくら！」と名前を叫び駆け寄るチームメイトがいる中、翔が考えていたことはただひとつだった。

「サマーカップどうするんだ、って……」

翔の声は、最後の最後まで絞ってやっとこぼれおちた水滴のようだった。

「俺の頭の中に一番はじめに出てきたのは、それだったんだ。明後日《あさって》どうするんだ、って。ベースの俺のミスだったのに。さくらの体を心配するんじゃなくて、大会の結果を心配した」

晴希は、食堂に尚史が置いていった雑誌の記事を思い出した。陽明高校、二年ぶりに王座奪還。

急遽《きゅうきょ》、Bチームのエースとして活躍していた後輩がAチームに入ることになった。急いで調整をしたが、精神的支柱を失ったチームがうまく機能するはずがなかった。誰を責めていいかわからなかった。出場できなくなってしまったさくらを、ミスを連発してしまった後輩を、チームメイトを、コーチを、誰を責めていいのかわからなかった。だけど次の日、さくらのお見舞いに行ったとき、わかった。

「俺だ。俺が責められるべきだったんだ」

お見舞いに行くと、さくらは車いすに乗っていた。へへ、と笑いながら、くるくると車輪を動かしてさくらは病室から出てきた。何暗い顔してんのよ、くらいのことを言ったかもしれない。やがて、ちょっとだけ赤く腫《は》らした目をこちらに向けた。

また、元通り運動できるか、わかんないみたい。

「さくらは言ったんだ、私は無理だけど、翔は大学でもチアを続けて。サマーカップはダメだったから、大学では全国選手権で優勝するんだよって。約束だよ、って」

ごくん、と、翔の喉が音を鳴らした。

「……俺はあのとき本当に、さくらを受け止めるつもりだったのかな」

誰かのグラスの氷が溶けて、カラン、と小さく音がした。

「スポットライトを浴びるのは、いつだってトップのさくらだった。ベースは注目されない。俺、さくらのこと、どっかで落としてやりたいと思ってたんじゃないかな。怖いんだ、俺。ベースをやると、また誰かを落とすんじゃないかって思う。そうすると体が動かなくなる」

怖いんだ。

最後にもう一度そう呟いて、翔は話を終えた。コーチは、足を組んで椅子に座ったまま、何も言わない。頭が垂れているので、表情が見えない。

夏の夜、屋上。晴希は思い出す。イチローが肩の痛みに耐えきれなくなって晴希を落としたとき、翔はイチローから目を逸らしていた。

本当は誰が悪いとか、誰が落としたとか、そういう問題じゃないはずだ。だけど翔はずっと考えてきた。考えるという方法で、逃げてきた。

翔、と晴希が声を出そうとしたとき、
ガンッ、

という大きな音がした。グラスの底が、強く強くテーブルを打つ音だ。

「……僕にはさあ」

トンの兄貴？　と、金が怯《おび》えたようにトンから離れる。

「落とすのが怖いってのが、わからないよ！」

いつものんきなトンからは想像ができない大声が食堂内に響く。お冷やを飲みほした勢いのまま、トンはなぜか隣の椅子を蹴倒《けたお》して立ち上がった。隣に座っていた卓巳が椅子から転げ落ちる。「なぜ俺が……」「怪獣やなまるで」

いきなりどうした！　と一馬も立ち上がるが、トンの勢いは止まらない。

「僕は落とすのを怖がりながらベースをやったことは一回もないっ！」

トンはそこで、げふ、と大きなゲップを一発放つ。丸い顔が真っ赤になっている。

「ベースは、トップを落とすのを怖がるポジションじゃないよ！　トップを乗せるのを楽しむポジションでしょ！　それに！」

トンはそう言って思いっきり息を吸い込み、叫んだ。

「うまいくせにできるくせに細身のくせに脚長いくせに鼻高いくせにイケメンのくせに顔整ってるくせにモテるくせにそんなことにうじうじすんなああ!!　そんなの、僕はどうすればいいんだあああ!!」

ガラスがびりびりと揺れたような気がした。普段自分の意見を言ったりはしないトンの大声に、食堂がしんと静まり返る。「い、いきなりどしたんや、トン……」そう言いながら近寄った弦が、すぐに「酒くさっ」と後ずさる。

「これ、お冷やじゃない。俺が前に持ってきた日本酒だ……」

グラスを持ち上げて、溝口が力なくうなだれた。よく見たら、椅子に座って足を組んでいると思っていた高城コーチは、ぐうぐうと寝ている。確かに、コーチもさっきからお冷やを飲んでいた気がする。

ハゲ店長が、キッチンでニヤニヤしているのが見える。半分だけ出した顔が真っ赤だ。右手には空になった日本酒の瓶が握られていた。

一瞬、シーンとなった。何の話をしていたんだっけ、という沈黙だ。「いててて」と卓巳が椅子に座り直す。

「……チーム結成当初にさ」

一馬が喋り出してやっと、皆が、ああそうだったそうだった翔の話だという顔になる。

「初めて俺たちが体育の授業に潜入したときさ、翔、いなかったよな。お前が体育の授業休んだの、あのときだけらしいな」

一馬がそう言うと、翔は頷いた。

「あの日って、サマーカップの関東予選の日だよな？　翔、お前、その予選見に行ってたんだろ？」

「……すげえな、カズ」翔が笑う。

「俺たちの代のサマーカップでさくらの代役をした後輩が、今、キャプテンなんだ。去年は責任感じて泣いちゃってたからさ、気になって」

体育だけは全部出る気だったのになあ、と、翔は笑う。その横顔を見て、翔がチアに戻ってきて本当に良かった、と晴希は思った。結局、チアから離れようとしても、翔は何度だって戻ってきてしまう。直感的にそう思った。

「翔、お前は見てもらえるんだよ。自分の演技を、一番見て欲しい人に、さくらさんに見てもらえる。だから絶対、全国選手権に出なきゃダメだ……さくらさんだけじゃない」

一馬の言葉に、ピクンとコーチが動いた気がした。本当は、寝たふりをしているだけなのかもしれない。

「高城コーチにも、ちゃんと見てもらわないとダメだ」

一馬は自分の本音を話すとき、相手の目をしっかりと見つめる。だけど今は、誰とも目を合わせていないように見えた。自分の中にいる自分を見つめているようだ。

自分の姿を、見てもらいたい人がいる。自分の頑張っている姿で、その人を元気づけることができるかもしれない。もう一度、翔がチアをやっている姿で、さくらさんが、高城コーチが、何かから救われるのかもしれない。そしてそれによって、翔も何かから救われるのかもしれない。

翔にとっての、さくらさん、高城コーチ。トンにとっては彼女かもしれない、ずっと自分のことを馬鹿にしてきた旧友かもしれない。溝口にだって、イチローにだって弦にだって、他の皆にだって、きっとそういう相手がいるのだろう。

一番に、自分の姿を見てもらいたい相手。

俺にだって、いるじゃないか。

「……翔は、誰かを落とすのが怖いって言ってるけど、それはもう大丈夫だよ」

心の中で思っていたことが、声になっていた。晴希は、食堂の壁に貼られているまだ真新しい写真をじっと見つめたまま、話す。

「落とすことを怖がらなくても、大丈夫」

自分の声が、骨を伝ってあたたかく響く。

「だって、これから一度だって、俺たちが落ちないから」

壁の写真から目を離せない。自分と似た形の鼻は、食堂のライトに照らされて青白く光っていた。

7　歪《ゆが》み

あ、

と思ったときにはもう遅い。自分の中にある中心が、歪められる感触がする。そのときすでに、トップとのバランスは完全に隔絶されている。トンは自分の足が一歩、二歩と動いてしまうのを感じていた。自分の意志で動いているのではない。肩に突き刺すようにして乗っている陳の足首を両手で握りながら、ふらついてしまう足取りを止めることができない。陳のずば抜けたバランス感覚のおかげで、かろうじて技の形を保っていられる。

陳の足首は細い。自分のそれよりもかなり細い。それなのに、こんなにも不安定な場所でこんなにも上手に技を決めることができる。トンは、いつまで経ってもふらついてばかりの自分の太い足首を睨《にら》んだ。

「下向かない、遠野さん」

すぐに尚史に怒られる。肩が痛い。脚も痛い。腕も痛い。痛いけれど、耐える。陳を支える。「視線の安定、遠野さん」尚史の声は神経に直接響いて、それだけでバランスを崩しそうになる。だから何も言わないでほしい。なんてことは、もちろん言えない。

もともと暑がりであるトンでも、練習着のままでは外を出歩けなくなった。夏が終わるのも一瞬だったけれど、冬が訪れるのも一瞬だ。日々気温が下がっていくたびに練習の密度は濃くなっていく。体育館を借りて行う練習も、十二月の半ばを過ぎてからは週二日から週四日に増えた。体育館練習のときは毎回コーチにノートを提出する。コーチはその日のうちに全員分のノートに目を通し、一日の反省に短い返事を書き添えてくれる。

陣がディスマウントする。陣は軽い。疲労と痛みだけが肩の上に存在し続けている。

「トン、溝口も、下向く癖直せ。トップから目を離すな」

翔の声に、スポットの溝口が返事をする。トンも遅れて返事をする。尚史の視線を感じた気がして、声が小さくなる。

翔は、あの日からスタンツに参加するようになった。たまに何かをフラッシュバックしたように目を瞑《つむ》る場面もあるが、そういうときはコーチがすぐに気がついてストップをかけてくれる。もともと全国トップレベルのチームのベースだったことは、その技術が物語っていた。安定感が違う。落とさない。落とさないというより、より高いところでトップをキャッチする。翔はまだ怖がっているかもしれないけれど、トップのメンバーは何も恐れていないように見えた。皆が、翔の技術を信頼しているのがわかる。それは、ベース、スポットポジションにもいい刺激になった。トップ陣にも同様のことがいえる。陳という最高の手本が現れたトップ陣は、陳から様々な技術を吸収している。

冬になっても、汗の量は変わらない。毛穴から汗が噴き出すたびに、体力がなくなっていくのがわかる。窓辺に置いた雪だるまのように、トンは自分の中にある力がじりじりと溶け出ているのを感じていた。

そういえば、さっき握りしめた陳の足首は汗に濡《ぬ》れていなかった。今でもこんなに汗だくになっているのは、自分だけだ。

「トン、ちょっと休憩入ってて。俺ベースやるから」

尚史見てて、と、翔は陳を肩の上に乗せた。陳は先ほどよりも軽やかに、翔のてのひらの上でY字バランスをする。軸足が、右から左にスイッチ。二人分のバランス感覚が、ぴったりと一つに重なっているようだ。トンは体育館の壁にもたれたままその場に座り込んだ。汗に濡れたTシャツがめくれて、たっぷりと脂肪をつけた腹があらわになる。

翔の話を聞いたあの日の翌日は、朝起きたときからずっと頭が痛かった。事故とはいえ、あまり耐性がないくせに日本酒を一気に飲んだからだ。あのときは一口目でこれは強い酒だと気がついたけれど、無理やり飲んだ。飲んでしまえ、と思った。どうにでもなれ、とも。

トンは汗ばんだ足を投げ出す。首からかけたタオルに、顔をうずめる。目を閉じる。

頭の中で電気を消したはずなのに、その瞬間にフラッシュバックする。

笑い声。

あのとき酒の勢いでトンが喚《わめ》き散らしたセリフは、トン自身はあまり覚えていなかった。次の日に弦から聞かされて自分で驚いたくらいだ。イケメンのくせにとか、めちゃくちゃなことを言っていたようだ。だけど、いくら酒に呑《の》まれていたとはいえ、そこにはちゃんと本音が紛れていた。

僕はどうすればいいんだ

「ワン、ツー、スリー、フォー」とカウントする尚史の声が聞こえてくる。背中が縮こまるような気がしてしまう。

初舞台が終わり、新メンバーが入って、コーチがついた。チームは目指す先を変えた。三月末の全国選手権。それに出場するための、一月末の神奈川予選。

学祭の舞台上からは、たくさんの人の顔が見えた。男のチア。男のチア？　好奇心に満ちた何百という目が自分を見ているような気がする。トンは、そこに立っているだけで本当は精いっぱいだった。本当は、倒れてしまいそうだった。

そんな中で、あの目を見つけた気がした。高校時代から、トンのことを馬鹿にしつづけてきた白い目。あの笑い声が聞こえた気がした。きゅうくつな学生服姿で必死に受け止め続けてきた冷たい笑い声。観客の目が、三日月形に歪んで見える。

また、笑われている。自分はやっぱり、何にも変わっていないんだ。

トンはタオルの中で耳を塞《ふさ》ぐ。それでも尚史のカウントは聞こえてくる。投げ出した足をぐっと引き寄せる。

こんなにも太っていて、弱くて、脆《もろ》くて、醜くて、すぐに疲れて、いつだって笑われて、スタミナ不足で、体は大きいくせにまともに技ができない、そんな自分が、全国選手権なんて大きな舞台に立てるわけ

「トン」

ぐん、と、目の前の白が揺れた。

「もうちょっと休憩しとるか？」

タオルの端を、弦が引っ張っていた。体育館のライトに照らされた腕に、太い血管が浮かんでいる。腕は日焼けが引かないままで、そこだけまだ真夏みたいだ。

「大丈夫大丈夫、ごめんね」

トンはそう言って、よっと、と立ち上がる。弦は、ほんまに大丈夫かー？　と言ってトンの頭を小突いた。

少し、くらっとした。

「……ちょっと、顔洗ってくるね」

えへへ、ごめんね、と言って体育館から出る。弦が後ろから「無理すんなよ」と声をかけてくれる。トンは弦に背を向けたまま、汗に濡れたタオルをふらふらと振る。

体育館から出て扉を閉めると、防音扉のせいか、体育館内の声はほとんど聞こえなくなった。

それなのに、耳元でカウントが聞こえる。ワン、ツー、スリー、フォー。一気に、寒

くなった気がした。そうだ、もう今は十二月なんだ。ファイブ、シックス、セブン、エイ。

「遠野さん」

尖《とが》った声が背中を刺した。トンは振り向く。

「少し、話そう」

尚史はトンのことを、「遠野さん」と呼ぶ。チームの中でたった一人だけ、そう呼ぶ。


屋上で音楽を流すと、音符が一つ一つ空へ飛んでいく様子が目に見えるような気がする。

「じゃあ一回、やってみるから」

卓哉と卓巳が小さくカウントをしながら踊る。体で音楽を生むようにぴったりと息を合わせて踊る二人の姿は、低い位置にある冬の太陽の光を一点に集めているようだ。溝口は足元に伸びる自分の見慣れた影の形を見つめた。

授業、練習で平日は過ぎてゆき、土曜日は屋上練習。完全オフである日曜日には、大体のメンバーが一日中バイトだ。どうしてももっとバイトをしないと暮らしていけないメンバーは、屋上練習をたびたび休む。

溝口は今まで一度だって、バイトをしたことがない。

皮膚を突き刺してくる冷気に負けないように、体を動かす。陸上部時代に学んだ。どれだけ寒くても、練習の途中で上着は必ず邪魔になる。

溝口たちは毎日DREAMSの演技の映像を観る。盗める技術は全部丸ごと盗む、というのをモットーに、とにかく映像を観て研究をする。

中でも、DREAMSのダンスは圧巻だった。十六人の動きに、一ミリのズレもないように見える。動きだけではなく、呼吸も揃っているように見える。止まっている時間、体が動き出すタイミング、角度、その全ての呼吸が揃っている感覚だ。

その映像を観た次の日、卓哉と卓巳は、

「昨日、二人で考えてきたんだ」

と言って、皆に一枚の紙を差し出した。

「俺たちがいるのに、ダンスで他のチームに負けるわけにはいかねえ」

そこには、十六人の隊形移動の様子がとても細かく記されており、二人は丁寧な説明つきで全員に振りを教えてくれた。

「覚えられん！」

「どこがどう動いてるのか全然わかんないよ！」

イチローやタケルの大声に「ゆっくりやれば覚えられるから！」と癇癪《かんしゃく》を起こしながらも、卓哉は丁寧に教えてくれる。一馬や晴希は飲み込みが早い。サクだって、バレエをやっていただけあって身のこなしが違う。ただ、「ちょっとセクシーすぎるな……」と卓巳は頭を抱えていたが。

メンバーの中で一番ダンスができないのは溝口だった。携帯には、卓巳が踊る姿を背後から撮った動画が入っている。一カウントごとに動画を止めて、窓ガラスに映る自分の姿を確認する。夜になると、部屋の窓ガラスは鏡になる。大きく動くと部屋全体で揺れてしまうので、小さく小さく動く。

大きな家に、大きな部屋。溝口は、バイトをしたことがない。しなくてもいいからだ。時々、そのことをひどく気味悪く感じる。

あと十分ほどで夜中の一時になる。一時になったら勉強をしよう、と、溝口はもう一度動画を再生する。

卓哉や卓巳は、どんなに細かいところでも振りを揃えようとしてくれる。それは、予選を突破し全国選手権に出場するためには大切なことだ。ダンスの一体感は、そのままチームのまとまりの印象に繋《つな》がる。指の向き、視線の向き、足を広げる幅。小さな小さなズレを、何度も何度も確認して修正していく。

屋上は、風が吹くと寒い。たまに、細かい振りや立ち位置の修正のために何分間か待たされることがあり、そうなると体が冷えてくる。そういうときは、イチローやタケルの独り言が、冷たい風に乗って運ばれてきてしまう。

「もう、どっちでもいいやん」

そのとき、溝口は聞こえない振りをする。きっと、溝口以外にもその声を聞いたメンバーはいるはずだ。だけど、誰も反応しない。

真剣な表情で、細かな振りの確認を進めていく卓哉と卓巳、翔や一馬。立ち位置を変更するときは、そのたびにさまざまな角度からの見映えや移動の確認をするから、練習が止まる。そんな中、イチローとタケルは、最近よくツルむようになり、自由参加の屋上練習には来ない日が多くなった。「自由参加」ではあるが、これまでは皆が参加してきた練習だ。

ガウンガウン、と、下の階からかすかに洗濯機の音が聞こえる。夜の闇をかき混ぜるみたいに、ガウン、ガウン、と音がする。

一時になった。だけどまだ、ちゃんと踊れるようになっていない。

床が振動しないように、細心の注意を払いながらダンスの練習を続ける。両親とは、勉強以外の話をあまりしない。溝口の前期試験の結果に両親は不服そうだった。夏、メンバーを家に呼んだときだって、大学の課題のために映画を観るという口実でスクリーンのある部屋を使わせてもらった。

勉強机に広げられている参考書。ダンスをしながら、椅子《いす》の背もたれを見つめる。腰に負担がかかりにくい、高価な椅子。そこに座っていたかつての自分の背中が見える。

自分が立ち向かうべき苦悩は、こんな椅子に座って臨むものではない。溝口は、窓ガラスに映る自分の姿を見つめる。冬の夜に浮かんでいるように見える自分の姿が、まだ幼いころのそれに見える。他人を見下して自らの存在を確認していたころの自分。誰と触れあうこともしようとしなかった自分。

そんなかつての自分が、チームの劣等生となっている今の自分を睨んでいるように見える。

うめくような洗濯機の音の中で思い出す。ある体育館練習の日、トイレから出ようとした溝口は、尚史の声を聞いた。

「遠野さん……少し、話そう」

溝口はその場で止まってしまった。溝口は、尚史とトンが二人で話しているところを一度も見たことがなかった。どちらかというとトンの方が、尚史を避けているように感じていた。

トンは返事をしない。無言で頷《うなず》いているのかもしれない。針に糸を通すような緊張感が、肌に痛い。

「遠野さんって」

尚史の声はまるで、

「諦《あきら》めてるよね」

目の前に突き付けられた剣の先端のようだった。

「遠野さんは心の中で、全国選手権なんか出られるわけないって思ってる」

溝口には、トンが今どんな表情をしているのかわかった。夏、かつての同級生が練習場所に現れたときの表情。

「えっと……」

トン、ダメだ。

お前きっと、ごめん、って続けるつもりなんだろう?

「トンがそんなこと思ってるわけないだろう」

気がついたら、溝口はそう言って大股《おおまた》で一歩踏み出していた。トンがハッとしたように、トイレから出てきた溝口を見ていた。

洗濯機はうめき声をあげている。夜の底をかき混ぜるみたいに、ガウン、ガウンと洗濯機は鳴く。


開かれたノートは、太陽の光を浴びて白よりも白く光る。コーチがすらすらとボールペンを走らせている横で、弦は長袖のジャージをはおった。少しでも動かない時間ができると、体が冷えてしまう。翔と違って、コーチは絵がうまい。弦が「あーわかりやす」とこれみよがしに声に出してみると、翔が頭を叩《はた》いてきた。

「このチームには秘密兵器が必要」

カチッと一回ボールペンをノックして、コーチは言った。皆、頭をくっつけるようにして開かれたノートを凝視する。頭の影がノートに集まって、暗くなる。そこには、何かの映像で観たことはある技の形が描かれていた。まさか自分たちがやることはないだろうと思っていた技だ。弦はこのとき、自分がトップではなくてよかった、と思ってしまった。

その技が成功している様子が、頭の中で想像できない。

「男だけのチアリーディングチームでこの技を成功させることができたら、かなりのインパクトよ。BREAKERSは、演技のクオリティやインパクトを見せつけなければ、全員が男だってだけのチームになりかねない」

男だけだ、ということに頼りすぎてはいけない。男だけのチームだからこそ、与えることができるインパクトがあるはずだ。コーチの理論にはもちろん納得できるのだが、いかんせん、

「……難しそうだな」

晴希が不安そうな声でそう言った。自分が今言おうとした言葉をそのまま言われたので、弦は少しびっくりした。

「でも、できたらすごいよ」

サクはそう言うと、「それで、どうやって練習するんですか？」とコーチに詳しい説明を促した。サクは強くなった、と弦は思う。

バレエの経験のおかげか、サクは身体バランスが優れ、柔軟性に長《た》けている。だが、運動神経は良くないからかその素材をうまく生かすことができずに、演技をする上ではいわゆる劣等生だ。練習中の至る場面でサクが諦めそうになったときは、いいタイミン

グで一馬が動く。がんばろうな、と一馬が頭の上にてのひらを置くと、サクは小さく頷いて「うん」と言う。

「まあでもとりあえず、いつもみたいに柔軟して、基礎トレしてからだね!」

サクは、う〜んと声をあげながら上体を後ろに反らした。元バレリーナの体は、線が細く、自由に形を変えるゼラチンのように柔らかい。

昨日の夜、一馬の欠席のメールが回ったとき、弦は心に雲がかかったような気がした。一馬が練習を休むなんて初めてだ。振り返ってみれば、チーム結成当初から一馬は体調を崩すことすらなかった。一馬はいつも誰よりも早く練習場所に来ている。チームに暗い空気が流れたら前向きな一言を発したり、カウントの声を大きくしたり、疲れてきたメンバーを励ましたりしてくれる。

一馬がいない今日、サクがその役割を果たそうとしている。

吐く息が白い。ゆっくりと時間をかけてストレッチをすると、体の中で凍ってしまっていた筋肉がぐつぐつとあたためられ、細胞単位でほぐされていく感触がする。

そのあとは、皆で円になって縄跳びをする。タンブリングにもスタンツにも必要不可欠である脚力を鍛えるためだ。ある日、縄跳びをメニューに加えていないことに気づいたコーチは、しばらく絶句してから「……本当に男子の筋力だけでやってたのね」と呆《あき》れていた。

今日の練習はタンブリングがメインだ。コンマ何秒を刻むように縄跳びをしながら、弦はイメージトレーニングをする。腹筋、背筋を使って、できるだけ体を内側に引き寄せながらバク転。着地点は体の重心より前、その勢いを持続したままバク宙。目を閉じて、何度もやってきた動きを頭の中でなぞる。一番上まであげたジャージのジッパーが上下に揺れて、かつかつと小さく音をたてる。

向かい側には、同じく縄跳びをしているイチローがいる。つま先立ちで、弦よりも速いスピードで縄を回している。ふくらはぎの筋肉が、息を思いっきり吸い込んだ肺のように膨らんでいる。

イチローはやっぱりうまい。タンブリングも、ベースもダンスもモーションも、うまい。相変わらず右肩の痛みは良くなっていないようだが、それでもうまい。だけど、つま先に縄が触れた。動きが止まる。ジャージのジッパーを開ける。新鮮な冷たい空気が、汗ばんだTシャツの繊維の隙間《すきま》を縫い上げていく。弦は縄跳びを短めに持ち直した。

弦はできるだけ速く縄跳びを回そうとするが、すぐに肘《ひじ》とてのひらの間の筋肉が張ってしまって、そのスピードは持続しない。

コーチの指示で、タンブリング練習に移る。タンブリングの場合、一つ一つの技は難しいが、一度できてしまえば動きはある程度揃う。ダンスはその真逆で、動きそのものは簡単だが揃うまでに時間がかかる。イチローはコーチからトンのバク転練習の付き添い役を命じられている。弦は翔の監督の下、ロンダート、バク転、バク宙の連続技の完成度を高めるトレーニングに入った。

三つの連続技のタイミングを合わせるためには、踏み込みはもちろん、筋肉の使い方、滞空時間の感じ方まで一致させる必要がある。タンブリングは二人一組で行うことが多い。陳と翔のタイミングはいつも完璧《かんぺき》に一致する。晴希と一馬も、一歩踏み出す前のアイコンタクトから相性はバッチリだ。溝口とトンだって、二人とも危なっかしい動きをするが、バラバラには見えない。

弦とコンビを組んでいるのはイチローだ。

弦とイチローの動きは、合わなくなった。初舞台が終わったときから、少しずつタイミングがズレてしまうようになった。

翔が右手を挙げて合図を出す。弦は、ふう、と息を少しだけ吐いてから一歩踏み込む。一人で踏み込むときは、気持ちがいい。余計なことを考えずに済むから。

てのひらに一瞬、マットの湿った感触がしみ込んだ。ロンダート。重心の位置を背中の後ろにキープしたままバク転。最後は勢いを殺さないよう、できるだけ内側に足をついて、そのままバク宙。小さく丸めた体がくるりと回る。

タン、と乾いた音が冬空に響いた。冬の冷気が固まってできたようなコンクリートは、靴底に叩《たた》かれると気持ちのいい音を出す。「十点っ」と弦がピースサインをすると、翔は「余計なことしなくていいから」と空気よりも冷たい声で続けた。

「問題なし。欲を言えばバク宙にもっと高さがほしいな」

翔はちらりと別のマットのほうを見る。

「ま、弦の課題は、あいつと動きを合わせることだけなんだけど」

Tシャツをズボンの中に入れながら、弦は翔の視線のほうを追う。視線が追いつくよりも速く、声がみぞれのように飛んできた。

「トン、何でそうなるんや！　わかった、お前はまず痩《や》せろ」

分厚いマットの上でイチローはふざけたようにそう言って、トンの背中を叩いている。こんなん新メンバーだってできとるやろー？　と言うイチローに、トンは笑いながら「ごめんね」と謝っている。

あいつは学祭前、悔しいという気持ちを知ったはずだ。だけどそれだけでは何も変わらなかった。

ざらついた心の凹凸を余計はっきりとしたものにさせるように、風は日に日に冷たくなっていく。

翔の合図で、溝口が一歩踏み込んだ。チーム結成当初は倒立すらできなかった溝口のしなやかなバク転を見て、弦はこぶしを握り締めた。

「イチロー、このあとどっか飯食いに行こうぜえー」

ボーダーのセーターからわふんとアフロ頭を出して、タケルが言った。イチローは、更衣室にある鏡を見て適当に髪の毛を整えながら、「ヒマワリ食堂でええやん」と気の抜けた返事をする。「いっつも行ってんじゃんかよー」と頭をゆさゆさ揺らしながら抵抗するタケルを背に、バイトがあるという卓哉や卓巳たちが「おつかれー」と足早に体育館を後にしていく。二人はそろってダンススタジオの受付をしているという。

　年末が近づいており、もうすぐ大学も冬休みに入る。神奈川予選まで一カ月あまりとなって、成功率の低い【秘密兵器の技】も含めた演技の通し練習も始まった。二分三十秒を通してみると、一回の演技にいかに体力を使うかがわかる。一回の通し練習が終わるたび、全身の筋肉が叩きのめされたように疲労する。

　だけど今日は一馬がいないから、全員で通しの演技をすることはできなかった。先週の屋上練習に続いて、一馬が練習を休むのは二度目だ。

　冬は夜が長い。練習が終わった直後は汗ばむほど体が温まっているので薄着でもいいやと思うが、少し歩いただけでそんな考えはどこかに吹き飛んでしまう。

　練習着やら、コーチから返ってきたノートやらをまるまる飲み込んでたっぷりと膨らんだリュックを背負うと、サクが言った。

「カズくん、どうしたのかなあ」

　ぽふん、と白いニット帽を頭に載せたサクは、ピンク色のムートンブーツを履いている。

「ほんまに好きやのお」とイチローが茶化すと、「そういう意味じゃなくって！」とサクはムキになる。

「二回も練習休むなんて……体調悪いのかな？」

サクはニット帽の両側についたボンボンの片方を、ぎゅー、と引っ張って伸ばしている。

「いや、体調が悪いんじゃねえよ」

もう片方を、ぎゅー、としながら晴希が言う。

「あいつ今日、ばあちゃんの見舞いに行ってんだよ。たぶん前休んだときもそうだったんじゃないかな」

だから大丈夫だよーお、と言って、晴希はさらに力を込めてボンボンを引っ張っている。ハマってしまったらしい。一方で、サクは浮かない表情のままだ。

「ばあちゃんのお見舞いって？　カズくんのおばあちゃん、どこか悪いの？」

イチローも同じ疑問を抱《いだ》いていたので、サクがそう言ったのは当然だと思った。だけど晴希ははっとした顔をして、「あれ、この話って」と言って少し目を泳がせた。

なになに、どういうこと、とサクは好奇心ではなく本当に心配している口調で晴希に詰め寄っている。隣でタケルはストラップを指に通して、「はらへったー」と携帯をぐるぐると回している。イチローは、タケルのこういう気持ちのいいところが好きだ。

他のメンバーは後から入ってきたタケルがイチローになついた、と思っているようだが、実際、イチローのほうがタケルの存在に救われていた。タケルの単純さ、ただ皆で楽しいことをして大学で目立ちたいという気持ちは、イチローの心を軽くした。コーチの教え、技の難易度、神奈川予選のレベル、センターが誰になるか、尚史の一言、一馬の欠席、【秘密兵器】の導入、得点を取るための演技構成、DREAMS、SPARKS。様々なものが入り乱れる中で、タケルの単純すぎるともいえる発言や存在は、いつしかイチローの寄る辺になっていた。

「というわけで、イチローも行くでしょっ？」

サクは突然そう言うと、イチローの左腕に絡みついてきた。どうせバイト入れてないんでしょっ？　というサクの頰《ほお》には、水玉模様みたいなそばかすがある。

「何？　行くってどこに？」

「ぜーんぜん聞いてなかっただろ、イチロー」

タケルはそう言ってニヤニヤしている。よく見ると、更衣室にはもうタケル、サク、金、銀、銅、そして弦とイチローしか残っていなかった。

「今からカズくんのおばあちゃんのいる病院に行くんだよ。ハルが病院の名前教えてくれた。ハルは高校生のとき一緒にお見舞いに行ったことがあるらしいんだけど、すっごーくよくしゃべって、明るいおばあちゃんなんだって」

いなくなった皆はバイトだったり用事だったりー、と頰をふくらませながら、サクは小さな紙を広げる。

「いきなり行ったらカズくんはびっくりするかもしれないけど、きっとおばあちゃんは喜んでくれるよね」

晴希が描いたのであろう病院までの簡単な地図を、サクはきらきらした目で見つめている。それおせっかいちゃう、とイチローが言おうとしたら、それを見抜いたように金が口を開いた。

「イチローの兄貴。家族は、世界で一番大切ですから」

金は強い目でイチローを見た。

「だから、俺たちも一馬の兄貴の家族を励ましに行きやしょう」金に続いて、「俺たちからもお願いしやす」と銀と銅も頭を下げる。

そのとき、体の右側を冷たい空気に撫《な》でられた気がした。更衣室のドアが開いている。

「行くなら早《はよ》う行こうや」

開いたドアに手をかけたままそう言った弦は、イチローを見ていた。


ゆっくりと流れていく外の景色を見ようとすると、アフロ頭が邪魔をする。イチローは、「死ね！」と何の脈絡もなくチョップをしたり、アフロ頭をねじって「うんこ」と名付けてみたりと忙しい。通路を挟んで隣の列では、銀と銅が同じリズムでバスに揺られている。

体育館がある最寄りの駅から都営のバスで二十分ほどのところに、大きな総合病院がある。そこに一馬の祖母は入院しているらしい。都営バスは動き出したかと思ったらすぐに止まるので、もうほとんど歩いているみたいだ。

前の席ではサクのニット帽が揺れており、その隣には丸い金髪がある。「一応、一馬の兄貴の御家族に挨拶《あいさつ》するってことになるな」「金さんやめてよーもー！」この二人は、意外に仲がいいらしい。スタンツではサクのベースを務めることが多い金は、暴れるサクのせいで生傷が絶えない。特に【秘密兵器】の技は失敗が多く、サクのスタンツからはよく悲惨な音が聞こえてくる。トップをキャッチする怖さを、同じベースであるイチローはよくわかっている。観客は皆、高く舞い上がるトップを見るけれど、最もケガをする確率が高いのは実はベースだ。だけど金は一言も文句を言わない。ただ痛い思いをしながら、ほんの少しずつではあるが上達しているサクを受け止め続けている。その姿はかっこいい。タトゥーは偽物だったけれど、金には男気がある、とイチローは思っている。

バスは二人席だ。だから、弦は一人で座っている。

じん、と痛む右肩を、イチローは左手で抱えた。

プシュウ、とため息のような音をたててバスのドアが開いた。七人は荷物を抱えてバスから降りる。巨大な白いブロックを彫ってできたような総合病院前で降りたのは、イチローたちだけだった。

ポケットに手を突っ込んで歩くと、顔だけが寒い。暗闇に白い息をぽふぽふ浮かべながら、七人は病院までのスロープを歩いた。「びっくりして、ばあちゃんの病気治っちまうかもな」タケルが何の根拠もないことを言い、へへへと笑っている。

急に立ち止まったサクが今にも泣き出しそうな声で「……部屋番号訊《き》くの忘れた……」と呟《つぶや》いたとき、目の前の自動ドアが開いた。

一馬だ。

「カズくんっ！」

反射的に声を出したが、サクはすぐに口をつぐんだ。一馬の顔は人工の白い明かりに照らされて、青く透き通ったガラスのように見える。

「カズ」

イチローは思わず、一馬に呼びかける。

「……皆、こんなとこで何してんの？」

寒い。今まで忘れていた空気の冷たさが、急に全身に迫ってくる。「えっと……」と次の言葉が見つからない様子のサクに代わって、金が言った。

「サクは一馬の兄貴を心配していやす。もちろん俺もです。そこで、一馬の兄貴のおばあさんのお見舞いにいきなり行ってびっくりさせやしょうって、俺が提案したんです」

金は「俺が」のところを強めて言った。

一馬は喜んでなどいない。金はそれを察している。

「そっか」

一馬はため息をつくと、言った。

「もう二度と勝手に来たりするな」

一馬の目は、真っ暗だった。

じゃあ。低い声でそう言って、一馬はバス停のほうへと歩いて行く。皆で帰ればいいのに、と思ったが、イチローは声を出せなかった。泣きそうになっているサクの頭を、金が大きなてのひらで何度も撫でてあげている。そんな金のすぐそばで、銀と銅は子犬のようにうつむいている。

何か、
声には出さないで、口だけを動かしてみる。煙のような白い息がぼやぼやと出てきた。

何か、バラバラや。俺ら。

「……さみーな」

タケルがそうつぶやいても、誰も反応しなかった。ポケットに突っ込んだ手が汗ばんで気持ち悪い。遠くから、駅へと向かうバスのライトが近づいてくる。

地下鉄の階段を上ろうとすると、きゅっと前かがみになる。前髪に当たる風がひどく冷たい。人を吸い込み続けているような地下鉄の出口を抜けると、見慣れた痩身《そうしん》が目の前を走り去っていった。

「イチローさん」

走ることをやめてこちらを振り返った尚史が、「イチローさんだよね？」と目を細めている。

ＳＰＡＲＫＳに憧《あこが》れてチアを始めたという尚史は、練習に対してとてもまじめだ。その分、よく衝突もする。特に、練習中にふざけることの多いタケルとは相性が悪いみたいだ。「そんなに強いチームがいいなら、ＳＰＡＲＫＳに入っちゃえばいいのに」いつかタケルがそんなことを言っていたとき、イチローは気の利いたボケも何も返せなかった。

こうして尚史と二人きりで向き合うことは、初めてだ。練習に真剣に臨み、着実に技術と実力をつけていく人間。高校のとき、イチローが部のキャプテンになることを反対した部員は、尚史に似ていた。

「お前こんなとこで何しとん？」

「イチローさんこそ」

「俺のアパート、あのスーパーの裏」

ＡＶでも借りに来たんか？　イチローは無理やりボケたあとに、尚史がやけに薄着であることに気がついた。尚史は何も言わずにイチローの背後を指す。

振り返ると、マヨネーズの入れ物が近づいてきた。

「トン！」

よろよろと走っていたトンは顔をあげ、「わっ」と声をあげた。恥ずかしそうに眉《まゆ》を下げたまま、小さな歩幅でこちらに近づいてくる。トンも薄着だ。

「何、お前ら今日早く帰ったかと思ったら、こんなとこでランニングしてたんか？」

「もー、イチローがこのへんに住んでるなんて知らなかったよお」

知ってたらこの駅は避けたのになあ、と笑いながら、トンは首からかけたタオルで額の汗をぬぐった。イチローにとって、この二人が一緒にいること自体が衝撃的だった。尚史は「遠野さん、俺、公園まで先に行ってるから」とだけ言ってその場から離れてしまう。

「……尚史って、口が悪いだけなんだよね」

イチローの心の中を見抜いているかのように、トンが言った。右横を車が通っていく。その音にも、トンの声は負けない。

「尚史、僕がちょっとダメになりそうなとき、声かけてくれたんだ。そのとき初めて色々話してね」

イチローも実はちゃんと話したことないでしょ、と突っつかれる。

「それからずっと、体力づくりのランニングに付き合ってくれてるんだ。同級生に見られて笑われるのが恥ずかしいって言ったら、わざわざ場所も探してくれて」

イチローが住んでるとは予想外だったけどね、と言うと、トンは靴ひもを結び直した。小さな丘のような背中が丸くなる。

「……僕はイチローみたいに、運動神経もないし、感覚とか言われてもわかんないし、持久力もないから。こうやってちょっとずつでも人より多くがんばんないと、ダメなんだよね」

でも見られたくなかったなあ。丸まった背中から聞こえてくるトンの声。

イチローは、その背中をバシッと叩いた。「いたっ」トンは呻《うめ》いたが、イチローはもう一度叩いた。叩きながら、この気持ちは何だろう、と思った。

この気持ちは何だろう。

「じゃ、僕は行くね」

尚史も待ってるし、と言うと、トンはまた大きな体を引きずるようにしてのろのろと走りだした。背中が暗闇に溶けていく。冬の夜は、いとも簡単にトンの大きな後ろ姿を呑みこんでしまう。

この気持ちは何だろう。

今まで俺はトンに何を言っただろう。

雨が降りそうだ。雲が月を覆い隠してしまって、街はより一層暗くなる。

冬の暖房は、顔に暑さが集まってくる。まだクローズまでかなり時間があるにも拘《かかわ》らず客が一人もいなくなってしまったので、晴希は自分の反省ノートをパラパラとめくっていた。今日は日曜日、オフだ。大学のすぐ近くにあるカフェは、平日のほうが断然混雑する。

コーチが一人に一冊配った反省ノートは、もう完全に日課になっていた。全ての練習が終わり家に帰ると、まずノートを開いてその日の反省を書く。皆にとっても日課になっているようだ（陳のノートに限っては、「イチローの寝坊を許してあげてください。僕からのお願いです」等《など》、日本語係の職権乱用が目立つらしい）。高城コーチのいる体育館練習の日に、皆の分のノートをコーチに見せる。「こういう日誌は、チームが強くなるためには絶対必須《ひっす》なの」コーチはそう言っていた。

カウンターを使って、体の軸を作るトレーニングをする。カウンターについた左手に全体重をかけるようにして、体を斜めにした姿勢をキープする。体の外側、内側の筋肉両方がこのバランスを支えているような感覚。筋肉がバランス感覚を固め、体が一本の棒になるような感覚。この感覚は、ベースの上という不安定さを解消するのにとても役に立つ。

キッチンの先輩に見られないようにノートのページをめくる。

一ページ目には、コーチの特徴のある字で「カズに勝て」と書かれている。晴希は毎日、一日の反省を書いたのち、最後の行に決まった言葉を書くようになった。

カズに勝つ。

出会ったころは、晴希にとって一馬は最大のライバルだった。だけどいつしか一馬は晴希の前を歩いていた。柔道で一馬には勝てない、と、心のどこかで思っていた。一番近くにいた存在なのに、本当は一番勝ちたい存在なのに、ライバル視すらできなくなっていた。

一馬をライバルだと思えるということ。この真っ赤な気持ちが、自分の背中をこんなにも押してくれると思わなかった。今度こそは、勝ちたい。勝ちたい。自分の中にこんな本音が隠れていたとは、思わなかった。カズが練習を休んだ日は、余計にやる気が出た。今のうちに少しでも実力をつけたい、と思うようになっていた。

ノートを閉じる。二分経ったので、体勢を変える。今度は右手で全身を支える。

「晴希」

突然、キッチンの先輩に脇腹を突《つつ》かれる。「何すかっ！」と身をよじると、先輩は「客、客」と言って笑った。

入口を見ると、まだ全身から白くて冷たい空気をふわふわと漂わせている千裕の姿があった。晴希は少しその場で止まってしまう。ハルくんやっぱりここで働いてるんだね、と言うと、千裕は椅子の上に大きなスポーツバッグを置いた。

「今日寒いね。顔が固まっちゃいそう」

えーと、じゃあ、ホットレモネードお願いします、と千裕はメニューを閉じる。かしこまりましたお嬢様、と応じると、そんなお店じゃないでしょ、と千裕は笑った。

一馬は家庭教師のバイト（かなり時給がいいらしい）を日曜に三つも詰めており、いつもバイト終わりにこのカフェにやってくる。「頭使ったー！　糖分！」と、決まってホットココアを頼むのだ。そのあと晴希のまかないをちょいちょいつまんだりして、二人で店を出る。

今日は、その席に千裕が座っている。カズが来たら、面倒なことになるかもな……と思っていると、バイト仲間がホットレモネードを手渡しながら「話してくれば？」と言ってニヤニヤしている。もうすでに面倒なことになっているみたいだ。

今日を最後に、とりあえず一カ月間シフトを止めてもらうつもりだ。神奈川予選までは、とにかく練習に時間を使いたい。だけど、神奈川予選が終わったらきっと、全国選手権までシフトを入れたくないと思うのだろう。さすがにそこまで迷惑をかけるわけにはいかない、とは思うが。

ホットレモネードを持っていくと、千裕は「ありがとう」と言ってDREAMSのジャージを腕まくりした。やっぱり暖房が効きすぎているみたいだ。一口啜《すす》って、あつっと言いながら口をぱくぱくさせている。ちらりとカウンターを見ると、バイト仲間がニヤニヤしながら「いいからいいから」と口を動かしている。

ビー玉でも落とすかのように、すとん、と千裕の向かいに座る。少し恥ずかしい。

「今日はオフなの？」

上目づかいで尋ねられて、晴希は頷く。

「そっちは練習だった？」

と訊くと、千裕はジャージのロゴを指さして「見ての通り」と言った。練習の帰り、いっつもバイトしてるの見えてたから、いつか来ようと思ってたんだ、と千裕は続ける。

「神奈川予選、出るんだって？」

そう訊かれて、え、と開いた口の形のまま声が出た。「DREAMSに知られてんの？」そういうわけじゃないよ、と千裕は言う。「私が個人的に知ってるだけ」そろそろ冷めたかな、と、もう一度ホットレモネードを啜る。

「だって体育の授業で三層のピラミッドまでしだすんだもん。ほんとおもしろいよね、ハル君たち。大学で超有名だよ、BREAKERS」

「そのセリフ、アフロ頭のヤツに言ってやってくれよ。ただ目立つのが目的のヤツとかいるんだぜ。DREAMSとは志が違うよ」

体育の先生も、ハル君たちがどんな技やるのか楽しみに待つようになっちゃったからね、と、千裕は楽しそうだ。だけど楽しそうなのは声だけで、顔は笑っていなかった。鼻のすぐ下に、小さな赤い点が見える。何かの印のように、ぽつんとある赤黒い点。

千裕はそれから、レモネード半分ぶん、他愛《たわい》もないことを話していた。「陽明大学のSPARKSって知ってる？」とも言われた。DREAMSは、打倒SPARKSを目標にしているという。男女混成チームの迫力にはどうしても勝てないけど、と、たまに目を伏せたり、まくっていた袖を戻したり、中指の腹で薬指の爪を撫でたりしながら、千裕は話す。晴希は、うん、うん、と下手《へた》なリズムで相槌《あいづち》を打ちながら話を聞いていた。

どうしてだろう。こういうときって、その人が話したいことよりも、話したくないことのほうが伝わってくる。

窓の外を見つめたまま、千裕は一瞬黙った。帰り、寒そう。小さくそうつぶやくと、すっかり冷めてしまったレモネードを一気に飲んで、言った。

「……明日、Bチームのメンバーが決まるんだ」

メンバーが決まる。晴希たちBREAKERSには、縁のない言葉だった。

「それなのに私、今日、練習でまた鼻血出しちゃって。それで練習止めちゃって」

窓の外を見つめたまま、千裕は言う。外に広がる景色というよりも、必ずやってきてしまう明日を見つめているようだ。

「そっか。もうあらかじめティッシュ突っこんどいたら、練習止めなくて済むかもよ」

「なにそれ」

千裕は小さく笑って、銀のスプーンでレモネードをすくったりする。

こういうとき、何と言っていいのかわからない。何を言っても、無責任な言葉になってしまいそうだ。冷めていくレモンのにおいの中で、晴希は何も言えずにいた。言葉を探しているときって、言葉を探しているということだけが伝わってしまう。

私ね、と言って、千裕はこっちを向いた。うん、と、不格好に晴希は頷く。

「……私、絶対、Bチームに入りたいんだ」

実がたっぷりとつまったさくらんぼのような目をして、千裕は言った。

「私の姿を、見てもらいたい人がいるから」

つやつやに輝く二つの瞳《ひとみ》にまっすぐに見つめられて、晴希は何も言えなくなってしまった。千裕は一気に残りのレモネードを飲み干すと、「おいしかった。ありがとう」と言って、小さく手を振って店から出て行った。奥のほうでバイト仲間がニヤニヤしている。ドアのベルの音を聞きながらいつもの癖で「ありがとうございました」と言ってみたものの、晴希はなかなか立ち上がることができずにいた。

一人一人のエンジンに、誰かの存在がある。皆、自分の姿を見てもらいたい人がいる。チアとは、戦うスポーツではない。世界でたったひとつだけ、人との関わりの中で生まれた競技であり、誰かを応援するという姿勢が評価されるスポーツだ。

千裕、がんばれ。無責任になると思って言えなかったがんばれを、心の中で唱える。がんばっている人にがんばれというのは間違っている、という人もいるが、そんなことを考える前に、がんばれという言葉は飛び出してしまうものなのだ。同じフィールドの上で日々がんばっている同士だからこそ、がんばれという言葉をもっともっとぶつけてやるべきだった。

そろそろ、友達来るころじゃないの？　と、キッチンの先輩が時計を見ながら言う。もう作っといてやろ、と、ココアの上に載せる生クリームの準備をしていると、キイ、と高い音がしてドアが開いた。

一馬おつかれ、と言おうとして開いた口が、そのままの形で固まった。今日はいつもと違う客ばかり来る。

「ウェイター姿、全然似合わないね」

黒いマフラーを取りながら、ザキさんは右手を挙げた。

基礎トレーニングが終わると、コーチは皆の前でウィンクをして言った。

「今から、クリスマスプレゼントをあげるわよ」

サクは恐怖のあまり泣いた。「そんな怯《おび》えなくても……」と、コーチは少し落ち込んでしまう。

クリスマスはどの団体も体育館を予約していなかった、という悲しい事実を告げたコーチのクリスマスプレゼントとは、チームの練習長とキャプテンの指名だった。「さっきから何だか甘いにおいがしてたもんね！」と幻のにおいまで感じとり、ケーキか何かが出てくると期待していたらしきトンは、行き場のない食欲を涎《よだれ》で表している。

「強いチームの特徴は、キャプテンと練習長が分かれていること。キャプテンっていうのはその名の通り、皆を引っ張っていくリーダーね。チームの太陽」

イチローが「俺？」という顔をして自分自身に向けた指を、溝口が無言でゆっくりと折った。

「このチームのキャプテンは、一馬」

コーチはそう言うと、一馬を見て頷いた。一馬も「はい」と返事をして頷く。チームの太陽。それは、このチームを創《つく》り上げた一馬のためにあるような言葉だ。皆、キャプテンという言葉を聞いてまず一馬を思い浮かべたはずだ。

晴希は、てっきり隣にいるサクが「キャー」やら「カズくんかっこいー！」やら叫ぶかと思っていたが、サクは黙っていた。心配そうな表情でじっと一馬のことを見ている。

「練習長の役割は、実はキャプテンとは真逆。チームの太陽がキャプテンを務めるのに対して、練習長はチームの月みたいなものね。常に冷静で、時に厳しい意見も言えるような実力者」

溝口が「俺か」という顔をして自分自身に向けた指を、イチローが無言でゆっくりと折った。

「練習長は、翔」

コーチがそう言ったとき、一番深く頷いたのは尚史だった。尚史は横目で溝口を見ながら、「翔さんしかいないと思った」と呟く。そういう一言がいつも余計なんだよ、と、タケルが大きめのひとり言をこぼす。

練習長は、チームがチームとして動いていく全てを司《つかさど》る。大変な役目だが、時に指導者の役割も務める練習長は、誰もが認める実力者である翔が適任だとコーチは判断した。練習長とは、むしろキャプテンよりもキャプテンらしい役割だ。トレーニング内容、練習スケジュール、演技の構成など全てを決める。

夏よりも確実にレベルの上がった演技構成は、集中力が不可欠だ。

「ワン、ツー、スリー、フォー」声を出してカウントしながら、トンのふくらはぎに足をかける。夏よりも、確実に硬くなったトンのふくらはぎは、高級な卵の黄身のようにまるく張っている。「ファイブ、シックス、セブン、エイ」そのまま肩の上にクライミング。声を揃えながら一度前にディスマウントしてから、エレベーターでトス隊の胸まで上がって、そのままエクステンションでトス隊の頭の上まで上がる。

このときのバランスの歪み。何回やってもぞくぞくする。ぐん、と、頭が空気を突き破っていく感触が心地よい。

とにかく今は、集中する。どんなにやり慣れてきた技にも全身の神経を集中させて挑む。トス隊とのバランスのとり方は、夏とは比較にならないくらいうまくなった。だけど油断はしない。とにかく、今は集中しないといけない。

集中していないと、蘇《よみがえ》ってきてしまう。

「いいね、ハル。いい調子」

ディスマウントすると、翔が手を叩いてそう言った。翔に褒められると、無条件に嬉しい。

「基本は完璧。やっぱり、あれかな、ハルは柔軟性かな」

褒めたあとにはっきりと弱点を見抜いてくるのが翔だ。ぐっと気が引き締まる。

コーチが提案した【秘密兵器】はトップを悩ませていた。柔軟性を必要とするその技は、特に晴希を苦しめた。陳は体操の経験、サクはクラシックバレエの経験、一馬も持ち前の柔軟性で技を習得しつつあるものの、晴希はまだまだだ。柔軟性が足りないと、バランスが崩れてしまう。この技で失敗するたび、もっと今までしっかり柔軟のトレーニングができたんじゃないか、と自分を叱りたくなる。

「とりあえずハルは、基礎スタンツのあとは【秘密兵器】の練習をしよう。リバティーのときに、バランスを一切崩さないように。トス隊の上に立つんじゃなくて、自分を突き刺す感覚な。まずはそっからだ」

よろしく、と、翔は溝口の背中をたたくと、タケルのもとへと走っていった。翔は自分がその場にいられないとき、溝口にその後の指揮を任せることが多い。二人でよくDREAMSやSPARKSの映像を観ては色んな分析もしているようだ。

こうして毎日練習をしながら日々を過ごしていく中で、新メンバーの身体的特徴もわかってきた。タケルは、イチローほどセンスはないのに感覚でどうにかしようとしてしまう。イチローと仲良くなったことで、自分もイチローのようにできると思っているのかもしれない。逆に、卓哉と卓巳は完璧にイチロータイプだ。身体能力が優れているから、基礎を固めなくても技ができてしまう。だけど、それではこれからのことを考えたときに危険だ。どの技にもそれが通用するとは限らない。サクは優れた身体バランスがあるのに、恐怖心が勝ってしまうためなかなかうまくいかない。金と取り巻きの二人は逆に恐怖心などまるでないようで、危険度の高い技でも勇んで挑戦する。

広い体育館を見渡す。皆がいる。スタンツごとに分かれて練習をしている、いつものメンバーがいる。いつものメンバーのはずだ。ここは体育館だ。体育館。どうしてだろう、床が白色に見える。ところどころが汚れた白。白いマットが敷き詰められた道場。

集中しろ。集中しろ。

頭の中で、ザキさんの口が開く。

そして動く。

聞こえる。

「じゃあ、とりあえず連続技からのリバティーをやろう。そのあと、【秘密兵器】の特訓な」

溝口が晴希の背中を叩いた。おう、と反射的に声を出したあと、やっと視界が元に戻る。大丈夫、大丈夫だ。晴希は屈伸をして筋肉を伸ばした。冬の体育館は、窓からの光をするすると滑らせている。

大丈夫だ。

トス隊と向き合う。頷く。

大丈夫だ。

「ワン、ツー」エレベーターでトス隊の胸の位置まで上がる。不安定なバランスさえも突き破るように、ぐん、と自分自身が伸びる感触。「スリー、フォー」軽くポップアップして、ダウン。このとき重心は下げ過ぎない。トス隊は膝《ひざ》の屈伸をうまく使い、トップは自分の腕の力で体重を支える。連続技だ。トップは床に足をつけない。

大丈夫、大丈夫。

思い出すな。

前を見ろ。一馬が見える。

勝ちたい。柔道を始めたときのように、純粋に。

柔道を始めた時のように。柔道を。

「ファイブ、シックス」エクステンションで一気にトス隊の頭の上へ上がる。同時に、一馬も上がった。同じ高さに一馬の顔がある。「セブン、エイ」カウントに合わせて右足を浮かせる。ゆっくりと重心を左足へ移動させる。全体重のかかった一本の左足をトス隊に突き刺して、そのまま、
一馬の向こう側が、白く見える。

ここは道場だ。あれはカズじゃない。

姉ちゃんだ。

声がする。動いているのはザキさんの口なのに、声は姉ちゃんのものだ。道場に鳴り響くホイッスルのように、凛《りん》とした声だ。

あんたが応援してくれるとき、私は勝てるんだよ

「キャッチ、キャッチ!」

スポッターの溝口の声が響いた。視界が回る。腰が折れる。木の緑と人工的なライトの光が入り乱れたと思ったら、太もものあたりを誰かが支えてくれていた。大きくバランスを崩した晴希を、トス隊が床に落とさず抱えてくれている。

「ハル、いきなりどうしたんだよ……大丈夫か?」

目を開けるとそこには一馬がいた。びっくりさせんなよ、と言って、一馬は晴希の頬を両側からぱちんと叩く。

痛い。冷水を浴びたような衝撃で目が覚めたような気がする。

カズ。カズだ。その後ろに、もう姉ちゃんはいない。晴希はもう一度固く目を閉じてから、ゆっくりと開ける。

「大丈夫、ごめんごめん」

晴希はそう言って立ち上がろうとする。大丈夫、立ち上がれる。別に体調が悪いわけではない。「大丈夫かよ」溝口が晴希の手を取ってくれる。大丈夫大丈夫、と軽く笑いながら立ち上がると、頭の中で響いていた声が、す、と遠のいていくような気がした。

集中しろ。

もっともっと練習に集中すれば、きっと、声は聞こえなくなる。

初めて、屋上で初日の出を見た。中学生のころ、一度、一馬と屋上での年越しに挑戦したことがあったが、すぐに体が冷えてしまって断念した。競うようにしてリビングに戻ってくると、母はまだ年が明けていないのに甘酒を用意してくれていた。あのころ、甘酒を飲むということはその日にだけ許される特別なことだった。

弦やイチローなどの地方組は実家に帰っているため、割と静かになるかと思っていたが、溝口が大量の酒を持参したので大晦日《おおみそか》の屋上はすぐにメチャクチャになった。卓哉と卓巳が寒空の下パンツ一丁で踊りまくる映像も、溝口が日本酒の一升瓶を一瞬で空にしてしまう映像も、無理やり飲まされて寝てしまった翔の顔がくだらない落書きで埋め尽くされていく映像も、全てコーチのデジカメに残っている。彼女と初詣《はつもうで》に行くと言っていたトンには、全員で合計百八回、電話をかけてやった。

最終的に初日の出を拝むことができたのは、晴希と一馬、そしていつまでも酒を飲み続けられる溝口だけだった。「寒い？　俺はポカポカだぞ」と溝口は笑顔で酒の保温効果を体現していた。三人で、次第に眠りから覚めていくような明け方の空を見た。ダウンジャケットに包まれて鼻水を垂らしながら眠りこけているメンバーが、今年一発目の朝日の光に照らされている。酒が入った瓶の底で初日の出をバンバン打ち返しながら、溝口は白い息を吐き出すようにげっぷをした。

「【ムダなことを考えて、ムダなことをしないと、伸びません】。イチローの言う通りだ。

こういう時間も必要だよな」

イチローって野球選手のイチローだからな、と付け加える溝口に、あたりめーだろ、と晴希はツッコむ。

夜の闇を洗い流すように広がっていく朝の光は、街全体を撫でまわしているみたいだ。肌の中に滑り込んでくるような冷気の中で、かすかな光の暖かさが風に乗って届く。

「神奈川予選まで、もう一カ月ないな」

溝口は、げふっと酒臭い息を漏らした。早かったなー、と言って、晴希はそのまま仰向けになる。

一月一日の朝の空気は、グラスにぎりぎりまで注《つ》いだ水の表面のように澄み、張っている。目に見える何かが変わったわけではないのに、この街が丸ごと洗濯されたみたいだ。

酒を流し込んでいる溝口の喉《のど》の音を聞いていると、隣で一馬が仰向けに寝転んだ。ばふん、とやわらかい音をたててダウンジャケットがつぶれて、空気が少し乱される。そうすると、寒さと暖かさがより敏感に感じられる。

横になると、ダウンジャケットが余計暖かくなる。朝日が眩《まぶ》しいので目を閉じる。

「……おうキャプテン」

「おう平社員」

平社員？　と晴希がけらけら笑うと、言葉が見つからなくてよ、と一馬は白い息を吐いた。

目を閉じていても、眩しい。まぶたに光の全てが集まっている。金色の朝日の光線は睫毛《まつげ》を溶かすほどに力強い。

「ばあちゃん、元気？」

口からこぼれでた声は、ビー玉みたいに屋上を転がった。

「あけましておめでとう、言いに行かなきゃな」

俺もまたすげえガツガツ話されんのかなあ、と晴希が言うと、一馬は何か言った。何も言わなかったかもしれない。寝転んで目を閉じていると、体のどこかに溜《た》まっていた眠気が急に全身を浸し始めた。

屋上には、力尽きているメンバー達がごろごろと転がっている。溝口は大きな大きなまるい朝日を見つめたまま、おいしそうに酒を飲んでいる。

眠い。ねじがゆるんだように口が開いて、声が出た。

「絶対、全国選手権出ような。カズ」

色濃くなっていく眠気の中、何だか少し照れくさくなった晴希は一馬に背を向けた。そうすると目の前に全体に落書きをされた翔の顔が転がっており、それが晴希の初笑いになった。

そしてそのまま眠ってしまった。明日からは雪が降るらしい。

8　神奈川予選

少しだけ積もった雪が水を含んで、氷砂糖のようになっている。靴底でつぶすと、くしゅ、という水っぽい音がして靴の両側に雪が広がる。年が明けて初めての営業日となった今日、ヒマワリ食堂はガラガラだった。「大丈夫かあ、年明け早々こんな客入りで」つまようじをポキポキ折りながらタケルが悪態をつく。金、銀、銅は習字道具を持参してきており、勝手に書き初めをしている。下手《へた》な字で書かれた「義理人情」が三つ並んでいる。あれは何の任侠《にんきょう》映画から学んだのだろうか。ハゲ店長は朝から酒を飲んでいたようで、上機嫌だ。

【明日は、正午にヒマワリ食堂に集合。ハゲ店長におせちを頼んであります】

大学の冬休みの真ん中であり、家にいづらかった晴希はコーチからのメールにホッとした。柔道部に年末年始はあまり関係ない。道場はいつでも開放されているため、特に都内に住んでいる部員たちは三ヶ日であってもあいさつがてらよく練習に来る。もちろん晴子だってそうだ。晴希が朝起きると、晴子はいつだってもう朝食を食べ終え、ジムか道場にいた。大会が近いわけでもないのに、いつもよりも練習に打ち込んでいるようだった。

晴希は声をかけることができなかった。姉の横顔を見るたびに、その鬼気迫る表情を見るたびに、ちょっとずつ突き放されているような気がしていた。

おはよう、と一言言うだけでよかったかもしれない。あけましておめでとう、と、今年もよろしく、と言うだけで何かが変わったかもしれない。

「ハル、食わねえの？」

おしるこが入ったお椀《わん》から顔だけ出して、卓巳が言った。「食わないなら、俺食っていい？」白い湯気が卓巳の顔を覆っている。晴希はそこでやっと、鼻孔が甘いにおいに包まれていることに気がつく。

「おしるこ食べ終わったら話し合い始めるからねー」

コーチがそう言った瞬間、溝口が「皆どんどんおかわりしろよー」と言って追加で大鍋を持ってきた。メンバーがわあっと鍋のまわりに集まり、コーチがげんなりとする。

一月末に行われる神奈川予選を通過できるのは、基準点である八十点を通過したチームだけだ。通過できるチーム数に制限があるというわけではない。だから他のチームと競う気持ちは持たなくてもいい。他のチームと競うのではなく、ベストの演技ができるようにチームの状態を整えていくことが大切だ。

「このチームが一月末の予選の時点でできる最高の演技構成を、今から皆で話し合う」

コーチはそう言って熱いお茶を飲みほした湯のみをテーブルの上に置くと、その横に全員分の反省ノートを積み重ねた。

「私は毎日このノートを読んでいるから、皆が誰にも話していない気持ちもわかってるつもりよ。本来、演技の構成っていうのは練習長がほぼ一人で決めることが多いんだけど、私はノートを読んだうえで、皆で話し合ったほうがいいと判断したの」

テーブルの上に積み重なっている十六冊のノートを、コーチはちらりと見た。

「演技の時間は二分三十秒」

皆、頷《うなず》く。

「たったの百五十秒よ。その一瞬で、他のチームを黙らせてやりましょう」


追加でお茶を入れにきてくれたハゲ店長が、気まずそうに厨房《ちゆうぼう》へと逃げていく。

「だから、これじゃ予選通過できねえっつってんだよ！」

尚史の声がどんどん大きくなっていく。「お前マジ一回落ち着けって」晴希がたしなめても、尚史の目つきは鋭くなっていくばかりだ。

「大体、タケルはよくそんなこと言えるよな。イチローさんはまだうまいからいいよ。だけどタケルは」

「一回黙れって！」

晴希が大声を出すと、尚史は一瞬息を呑《の》んだ。だが、声のボリュームを小さくしただけで話すことはやめなかった。

「ちゃんとできない技だってたくさんあるのに自由参加の練習にも来ないで、演技のレベルをあげたくない？　笑わせんなよ。俺はお前のそういうところがマ、ジ、で、嫌いだ」

尚史はまっすぐタケルを見つめながら言いきった。タケルも黙ってはいない。

「だって、さっきコーチだって言ってたじゃねえか。俺たちは予選でどこかと競うわけじゃねえんだよ。お前がだーい好きなSPARKSかなんか知らねえけど、別に関係ねえんだよ。だったらあの学祭のステージのときみたいに、もっと楽しくやればいいんじゃねえの？　ケガするかもしんないのに、そんなに難易度あげる必要ってあんのかよ」

「だからそれじゃ予選通過できないって何度言ったらわかるんだよ、バカ」

言い過ぎだ、と思ったときには遅かった。「うるせえんだよお前」と立ち上がったタケルを金が迷わず止める。「喧嘩《けんか》したって何もいいことありゃしやせんよ」

「俺も難易度は上げたほうがいいと思う」と、溝口。

「タケルが言うように、楽しくやりたいって気持ちもわかるけど、全国を目指すんだったら今からそれなりの難易度の演技に挑戦していかないとまずいだろう。ケガするかもしれないって言ってたら、チアリーディングの技なんて何もできない」

テーブルの上で開かれているノートには、演技の中で使われる隊形が全て描かれている。小さな丸が十六個、様々な形を象《かたど》っている。無数の矢印が伸びて、こう移動する、

こう移動する、という教科書だ。どう移動すれば見映えがいいのか、どういう動きをどういう隊形ですれば最も美しく見えるのか。それぞれの個性を生かせる構成はどんなものなのか。

しかし、どの技を行うかという話し合いは、うまくは進まなかった。技が決まらなければ、構成の詳細を決められない。練習計画も組めない。話が止まってしまう。

「……でも、俺も、タケルの言いたいことはわかるよ」

同意見ってわけじゃねえけど、と、卓巳が小さく手を挙げた。

「やっぱり俺も楽しくパフォーマンスしたいとは思う。俺は、皆で楽しそうに踊ってるのが本当に羨《うらや》ましくて、そこに入りたいって思ったから。だから難易度とかよりも、そう思ってもらえるような演技をしたいって気持ちはある……。それと」

卓巳はそこで、ちらりと卓哉の顔を見た。卓哉は何かに勘付いたように「卓巳、いいから」と言ったが、卓巳は続けた。

「兄貴、三年だから、もう就活なんだよ。本当は秋から就活始めてたんだけど、練習には影響がでないようにどうにかやりくりして……もう俺言っちゃうけど、本当は金さんも隠れて就活してる。兄貴とよく家で電話してるから、すぐわかったよ。金さんいつも、家族のために絶対いいところに入りたいって言ってるよな。声でかいから聞こえんだよ。ウチだって別に金持ちじゃねえし、勉強もせずダンスばっかやらせてもらってたし、ダンスで食っていけるわけないってことはもちろんわかってるし……兄貴は長男だし、いいところに就職したいって思ってんだ。だから、これ以上練習に時間かかるようなら、正直厳しいっつうか」

練習したくないって言ってるわけじゃねえんだけど、と卓巳は目を伏せる。「俺、リクルートスーツ似合わねえからさ、全然気にすんな」卓哉はわざと筋違いなことを言って笑いを誘ったが、誰も笑わない。銀と銅が「金さん、何で言ってくれなかったんすか？」と尋ねるが、金は困った風に笑っただけだった。

実は多くのヒビが入っていたビスケットが、持ち上げた途端、一瞬で粉々になったような感じがした。コーチはあまり口を出さないで、椅子《いす》に座って足を組んでいる。

「俺はSPARKSと競う気持ちでいるよ」

翔が一度、ボールペンをノックした。読点を打つように、カチ、という音が響く。

「もちろん予選の時点で敵《かな》うなんて思ってないし、得点上で競うつもりもない。だけど、俺は妥協だけはしたくない」

俺だって妥協しようって言ってるんじゃないけど、とタケルは口を挟んだが、すぐに言葉が続かなくなる。

難易度を上げたくない、と言ったタケルの本心はわかる。晴希だって、学祭のステージを目指していたころの気持ちのままで、本当は練習をしたい。だけど尚史や溝口の言うこともわかる。全国選手権を目指すならば、いつまでもそんなことを言っていられない。

「……でも、やってる本人が楽しくないのに、チアなんて言えるのかよ」

ぽん、と投げ出されたボールみたいにタケルの声が静かな食堂内を転がる。

「今、俺、練習楽しくねえもん。チームに入ったときは、ああやって皆の前で目立ちたいって思ってたけど、今は体中痛《いて》えし、今やってる技だけでいっぱいいっぱいだし、こんな初心者だらけのチームが全国で一番になんてなれるわけねえし。もっと難しいことなんて、俺はやりたくねえ」

「タケル」

「俺だってもっと他にやりたいことがあんだよ。彼女もほしいし、試験勉強だってやべえし、友だちと飲みにも行きたい。夜はいっつも練習でさ、授業ない日にここまで通うのも大変なんだよ」

「カッコ悪いで、お前」

ピンと張っていた糸を切るように、イチローが言った。

「やる前からできなかったときの言い訳しとるみたいや」

晴希は、イチローがタケルに向かってこんなことを言うのを初めて聞いた。

「タケル、お前本当は楽しくないんやないやろ」

イチローはそれだけ言い、また黙った。

また食堂が静かになる。隅の椅子に座っているコーチも、ずっと口を閉ざしたままだ。

「……確かに、難易度上げるの大変だけどさ」

晴希は、粉々に砕け散ったビスケットを掬《すく》いあげる気持ちで言った。

「コーチも翔もいるんだよ。最高の指導者がいるんだよ。指導者だけじゃない、メンバーだって、トンと尚史とか、サクと金とか、タケルとイチローも、支え合って頑張ってるじゃん。技が難しくなれば練習も大変になるだろうけど、それってつまりもっともっと助け合っていくようになることだと思う。それに俺は」

晴希はそこで一度、食堂の壁を見た。

「全国選手権で踊る姿を見てもらいたい人がいるから。そのためにも、予選でできる最高の演技をしたい」

壁に貼《は》られた写真は以前よりも新しさがなくなって、油で汚れた壁になじんでいるように見えた。


冬の電車は暖かい。緊張で腹を壊した溝口がトイレと座席を行ったり来たりしている。湘南《しょうなん》新宿ラインにトイレがついていて本当に良かった。神奈川予選が行われる平塚市《ひらつかし》に向かう早朝の電車の一両目、晴希たち十六人と高城コーチで埋め尽くされてしまったこの車両は、ひっそりとした緊張感に包まれていた。

昨夜《ゆうべ》はよく眠れなかった。泊まりにきていた一馬も相当疲れがたまっていたようで、二人して寝過ごしそうになってしまった。それでも五時半に起きることができたのは、目覚まし時計ではなくて母のおかげだった。

母は、野菜たっぷりの朝ごはんを二人分用意して起こしてくれた。そして、その横にはきれいに畳まれたユニフォームが置いてあった。

「今日、大切な大会なんでしょう」

汚れたエプロンをした母は、そう言って濡《ぬ》れた手をフキンで拭《ふ》いた。

「ネットで調べちゃったわよ。受付時間見たけど、もう起きてないと、間に合わないいんじゃないの？　朝ごはん、食べる時間ある？」

ユニフォームをカバンにつめながら、晴希はほのかに漂う洗剤の匂《にお》いを感じていた。

「ありがとう」

そう言うと、母はタッパーにつめた朝ごはんを渡してくれた。柔道をしていたときから、母は栄養を考えて料理を作ってくれていた。柔道ではない大会に向かうときも、お腹は空《す》くし、母の料理はおいしい。

神奈川とは逆方向に住むメンバーは、横浜にある鍋島兄弟の実家に皆で泊まったそうだ。

「あいつらテンション上がりやがって夜中までダンスミュージックかけやがんだよ……」「楽しかっただろ？　DJ俺のナイトクラブ」卓巳はあくびをしているタケルのアフロをわしゃわしゃとして笑っている。こういうとき、いつもと変わらず元気でいられるヤツはすごい。

電車が揺れると、トイレのドアがバーンと開き尻丸出し状態の溝口が露《あら》わになった。トイレの順番待ちをしていた銀と銅が硬直している前で「鍵《かぎ》を閉め忘れていたようだ……」と言いながら溝口は情けなく引き戸を閉めた。

「これハゲ店長から」とトンが取り出したサンドウィッチは一瞬でなくなった。小さなメッセージカードも添えられており、店長は意外と達筆だということが発覚した。「読めない」と陳が早々に諦《あきら》めた文字は、「健闘を祈る」だった。店長最高だな、と言って弦はうまそうにタマゴサンドを頬張《ほおば》る。その横では翔が表情を強張《こわば》らせている。翔も、緊張するとあまりものを食べられなくなるタイプみたいだ。

神奈川予選は、平塚市の総合体育館で行われる。出場チームの受付は九時までで、開会のセレモニーは十時半からだ。「開会のセレモニー？」と晴希が言うと、尚史は「晴希さん達はチアの大会初めてか。カルチャーショック、あると思うよ」とニヤリと笑った。

平塚駅に着くと、コーチの誘導で二十分くらい歩く。毎年来ているからか、全く迷わない。総合体育館は想像以上に大きく、予選そのものの規模が想像と違う。体育館の脇には大型のバスが何台か止まっており、すでにジャージ姿の女子たちが元気よく動き回っている。

更衣室で着替えを、本部で受付を済ませた辺りから、チームの外側から不穏な空気が漂っていることに晴希は気がついた。やけに視線を感じる。指をさしてひそひそ話している女の子同士の集団が、いくつもある。そこで初めて、自分たちは異色のチームだということを思い出した。そうだ、男だけのチームなんて俺たちくらいなんだ。未《いま》だその事実に気づいていないらしきサクは、「ボクの顔に何かついてる?」と周りのメンバーに訊《き》いている。

予選会場とは別に、各チームがアップをするための小さな体育館がある。高城コーチはその入口で腕を組んで待っていた。

「翔、堂本《どうもと》君がいる」

コーチはいきなり、晴希たちの知らない名前を口にした。翔が「はい」と頷いたのを確認して、コーチはドアに手をかける。

十六人の男が連なって体育館に入ると、視線が一気に集まった。好奇心、否定、興味、様々な気持ちを含んだ視線が、全身に突き刺さる。

その中でも、ひと際オーラを放っている集団があった。確かめなくても、晴希はあれがSPARKSなのだとわかった。雑誌で見たことのある白と水色のユニフォームは、よく晴れた日の空のように奥行きが感じられるほど爽《さわ》やかだ。

そんなわけはないのに、BREAKERS十六人とSPARKS十六人、まるで鏡と向き合ったように全員の目が合った気がした。

「あ」

SPARKSの一人が声をあげた。あれ、高城コーチじゃない? という女子の声が聞こえ、そのざわめきは輪をかけて広がっていく。

「高城コーチですよね？」

キャプテンらしき、体格のいい男が近寄ってきた。年上だろうか、短く刈られた黒髪と鋭い二重瞼《ふたえまぶた》が凛々《りり》しい。肩も、腕も、脚の筋肉もとても鍛えられているのがわかる。トンの脂肪が全部筋肉に変われば、これくらいになるのかもしれない。

「相変わらずマッチョね」

コーチがにこっと笑ってそう言うと、他のSPARKSのメンバーも、コーチだコーチだと言いながら駆け寄ってきた。堂本と呼ばれた男は、久しぶりですね、と少しだけ笑ったあと、コーチの後ろにいる晴希たち十六人を順番に見ていった。それは短い間だったが、十六人全員が、堂本と目を合わせた。

最後。十六人目を確認したとき、堂本は動きを止めた。

「翔」

コーチを囲んできゃあきゃあ声をあげていた女子たちが、こちらを振り向いた。

「翔？」と誰かが声を漏らした。信じられない、という思いの混ざった声だった。

「堂本先輩、久しぶりです」

翔はそう言って頭を下げる。とても深い礼だった。

「翔、お前、チアやってるのか？」

堂本先輩、と呼ばれた男は低い声で翔にそう尋ねた。いつのまにか、堂本の後ろにいる人たちも皆、何も言わないで翔のことを見ている。皆、翔のことを知っているんだ。今だって、翔そのものではなく、その背後にある、翔のこれまでの全てを見つめているように見える。

「はい」

翔が力強く頷くと、コーチがずいっと一歩前へ踏み出した。

「今私がコーチングしているのは、男だけのチアリーディングチーム、BREAKERSよ。全国選手権出場を目指してる」

その言葉に、堂本たちSPARKSの表情が一瞬険しくなった。「全国選手権出場を？」片方の眉《まゆ》だけを下げて、堂本は言った。「男だけのチームで？」堂本は大人だ。表情でも、声色でも、BREAKERSを侮《あなど》った風に見せない。

「BREAKERSは、全国選手権でSPARKSよりも注目を集めるかもしれないわよ」

コーチがそう言った時、堂本の眉がぴくりと動いた。

色とりどりのジェリービーンズの中に、石ころが交ざってしまったようだ。開会のセレモニーは、尚史が言っていた通りだった。陽気な音楽が大音量で流れ、審査員であるチアリーダー達が踊っている。チームの紹介なんてものもあり、チームごとに立たされて何かアピールをしなければならない。他のチームは予《あらかじ》め練習が行われていたらしく、全員で揃《そろ》った掛け声や動きをしている。BREAKERSの番になるとイチローとタケルが勇んで立ち上がったが、何も考えていなかったらしく勢い任せでボディビルダーのようなポーズを取り笑いを誘っていた。晴希はあの二人がいてよかった、と胸を撫《な》で下ろしたが、尚史はタケルに聞こえるように「バッカみてえ」と呟《つぶや》いていた。

そのとき、MCの女性が声高に叫んだ。

「DREAMS、Bチーム！」

あっ、と、晴希は声を出していた。首を伸ばして、ある姿を探す。揃って立ち上がった十六人の後ろから二番目で、見慣れた形のポニーテールが揺れている。

千裕だ。

「GO！　FIGHT！　DREAMS！」

ちょっとした振り付けをしながら満開の笑顔でそう叫んで、千裕は観客に両手を振りながら腰を下ろした。いつもよりも目元をはっきりと囲んでおり、きらりと光るラインストーンがアクセントになっている。千裕の笑顔がそのまま色になったようなライトイエローの衣装が、小柄な体によく似合っている。

Bチームに入れたんだ。晴希は胸の前で、心臓を摑《つか》むように拳《こぶし》を握りしめた。

予選が始まっても、会場の空気はそのままだった。別のスポーツの大会のように、ぎすぎすした緊張感ではない。全員で手を繋《つな》いでいるような安心感が、予選会場そのものを包んでいる。どのチームが演技をしているときでも、全チームが盛り上がる。技が決まれば歓声があがり、声の掛け合いの部分では全員で声を出す。自分たちの番を待っているチームも、観客も、全員で演技を作っている感覚だ。晴希はこんな気持ちになったのは初めてだった。

「すげえ」「うわ、すげえ！」技が決まるごとに、自然に声が出る。手を振られると、思いっきり振り返してしまう。体が動く。「ハル、立ち上がってる立ち上がってる！」弦にユニフォームを引っ張られて、慌てて座る。

成功、失敗、関係なく、演技が終わると盛大な拍手が送られる。選手皆、泣き顔のような笑顔で会場を去っていく。その前のチームのエネルギーが、生命力がそのまま残った舞台を、次のチームが受け継ぐ。

チアリーディングは、チームの中の関わりがチームを強くしていく。そして、チーム同士の関わりが、チアリーディングそのものを輝かせる。そんな競技、他にない。

溝口がトイレと待機席を十往復ほどした辺りで、DREAMSとSPARKSがザッと立ち上がった。「えっ」と言いながら、つられて晴希たちも立ち上がる。なになに、とサクが怯《おび》えたような声をあげると、コーチが「行くよ」と翔のユニフォームを掴んだ。

「移動」

体温が上がっていたので、袖をまくって立ち上がる。柔道をやっていたころとは質の違う筋肉に包まれた腕と脚。体の軸を作ってくれている腹筋、背筋。てのひらでパンパンと体を叩く。

大丈夫、大丈夫。そう言い聞かせている時点で、本当は大丈夫ではない。

あの話し合いが終わった後、結局翔が演技の構成を練り直した。尚史とタケルは、演技の構成を巡る言い合い以来、言葉を交わしていないようだ。二人は目を合わせようともしない。

通し練習は何度もやってきた。何度も何度も繰り返していくと、動きは運動神経そのものに染みついていく。ダンスやモーションの部分では、全員で完全にタイミングを合わせたい。縦一列に並んだならば、たった一人の人間に見えるように、動きたい。心の中で刻むリズムを、百分の一秒だって、ずらしたくない。

だけど、うまくいかない。

タケルは難易度の上がった演技構成に納得がいかないようだったが、それでももちろん練習には参加していた。「腹筋や肩の瞬間的な力を使え」「トップが飛んできたら、ミドルはできるだけ早くトップの脚を触るんだ」タケルに対する具体的なアドバイスは、イチローが引き受けた。

何十回とやった通し練習の中で、ミスなしで最後まで演技を終えることができたのはたったの二回だけだった。誰かが成功していても、誰かが失敗しては意味がない。通しを終えたあとはすぐにデジカメを囲んで、ミスをしたところを確認する。

それでもうまくいかない。

自分の中で強く強く反響している言葉、声、音。

トス隊のバネで宙を舞うとき。体幹部にきゅっと力を込めて、自分の体を絞り上げるとき。大きな音とともに、ミドルの背中の上に立って両手を振り上げるとき。

演技に百パーセント集中しているつもりでも、晴希の心は別のところにあった。いつからだろう。そんなこと自分が一番わかっていることなのに、わからないふりをする。

寒かったあの日のバイト先。ザキさんが巻いていた黒いマフラーが、さっと視界を横切った気がした。

演技の順番は、DREAMSのBチーム、Aチーム、BREAKERS、SPARKS。演技をする場所のすぐ近くに、順番待ちをするチームの待機場所がある。

大音量の音楽と共に歓声があがって、DREAMSのBチームの演技が始まる。弾《はじ》けるような十六の笑顔の中に、千裕のそれを見つける。千裕は体があまり柔らかくないが、それでも限界まで脚を上げている。タンブリングが得意ではないが、それでも限界まで腰をしならせてバク転をしている。ブレないトップ、絶やさない笑顔。何回鼻血を流したのだろう、メンバー発表のとき、どれほど緊張していたのだろう。笑顔だからこそ、その裏の努力が垣間見える。

私の姿を、見てもらいたい人がいるから
目の前でそう言った千裕の顔を思い出す。

頑張ろう、と思えた。千裕が頑張っている。だから俺も頑張ろう。

音楽に合わせて技が決まっていく。風船が弾けたように歓声があがる。パンパン、と、コーチが大きく二回手を叩いた。

「小さく円になって」

皆、緊張した表情で向き合う。

「キーになるのは、秘密兵器のあの技」

ふ、と、晴希たち十七人が作る円の中だけ、無音になった気がした。

「他の技で、もしかしたら失敗するかも、なんて一切考えなくていい。いつも通りやれば絶対できる。ただあの秘密兵器の技は、全員で気持ちを集中させてほしい」

はい、と全員で声を揃える。ＤＲＥＡＭＳのＡチームが移動していくのを背中で感じる。

「今日あなた達は初めて体感するだろうけど」

わっと歓声があがって、音楽が流れ始める。ＤＲＥＡＭＳのＡチームの演技が始まったみたいだ。だけど、この小さな円の中では、コーチの声しか聞こえない。

「この会場にいる誰も敵じゃない。チーム同士の繋がりが、チアリーディングを強くするの」

ＤＲＥＡＭＳもＳＰＡＲＫＳも、向こうは俺たちのことを認めていないかもしれないけど、決して敵ではない。同じように、チアをする仲間だ。

「大会に出ると、どのチームも練習の何倍も美しくパワフルな演技ができる。それは、自分たち以外のチームがいるからよ。敵じゃなくて、同志がいるから。その快感を体験したら、もう誰もチアをやめることができなくなる」

コーチは翔を見てニヤリと笑った。

「あなた達がこの短期間でここまで来られたことは、本当に凄《すご》い。誇りを持ちなさい」

コーチはそう言うと、ゆっくりと十六人全員の顔を見た。

「トップは、空よりも高いところへ飛びなさい。ベースは、自分たちがもうひとつの大地になったと思いなさい。スポットは、とにかくチーム全体を見て、自分が天になったつもりで全てを操りなさい」

そこで、大きな歓声が上がった。ＤＲＥＡＭＳのＡチームが演技を終えたのだ。

「胸張って、行きなさい」

コーチの言葉に皆で返事をして、全員で舞台へと歩いていく。両耳では捉《とら》えきれない歓声の中へと、突き進んでいく。

十六人の一番後ろを歩く。目の前には一馬の後ろ姿。

覚えている、この感じ。晴希は不思議と落ち着いた気持ちでいた。

晴子はいつだって、団体戦のメンバーの一番後ろを歩いていた。今聞こえている何倍もの歓声を一身に浴びて、晴子は背筋をピンと伸ばして歩いていた。

全員、それぞれの立ち位置につく。背筋を伸ばしてまっすぐ立つ。ちらりと視線を泳がせると、ナイフのように鋭い目つきをしている堂本の姿が見えた。トス隊のイチロー、弦、溝口と目を合わせる。頷く。

会場が静かになる。

一馬が、質のいい筋肉に包まれた右腕をまっすぐ伸ばして、言った。

「ハイ！」

その瞬間、全身がバネになる。大音量の音楽と共に、高く高く飛び立つ。手を引き上げ、首を反らし、全身運動で後方回転をする。体に染み込んだ回転の感覚をなぞるようにして、腹の中心に力を込める。何十回もやってきた、演技のスタートであるバックフリップ。

飛ぶ。飛び上がる。飛び立つ。

回る。回れ。美しく。

あの日から、この瞬間、聞こえてくる声がある。千裕が飲んだホットレモネードのにおい、そのあと来るであろう一馬に用意するつもりだったココア。音楽が耳から遠ざかり、脳の内側からにじみ出てくるように聞こえてくる声がある。

一番高いところに到達すると、弾けるような歓声が聞こえた。そのままどこまでも飛んでいきそうな感覚。自分が回っているのではない。世界が回っている。つま先を伸ばして、そのままディスマウント。すぐに隊形を移動してタンブリングに入る。四角形になり、全員でロンダート、バク転。そして二人ずつ交差をしながらたたみかけるタンブリングの波。翔と陳の、弓のようにしなやかな腰。芸術。世界で一番美しいものを見ているみたいだ。イチローと弦がスタートし、晴希は一馬と目を合わせる。

あれ？

晴希は、いつものように頷けなかった。

踏み出すタイミングがずれる。動き出し、飛び、手をつき、回転する。着地音が二つ聞こえる。ダメだ、バラバラだ。

頭の中には、声。

トップの四人が、それぞれトス隊のてのひらの上に足をかける。ほっ、と、一瞬でベースは両腕をまっすぐ上に伸ばす。エクステンション。一瞬、体重がゼロになったような感覚。そのまま重心が揺るがないように集中しながら、Y字バランス。リバティー。ブレる。誰かが落ちた。誰だ。カズだ。センターの陳が、上げた右足のつま先を首に引っかけた。悲鳴にも似たような強烈な歓声が聞こえる。

あの日のザキさんの声は、その歓声にも負けない。

晴子ね、

脳の中心がじんじんと深く痛む。

集中しろ。集中しろ。

音楽が止まる。十六人で綺麗な三角形の隊形を作る。頂点は一馬。声を張り上げる。

「WE　ARE　BREAKERS！」

モーションを一ミリ単位で揃える。今までのチームよりも一オクターブ低い掛け声。

会場が沸く。両脚を広げて高く跳ぶ。トゥ・タッチだ。着地がズレる。高さがバラバラだ。

このとき初めて、晴希は自分が全く笑顔になっていなかったことに気がついた。筋肉が顔に張り付いたように動かない。笑顔になれない。

ザキさんの声は、頭の中で大きくなっていく。

晴子ね、

音楽が再開し、また、四人それぞれがトス隊と向かい合う。トス隊に乗り込んだ時点で、不安定だと思った。そのままトス隊の頭の上まで上がる、エクステンション、ブレる、トップが開脚、ディスマウント。危ない。通じ合っていない感じがする。だけど音楽は止まらない。

横一列に並んだ四つのスタンツ、左端から順番にトップが投げられて、空中でトゥ・タッチ。曲が変わる。ドン、と心臓が、大きく一回脈打つ。もうすぐだ。

秘密兵器の技。

見えないけれど、想像できる。緊張しているトップ陣の横顔。トス隊と頷き合い、もう一度、エクステンション。リバティーを行うのと同じ要領で、重心の移動。片足で体を支える。トス隊と重心を一つにする。逆立ちで鍛えた筋肉が活《い》きる。危ういバランスの中で、

晴子ね、

ブレる。忘れろ、声を。後ろに上げた右足のつま先を右手で握る。観客の空気が少し変わる。背中を極限まで反らせる。ブレる、ブレる、まだ誰も落ちていない。掴んだ右足を、頭の上に持っていく。揺れる。観客の声援が波打つ。汗、が、全身を包む。

時間が止まる。

決まった。一瞬。

技名、【スコーピオン】。

コーチが【秘密兵器】として提示してきたスコーピオンは、女性特有の技だ。男がこの技をやっている映像を、晴希は見たことがなかった。

積み重なっていた氷にお湯を注ぐように、崩れた。晴希の次に、サクも落ちた。成功したのは一瞬。「大丈夫」晴希を起こしながら、翔が小さくそう言ってくれた。

晴子ね、

違う、それじゃない。その言葉じゃない。今聞きたいのはその声じゃない。「ありがと」翔にそう答える。だけど、聞かないと、進めない。進めない。きっと、俺は、ずっと、弱いままだ。

晴子ね、

晴子ね、勝てなくなっちゃったよ

ハル、晴子ね、勝てなくなっちゃったよ

最後のピラミッド。ベースの上に、ミドルトップが飛び乗る。一馬と向かい合う。

やっぱり、いつもと違う。

ピラミッドの前を、陳が何回転したかもわからないタンブリングで駆けていく。歓声。

さすがだ。歓声が大きくなっていく。歓声。声。

声。

晴子ね、柔道ばかりだった自分が、嫌になったんだって。ハルが悩んでいることに気づけなかった自分が嫌になったんだって。相手の柔道着をつかむと、あんたの顔が浮かぶんだって。そうしたら、腕に力が入らなくなるんだって

トス隊に乗り込む。腹筋で、体を締め上げる。一本の棒になる。音楽の高まりと共に一馬と同時に投げられる。ミドルトップの上に乗る。バランス、揺れる、乗れる。高い。高いところからの景色。色とりどりのたくさんのチームが、皆、歓声をあげている。

一馬の手を握る。

一馬のてのひらには、力が入っていない。

カズ、聞いてくれよ。

姉ちゃん、勝てなくなっちゃったんだよ。

音楽が止まって、バランスを崩した一馬が落ちた。ああ、と歓声が揺れる。二分三十秒が、終わった。失敗だらけだ。

三層のピラミッドの上。晴子が見ていた景色と、自分が今見ている景色は、何かが決定的に違う気がする。

拍手をする人、声を出す人、手を振る人、笑っている人、色とりどりのユニフォーム、ジャッジペーパーに向かう審査員、高城コーチと一言も言葉を交わそうとしないＤＲＥＡＭＳのメンバーたち、手を握りしめているコーチ、まっすぐにこちらを見つめている千裕、腕を組んで動かないＳＰＡＲＫＳの堂本。色んなものが見える。大地よりも少し

高いだけのこの場所からは、なぜだか何でも見える気がする。

だけど、勝てなくなった姉ちゃんの背中なんて、少しだって見えない。


帰りの電車の中は、海の底のようだった。メンバーの誰も、あまり話そうとしない。今日が早起きだったせいでも、疲れているせいでもない。

神奈川予選の結果は、閉会式のときに渡されるリボンの色でわかる。黄色いリボンならば、そのチームは予選敗退。赤いリボンならば、八十点台。予選通過。青いリボンが最高で、九十点台。もちろん通過だ。チームごとに、審査員長からリボンが渡される。

正直、演技が終わった時点でBREAKERSの予選通過は危うかった。自分自身のミスも多かったが、コーチが撮っていたビデオを観る限り他のメンバーもいつもよりミスをしていた。チームの代表である一馬が立ち上がったときは、祈るために目を強く瞑《つむ》りすぎて、もう二度と開かないんじゃないかと思った。体中に力が入る。恐る恐る目を開いた途端、陳が大きな声で「ホンスー！」と叫んだ。全員が一瞬ポカンとしたが、一馬が赤いリボンを受け取っているのを見て、晴希もつられて「ホンスー」と言ってしまった。ホンスー。中国語で、【赤色】。

それなのに、皆、何も話そうとしない。週末を満喫していたであろう若者たちの談笑が、外の景色と同じ速度で流れていく。

堂本の一言は、赤いリボンを黄色に塗り替えてしまうほどの力を持っていた。

閉会式が終わり、まだ晴希たちが興奮状態で喜びを嚙《か》みしめていたときだった。

「おめでとう、翔」

高城コーチも、おめでとうございます。堂本はコーチに礼をしながらそう言うと、翔に手を差し出した。この大きなてのひらが待っていると思えば、トップはどれほどの安心感で宙に飛びたてるだろう。この、家を支える太い柱のようにたくましい腕に、全国トップレベルのチームは支えられている。

「ありがとうございます」

翔は、目は合わせないで握手に応じた。堂本に比べると翔は華奢《きやしや》に見える。SPARKSの演技は圧巻だった。全国大会優勝の演技が、この小さな予選会場で行われているように見えた。男がチームを支え、女が華やかに弾ける。男女混成チームの迫力は他のチームの追随を許さなかった。陳は「僕だってできるどす、あのくらい」とスネたようにくちびるを尖《とが》らせていたが、晴希は強がることもできない自分に愕然《がくぜん》としていた。こんな二分三十秒間は、世界のどこにもないんじゃないかと思った。

「スコーピオンをやるとは思わなかった」

堂本はそう言って、ちらりと陳を見た。「すごいトップがいるんだな」そう言う堂本に、陳は「謝謝《シエシエ》」と答える。

ありがとうございます、と言って、翔は握手をほどこうとした。だけど堂本は手を離そうとしない。気味の悪い沈黙が流れる。「堂本君？」コーチが堂本の顔を覗《のぞ》き込むのを阻止するように、堂本は言った。

「だけど、君たちがやっていることはチアリーディングじゃない。サーカスだ。俺は、世間にあれをチアリーディングだと思われたくない」

堂本は手を離さない。穴を開けるように、翔の目を見ている。

「確かに形にはなっていた。ミスも多かったけど、運動神経がいいんだろうな、それなりに技もできていた。驚いたよ、お前が今こんなチームにいるなんて」

コーチが堂本を睨《にら》んでいる。

「だけどな、お前がやっていることはサーカスと一緒だよ。チアじゃない。コーチも、どうしてそれを教えてあげないんですか」

コーチは堂本から目を逸《そ》らさない。

「翔、俺は、前にもお前に話したはずだ。俺が何を言ったか、ちゃんと思い出せ」

堂本は低い声でそう言うと、それじゃあ選手権で会おう、と手を離した。翔は、はい、と言ってゆっくり腕を下ろすとそのまま黙ってしまった。コーチも、何も言わなかった。

横浜駅で卓哉と卓巳が電車から降りた。「お疲れ様でした」声を揃えて降りていく二人に、コーチが「今日も倒立、柔軟、反省ノート、サボらないようにね」と言う。コーチの顔もどことなくいつもよりも元気がない。

神奈川予選を通過したのに、心から喜べない。心の代わりに、重く大きな石が胸の中に埋め込まれたみたいだ。

堂本は何を思って、ああ言ったんだろう。コーチは、翔は、何を考えているのだろう。吊革《つりかわ》のように揃って揺れるメンバーの中で、晴希は一人だけ別の方向に心を揺らしていた。

姉ちゃんが、勝てなくなった。俺は今、何をするべきなんだろう。

隣の席では、一馬がただ電車に揺られている。

今日の演技中の一馬を思い出す。目に光がなかった。手に力がなかった。まるで一馬じゃないみたいだった。不規則に揺れる電車の中で、晴希は昨日の夜にも思いを巡らせる。

そういえば、一馬はどうして昨日泊まりにきたのだろうか。

理由が思い出せない。

予選前日の夜、屋上に出ようと言ったのは一馬だったはずだ。

「明日の予選、DREAMSのあの子も出るのかね、晴希くんよ」

一馬はそんなことを言いながら、空を見上げていた気がする。

息は小さな雲みたいになっていた。ぽん、と生まれて消えていく白いかたまりは、余計に記憶を曖昧《あいまい》にするように霞《かす》む。

「……俺もハルもさ、昔から、大会で緊張とかしないよな」

「柔道やってたころから、俺たちだけへらへらしてたもんな」

「そうそう、それで晴子さんに怒られたりして」

しばらく昔話をしたあと、確か一馬は少し黙ってしまった。

そこで、きっとこんな話をしにきたわけじゃないんだ、と思った。

「秘密兵器、成功するかな」

晴希の独り言に、一馬は答えなかった。それだけは覚えている。

「……あのさ、ハル」

そうだ、一馬は俺の目を見ないで話し始めたんだ。記憶がはっきりとしてくる。そんなことはこれまで滅多になかったから、少し引っかかったんだ。

「どうした？」

一馬はゆっくりと言葉を探していた。晴希は一馬の言葉を待った。

「……ハル、俺さ」

ガン、
と、そのとき、夜空を割るような大きな音がした。一馬のダウンジャケットのポケットから落ちたペットボトルがコンクリートを打つ音は、とてもとても大きく響いた。ペットボトルはそのままころころと屋上の隅へと転がっていった。

このとき一馬は、転がっていくペットボトルを見つめながら、口を固く閉ざしてしまった。

「……ごめん、何でもない。明日早いし、寝ようぜ」

一馬はペットボトルを拾うと、部屋へ戻ろうと晴希を促した。

一馬は何のために屋上に出たのだろう。思い出しても、わからない。

9　冬の出口

「カズ、今日も休み？」

円の中心に立った翔は、そう言ってぐるりと首を回した。今日は自主練習の日だから、コーチはいない。二月の屋上はトレーナーを着ていても肌寒いので、筋力トレーニングの間は、皆さらにナイロンパーカなどをはおっている。

「わかんないけど、昨日送ったメールは返ってきてない。電話も出ない」

晴希が答えると、「今日も無断欠席か」と翔はため息をついた。一馬を心配しているというよりも、翔はその不在を迷惑がっているように見える。

全国選手権に向けて構成を練り直した際、演技の難易度はまたぐっと上がった。それも翔の提案だ。

神奈川予選の翌日、ヒマワリ食堂を借り切って反省会が行われた。予選通過を喜んだハゲ店長は腕によりをかけてたくさんの料理を作ってくれた。様々な匂《にお》いは挑発するように鼻の中に入り込んできて、涎《よだれ》を引き連れてまた出ていく。料理は一瞬でなくなったが、メンバーの空気は重いままだった。

コーチが、デジカメに撮っていた予選での演技映像を観せてくれた。BREAKERSだけではない、そこにはDREAMSもSPARKSも、全てのチームの演技の映像が収められている。その他に晴希たちが勝手に撮ったくだらない映像などもそのまま残っていたので容量がすでにいっぱいになってしまっていたが、コーチが「絶対に昔の映像消したりしないように！」と大声を出したため、そのままにしておく。

皆で何度も演技の映像を観た。BREAKERSだけではなく、DREAMSもSPARKSも、何度も観た。そして翔を中心に演技の再構成を進めた。タケルはほとんど発言すらしなかった。

その反省会にも、一馬は来なかった。誰にも欠席の連絡をしておらず、メールも電話も返事がない。晴希は一度、一馬のアパートを訪ねてみたが留守だった。

「ハル以外で、誰かカズから連絡来たやついる？」

翔がそう問いかけても、誰も反応しない。トレーニングをしてほんのりと汗ばんできた肌の上を、二月の風がただ駆け抜けるだけだ。

「……いま大切な時期なのに」

翔はそう呟《つぶや》くと、一人で脚を広げてストレッチを始めた。屋上の白いコンクリートに、白いジャージが溶ける。トレーナーから飛び出した指はいつまで経っても冷たい。晴希は翔の独り言をうまく消化できないでいた。指先から順番に、どんどん冷たくなっていく感覚の中で、予選の演技中の一馬が蘇《よみがえ》る。

合わなかったタイミング、光のない目、力の入っていないてのひら、言葉を飲みこんでいた前日の夜。

「大切な時期とかじゃなくて、心配してあげられないの？」

サクがトレーナーのすそを摑《つか》んで、翔の前に立った。金が落ち着かせるようにサクの肩に手を置く。銀と銅が心配そうな目で金を見ている。

「練習に来たくない日、誰にだってあるんじゃないの」

サクの高い声は冬の白い空によく響く。

「翔はカズくんの何を知ってるの？　最近、カズくんがずっと元気ないの気づいてる？」

サクは気づいていたんだ、と晴希は思った。俺が予選の演技中にやっと気がついたカズの変化に、サクはずっと前から気がついていた。

「翔はちょっと思いやりに欠けるところがあるよ。DREAMSやSPARKSを見て焦るのはわかるけど、もっとすぐそばにいるメンバーを見たほうが」

「サク！」

金の大声は、サクの声の全てを覆い隠した。「金さん」銀と銅が、諫《いさ》めるように金の名を呼んだ。

「サク、今ここでそんな話をしても意味がねえ。でもやっぱり、一馬の兄貴が無断で練習を休み続けるなんて俺も変だと思いやす。いや、その前からずっと……初めて演技の構成を食堂で話し合った時も一馬の兄貴は一言もお話しにならなかったし」

晴希は、心臓を直接殴られたような気分になっていた。俺は予選前の話し合いのとき、カズが一言も話していなかったなんてこと、全然気づかなかった。

「連絡がつかないなら、探しやしょう」

金は続ける。

「やっぱり兄貴がいないとダメです」

「携帯も通じないのにどうやってですか?」尚史が冷静に言った。

「人を繋《つな》ぐのは携帯なんかやないでしょう。人です」

金はそう言うと、晴希のほうを振り返った。

「晴希の兄貴。兄貴なら、一馬の兄貴がいそうな場所、わかるんと違いやすか」

光のない目。力の入っていないてのひら。一馬の変化。

「一馬の兄貴とは十年来の親友て聞きやした。一馬の兄貴がいそうな場所、どこでもいいんで言ってください」

俺は、誰よりもカズのそばにいたのに、何も気づいていなかった。予選の前日、カズは俺に何かを言いかけた。俺は聞いてやれなかった。

「それと、ずっと訊《き》きたかったんですけど……一馬の兄貴のおばあさん、本当にお元気なんでしょうか」

金の声は鉛のような重さを持って、晴希の頭を殴った。

「……え？」

「一馬の兄貴は、何かおっしゃっていやせんでしたか？」

責められているわけではないのに、言葉が出ない。

最後にカズのばあちゃんのお見舞いについていったのはいつだっただろう。そして、カズがばあちゃんのことを自分から話さなくなったのは、いつからだろう。

思い出せない。

「カズからはずっと、ばあちゃんは昔と変わらず元気だからって、ぺちゃくちゃ喋《しゃべ》って帰らせてもらえなくなるから見舞いにはついてくるなって……」

「それ、本当なんでしょうか？　自分の目で確かめやしたか？」

知らない。

声に出ていた。

「病院行こう」

声がしたほうを振り返ると、サクがリュックを背負っていた。

「ボク、すごく嫌な予感がする」

そう言ってジャージのポケットに財布と携帯を突っ込み、サクはボンボンのついたピンクのニット帽をかぶる。

「あのときはもう来るなって言われたけど、行くべきだよ。また怒られるかもしれないけど……ぶつからなきゃいけないときだって、あるよ」

晴希の頭の中で、晴子の顔が浮かんで消えた。

サクはそう言うと、屋上の階段を駆け降りた。揺れるボンボンに皆が続く。晴希も、金に背中を叩《たた》かれて我に返った。「晴希の兄貴、一緒に行きやしょう」

太陽の光は少しずつ雲に隠されていたはずなのに、真っ暗になってからようやく気がついた。晴希はサクの背中を追いかけながら下唇を噛《か》む。

金の命令により、銀と銅は一馬のアパートで待機することになった。一馬が病院にいると決まったわけではない。もしかしたら今アパートにいるかもしれないし、途中で帰ってくるかもしれない。もし一馬が帰ってきたらすぐに連絡をするようにと二人には言ってある。

病院へと向かうバスの中は混んでいた。十三人がまとまって乗ると、それだけでバスの速度が落ちたように感じてしまう。

「家族よりも大切なものなんて、この世界に一つもござんせん」

吊革《つりかわ》を握ったまま揺られながら、隣で金がつぶやいた。

「その家族が誰一人としていなくなるかもしれないって……」

金はそう言って、唇を噛んだ。晴希に話しかけているのかもしれなかったが、晴希は聞いてはいけない独り言を聞いてしまったような気持ちになった。

白色が固まってできたような建物は、記憶の中と何も変わっていない。この中にいる人たちだけが変わっていって、この病院は何も変わらないのだ。高校生のころ、一馬にくっついていった病室の中では、ばあちゃんがからからとよく笑っていた。和菓子とお茶をもらって、何か得したような気分になったものだ。体を動かした後に食べる甘いものは、どんな病気でも治してしまう薬に思えた。うまいうまいと言ってまんじゅうを貪《むさぼ》る晴希を見て、ばあちゃんは楽しそうに笑っていた。こうして何も変わらない病院の外壁を見ていると、この中であのころと同じようにばあちゃんが笑っている気がした。

バスを降りて、足早に病院の入口に向かう。看護師が教えてくれた部屋番号は、晴希の記憶に残っているものとは違っていた。晴希が訪ねたころは大部屋で、隣のベッドに寝ている知らないおばあさんからもお菓子などをもらっていた気がする。

個室に移ったのだ、と晴希は思った。そんなこと、一馬は一言も言わなかった。

一馬は何も話してくれなかった。俺は何も気づいてやれなかった。

七階からは、街の景色がよく見えた。真冬の風にさらされた街は、すっかり乾いてしまったパンの表面のように見えた。

「七〇三、だったよね」

サクの声に、晴希は頷《うなず》く。七階は、とても広い個室ばかりだった。氷のように冷たくて白い廊下を、足音をたてないようにして十三人で歩く。手書きで書かれた「七〇三倉田ハツ」という文字は、ところどころ擦れて消えてしまっていた。一馬の母方の姓は

「倉田」というらしい。

ドアの前で立ち止まると、より一層気温が下がった気がした。やわらかく握ったこぶしを、顎《あご》の高さまで持っていく。たった一枚の白いドアが、何かを決定的に遮《さえぎ》っているように見える。

手の甲に盛り上がった中指の骨が、二回、ドアにぶつかった。その痛みの分だけ、音がよく響いた。

はい、と中から一馬の声が聞こえてくる。

少しして、ドアが開いた。

「ハル」

ドアの向こう側にいる一馬は、小さく声を漏らした。すぐに、晴希の後ろに皆がいることに気がついたようだ。

言葉が出なかった。一馬の頰《ほお》には、ライトの光を受けてほんのりと光る一本の筋があった。晴希は、今までに一度だって一馬の涙を見たことがなかった。


一馬の案内で、晴希たちは病院から出た。「ジャージとトレーナーって……皆、病院に似合わねえ格好だな」晴希の前を歩く一馬はそう言って軽く笑ったが、晴希は笑うことができなかった。一馬の笑顔は、ばあちゃんが入院したとき、あのセブンイレブンまで一緒に帰れるぜ、と言ったときのそれととてもよく似ていた。

さっき少しだけ開いたドアからは白いベッドが見えた。その上に寝ていた小さな小さな老人からは透明な管が幾本も伸びていた。すぐにドアは閉じられてしまったためよくわからなかったが、晴希にはあれが一馬のばあちゃんだとは思えなかった。記憶の中でよく笑うばあちゃんとその老人は、どこも一致しなかった。

晴希たちがさっき入っていった場所とは違うところから出ると、そこには広い庭があった。一馬は柵《さく》の巡らされた池までまっすぐに歩く。池の周りにはいくつかのベンチがあり、近くには誰もいない。

とても静かで、寒い場所だ。

「ばあちゃん、この池好きだったんだ。かわいい鳥がたまに来るとか言ってた。散歩ができたときは、よく来てた」

一馬はそう言って、ぽーんと小石を投げた。鏡のような水面《みなも》に、いくつもの同心円が浮かぶ。

「皆、ごめん」

一馬の声も、水面に浮かぶ波紋のように空気中に染み渡っていく。

「俺、チアやめる」

静かな冬の空気の中で、一馬の声はよく通った。

「やめるって……」

「もう二度と来るなって言ったのに」

晴希の声を遮るようにそう言って、一馬はサクを見た。

「それなのに、お前ら来ちゃうんだもん」

来ちゃうんだもんなー、と言って、一馬は柵にもたれた。とても細い柵だが、見た目より丈夫みたいだ。頭上を一羽の鳥が飛んでいった。晴希はそれを、足元を過ぎていった影で知った。

「だって、誰にも話さずにいるのが一番つらいもん。絶対そうだもん。僕だって、そうだったから」

サクはそう言って、ニット帽から伸びたボンボンをぎゅっと掴んだ。

「皆、カズの話、聞きたいんだよ。だから来たんだよ」

晴希は一馬の背中を見た。その背中のくぼみに溜《た》まっている悲しみを、寂しさを見た。

カズはこの背中で、きっと、俺たちのことを待っていた。

「……チアをやる理由、なくなっちゃったんだよなー、俺」

一馬の声は、池の中に溶ける。

チアをやる理由。

柔道をやめた夏、カズは俺と新しいことを始めると言った。やめるタイミングを図っていたと言った。母のチアを超えたいと言った。だけどそれは本当の理由じゃなかった。

「俺のばあちゃんさ、もうぎりぎりなんだ。俺のことも忘れちゃった」

忘れた？　晴希は声に出していた。

「今までハルには、ばあちゃんリンゴよく食うとか、すげえ喋るから困るとか言ってたよな。あれ全部嘘《うそ》なんだ。まあ、さっきちらっとばあちゃんの姿見えただろうからさ、もうわかると思うけど。本当は、ばあちゃんもう動けないし、俺のことだって忘れた」

わすれた
文字にするとたった四文字の出来事だが、失うものはとても文字では表せない。

「もうずっと、俺が見舞いに行っても無反応なんだ。大好きだったリンゴだって、口元まで持っていっても全然食わねえ。ぼーっと宙を見てるんだ、ばあちゃん。ずっと」

一馬はばあちゃんが大好きだった。それは晴希が一番知っている。両親がいなくなってから、ばあちゃんは一馬のたった一人の家族だった。

「なーんも反応しねえの、俺が何て言っても……ばあちゃん、動かないから部屋も全然汚れねえの。人が暮らしてないみたいにきれいだっただろ、さっきの部屋」

動かないから、シーツに皺《しわ》すらねえんだ。俺、病室にいてもすることがねえんだ。

どんどん小さくなっていく一馬の告白を、晴希は黙って聞いていた。こういうとき、どう何て声をかけていいのかわからない。十年も一緒にいるのに、一番大切なときに、どう支えていいのかわからない。

「でもな、去年の春、センバツの決勝かな、テレビでやっててさ、応援団のチアリーダーの女子たちが映ったとき」

一馬の声が少し、震えた。

「ばあちゃんが、一美、って言ったんだ。俺の母さんの名前。テレビの中の黄色と白のユニフォーム着たチアリーダー見て、一美、って笑ったんだ。そのチアリーダーは別に母さんに全然似てなかったんだけどさ」

一馬を突き動かしていたもの。それは今、一馬の声を震えさせているものだ。

「そのとき思ったんだ、母さんと同じ演技をすれば、俺のことも思い出してくれるかもしれない、って。俺はそのためにチアを始めた。柔道をやめた晴希を巻きこんで、自分のためにチアを始めた」

一馬はチームのメンバーがやっと七人揃《そろ》ったとき、母親の過去のビデオを観て、この演技をやりたいと言った。学祭のステージが始まる前、一馬は人混みの中で誰かにビデオカメラを渡していた。きっとあの相手は看護師だった。

ばあちゃんに見せるためだ。

同じ七人で、同じ演技。あの映像と同じように、立派な会場ではなく、外で観客に囲まれながら。一馬は、あの映像を撮るためにチアを始めた。かつての母と同じ状況になるために、七人の仲間を集めて、学祭での初舞台を目指した。

「男がチアをやるってやっぱり変だ、って思ってたんだ、ずっと。そんなルールないのに、男はチアをやるもんじゃないって思ってた。だけど」

一馬はそこで少し息を吸った。

「その野球部の応援席に、女の子がいたんだ。ユニフォーム着て野球帽被《かぶ》って、スタンドで汗だらだらかいて大声出して応援して……その女の子、野球部員なんだよ。ベンチには入れなかったんだろうけどさ。全然おかしくないんだよ、男が女がって関係ねえんだ」

関係ねえんだ。一馬がそう言ったとき、晴希の頭の中で、もうひとつ別の声が響いた。

男か女かなんて関係ない。あんたが応援してくれるとき、私は勝てるんだよ

「ハル、お前には何度か話そうと思ったよ。だけど、ばあちゃんが何も思い出さなかったらって思うと、怖くて言えなかった。これが俺がチアをやる理由だって言っちゃったら、じゃあその理由がなくなったときどうなるんだろうって思うと怖くてさ」

神奈川予選の前日。一馬は何かを言いたそうだったけれど、結局何も言わなかった。どうしてあのとき、ちゃんと話を聞いてやれなかったんだろう。

「だけどもうダメだ」

一馬の声の揺れ幅が、少し大きくなった。

「もう、ばあちゃんは物も食えねえ。俺のこと思い出さないどころか、たぶん自分がどうなってるのかもわかってねえ。管に繋がれて、ただ呼吸してるだけだ」

俺が泣いたらダメだ。晴希は、てのひらに爪を立てた。

「俺のことを見てくれる人が、一人もいなくなっちまった」

晴希は目を閉じて、一馬の悲しみを思った。寂しさを思った。

車いすの病人が、看護師と談笑しながら近くを通り過ぎていく。穏やかな笑い声は、余計にこの場の静寂を際立たせた。

どうして俺はカズのことを強いなんて、たくましいなんて思ったんだろう。カズは強くなろうとしていたんだ。強くなろうと必死だったんだ。

「……どうしてチアは個人競技じゃないんだろうね」

トンがぽつりと言った。

「誰かを応援するなんてこと、一人だってできるじゃない。バク転だってダンスだって、一人でできる。だけどどうして、チアリーディングはチームの競技なんだろうね」

トンはそう言いながら、サクの頭を撫《な》でていた。

「僕もね、ほんとはやめたいって思ったんだ。学祭が終わって選手権を目指すようになってから、ほんとに辛《つら》かった。学祭のとき、観客が皆、僕を見て笑っている気がしてたの。それがすごく怖くてね。体力ももたないし、何より、僕はチアをやる自分の姿が醜いんじゃないか、だから笑われてるんだってずっと考えてたんだ。そんな姿で大会になんか出たくないって。出られるわけないって」

トンはそう言って、ちらりと尚史を見た。

「だけど、尚史が、僕のその弱い部分を見抜いてくれてた。遠野さんって諦《あきら》めてるよねって、体力がもたないなら一緒にランニングして基礎体力をつけようって。それに」

あまり会話をしている印象がなかったトンと尚史が仲良くなった理由。晴希はトンと尚史がランニングをしていることなんて知らなかった。

「観客に笑われてるんじゃない、観客は笑顔になってるんだって」

いいこと言うな、と溝口が尚史をつっつくと、尚史は怒ったような顔をした。

「僕は正直ね、全国選手権なんか出られるわけないいって思ってた。だけど尚史に言われた。自分を諦めているんだったらまだ大丈夫、チームを諦めていなければ大丈夫だって。どうしてチアは団体競技なのかって、それは、誰か個人が諦めそうになったときのためだよ」

一馬は皆に背を向けたまま、池の水面を見ている。

「演技で誰かを励ます前に、練習で自分がメンバーに励まされるんだ。それが何重にも集まって、チームが誰かを励ますことができる」

だから、と言うトンの声は、いつもよりもずっとあたたかく、やわらかい。一馬の背を撫でるように、トンは続ける。

「だから大丈夫だよ。カズが諦めそうになっても、僕たちが支える。夏、僕がカズに支えられたみたいに、今度は僕たちがカズを支えるから」

一馬は柵にもたれたまま、何も言わない。

あんなにも近くにあったはずの背中が、遠く、小さく見える。十年間ずっと隣にあった顔も、今は見えない。あの目を見て話すことさえできない。

だけど伝えなければならない。もう、伝えることから逃げてばかりでは、いられない。

「カズ、こっち向け」

晴希は一馬の肩に手をかけた。抵抗されるかと思ったが、一馬は晴希の腕の力の分だけ振り向いた。

一馬の顔は涙と鼻水でぐちゃぐちゃだった。

「ハル……」

涙が涙をなぞるように、一馬の頰を落ちていく。

「ハル、俺、一人になっちゃったよ。ばあちゃん、もう、俺のことわかんねえんだよ、笑わねえんだよ、話さねえんだよ、動かねえんだ、何もしねえんだ……ずっとずっと前からそうなんだよ……」

初めて見た一馬の涙は、晴希の心臓を何度も捩《ねじ》った。晴希はこのとき初めて、悲しみを痛いと思った。悲しみは痛いんだ。話すことができなくなるくらいに、痛い。

「チアとか、本当は全部、自分の都合なんだ。お前の応援の力がすごいとか、新しいことをしようとか、そんなんじゃねえんだ」

一馬は晴希の肩に頭を置いた。晴希は、細かく震えている背に手を回す。

この背で、どれだけの思いを背負ってきたのだろう。誰にも言わずに、何度この病院に通ったのだろう。何回、一人でその寂しさを胸の中で爆発させてきたのだろう。

「俺は」

絞り出すようにして、晴希はやっと声を出すことができた。

「カズのばあちゃんの病状がどうとか、よくわかんねえけど」

声を出したら、急に、目が熱を持った。

「だけど、嘘ついてたとか、一人になったとか、言うな」

歪《ゆが》んだ視界のひとつぶひとつぶが、一馬のつむじに落ちていく。

「そういうこと、言うな。もう絶対言うな。お前を見てくれる人はいるよ。いっぱいいるんだよ。お前を覚えてる人だって、いっぱい、いっぱいいるんだよ。お前は、お前が思ってるほど一人じゃねえんだよ。チアを始めたきっかけが嘘だったとしても、お前の周りにはこんなにもメンバーが集まった」

背後から、サクが声を漏らしているのが聞こえてくる。晴希は涙が止まらなかった。

「つーかさ、俺の前で、自分は一人だなんて言うなよ、マジで」

涙と同じくらい、言葉が溢《あふ》れてくる。

「意味わかんねえよ、お前が一人とか。俺、十年前からずっと、お前に勝ちたくて勝ちたくてがんばってきたんだよ」

一馬は肩に顔をうずめて、何度も頷いていている。

「泣くなよ」

晴希は泣きながらそう言った。我ながら矛盾してるな、と思い、言いながら少し笑ってしまった。

泣くなよ。もう一度そう言って、震える背を撫でる。

二月の冷たい風の中で一馬の背中だけがあたたかくて、晴希は少し安心した。

鼻の頭を凍らせようとしてくる冷たい風から逃げるように、大学近くのカフェには客が入ってくる。どの客も扉を開けたとたん暖房のぬくもりに包まれて、肩に入っていた力を抜く。カフェは、後期試験の勉強をする学生でいっぱいだった。皆、コーヒーや紅茶を最後の一センチだけ残している。まだまだ帰らないつもりらしい。

そんな中、一つのテーブルだけ、試験勉強以外の用途で使われていた。キッチンの先輩と千裕が真面目《まじめ》な顔で向かい合っている。千裕は鼻にティッシュを突っ込んだままだが、ノートに向かう表情は真剣だ。「この作り方なら、すっごく簡単にできると思うよ」女同士だからか、二人ともいつもより声が高い。

一馬はあの日、次の練習から復帰する、と言った。ゴメン、とも言った。病院からの帰り道、金の携帯には留守電が残っていた。それを思い出すとバイト中でも含み笑いをしてしまう。銀と銅からの「兄貴、寒いです……」という伝言は、全員でしっかりと聞いてしっかりと笑った。

今日を最後に、三月末までバイトを休ませてほしいと店長に告げた。本当に自分勝手だとはわかっています、無理なら今日でバイトをやめさせてください。晴希がそう言うと、キッチンの先輩は驚いて何かを焦がしてしまったみたいだった。店長が苦い顔で

「とりあえず、わかった」とだけ言ったとき、からんカランといつもの音がして客が入ってきた。それが千裕だった。

「お互い、予選突破おめでとう」

鼻を隠すくらいにまでマフラーをしているので、声がくぐもっている。ジャージ姿の千裕は椅子《いす》に座るなりそう言うと、メニューを開かずに「チョコレートケーキくださ い」と言った。さらに、

「ていうか、チョコレートケーキの作り方教えてください」

と続けた。

「チョコレートケーキ？　の？　作り方？」

晴希が目をぱちくりさせながらそう言うと、千裕はにっこりと笑いながらクリーム色のマフラーを取った。その途端、血のついたティッシュが鼻からぶわりと飛び出ている様が露《あら》わになったので、晴希は思わず「ひゃっ」と声を出してしまった。

「そう。このお店のチョコレートケーキの作り方、教えて欲しいの」

魂胆がよくわからなかったが、晴希は言われるがままにキッチンの先輩を呼びだした。

「何か、チョコレートケーキの作り方教えてほしいみたいなんすけど……あ、鼻のティッシュにはツッコまないであげてください」晴希がそう言うと、先輩は「へ～え、ケーキの作り方？　わかりました～」と長い髪を揺らして楽しそうに笑った。レシピを取り出した先輩は、ドリンクを作っている晴希とすれ違い様に言った。

「バレンタインもうすぐだもん、ね？」

やるなあ晴希クンも〜、と歌うように言いながら、先輩はスキップでもしそうな足取りで千裕のもとへ歩いていく。バレンタイン。練習の日々の中で、そんなものすっかり忘れていたが、確かにあと少しで二月十四日だ。

いやいやいやいやいやいや。今は練習に集中しなければいけない。バレンタインとか言っている場合ではない。そりゃ、トンとか、彼女がいるメンバーは仕方がないかもしれない。だけど、自分は今チョコレートやらにうつつを抜かしている場合ではない。

ドリンクを作りながら、かかとを上げて、脚に負担をかける。脚力強化は、トップには欠かせない。誰よりも高く飛ぶために、誰よりも美しく回転するために、もっともっと美しい脚の筋肉が必要だ。

自分の弱い部分を考える。空中姿勢を美しく保つこと。ストレートジャンプをもっともっと練習すること。重力がゼロになった頂点で技を行うこと。柔軟性をもっと高めること。まだ、三層のピラミッドへの恐怖心が、ほんの少しでも心の中にあること。もっともっとベース陣を信頼すること。そして、誰よりも高く、美しく、技を決めること。もうサーカスだとは言わせない。そのために何をするべきか。

やらなければいけないことが、鍛えなければいけない部分がたくさんある。バレンタインのことを考えている余裕なんて、一ミリもない。

「ここでラム酒を入れるとね、ちょっと大人っぽくなってもっとおいしいのよ」「なぁるほど……想像しただけでおいしそう！」「成功するといいね」「初めて作るんですよ、こういうの」「うっそ！　そうなんだードキドキじゃん！」……硬派を気取っていても、嫌でも声は聞こえてくる。

つま先立ちのまま、小さくスクワットをする。負担がかかればかかるほど、自分の筋肉に、演技に磨きがかかっていくようで、その辛さが気持ちいい。

ふと気がつくと、頼まれてもいないドリンクを大量に作っていた。「バイト、やっぱりやめてもらうか？」いつのまにか背後に立っていた店長が低い声で言った。

コーチは一馬から反省ノートを受け取ったとき、「一冊足りないだけで、重さが全然違うのよ」と、安心したように笑った。体育館の床に置かれた十六冊のノートは、もう白いページも少なくなってきている。

今日の体育館練習で、翔はこれから取り入れる新しい技の説明をするとあらかじめメールを回していた。だから絶対に全員来るように、という一文で締めくくられていた翔のメールからは、一馬へのやさしさが感じられた。

「初めはものすごく難しく感じるかもしれない。だけど、ポイントを押さえてしまえば簡単にできるから大丈夫だ。これから取り入れる技は二つ」

翔が、ホワイトボードを背に皆を見下ろしながら言う。コーチは、高い位置できゅっと髪の毛をまとめながら翔を見ている。

ツイスト。トップが横に回転をする技。このツイストを技の中に加えることによって、難易度がグッと増し、技術点が高くなる。勢いのある音とともにツイストをしながらベースの上にクライミングしたり、ベースの上からツイストをしながらディスマウントすることによって、音と体がよりマッチする。DREAMSもSPARKSも、もちろんツイストを取り入れている。強いチームの演技中に起こる歓声は、ただの盛り上がりではなく、観客の驚嘆の声なのだ。

「一つ目は、フルツイスト・クレードル」

ベースの上でトップがポーズを決める様々な技から降りるときに、トップがぽんと飛び上がる【ポップアップ・クレードル】にツイストを加えた技。

「二つ目は、三六〇度エレベーター」

技を行うためにトップがベースに持ち上げられるときに、ツイストをする技。

「翔、ちょっとストップ」

翔の説明を遮断するように、コーチが手を挙げた。

「私、この技を入れるって聞いてないけど？」

「コーチにも今日このことを伝えようと思ってました。コーチならまだまだ演技の難易度を上げなきゃいけないってこと、わかりますよね？　練習長は俺です。俺が演技の構成を決めます」

翔は言い終わると皆に背を向け、ホワイトボードにペンを走らせる。

「全身を反らせない。首を後方に返さない。腕と肩をガチガチに固めない。脇を空けない。つま先を伸ばす。腰を中心に、体を斜めに。ボディラインをキープして、一気に回転する。あと、下半身にも力を入れること。ツイストをするとき、トップに大切なことだ」

下半身に力を!?　明らかにおかしな想像をしたイチローが声をあげたが、

「真剣に聞け」

という翔の一言で黙る。

「ベース、スポット陣。ツイストをするには高さが必要になる。タイミングを合わせて、膝《ひざ》をバネにして、一気にトップを真上に飛ばす。腕はキャッチングをするため上げたままキープ。キャッチのとき、スポッターはトップの脇をすくうように腕を差し入れて、後ろからトップの体を支える」

そんなことできるの？　と気弱な声でサクが呟《つぶや》いたが、翔は気にも留めていないようだ。怯えたサクは一馬の後ろにササッと隠れる。

「難しそうだからって、ツイストをやらないわけにはいかない。強いチームは絶対に取り入れている技だ。俺たちの演技も、難易度を上げていかなきゃ技術点が取れない。技術点が取れないと、全国選手権で勝てない」

今練習している技も完璧《かんぺき》にできていないのに、と晴希は思ったが、口には出さずにいた。「翔、ちょっと変だね」後ろから、トンの声が聞こえる。

はい、と生徒のようにイチローが挙手をした。

「難しい技をやって、技術点を取れなきゃダメなんか？　今俺たちにできる演技をして、見ている人が喜んでくれれば、それでええんちゃうん」

本当に、生徒が先生に質問をしているみたいだ。翔はペンにキャップをかぶせると、

「ダメだ」

と、イチローを見もせずに答えた。はっきりとした、大きな声だった。

「そんな甘い考えじゃダメだ。今のままじゃ、堂本先輩にまた笑われる」

翔は何かを睨《にら》みつけるようにして息をしている。

「また、見ていて不安になるって言われる」

皆に聞こえるか聞こえないかくらいの声だった。雨の降りやんだ空を無理やり絞ってこぼれでた最後の一滴のような声は、ライトを浴びてぴかぴかに輝く体育館の床に、ぽとんと落ちた。


遅れてきた金と卓哉はリクルートスーツを着ていた。すぐに更衣室で練習着に着替えて、スタンツの練習に合流する。まず、十六人で四基のスタンツを作る。ベースが二人、スポットが一人、そしてトップが一人。晴希のベースには翔とイチロー、スポットには

溝口がつくことになった。下に敷かれたマットをぺちぺち叩き安全性を確認しながら、サクは「この人数でツイストをやるの……？」と不安そうな声を出した。

「まずは、半回転でキャッチされる練習」

通常のエレベーターの状態から、強く高くポップアップ。その瞬間にトップは体を一本に締めて、コマのように軸を中心にして一気に回る。体を反らしたり、脇を空けたりしてはいけない。とにかく、筋肉に力を入れて全身を締めるのだ。別のマットからは、サクの悲鳴が聞こえてくる。「大丈夫や、サク、一回落ち着こう」弦がサクを励ます声が何回か聞こえたところで、晴希は自分のトス隊のバランスが大きく崩れるのを感じた。

「サク！」

翔は一度、晴希を下ろす。

「ふざけているなら出ていけ。お前はもともとトップの中で下手《へた》なんだから、しっかり練習しろよ！」

翔の怒鳴り声は、掃除機が埃《ほこり》を一瞬で吸い取ってしまうように体育館内の物音を消した。

「サクは別に、ふざけとるわけやない。怖がっとるだけや。それはしょうがないやろ」

「ごめんね。大丈夫だから」

弦の声にかぶせるように、サクが謝った。「ちゃんとやれ」翔はサクを見もせずに言う。

予選を境に翔のベースは安定しなくなった。以前のような絶対的な信頼感が、今はない。

翔の的確なアドバイスと、いち早くフルツイストを体得した陳という最高の見本。その二つのおかげで、晴希と一馬は日に日に感覚を摑めるようになってきていた。

しかしサクは、落下の恐怖心からか体がツイストを拒否しているようだ。サクのトス隊である弦などは、「ゆっくりやれば大丈夫やから。焦んな」と声をかけているが、サクは申し訳なさそうな顔で俯《うつむ》くだけだ。ツイストだけでは物足りずダブルツイストに挑戦し始めた陳の姿が、体育館のライトに照らされている。着地の衝撃が何百回と加わったトップの膝は、熱を持ったように痛む。

徐々に体に馴染《なじ》んできた回転の感覚を大切に育てながら、練習を繰り返す。バランス感覚の中心にポッと生えてくる芽は、毎日少しずつ育っていく。その感覚とは逆にベースの安定感が削れていくたびに、翔の口は小さく動いているような気がした。

翔、俺は、前にもお前に話したはずだ。俺が何を言ったか、ちゃんと思い出せ

スポーツドリンクを飲んで、トス隊の元に戻る。翔が短く息を吐く。「ツイスト」「ワン、ツー、スリー、フォー」声を合わせて、通常のエレベーターの乗り込みをする。いつもの感触とは、やはり少し違う。「ファイブ、シックス、セブン、エイ」ふ、と一

瞬全員のタイミングが合ったと思ったら、エクステンション。腹筋に力を込めて、重心を保ったままリバティー。両足の重心を分散させずに、一本足に全てを集中する。ベースの上に立っているというよりも、自らをぐさりと突き刺す感覚。

スタンツが崩れるほどの不安定さはない。だけど、翔の心の乱れが、そのまま技に繋がっているような気がする。

「ワン、ツー、スリー、フォー」トス隊のタイミングが合わず、バネの力が分散してしまっている。体が空中へと飛び出す。高さが足りない。ハイブイにしていた両腕を体にぴたりとつけ、回転する。トス隊が少しひねりをかけてくれるので、そのままの勢いで回転する。その勢いも足りないか。肩越しにスポットを見つめる。正しい視線。溝口と一瞬、目が合う。だけど、いつものタイミングじゃない。力んでしまう、気をつけの姿勢のまま、つま先を伸ばす。そのままクレードルの姿勢をキープできない。

溝口の両腕が脇の間から滑り込んでくる。ハンモックに寝転んでいるような姿勢。晴希は、止めていた息を、ふ、と一気に吐き出した。

「ごめん」翔は晴希から手を離した。「またトス隊がうまくいかなかった。だけどハルは頭の位置が軸から外れがちだ。そこを直そう」それに、と、翔はイチローを見た。

「イチロー、腰を反らしてトップを支えるなって何度言ったらわかるんだよ。そのうち、コルセットだけじゃ辛くなるぞ」

イチローは腰を押さえたまま、何も言わない。イチローは柔軟性があるゆえ腰が柔らかく、トップを支えている時に少し反り気味になってしまっていた。それはベースとしては危ない。その姿勢がクセになってしまうと、椎間板《ついかんばん》ヘルニアなどになってしまう可能性がある。

だから翔の言っていることは正しい。正しいのに、イチローは翔と目を合わせなかった。

高城コーチは危険だと判断したらスポッターとしてトップを支え、ケガのないように努めてくれる。だけどツイストに関して際立って何かを言うことはなかった。

ひとつぶひとつぶがマシュマロぐらいの大きさがありそうな雪は、あっという間にこの小さな街を覆った。年末年始以来、久しぶりの積雪だ。どうやら大学は本格的にテスト期間に突入したらしい。どの授業でもBREAKERSジャージを掛け布団にして居眠りをしていた晴希は、陳の母親である中国語の教授から「あと一週間で試験です（うちの子も全く勉強していませんが）」という赤紙を受け取って初めてその事実を知った。毎日毎日練習で、世間一般の日付の感覚がなくなっていたのだ。

だから、練習が始まる前の体育館の前に一人、女の子が立っているのを見ても何も思わなかった。鼻までマフラーをして、小さく動きながら寒さを紛らわしている。

「あれ？」

隣で肉まんを食べていた一馬が、面白いおもちゃでも見つけた子どものような声を出した。声の形に合わせて、白い息が浮かぶ。

「あれ、DREAMSのあの子じゃない？」

そう言う一馬の肉まんの断面からはうまみのたっぷりつまった湯気がたっており、トンはその匂いをオカズにしながらピザまんを食べている。「う」と、トンは喉《のど》に何かを詰まらせたような声を出した。

晴希はその声と同時に足を止めた。

千裕だ。小さなピンクの紙袋を持っている。

「ううう」と、トンが胸をどんどん叩いている。本当にピザまんを詰まらせたみたいだ。

トランプのジョーカーのような顔が、固まっている晴希を覗《のぞ》き込む。一馬だ。

「今日、バレンタインだもんねえ～」

俺は学部の友達から義理チョコしかもらえなかったのになーなーなーと言いながら、一馬は晴希の背中をドンッと押した。押された部分だけ飛び出てしまうくらい、晴希の体はカチカチに固まっている。

バレンタイン。千裕。チョコレートケーキのレシピ。紙袋の中身。バイト先での会話。ラム酒を入れるとちょっと大人っぽくなってもっとおいしい……晴希の頭の中にいくつもの単語が浮かんでは消え浮かんでは消え、やがて浮かんでは消えなくなった。

千裕が顔を上げた。「あ」と、手を振っている。

かわいい。

そんなことを思った自分にびっくりした。てのひらに落ちた雪がすうと溶けるように、ごく自然に、今目の前にいる千裕のことをかわいいと思った。

「会えてよかった。練習前に渡そうと思って」

千裕はそう言うと、右手に持っていた紙袋を小さく揺らした。晴希は一歩前に出ながら、「ぐふん」と声を出してしまった。一馬にケツを蹴《け》られたからだ。

「うまくいったかわかんないけど。実は、ハル君のバイト先でレシピ聞いたし……」

実は、なんて言わなくても知っている。俺、その場にいたじゃないか。晴希は声に出さずにそう思った。

「ん」千裕は、少し照れたようにそう言って紙袋を差し出す。

「ん？」晴希と一馬は同時に声を出してしまった。千裕の細い腕は、晴希に向かって差し出されてはいない。

「ハイ、コージ」

ごくん、と、トンがピザまんを飲みこんだ音がした。

コージ。

「コージ……コージ……？」一馬が小さな声で繰り返している。「コージ？　あっ、コージッ！」そして急に大声で叫んだ。

「浩司！　トンの本名、遠野浩司！」

雷に打たれたのかと思った。何をいまさら、という顔をして、トンが紙袋を受け取っている。「うわあ、おいしそう」いつもののんきな調子で取りだしたチョコレートケーキからは、ほんのりとラム酒の匂いが漂ってくる。「皆にバレたら恥ずかしいから、こういうとこには来ないでって言ったのにい」「だって、今日渡せなかったら腐っちゃうかもしれないでしょ、生ものなんだから」「そっかあ、でも見られちゃって恥ずかしいなあ」チョコレートケーキを一瞬で凌駕《りようが》するほど甘い会話がすぐそばで繰り広げられている。

トンが「彼女がいる」と言っていたこと。トンが体育の授業でいつも一人で倒立をしたり、DREAMSとすれ違っても避けていたりしたこと。学祭前日、学食で千裕がこちらを見てしていたこと。あのとき、俺のそばにはトンがいた。が、ん、ば、ろ、う、ね、と千裕が口だけを動かしていたこと。そのときも、俺のそばにはトンがいた。BREAKERSが神奈川予選に出ることを、「私が個人的に知ってるだけ」と言っていたこと。

DREAMSのBチームのメンバー選抜試験前日、千裕はカフェでこう言った。ぱっちりと大きく開いた目から声が出ているみたいだった。

私の姿を、見てもらいたい人がいるから
それは、トンのことだったんだ。

何だ。そうだったのか。いいことじゃないか。やっぱり、人と人との繋がりがチアを強くするんだ。それが再確認できた。いいことじゃないか。見てもらいたい人がいて、応援したい人がいて、そういう気持ちがエンジンになって、俺たちは初めてチアをするんだ。千裕もそうだったんだ。それは当然のことだ。

だからいいんだ。これでいいんだ。ふと気がつくと、晴希は固まった体勢のままでぶつぶつと声を出していた。「これでいいんだ、これでいいんだ」そう呟き続ける晴希から少し離れたところで、一馬が世界で一番美しい形で土下座をしていた。


チョコレートケーキを頬張りながら体育館に入っていったので、トンは一瞬で袋叩きに遭った。「何か……ごめん」と晴希に謝りながら、一馬もそれに加勢していた。一馬に謝られる筋合いはないはずなのに、なぜか謝られて当然のような気もする。コーチが「一応あんたたち男子だし、私女子だし」と言って作ってきたチョコレートは、卓巳の「うんこみたいですね」という一言で片づけられた。皆で散々トンをいじめていると、意外にも翔が手ぶらでやってくる。「王子様、チョコレートは無しか?」やっぱり私服がダサいからな、と溝口が何かに勝ち誇ったかのように言うと、翔が「多かったからロッカーに置いてきた」と答えたので皆黙った。

きれいに割れた腹筋を隠すように巻いたコルセットと、肩に貼《は》られたシップと、指に巻かれたテーピング。もともと健康的な褐色の肌だが、ところどころに白い部分があるので、余計に色の差が激しく見える。イチローはこの騒動に参加せず、離れたところで練習の準備をしていた。

ふ、と、心の周りが霞《かす》んだような気がした。その気持ちを払拭《ふっしょく》したくて、前を歩いていたサクに軽く声をかける。「サク、一馬にチョコとか作ってねえの？」いつもみたいにからかってやろうという気で、肩に手を置く。

え？

晴希は、肩に置いた手をすぐに離した。サクは振り返って、「バレンタインだなんて忘れてたや」ボクらしくないね、と言ってまた前を向いた。晴希は、何も言えずに自分のてのひらに残る感触を確かめていた。

サク、痩《や》せた？

もともと細身ではあったが、今触った部分にはまるで肉がついてないように思えた。視界の隅で、イチローがサクにスポーツドリンクを差し出しているのが見える。しかし、サクは首を振っている。イチローがサクの頭にぽんと手を置いた。イチローのてのひらに比べて、サクの頭はとても小さく見えた。皆が倒立やトレーニングをしている最中、コーチはいつものように椅子に座って全員分のノートを見ている。

だけど、コーチのペンは動いていない。

ツイストの練習はいつしか、陳が一馬に、コーチが晴希に、翔がサクに付くことになった。いち早くツイストを体得した陳は、まるで経験者のように的確にアドバイスをしてくれる。陳は一度トス隊に乗り込んでしまえば、それから先は絶対にブレないし、落ちない。

「ステップイン・エレベーターは、片足をトス隊に乗せて、もう片足で地面を蹴って上がるエレベーター」晴希は、コーチの言う通りに段階を踏んでいく。誰かの反省ノートが開かれたまま、椅子の上に置かれている。「そして、トップ自身もベースの肩かスポッターの手首を押して、一気に立ち上がる」そのときは、重心を軸足に移すイメージ。トップとベースが半回転することによって、一回転したように見せる。トップは後ろ向きで脚を交差しておき、体を半回転させながら立ち上がる。このとき、ベースは絶対にトップの靴を離さないこと。「難易度は高いから、とにかくタイミングを合わせることが大切」

　感覚的な陳の指導と違って、コーチの指導は具体的だ。運動神経とセンスがある一馬は陳の感覚的イメージに自分を合わせることができたし、努力と根性で錬成していく晴希にはコーチの教え方のほうがわかりやすかった。

　だけどサクにはきっと、翔の教え方は合わない。

「どうしてできないんだよ、サク」

　メンバーの視線はいつのまにか、サク達のマットに集まっていた。「もう一回」翔の冷たい声にサクは「ハイ」と小さく返事をして、一度、右膝を撫でた。

翔、とコーチが声を漏らした。

「堂本君が言ったのは、そういう意味じゃないのよ」

そのとき、体育館の扉が勢いよく開いた。

「いつも申し訳ござんせん！　すぐ着替えるから！」

リクルートスーツを着た金と卓哉が、ネクタイを緩めながら更衣室へと走っていく。

開かれたドアによって固まっていた空気が動いたような気がしたが、どこか救われたような温度になったのも一瞬だけだった。

「遅刻しないでください！」

何かを切り裂くような翔の大声が響き渡る。

砂でできた城が波にさらわれたみたいに、危ういバランスで出来あがっていた全てが壊れた気がした。

「全国選手権までもう一カ月しかないんですよ！　就職活動は大変かもしれません！　だけど時間の調整が全くできないわけではないはずです！」

「翔！」

コーチが声をあげた。だけど翔は気にも留めない。

「……遊びでやってるんじゃないんです。もっと本気になりましょう。サク、お前だけだ、ツイストができないのは。もっとしっかりやれ」

「何やそれ」

翔の声にピリオドを打つような声がした。

イチローだ。

「何やその言い方。サクは毎日頑張っとるやろうが。金さんも卓哉さんも、遅刻したくて遅刻しとるわけやない。何でそれがわからへんのや？　どうしてわかろうと思わんのや？　お前は自分のことしか考えとらん」

イチローはとても落ち着いている。

「サクは、できなくて辛い、申し訳ないって毎日言っとる。きっと体中痛いはずや。だけど無理して笑って、頑張らなきゃって、毎日傷作って練習しとるんや」

サクは俯いている。そんなサクの頭を、一馬がよしよしと撫でてあげている。

「俺、今まであんまり周りのヤツらのこと考えたことなかったから……考えようと思ったことなかったから、びっくりしたんや」

イチローはそう言って、ちらりとトンを見た。

「トンと尚史がランニングをしとることだって、お前知っとんのか？　俺は知らんかった。サクが自分だけできなくて辛いって思っとることだって、知らんかった。タケルだってほんとは、怖いだけなんや。技の難易度をあげたくないのは、本気じゃないとかそういうことやない。落ちてくる人を受け止めるベースって、ほんとに怖いんや。もう何年もチアをやっとる翔にはもうそんな気持ちないかもしれん。だけど俺たちからしたら、めちゃくちゃ怖いことがいっぱいあるんや。それに」

　イチローは一度、唾《つば》を飲み込んだ。晴希には、言葉も一緒に飲み込んでしまわないように喉に力を込めているように見えた。

「自分ができるから、誰もができるわけやない。自分が正しいと思うことが、誰にとっても正しいとは限らん」

　翔、とイチローは呼びかける。

「お前もそれに気づけ。俺たちはチームなんや。辛いときに辛いって言えんチームなんて、絶対あかん。チアは最高の団体競技なんやろ」

　イチローは、怒っていない。説いている。

「お前が言っとることはいつも正しい。うまくならな勝てん、できないんやったらもっと練習しろ……言っとることは全部正しい」

だけどな、と言って、イチローは翔を見た。

「正しいだけじゃ、人は動かせん」

　一瞬、誰も何も話さなかった。

「……でも」

　風船から抜けていく空気のように、翔の声がこぼれた。

「今のままじゃ、また堂本先輩にサーカスみたいだって言われる。見ていて不安になるって言われる」

見ていて不安になる？　とイチローが繰り返す。神奈川予選のとき、堂本は「サーカスと一緒だよ」とは言っていたけれど、「見ていて不安になる」とは言っていなかったはずだ。

「言われたんだ。高三の夏、俺がさくらを落とす前の日、堂本先輩が練習を見に来て……サーカスみたいだ、お前たちはチアで一番大切なことをわかっていない、って。見ていて不安になるチアは、チアじゃないって」

見ていて不安になるチアは、チアじゃない。

「この演技じゃ勝てないって、見ている人を不安にさせちゃいけないんだ。だから俺は、もっともっとレベルの高い演技を作らなきゃって思った。そうしてちゃんと勝たなきゃって、最高の演技で胸を張って陽明の名を背負わなきゃって」

堂本君が言ったのは、そういう意味じゃないのよ

さっき、コーチがあてもなく呟いた言葉が晴希の頭の中で蘇った。

「でも、神奈川予選のときも、同じことを言われたよ。サーカスみたいだって、前に言ったことを思い出せって、俺、また堂本先輩を不安にさせてたんだ。そんなんじゃ勝てないって、不安にさせてて」

「違う」

違うよ、と、晴希はもう一度言った。

「堂本さんが言っていたのは、そういう意味の【不安】じゃないよ」

晴希にはわかった。堂本が伝えたかったことは、そういうことじゃない。本当は、彼はもっとやさしいはずだ。

「堂本さんは、チームの勝ち負けに不安になったんじゃない。陽明の名をちゃんと背負えとか、チームの先輩として不安になったんじゃないよ。チームとして一つになっていなくて、一つ一つのスタンツやピラミッドが不安定で、観客として不安になったんだ。危ない、落ちる、危ないって」

チアは本来、見ている人を応援し、希望を、勇気を与える唯一のスポーツだ。だから、観客を不安にさせてはいけない。危ないと、怖いと思わせてはいけない。勇気を与えなければいけない。元気を生み出さなくてはならない。自分もできるんだ、と、誰かを奮い立たせなくてはならない。

俺が姉ちゃんの柔道を見ていつも立ち上がってしまっていたように、俺も、そんな風に誰かを奮い立たせたいんだ。

俺は一番に、姉ちゃんを奮い立たせたいんだ。

今まで、ノートにも書くことができなかった一番の本音が、声になってこぼれてしまいそうになった。

「……それで、堂本さんは不安になっていたんだよ」

勝手に柔道をやめた俺は、姉ちゃんを不安にさせている。姉ちゃんは勝てなくなってしまった。姉ちゃんは、ちゃんと伝えなくちゃいけない。俺が柔道をやめたことに責任を感じている。だけど違う。違うって、ちゃんと伝えなくちゃいけない。

俺は、柔道から逃げたんじゃない。

ただ、チアをやりたかったんだ。このチームで。

ちゃんと伝えなくちゃいけない。

「確かに、技の難易度を上げて、完成度の高い演技ができれば、ただ見ている人だって、勝ち負けにこだわる人だって、誰も不安にならないかもしれない」

トンが翔に向かって話す。

「だけど、そのために僕たち自身が不安になったら、意味がないよ」

ね、と言って、トンはサクの頭を撫でた。しかし、「……カズくんに撫でてもらいたい」とサクが呟いたため、トンはサクの頭を潰《つぶ》しにかかった。

痛い痛いよう、とサクがいつもの高い声で喚《わめ》き散らす。トンのてのひら、サクの頭よりでかいんじゃねえの、と一馬が笑う。いつもの空気に戻りそうになったとき、翔がぐっと拳《こぶし》を強く握りしめた。

「でも、勝たないと」

強く握った拳の指の隙間《すきま》から、かろうじて声がこぼれているようだった。

「全国選手権に出て優勝するって、約束したから」

泣きそうな、辛そうな、叫び出しそうな声だ。

晴希は思い出す。翔は言っていた。ヒマワリ食堂で自らの過去を初めて話したとき、確かにこう言っていた。

さくらは言ったんだ、私は無理だけど、翔は大学でもチアを続けて。サマーカップは無理だったから、大学では全国選手権で優勝するんだよって。約束だよ、って
「さくらと約束したから……このままじゃ、さくらを不安にさせちまう。このままじゃ、さくらを笑顔にできない」

翔は最後の息を吐き出すようにそう言うと、ゆっくりとてのひらを開いた。汗ばんだてのひらから、何かが解き放たれていくようだった。翔の弱い部分も、強い部分も、全てはこの約束から生まれていた。

夜が明けていくようだった。今まで見えなかったものが少しずつ輪郭《りんかく》を露わにしていく。

「ねえ、翔、私がこのチームの練習をデジカメで撮り続けていた理由、わかる？」

突然、コーチがそう言って一歩前へ踏み出した。

「……それは、後から演技を見直すために」

「もちろん、皆で自分たちの演技を見直すためでもあるんだけど、それが一番の理由じ

ゃない。今となっては何の参考にもならないような初期の映像も、私は絶対に消さなかった。その理由わかる？」

コーチは翔の頭の上にてのひらを乗せた。

「デジカメの映像ね、さくら、いつも楽しみにしてるのよ。翔にまた仲間ができて、チアを練習している姿を観るの、毎日本当に楽しみにしてる。練習以外の、あの年越しのときのくだらない動画とか、何度も観て何度も笑ってる。さくらはそれで十分なの。あなたが大会で勝たなくたって、十分なのよ」

神奈川予選の次の日、ヒマワリ食堂で反省会をしていたとき、コーチはいきなり大声を出した。「絶対に昔の映像消したりしないように！」

やさしい、と、晴希は思った。コーチも、堂本さんも、さくらさんも、皆、やさしい。チアに携わった人たちは皆、他人の心の中を覗けるようになるのかもしれない。

翔が、コーチのてのひらの中で、小さく小さくうなずいた気がした。ここから翔の表情は見えない。だけど、見えないままでよかった、と晴希は思った。

七色の湯気を立ち上らせている料理を目の前にして、トンが久しぶりにマイ箸《はし》を取り出した。尚史がその手の甲をぺちんと叩いて、「遠野さん、カロリー、脂質、コレステロール」と呪文《じゅもん》のように言う。

「やっと、夏のころみたいな空気に戻ったね」

店長はそう言って、嬉《うれ》しそうな顔をした。こういうとき、チームの外にいる人のほうが冷静にチームを見られるのかもしれない。

話し合いの中で、サクはツイストをやると言った。練習して、絶対に綺麗にできるようにする。いつものかわいい声でそう言い切ったサクの頭を、コーチが撫でてやっていた。サクはすぐに「怖い」と泣いた。演技内容を練習長の翔ひとりに任せるのではなく、皆で意見を出し合うことで、一人では考え付かなかったアイディアがどんどん出てくる。スコーピオンは四人でやって、また違う陣の技で見せ場を作ろう。卓哉と卓巳のダンスは本当にぴったり揃っているから、ダンスのときセンターに持ってこよう。サクのバレエの経験をもっと生かせないか。イチローと弦が前座で漫才をするのはどうか。「何でや！」「誰や今ふざけたの！」

ハゲ店長の作るサバの味噌《みそ》煮《に》は、辛口だ。鼻に抜けるような甘さはないが、これはこれでご飯が進む。だけどやっぱり、母の作る味噌煮とは違う。大学が春休みに入って家で食事をする機会が増えた分、晴希はヒマワリ食堂に駆け込む回数が増えた。中に柔道部の誰かがいないことを確認してから、隅っこの席に座る。神奈川予選が終わってから、母は晴子のいる食卓でチアの話をするようになった。チアとはどういう競技なのか、次の大会はいつなのか、一馬は元気なのか、他にどういうメンバーがいるのか。様々なことをわざと晴子に聞こえるように訊いてくれた。架け橋になろうとしてくれているのかもしれない。母のやさしさが、晴子の前では痛かった。

三月になると寒さも緩み始めた。チームは全国選手権に向けて演技の仕上げの時期に入る。もうトランポリンや跳び箱を使うこともなく、去年の夏に溝口が急に送ってきた道具も今では隅に片づけられている。

広くなった屋上は、トス隊のてのひらみたいに見えた。強い力で押し上げられて、この場所からどこまでも飛んでいけるかのように見えた。

後期試験の手ごたえは全くなかったが、大学が春休みに入ると練習時間を一気に増やすことができる。六、七回通し練習をしたら、それで全身のエネルギーはゼロになる。しかし、嫌な疲労感ではない。「【一日練習しな、しなければ自分にわかる、二日練習しなければ批評家にわかる、みっ、三日練習しなければ聴衆にわかる】ってやつだ、な、アルフレッド・コ、コルトーの言葉だ」「名言の部分が長いねん！　息も絶え絶えやん！」「溝口、無理して言わなくていいから」「チョウシュウって何？　長州力？」「変なトコで日本に詳しいな！」

そして、通し練習を繰り返していくうち、晴希には気がつくことがあった。

全員で行うタンブリングも隣、交差していくタンブリングも二人組、ダンスもモーションも隣同士、同じタイミングでトス隊から飛び出し、空中で重力ゼロを感じ、回転し、クレードルする。最後のピラミッドでも、トップはダブルセンター。

いままで意識したことがなかった。わざとそう演技が作られているのかと思うくらい、晴希の隣には一馬がいて、一馬の隣には晴希がいる。

飛ぶならカズより高く、技を決めるならカズより美しく、ダンスを踊るならカズより正確に。きっとお互いにそう思っているのだろう。どっちが高く飛んでいるのか確かめるように、二人は体中からぎらぎらとしたオーラを放つ。

何も考えなくていい。ただ、どっちが強いかを確かめるために道場で取っ組み合いをしていたころと同じ、泡立つように真っ赤な気持ちに身を委《ゆだ》ねればいい。

膝が痛い。腕も痛い。太ももも痛い。だけどその痛みの分だけ、もっともっと高く飛べるような気がするから不思議だ。

毎日毎日ノートに書き続けていた「カズに勝つ」という言葉。その言葉を書く回数も、残り少なくなってきた。

10　二分三十秒の先

坂東道場から動きだしたバスは、全ての方向からの光を吸いこみながら、もう少し先にある春を追いかけるようにして朝を切り裂いていく。もう冬は終わろうとしているけれど、朝はまだまだ寒い。まだこの街に残っている冬の粒がぱちんぱちんと弾《はじ》けて、むきだしの肌の部分を刺激してくる。

全国選手権の会場である千葉県の幕張メッセに向かうバスは、とにかくぎゅうぎゅう詰めだった。千葉方面に住んでいないＢＲＥＡＫＥＲＳのメンバーと、ＤＲＥＡＭＳのメンバーが半分ほど。ＢＲＥＡＫＥＲＳだけではもったいないくらいにバスが大型だったため、高城コーチがＤＲＥＡＭＳにも連絡を入れてくれたのだ。突然コーチをやめられたＤＲＥＡＭＳのメンバーは、はじめは高城コーチに対して反発心を表していたけれど、それもやがて薄まってきている。高城コーチの人望は厚い。

そして、なぜかハゲ店長と晴希の天敵である中国語教授、さらにザキさんと晴希の母が前列を占領しており、溝口が料亭特製弁当を配り歩いている。トンは弁当を受け取ったとたん、「念願叶《かな》ったり……！」と言って金色に輝くマイ箸《はし》を取りだした。ＤＲＥＡ

ＭＳのメンバーがざわつく。

最後に晴希に二つ弁当を渡して、溝口は通路を挟んだ右隣の席に座った。いち早く蓋《ふた》を開けたメンバーが「うまそー！」「誰かトンによだれふきを！」と騒いでいる。

「溝口、これ、お前の親が作ってくれたのか？」

晴希はそう言いながら、夏に溝口家に行ったとき両親に挨拶《あいさつ》できなかったことを思い出した。いや、あのときは溝口が挨拶をさせてくれなかったのか。

お茶の入ったペットボトルのキャップを捻《ひね》りながら、溝口は晴希を見ないで言った。

「朝起きたら人数分以上用意されてたよ」

敵《かな》わないよな、と、溝口はお茶を一口飲む。

「よく考えたらあんな時間に洗濯機が回ってるはずないんだ。毎日練習着だってきれいに洗ってくれてた」

溝口はそう言って目を閉じた。何を言っているのかよくわからなかったが、それ以上何かを話す気もなさそうなので、晴希は隣の席に弁当を回した。

「ありがと」

左隣の席に座っている晴子は耳からイヤホンを外した。

うん、と言ってみたものの、背中の辺りがむず痒《がゆ》い。弁当の蓋を開けた晴子は、「いいにおい」と呟《つぶや》く。

「……皆、仲いいんだね」

弁当を見つめたまま、晴子が言った。「それは、自信ある」晴希が照れながらそう答えると、晴子は少しだけ悲しそうな顔をする。

「柔道をやめてからも、ずっと、いい仲間に囲まれてたんだね」

全然知らなかったよ。晴子はそう言うと、「いただきます」と両手を合わせた。

まさかこんな風にして幕張メッセに向かうことになるとは思わなかった。早速酒を飲みだしたハゲ店長を叱る一馬の声を聞きながら、晴希はここ最近のことを思い出す。

全国選手権を控えた朝は、三月の終わりにしては寒い。緊張はしている。だけど、そんな緊張さえ吹き飛ばしてしまうようなチームの安心感が、本当に心地いい。


全国選手権が二日後に迫った日、晴希は話をしようと思っていた。

体育館練習からの帰り道を、一馬と二人で歩いていた。暖かくなったり寒くなったりが繰り返されているうちに、いつのまにか三月も終わろうとしている。薄着でいいかと家を出ると、練習後には冬の寒さに戻っていたりする。

就職活動組は、卓哉のほうがスーツを脱ぐのが早かった。金は「世知辛い世の中でございやす……」と無念そうに呟いていたが、「もしかしてお前、その喋《しゃべ》り方で面接行ってたの？　さすがにそれはないか」という卓哉の一言で【目から鱗《うろこ》】のお手本のような表情になった。

「明日が最後の練習だな。信じられねえ」

ペットボトルに残ったアクエリアスを飲みながら、一馬が言った。春休みまっただ中なので、飲み屋街は毎日騒がしい。学生たちは皆、自分の後期試験がいかに散々だったか、ということを肴《さかな》にして飲み明かしているようだ。試験の結果が悪ければ悪いほど、大きな声で笑っている。そんな中を、今日の練習の反省などを議論しあいながら通り過ぎていく。

「予選のときもそうだったけど、もう本番だなんて信じられねえな」

晴希がそう言うと、一馬は「俺さっきそれ言った」と笑った。お前あんま話聞いてないだろ、とツッコまれて何も言えなくなる。「もしかしてあのDREAMSの子のこと考えてた？」「……その話はやめてくれ」「チョコレートケーキおいしそうだったね♥」「…………」「ごめんって」

膝《ひざ》に痛みが溜《た》まっている。一歩一歩歩くたびに危うい痛みを感じる。だけどその痛みは説得力を持って、晴希の引っ込み思案な心を掘り起こしてくれる。今日、話したほうがいい。きっと大会の前日になったら、緊張しているからとか、明日朝が早いからとか、小さな理由を積み重ねてしまう気がする。

ここまでくると、日々の思いが演技に加わる。チームで過ごした日々が演技を固める。だから、こんなただの帰り道でも、思いは筒抜けになってしまう気がする。

「……ハルさー」

ん？　と言って晴希は一馬を見た。

「晴子さんと、ちゃんと話せよ」

二人で何回通ったかもわからないこの道で、本音を隠すことのほうが難しいのかもしれない。

「お前、ザキさんに何か言われたろ」

「え？」

反射的に声が出てしまった。

「……何でそこまでわかんだよ？」

「ほら、俺お前と違って頭いいから」

「うるせえうるせえ。ちゃんと答えろって」

いひひ、と子どもみたいに笑うと、一馬は言った。

「家庭教師のバイト終わってさ、いつも通りお前のバイト先行ったんだよ。いつだろ、予選のちょっと前くらい。そしたらザキさんが喫茶店の入口でウロウロしてんの。外からお前のこと確認して、ウロウローって」

なんかザキさんらしくないなって思ってさ、と一馬は続けた。

「すげえ、すーげえ不安そうな顔してたんだよな、ザキさん。ああこれは何かあるんだろうな、と思って」

あーあの日ココア飲みたかったなー。一馬はそう言って、アクエリアスを飲み切った。

「何言われたか知らねえけどさ、ちゃんと晴子さんと話せよ」

晴れた日の夜空は、人の心をいつもよりも正直にしてくれる。

「お前は、ちゃんと見てもらえるんだからさ。一番見てもらいたい人に」

一番見てもらいたい人。

ばあちゃんはもう二度と、一馬のことを一馬だと認識しない。

「……カズ、今日俺んちで飯食ってく気ない？」

「何でだよ、俺にきっかけ作らせようとすんなよ」

魂胆バレバレだしもう飯食ったし、と言いながら一馬は笑う。高々と投げた空のペットボトルを器用にキャッチして、一馬は言った。

「大丈夫だよ、お前なら。ちゃんと話せるよ」

うん、と頷《うなず》いてしまった。「うん、って子どもか」一馬はいつものようにからから笑ったけれど、少し真剣な顔をして、言った。

「だけど、俺もハルにちゃんと話したいことあるからさ。ちょっと屋上行ってもいい？」

扉を開けたら、屋上には晴子がいた。

「二人が歩いてくるの、見えたから」

ここにいたら来るかなって思って、と晴子が言った途端、一馬は「じゃ！」と言って階段を駆け降りていった。真っ暗な地上から「ハル、また今度話すわ！」という声だけが聞こえてくる。

トランポリンなどの練習道具はすべて屋上の隅に寄せられている。こうして見ると昔の屋上みたいだ。晴希が、何の疑いもなく晴子の背中に憧《あこが》れを抱《いだ》いていたときの屋上。

「久しぶりだね」

晴子は「トランポリンとか、いつのまに買ったのよ？」と困ったように笑った。「屋上にこんなものがあるなんて、全然知らなかったんだけど、私」

今まで意識的に避けていた時間が、とろとろと溶けだしていくような気がした。はじめの一つが嵌《はま》ればどんどん形になっていくパズルのように、会話ができる。あんなにも難しいと思っていたことは、こんなにも簡単だったのだ。

「俺たちがここに来るとは限らないだろ。もしかしたらすぐシャワー浴びに行くかもしれないじゃん……二人で」

「来ると思ったから。わかんないけど、来ると思ったのよ。案の定来たしね」

二人でシャワー浴びに行ったらそれはそれで案の定ね。そう言って晴子は靴底をコンクリートに少し擦らせた。

まだ、話し方はぎこちない。お互いに、話さなかった期間が長すぎて、どういうふうに会話をしていたのか忘れてしまった。

今まで晴子と会話をするときは、必ず柔道の話題だった。道場のこと、部活のこと、練習のこと、大会のこと。今まで姉弟を結んでいたものにはすべて、柔道が関《かか》わっていた。そこをするりと抜き取られてしまった途端、急にどうしていいかわからなくなる。

二人の間に確かにあった溝を、風は通りぬけていく。

「伝言があるから待ってた。父さんから」

柵《さく》にもたれた晴子はそう言って、髪の毛を耳にかけた。親父《おやじ》から？　と晴希は訊《き》き返したが、晴子は気にしない様子で続けた。

「あさっては用事があって見に行けない、ゴメンって。直接言えばいいのにね」

あ、それと、と晴子は続ける。

「全国選手権が終わってから、話があるって。でも、私も同席するから大丈夫。たぶん、私が婿養子もらって道場の跡継がせるって言えば、父さんだって何も言わないよ。どうせ、柔道に関わってない男との出会いなんてないしさー」

言葉を抜き取られたように何も言えなくなってしまった晴希を見て、晴子は「聞いてんの？」と笑う。「聞いてる」とかろうじて答えられたと思ったら、強い風が吹いた。

やっぱり、鼻の形は俺と似ている。整理のついていない頭の中で、晴希はそんなことを思った。

「……ハルは」

前は耳にもかからないショートだったのに、晴子の髪は少し伸びたみたいだ。

「私がここで泣いた日のこと、覚えてる？」

晴希は頷く。

「中学二年だったっけ？　私が先輩に嫌がらせされて、男子部の部長に突っかかったんだけど全然敵わなくってさ」

あのときの男子部の部長、すげーガタイしてたよ、と言いながら晴希が笑うと、晴子は、「体格は関係ないの」と言った。そういう言葉の節々から、晴子の肉体的ではない部分の強さが窺《うかが》える。

「屋上でハルにわんわん泣き喚《わめ》いたよね、確か。胸なんていらない、男になりたい、誰よりも強くなりたいって」

今思ったらすごいこと言ってるけど、と晴子はまた柵にもたれた。春の夜の街並みが背景になって、晴子の姿が美しい写真のようになる。

「自分が何言ったかはあんまり覚えてないけど、そのあとハルに言ったことはちゃんと覚えてる」

屋上。夜。二人きり。あの日、初めて晴子の涙を見た日と、全てが一緒だった。

「ハルは男だから、誰よりも強くなれるんだよ。柔道ずっと続けてよ」

全て、あの日と変わらないほど、むしろ、あのころよりももっと鮮明に蘇《よみがえ》ってくる。ただあの日と違うことは、晴希はもう柔道から離れてしまったこと、ただそれだけだ。

「何でだろうね、それはすごく覚えてる。たぶんそれは、誰よりも強くなるっていうのが、私自身の夢だったから」

　うん、と晴希は頷く。強くなる。強くなれ。晴子は自分自身に、晴希に、いつもそう言っていた。そして晴希はいつもその言葉を信じてきた。信じなきゃいけないと思ってきた。自分は坂東道場の長男だから、自分は坂東晴子の弟だから、その言葉は全て受け止めなくてはいけないと思ってきた。

　そういう言葉を口にできるから姉ちゃんは強いんだ、その言葉に頷いていれば自分も少しずつ姉ちゃんみたいに強くなれるんだ、と、そう信じていた。

「でも最近気づいた。周りはよく、大丈夫、勝てる、お前はもっと強くなれるって言う。ザキさんも主将も皆、勝てなくなった私にそう言うの」

　ザキさんの黒いマフラーと、下がった眉《まゆ》。

「だけどさ、そういうときに欲しい言葉ってそんなものじゃないんだよね。それでわかったんだ。私が、今までハルに言ってきた言葉は」

　風に前髪が乱れて、一瞬だけ晴子の表情が見えなくなった。

「ハルにはずっと、重荷だったんだね」

　晴希には、今目の前にいる晴子が、あの日の少女と同一人物だとは思えなかった。屋上も星空も同じなのに、晴子だけ小さくなったように見える。今までの晴子はもっと、めらめらしたものとか、ぎらぎらしたものとかを、その体いっぱいに纏《まと》っていた。

　そんなセリフを、晴子の口から聞きたいわけじゃなかった。そんなことを言ってほしいわけじゃない。晴希はそう思ったが、うまく言葉にできない。頭の中でどうやって言葉を繋《つな》げれば、一番伝えたい思いが伝わるのかがわからない。

晴子は目を伏せたまま、屋上の隅へと歩き出した。ブルーシートをめくって、トランポリンを取り出す。これ土足じゃダメだよね？　と言いながら、晴子は靴を脱いだ。もーホントいつのまにこんなものそろえてたのよ。

意外と小さな靴を履いているんだな、と晴希は思った。

トランポリンに乗った晴子は、ぽん、ぽん、と小さく跳ねている。その向こう側にある街の灯《ひ》が、晴子の頭に隠されたり光をにじませたりしている。

「ハルが柔道やめたとき、私、あんたが何考えてんのか全然わかんなかった」

ぽん、ぽん、と晴子が跳ぶたびに、少し伸びた髪の毛が揺れる。

「ケガも治ったし、これから大きな大会もあるし、やめるって何？　って。正直、カズにもすごくイライラしたし」

トランポリンは、中心を捉《とら》えて、もっと腹筋で体を締めないときれいに跳べない。晴子はたまに中心からズレたところに着地して、危うく落ちそうになっている。「もっと中心で跳ぶんだよ」とアドバイスすると、わかったわかった、と晴子はもっと高く跳ぼうとする。

とん、とん、と夜空を頭で突くみたいに、晴子は跳ぶ。晴希と目を合わせたり合わせなかったりしながら、ちょっとずつ高く跳ぶ。

「……何考えてるのかわかんなかったっていうよりも、本当は」

トランポリンがあってよかった。頭の向きもくるくる回るから、目線が合わない瞬間が多い。

「許せなかった」

もし、目をまっすぐに見つめられて話されていたら、動けなくなっていたかもしれない。

許せなかった。

許せなかった。

心にナイフが刺さるだけでなく、そのあとぐりんとねじられたような気持ちになる。

「私、心のどこかで、柔道をやってる人が一番だって思ってた。何でかわかんないけど、柔道が一番偉いっていうか、柔道を、ストイックに、一生懸命やってる人が一番すごいっていうか……だから、はじめはハルが許せなかった。何で今までずっと一緒にやってきた柔道をやめるのか理由がわからなかったし、私は、諦《あきら》めるっていうのがとにかく許せないから」

諦める。諦める。俺は柔道を諦めたのだろうか。強い相手に勝てないから。結果が出ないから。声にならない思いが胸の中で交差する。

違う、俺は、柔道を諦めたというよりも、

「だけど一番許せなかったのは、ハルが悩んでたことに全然気づけなかった自分だったよ。最近やっと、それに気づいた」

チアリーディングに賭《か》けたかったんだ。柔道では手に入れることができなかった何かを、チアリーディングで手に入れられるような気がしたから。

「俺は」

やっと、声が出た。

トランポリンから降りた晴子は、まっすぐに晴希を見つめている。もう何もごまかせないし、ごまかさない。

「姉ちゃんの言葉を重荷だって思ったことは一回もないよ。俺はいつも、姉ちゃんに励まされてきた。これはほんとだ。嘘《うそ》じゃない」

片づかないまま、言葉がこぼれてくる。だけどもうこれでいい。ふ、と、力を抜いたように晴子が息をした。

「俺は、チアをやれば、姉ちゃんが今まで見てきた景色を自分の目でも見られるかもしれない、って思ってた」

だけど、神奈川予選のとき、わかったことがある。

「それは違った」

三層のピラミッドの一番上に立っても、晴子が見ていた景色と、自分がそのとき見ていた景色は、何かが決定的に違った。

「一番に応援してほしい人が、そばにいなかったからだ。一番に見てほしい、認めてほしいと思った人が、見てくれていなかった」

神奈川予選会場の体育館。そこには晴子がいなかった。一番に応援してほしいと思っていた人がいなかった。

チアリーディングとは、応援し、応援されるスポーツだ。世界でたった一つの、世界で一番美しいスポーツだ。支え、支えられることがチームの強さに繋がる。演技の美しさに繋がる。その一番大切な部分が欠けていた。

「毎日、練習の反省を書くノートがあって」

一度口を開いてしまえば、驚くくらいに言葉が出てくる。どうしてもっと早く向き合わなかったんだろうと、晴希は悔しく思った。

「大会で勝ちたいとか、今日はここがうまくいかなかったとか、あいつよりもうまくなりたいとか、その日に思ったことを書くんだけど、いつも一つだけ書けないことがあって」

今までずっと、何をしていても胸の中にあったもやもやとした気持ちは、言葉にしてしまえばこんなにもシンプルな願いなのだ。

「それは自分で言わなきゃいけないと思ってたから、書けなかった」

チアで大切なことは、見ている人を笑顔にすること。見ている人を不安にさせないこと。俺は今まで、一番笑顔にしたいと思っていた人を、一番不安にさせてきていた。

もっと早く、しっかりと話をすれば良かった。わかり合えないはずがないのだ。対象は違っても何かに全力で挑んでいる者同士、わかり合えないはずがない。

「姉ちゃんに、あさっての全国選手権での演技を見てもらいたい」

こんなにも、こんなにも簡単な思いを、どうしてずっと言えなかったんだろう。言葉にしてしまえば、一瞬だ。

見てもらいたかった。ずっと。今まで、自分が晴子の柔道着姿からもらってきたパワーを、今度は晴子に与えたかった。勝てなくなってしまったのなら、そんな晴子をがんじがらめにしている何かを、チアの演技で吹っ飛ばしてしまいたかった。

晴子の背後で星が瞬《またた》いた。とてもきれいだ。

「最近、お母さんがホントうるさくてさ」

晴子は、困ったように眉を下げる。

「もうすぐハルが全国選手権だーって。ネットで検索してさ、会場とか時間とかも勝手に調べてて。朝早いわ、チームの子たちのためにもバス取ってあげなきゃ、なんて言ってさ」

何で顧問でもないのにバスをチャーターするのよって感じでしょ？　晴子はそう言いながらも、声はやさしかった。

「私、電話させられたよ。柔道の大会に行くときに使う、いつものバス会社」

晴希は、強く拳《こぶし》を握りしめた。てのひらに爪を立てる。

「見に行くよ」

晴子はそれだけ言って、屋上の柵から離れた。

明日の練習がんばんなよ。

すれ違いざまにそう言って、晴子は屋上から出ていく。

拳を握りしめる。強く強く握りしめる。腕に血管が浮き出るくらいに、爪がてのひらに食い込んで痕《あと》を残すくらいに、とにかく握りしめる。全身に力を込めて、今のこの気持ちを受け止める。晴希はしばらくそのまま、その場に立ち続けていた。


最後の練習は、屋上練習だった。前日といっても練習内容は変わらない。いつも通りストレッチと基礎トレーニングから始まり、基本のスタンツを確認してからピラミッド。そのあとはひたすら二分三十秒の演技を通して練習する。「【ケガだけはしないように】。これは高城コーチの言葉だ」「名言っぽく言うなや！」メンバーの会話もいつも通り、レベルが低い。いい意味で張りつめた緊張感が無く、今までどおりに動くことができる。

「バスで会場入りだなんて、まるで強いチームみたいね」

初出場のくせに、と高城コーチは全員分のノートを抱えたまま笑った。「でもめちゃくちゃ助かるよ。リラックスして会場に行けるし」座席が余るならＤＲＥＡＭＳも拾って行けば？　と言って、コーチは高い位置でポニーテールを揺らす。「じゃあ、千裕と同じバスかあ」とトンが鼻の下を伸ばしたので、すぐに陳にぐちゃぐちゃに巻きつかれていた。

こうしていると、本当に大会の前日だとは思えない。今までずっと目指してきた全国選手権は、二十四時間後には全て終わっているのだ。

「……さて」

コーチの声に続いて、ばさバサッと大きな音がした。皆、その音のした方向を見る。

バスやねんっおやつ買うねんっ、と小躍りをしていたイチローが動きを止めた。

「皆、注目」

円を描くようにして座り、クールダウンのストレッチをしていたメンバーはその中心に視線を注ぐ。

「明日はついに、全国選手権ね」

コーチの言葉に、十六人の首の動きが揃《そろ》う。

「それじゃあ今から、最後の儀式をします」

コーチはにっこり笑いながらそう言うと、細く長いひとさし指で十六冊のノートを指さした。


近未来都市！　と叫んだイチローの声が、海寄りの風にさらわれていく。開かれた窓から車内に入り込んでくる風は、住み慣れた街のものとは少し色が違うようだった。海の青を混ぜ込んで冷たくなったような風は、離れた席に座っている晴希の前髪を乱す。「閉めろ寒い！」と言って一馬が立ち上がったので、肩にもたれて寝ていたサクが反対側に転げ落ちた。

海浜《かいひん》幕張駅には様々な複合施設が隣接しており、確かに一見近未来都市のようだ。「もう他のチームもいるな」興奮したような卓巳の声につられて、晴希も外を見る。

そこには、丘のように穏やかに盛り上がった建物があった。幕張メッセ。入口には、青い文字で「第×回チアリーディング全国選手権大会」と大きく書かれている。出場チームの受付は九時からで、一般客の開場は十時。十時半からはオープニングセレモニーが始まる。今はまだ八時半だが、もう会場に着いたチームが会場の周りなどでウォーミングアップをしている姿が見える。

興奮する心を穏やかに保とうと一度目を閉じたとき、とんとんと肩を叩《たた》かれた。

「ハル」

振り向くと、晴子が「なに寝てんのよ」と言ってきた。まるで自分が大切な試合に臨むかのような表情をしている。

「今までがんばってきたんだから、大丈夫」

晴子はそう言うと、ばしんと背中を強く叩いた。いってえ、とぼやいてから、別に寝てたわけじゃないのに、と思う。

「応援グッズ、楽しみにしてろよ」と言うハゲ店長を始めとする応援団をバスに残して、選手たちは会場へ向かう。電車組は先に会場に着いていたようだ。今日のために黒髪にしてきた銀と銅が、照れくさそうに頭を触っている。「黒髪似合うや〜ん」「黒髪似合うや〜ん」弦とイチローが例によっていじりまくっている。卓哉と卓巳は今にも踊りだしそうにリズムを取っているし、溝口はやっぱり腹の調子が悪いようだ。

いつも通りにしているようで、少し違う。今日が、今までずっと目指してきた舞台の本番であるということもあるが、それだけではない。昨日コーチが行った「最後の儀式」が、強く強く、メンバー達の心を繋いでいた。本当に、コーチはメンバーのことを見ている。昨日のおかげで、日々強まってきた絆《きずな》がまた頑丈な何かで何重にも包まれたようだった。

髪を編み込み、頰《ほお》にラインストーンを貼《は》ったDREAMSのメンバー達と、幕張メッセの入口までの道を歩く。その中には千裕もいる。やっぱり少し緊張しているようだ、顔がひきつっている。

DREAMSとは入口で別れた。バス本当にありがとうございました、と揃ってお礼を言われる。なぜか陣が胸を張り「気にせんでええどす」と言うと、DREAMSの人達は少し笑ってくれた。それだけで、少し何かが認められたような気がした。

それぞれのジャージやユニフォームに身を包んだいくつものチームが、会場の周りや階段などでウォーミングアップをしている。色とりどりの衣装に、気合いの入った髪形、メイク。男だけの集団なんてどこにも見当たらない。

会場の入口には物販の机があり、タイムテーブルが配布されている。ジャージを着てネームプレートをつけたスタッフの人達が忙しそうに動き回っている。

ぴりっと冷えた空気が、頬の上を滑り落ちる。春の朝はまだ寒い。

とん、と小さく跳んで、膝の痛みを確認する。そうするとやっと、自分がこの景色の中にいるんだ、と確認できる。全国選手権を前に体を温めているチアリーダー達の中に、今、自分はいるんだ。

不思議な気持ちだ。不思議なくらいに、体が底から熱を持つ。

「いつもと同じことをしよう」

翔の言葉に、はい、と皆の返事が揃う。いつもと同じこと。今日は特別な日かもしれないけれど、やることはいつだって同じだ。体に叩きこまれた二分三十秒間を、完全に再現する。応援してくれるたくさんの人の前で。それぞれが、その姿を一番見てもらいたかった人の前で。

コーチからもうすぐ着くと連絡があった。さくらさんを車に乗せて幕張メッセへ向かっているという。

大丈夫だ、いつもと同じことをしよう。よく晴れた春の空は、屋上から見るそれと同じだ。

屋上のコンクリートの上を、一馬の声がころころと転がった。声を出したのは一馬だけだったけれど、円の真ん中に立っているコーチ以外皆、同じようにきょとんとした顔をしていた。

「最後の儀式?」

「そう。最後の儀式。反省ノート、皆、本当に毎日ちゃんと書いてくれたよ」

皆の視線が、コーチの足元、すなわち円の中心に積み重なっている十六冊のノートに集まる。

「私はこのノートのおかげで、皆の身体的、精神的な特徴を分析することができた。皆にとっても、一日の練習を自分で振り返ることは、少なくともプラスに働いたと思う」

本音、反省点、目標、たまには弱音などもぶつけることができたこのノートは、確かに、とても大きな存在だった。コーチから返ってくる赤文字の一言はとてもシンプルだったけれど、その分筋肉に直接響くような気がした。

もっと体を一本に締めろ。腹筋を鍛えろ。視線を正しく。頭を後ろに下げるな。柔軟性を高めてタンブリングに確実性を。今日はいつもよりも高く飛んでいた。だけど陳には負けていた。ツイストはらせんを意識して。飛ばされるんじゃなくて、自分で飛ぶ感覚。頂点に達してから動き出せ。つま先を伸ばしてクレードルしろ。

カズに勝て。

コーチが書いてくれる一言一言は、パズルの最後のピースのように、自分の足りない部分を補充してくれる。自分自身を、そしてチームを、より完成形に近づけてくれる。

「だけどこのノートが担う役割は、それだけじゃない」

コーチはそう言うと、一冊一冊、ノートを持ち主の元へ返していった。暗くなった春の夜の屋上で、ノートの表紙がふんわりと光る。角がボロボロのノートの表紙には、でかでかと「ハル」と走り書きされている。

このノートの中にいくつ自分の本音があるのか、もうわからない。恥ずかしいものの塊《かたまり》でできたようなノートだ。どうやら他のメンバーもそうらしく、あまり人前でノートを開こうとしない。

やがて全員にノートが行き渡った。コーチは肩幅よりも広く足を開いて皆を見下ろしてる。こうして見ると、コーチが星空を背負っているみたいだ。

「それじゃあ皆、自分のノートを持って！」

もうずっと持ってますけど！　とイチローが珍しく的確なツッコミをする。コーチは星よりもきらきらと光る目を三日月形にして、すうと息をしてから言った。

幕張メッセに着いたコーチと合流するころには、一般客が入場を始めていた。客や他のチームに指をさされたり、何かこそこそと話されたりしている。イチローとタケルは調子に乗って手を振ってすらいたが、ある女子から「アフロきもい」という声が聞こえてから、タケルは能面のような表情になった。

「翔」

さくらさんを車で連れてきたというコーチは、今日も高い位置で髪の毛を結っている。眉山が今日も美しい。

「さくら、すごく楽しみにしてる。いつもはなかなか起きないくせに、今日はバッチリ」

コーチは嬉しそうにそう言ったが、翔は「はい」と答えただけで、他に何も言わなかった。何も言えなかったのだろう。翔の横顔から、翔の抱いている思いがそのまま空気にこぼれでている。

そばにいるだけで、痛いくらいに気持ちが伝わり合う。コーチが用意した「最後の儀式」は、時間が経つほどに効いてくる魔法のようだった。

アリーナの奥にある公式練習場に行くと、様々なチームの姿があった。皆、地方の予選を勝ち抜いてここまで進んできたチアリーダーたちだ。ぎらぎらした空気が練習場を満たしている。その中に自分たちもいる。DREAMSもいる。もちろん、陽明大学のSPARKSもいる。

どのチームよりも存在感のある、白と水色のユニフォーム。

堂本がこちらに気がついた。翔がぺこりと頭を下げると、大きなてのひらを挙げてこちらに近づいてくる。BREAKERS一同、ぴりっと姿勢を正す。

「ひさしぶ」

「ドーモトはん」

堂本の声にかぶせるようにして、陳が言った。「ちょっと黙ろうね陳くん」と背後から口を塞《ふさ》ごうとする弦の手をするりとかわして、陳はずいと一歩前に出る。

「僕たちはサーカス団なんかやおまへん」

やっちまった、と尚史が頭を抱えた。

「それとも、日本では初心者だらけのチアリーディングチームのことをサーカス団って呼びはるんでしょうか」

陳の日本語は相変わらずおかしな京ことばだが、ずいぶんと流暢《りゅうちょう》になっていた。

「ドーモトはん、下剋上《げこくじょう》どす」

そう言うと陳は、堂本を前にしてニヤリと笑った。「下剋上、なんて難しい言葉、誰か教えたんか?」弦が小声でそう言っても、誰も反応しない。陳が自分で言ったのだ。それは、誰に教えてもらったものでもない、陳自身の言葉だった。

尚史が陳のユニフォームのすそを引っ張る。「おい、相手はSPARKSのキャプテンだぞ?」「そんなの関係ないどす」陳は何も気にしていない様子だ。

「翔」

予選で会ったときよりも、堂本の表情はやわらいで見えた。

「ほんとにいいメンバーに囲まれているな」

まとめるの大変だったんじゃないか？　と言って堂本は少し笑ったが、すぐに表情を引き締めて言った。

「俺はもう、不安にならないか？」

こんな人が中心にいるならば、そのチームは確かに強くなるだろう。戦う相手ながらそう思ってしまう。

「はい」

翔は答える。

「やっと胸を張って、さくらに演技を見せられます」

そうか、と言うと、かつてのチームメイトであった翔に背を向けて堂本は今のチームメイトのもとへと帰っていく。ＳＰＡＲＫＳがコーチに向かって揃って礼をする。自分宛《あて》だと勘違いした陳が恭《うやうや》しく礼を返してしまう。

一般客が席に着き選手がアリーナに整列した途端、会場の照明が一斉に消えた。突然の暗闇の中で「キャー！」とサクの甲高い悲鳴が響き渡り、一瞬、何か災害が起きたのかという空気になったが、すぐに陽気な音楽が大音量で流れてきたのでこれは演出だとわかる。オープニングセレモニーが始まるのだ。「サクのせいで避難経路が指示されるところやったやろ！」「だってだってぇえ！」　イチローがサクの頭をぽかんと叩《はた》いた瞬間、選手たちの作る花道を屈強な外国人が通っていった。「キャー！」「イチローうるせえ！」

この全国大会には世界で活躍するチアリーダーが審査員を務めるために来日しているらしく、周りのチームはとにかく興奮していた。晴希たちはそれが誰でどのくらい偉大な人なのかがわからないので、とりあえず空気に呑《の》まれておく。

大音量の音楽と、手拍子をしている選手団に、客席。華やかな衣装を着た審査員たちが踊り、皆が楽しそうに声をあげている。チームが一つ一つ紹介されるたびに、嵐のような歓声がアリーナを揺らす。

すごい。楽しい。「すごい」「すごいな」すごい。「楽しいね」すごく、楽しい。この場所に今、自分が参加できていることがどうしようもないくらいに嬉しい。

翔が見つめている先には、BREAKERSの応援席がある。思っていたよりも、アリーナから客席はよく見える。その一番端っこには、見たことのない小柄な女の人が座っていた。どこかの国のフェスティバルのような喧騒《けんそう》の中で、翔はその人をじっと見つめている。

あれがさくらさんなんだ。

そう思った瞬間、何かが胸の中で爆発しそうな気持ちになった。一馬が胸の前で握りしめている拳が、自分の胸の中にもあるような気がする。決してまだ開かれることのない拳が、心臓のど真ん中でどくどくどくと強く脈を打っている。

ハゲ店長が、学祭のステージのときに作ってくれたBREAKERS定食専用のトレイを大きく振っているのが見える。トレイには大きく「ステージは午後一時から！　皆で見に行こう！」と書いてある。あの使い回しがさっき言ってた応援グッズか、と笑ってしまう。晴希の母も、陳の母も、そのトレイを振っている。

晴希は目を閉じる。

自分に似た鼻の形。武道館で、道場で、屋上で見つけてきたその鼻の形が、客席の中にある。

何かが、爆発してしまいそうだ。その直前の静けさが、心臓を包んでいる。チームの紹介が終盤に差し掛かり、盛り上がりも最高潮に達している中、晴希にはなぜだかその喧騒が遠くに聞こえた。何だか今自分が見ている景色は、晴子が今まで見ていた景色と重なるような気がしていた。遠くにある応援席に見えるたった一人の姿が、こんなにも景色を変えるのか。

一馬が手を握ってきた。何も言わずに晴希は拳に力を込めた。触れた部分から流れ込んでくる気持ちに、涙が出そうになった。


「嫌だああああああ！」

春の夜の屋上にサクの甲高い声が鳴り響いた。「サク、捕獲！」コーチの声に卓哉と卓巳が機敏に反応する。「ノート回すなんて嫌だ嫌だ嫌だ嫌だああ」おもちゃ屋の前で泣く子どものように暴れ出したサクの上半身を卓哉が、下半身を卓巳が力ずくで押さえ込む。暗闇の中で誘拐シーンを目撃しているようだった。「嫌だ嫌だ嫌だごぐぶっぶふ」鼻と口を押さえられたためサクは息ができなくなっている。「あの、そこまで本格的に捕獲しなくてもいいのよ」今度はコーチが気をつかう。

「高城の姐御《あねご》、今、ノートを回すとおっしゃいやしたか？」

小指で勘弁してくださいませんか……と、金がガクガクと震えながら言う。「金さん大丈夫ですか！」「ならば俺たちも小指をささげやす……！」屋上でこれまでされたことのないような会話が金の周りで繰り広げられている。

「まあサクと金が嫌だっていう気持ちも、私にはわかるけど」

コーチはくっくっくと魔女のように笑いながら言う。「確かにあんた達は、このノート他人には見られたくないわよねえ？」ひいいいいと悲鳴をあげ、サクが震えだす。金はいつのまにかコンクリートの上で正座をし、エア刀を腹の横に構えていた。

「大丈夫よ、そんなに恥ずかしいこと書いてないじゃない」

コーチは本当に楽しそうに笑う。

「だけど、まだお互いに話せなかったこととか、今更言えなかったこととか、例えば新メンバーが何で他のスポーツじゃなくてチアをやろうと思ったかとか。そういう、お互いに知らないことってたくさんあると思う」

メンバーがどんな字を書くのか、とかね……とコーチがニヤリと笑うと、金がびくっと肩を震わせた。

「このノートには全てが詰まってる。毎日全員分のノートを見てきた私が言うんだから、間違いない。これが全国選手権前の、最後の儀式。トレーニングよりも練習よりも、一番大切な儀式よ」

じゃあ、回して。

コーチの優しい声が合図となって、皆、しぶしぶ右隣の人にノートを渡す。晴希は一馬にノートを渡し、トンからノートを受け取る。太い字で「トン」と書かれている汚れた表紙。なんだか、読まれるのも読むのも恥ずかしい。いざノートを開こうとした瞬間、

「うわ！　金さんの字めっちゃカワイイ丸文字！」

と、金の右隣にいたイチローが大きな声をあげた。


肩にテーピングが巻かれている。何重にも巻かれている。大きい真っ白な壁で仕切られた向こう側から聞こえてくる大歓声に、緊張感は高まっていく。

神奈川予選通過組の出番は中盤だ。今は埼玉予選通過組が演技を行っている。次のチームは壁一枚隔てられた待機場所で、出番を待つ。「人、人、人、人」てのひらに人という字を書きまくって飲みこむことを忘れている溝口や、なぜかくるくるとバレエのターンをし始めているサクを始め、やはり皆緊張しているようだ。トンだけが「大丈夫だよお」とのんきな声を出している。

そんなトンの肩にはテーピングが何重にも巻かれている。腰にはコルセットが巻かれ、指にもたくさんのテーピングが施されている。トンは、二分三十秒間、ベースの中でも一番負担のかかるポジションを任されている。

トンのノートは、その日食べたものの羅列で埋め尽くされていた。表紙を開いてすぐ、晴希は「何だよこれ」と笑ったが、よく見るとそれだけではないとわかる。食べたもの、その栄養価、カロリー、今日の体重、筋肉量、体脂肪率、ＢＭＩ、内臓脂肪レベル、基礎代謝量。専門的なものの数値はわからないが、体重と体脂肪率の折れ線グラフは日々下へ下へと傾いていた。それだけで、十分だった。

そんな背中が目の前にある。靴底で擦って切れたてのひらや、負担をかけすぎて悲鳴をあげはじめた肩や腰が、今、目の前にたくさんある。

一馬は列の先頭で、壁の向こう側を見透かしているようにまっすぐに前を向いて立っている。あの首に、いつもみたいにヘッドロックをかけてやりたい。十年前より太く、たくましくなった首だ。

音楽が、掛け声が、歓声が聞こえてくる。前のチームの演技はそろそろ終盤に差し掛かっているはずだ。

晴希は、自分がトントンと小さく跳びはねていることに気がついた。体が待ちきれないのだ。早く、大音量の音楽に合わせて飛び出してしまいたい。皆と一緒に飛び散ってしまいたい。

BREAKERSの後ろには、DREAMS、SPARKSが待機している。皆、頬を期待と不安と興奮でパンパンに膨らませて、目をらんらんと輝かせている。

この場所に溢《あふ》れているエネルギーが今、地球を回しているような気がする。

「ちょっと、聞いてくれ」

急に、列の先頭に立っていた一馬がこちらを振り返った。てのひらに書いた人の文字に顔をうずめていた溝口も、ふと顔をあげた。

一馬の背後から歓声が漏れて聞こえてくる。BREAKERSだけ、大きな大きなしゃぼん玉の中に入り込んだように静かになった。

「本当はおとといハルに話そうと思ったけど、もう、ここで話すことにする」

そう言われて晴希は思い出した。おととい練習が終わったあと屋上に向かったのは本来、一馬から話があると言われていたからだった。

チームのメンバーを見つめる一馬の目は、あの夏の日、晴希をチアに誘ったときの眼差しのようだ。

「皆、ここまで一緒に来てくれてありがとう」

えっ、とタケルが声をあげた。何かしこまってん、とイチローが眉を下げる。カシコマッテン？　何語？　と陳が首をかしげた。

「いや、やっぱり、ちゃんと言っとこうと思って」

そう言って一馬は晴希を見た。

その目。

その目の中に、十年間が詰まっている。二人で見てきたもの、してきたこと、歩いてきた日々全て。

「俺一人の都合で始めたチームが、こんな風になるなんて、本当に思ってなかった」

一馬は少し、申し訳なさそうな表情をする。

「もちろん皆チアの経験なんてないし、はじめはそれこそ指導者すらいなかったし、溝口やトンは倒立すらできなかったし」

三点倒立ならできてたけどね、と、トンが口を尖《とが》らせる。

「ばあちゃんに俺を思い出してもらうために始めたチアが、いつのまにか全国選手権だ。何だよコレ、すげえよ」

こんなにも純粋に光る一馬の目を見てくれる家族は、もういないんだ。急にそんなことを思って、晴希はぐっと目がしらに力を込めた。

「もう、ここに来られただけで俺は満足だ」

一馬の声が揺れた。眉が下がる。張りつめていたものが溢れ出すように、たっぷりと詰まっていたものが弾けだすように、一馬の目がくしゃっと細くなった。

「……っていうのは嘘。まだ満足してねえ」

泣いているんじゃない。一馬は笑っている。

わあああっと歓声があがって、華やかな衣装を着た女の子達が退場してきた。演技を終えたチームだ。メンバー同士で抱き合って泣いている。耳にイヤホンをはめたスタッフらしき人が、「BREAKERS、入場」と言った。

いよいよだ。こういう瞬間は、思っていたよりも不意に訪れる。

「皆」

一馬が笑顔のまま言った。

「一発おもしろいことしようぜ」

はい！　と返事が揃う。体温が一気に上がる。血が逆流しているみたいだ。晴希たちはその勢いのまま、アリーナへ飛び出す。一気に目の前に広がる客席に、頭が追いつかない。すごい。歓声が全身を刺激する。熱い。体が熱い。このまま血液が、細胞が、全身が、沸騰《ふっとう》して消えてしまいそうだ。

視界を埋め尽くす観客席。笑われるかもしれないとか、恥ずかしいとか、そういう思いがどこかへ消えていく。もっと見て欲しい。生まれ変わったようにそう思う。もっともっと、このチームのことを見て欲しい。

存分に客席にアピールをする。ひとさし指を立てた右手を高々と突き上げて、皆でアリーナを走り回る。今自分を包んでいるものが客席からの歓声なのか、自分の細胞がしゅわしゅわと弾ける音なのかわからない。全身の細胞が、躍動と緊張でソーダの泡みたいに弾けて飛び散っているみたいだ。

そのまま所定の位置につく。晴希はこの時センターにいる。

見える。

皆の、一番見てもらいたい人が、アリーナの真ん中を見ている。

トス隊と目を合わせる。大丈夫。イチローの目。溝口の目。翔の目。大丈夫。いつもの目だ。

目が合った途端、皆の文字が洪水のように頭の中を流れだす。溢れる。

一馬がまっすぐに右手を伸ばして、深呼吸をした。どこか大切なスイッチを切られてしまったかのように、アリーナの全てが動きを止めた。会場全体の集中力が、一馬の右手の先端に集まる。

誰も足を踏み入れていない雪原に最初の一歩を踏み出すように、一馬の声が響いた。

「ハイ」

その瞬間、音楽が爆発する。音楽だけじゃない。体が動き出す。心臓が先頭に立って、体が動き出す。トス隊のバネの感触。テーピングだらけのてのひらに突きあげられた自分の足の裏。自分の体が重さをなくしたように、
飛び出す。

バックフリップ。空中後方回転。

飛び出せ。

もっと高く。高く飛び出せ。

まわれ。美しく。

誰よりも美しく。誰よりも美しくまわれ。回転する視界が色とりどりに巡る。今なら、なんでもできそうな気がする。どこまでも飛んで行けそうな気がする。このまま、世界で一番幸せな場所まで、飛んで行ける気がする。

どうしてだろう。こんなにも幸せな気分なのに、
泣きそうだ。

宇宙に飛び出したみたいだ。

天から世界を見下ろしているみたいだ。

そのまま体を一本に締めて、クレードル。キャッチされる。スポッターである溝口の腕が両脇の間に入ってくる。大地。太ももを抱えてくれるベース。翔の技術。トンの大地のような安心感。

「完璧《かんぺき》」

耳元で溝口が囁《ささや》いた。コルセットで固められた溝口の体が、次のタンブリングの所定位置へと走っていく。

溝口の字はとてもきれいだった。パソコンで打ったような美しい形の文字が並ぶノートには、どの文章の最後にも、いつも同じ言葉が書かれていた。

人は苦悩を突き抜けて、歓喜を勝ち得る。

ナイフのように鋭く美しい字で、どのページにもこの言葉が書かれていた。この文字を見たとき、すぐに晴希の中には溝口の声が駆け巡った。ＢＲＥＡＫＥＲＳがまだ七人だったころ、学祭での初舞台直前に、溝口が言った言葉だ。

タンブリングの位置につく。二人ずつ交差するタンブリング。晴希の位置は溝口の後ろだ。

勉学はいつだってできる。だけどこのメンバーでやるチアは、今しかできない。

俺が突き抜けなければいけない苦悩は、勉学なんかじゃない。もっと人と付き合うこと。もっと自分の言葉で話すこと。

溝口はいつも言葉に迷わず、思ったことをそのまま言っていた。だけどノートは違った。何回も文字を書き直して、線で消して、塗りつぶしている。真っ黒に汚れたノートの紙面は、いつも冷静で、聡明な溝口のものだとは思えなかった。

だけど本当は、どれが本当に向き合うべき苦悩なのかも分からない。もしかしたらそれは、チアじゃないのかもしれない。だけど、それでも、このチームで全国選手権に出たい。

いつから溝口はこんな風にタンブリングができるようになったのだろう。溝口からは一度だって弱音を聞いたことがない。溝口は誰にも頼らなかった。溝口はたった一人で、どんな苦悩を突き抜けようとしていたのだろう。

俺は今まで何から逃げ続けていたんだろう。分からない。だけどあのとき、カズとハルの背中を追いかけないといけないと思った。そうしないと、多分自分はこれからも一生、何かから逃げ続けるんじゃないかって思った。

それだけは嫌だった。

誰かの名言ではない溝口の言葉は、ずっとずっと溝口らしくて、まっすぐだ。

あんな時間に、洗濯機が回っているはずないんだ。

母さんは俺にバレないように、夜中、毎日練習着を洗濯してくれていた。俺は母さんにバレないように、夜中、毎日ダンスの練習をしていた。

ちゃんと話そう。今。きっと母さんだって今、苦悩を突き抜けようとしている。

俺と同じだ。

溝口の反った背中は美しい。これまでの軌跡が見えるような美しいタンブリングは、華やかな音楽をからめとるようにして進む。

別方向からイチローと弦がタンブリングをしてくる。その交差が始まる辺り、一馬と目を合わせる。

行くぞ。

声だったのかは、わからない。脳に直接響いてきたようだった。

体の中心の延長線上にまっすぐに踏み込む。勢いよく踏み込む。二人組のタンブリング。飛びこんで行くように、ロンダート。体が宙に浮いたら、すぐに腹筋を使って上体を引き起こす。勢いを殺さないように。

一瞬の着地。そのままバク転へ。着地音は一つ。

体より少し内側へ着地させた足。重心が自然と後ろへ移動する。反動を生かせ。背中のバネを利用しろ。常に先のことを考える。世界がぐるりと回転する。もう一度、着地。その勢いを保ったままバク宙。

二乗にも三乗にもなった力を利用して、飛ぶ。大地から突き上げられるかのように、高く飛べる。腕を振り上げ、体を引き上げる。

気持ちいい。

気持ちがよくて、泣きそうになる。

高い。いつもより高い。自分が、とてもゆっくり回っているように感じる。

タン、
と着地をすると、音が耳の中に戻ってくる。何だこれは。歓声か。歓声だ。

「気持ちいいな」

一馬の声がした。いまこの場所で一番小さな音のはずなのに、一番よく聞き取れた。

晴希は一馬の背中を叩く。

気持ちいい。心の底から。

最後のタンブリングは三人一組。金、銀、銅。正三角形を象《かたど》るように位置についた三人は、その形のまま動き出す。

金のかわいすぎる丸い文字を見たときは、皆、思わず笑った。だが、筆で書かれてんのに丸文字、言葉づかいこんなんなのに丸文字、と一通り笑ったあとは、誰も何も言わなかった。

高城の姐御、これは恩返しなんです。今まで迷惑をかけた人たちへの、俺なりの恩返しなんでございやす。

金のノートには、恩返し、という言葉が何度も使われていた。筆で力強く、何度も何度も書かれていた。

オールバックもタトゥーもこの言葉づかいも全部、本物じゃござんせん。本当は何もできない自分を隠すための砦《とりで》なんです。

悪い世界に憧れて、そうすればかっこよくなれる、強くなれるって思っていた時期が俺にもありやした。そういう仲間を見つければ、何か楽しいことができるって思っていました。だけど実際は違いました。何にもなれないただの弱い俺がいただけです。

家族には迷惑をかけっぱなしでした。俺は恩返しをしなければなりやせん。だけど何が正しい恩返しになるのか、俺には全くわかりやせんでした。

金が今までどういうことをしてきたかはわからない。周りの人たちにどれほど迷惑をかけたのかはわからない。わからないけれど、わからないままでいいと思った。今こうしてこの時間を共有できている。それで十分だ。

恩返しって何なのでしょうか。何をすれば今まで迷惑をかけ続けた家族に、おとし前をつけられるのでしょうか。

いい大学に入ることなのか、いいところに就職することなのか、俺にはわかりやせん。だけどこのチームに入って、少しわかった気がしやす。

最後までずっと、金は筆で思いを書き続けていた。独特の丸文字で、最後の一ページまで。

俺は人生で初めて、毎日を「楽しい」と思ったんです、姐御。初めは漫画の影響で、男たるもの団体競技をするべきだなんて言いましたけど（そうです、俺は影響されやすいんです）、どんな動機であれ、このチームに入ってよかったって思いやす。今日はこんなことをした、あんなことをしたって、毎日のことを家族に報告できるっていうのは、とても幸せなことです。それはたった一言だっていいんです。毎日が楽しい。家族にそう言えるだけで、俺はもうそれだけで、いいんです。

一馬の祖母の病院に行くためのバスの中で、金はつぶやいた。「家族よりも大切なものなんて、この世界に一つもござんせん」バスの窓は結露に濡《ぬ》れていて、金の声も水分を含んだようにしっとりと重かった。

金の広い肩幅に引っ張られるように、銀と銅もぴったりと動きを合わせている。銀と銅の字は、どこか似ていた。そして、書いてあることもとても似ていた。

何かを楽しいと思うのは、人生で初めてです。

そう思わせてくれたこのチームに、このチームに入ることを誘ってくれた金さんに、最高の演技をすることで恩返しをしたいです。

数カ月前までは倒立もきれいにできなかったメンバーのタンブリングを見ていると、何かとてつもなく大きなものを目の前に差し出されたような気持ちになる。

金たちが着地をして、また、歓声。音楽が変わる。アップテンポの大音量が鳴り響く。

ここから、三層のピラミッドへ。

陣とサクが両側で飛んでいる間に、アリーナの中心ではミドルトップのタケルがエレベーターの準備をする。その両脇に、トップの晴希と一馬がスタンバイする。

「タケル」

翔がタケルに声をかける。

「大丈夫」

タケルがいつものようにニヤリと笑ってそう答えると、タケルがベースの胸の位置までエレベーター。それと同時に両脇のトップ二人は、エクステンションでタケルよりも高く上がる。

タケルの腕に足を乗せる。大丈夫。スタンツが少し揺れる。大丈夫。大丈夫か。少しの不安がピラミッド全体に浸透する。一瞬。

大丈夫か。

「大丈夫」

タケルが言った。力強く言った。ピラミッドの揺れよりも早く、思いが早く伝わる。

「来い」

タケルの声と同時に、大きなドラム音が鳴り、晴希と一馬はベースのてのひらから足を外した。

ミドルトップ一人の上に、ダブルで乗る。三層目。少し揺れる。一本足をタケルの腕に突き刺すように、立つ。揺れる。我慢。大丈夫。

高い。気持ちいい。歓声が全身に突き刺さる。

やりたくねぇ

タケルのノートをめくるたびに飛び込んでくるのは、ネガティブな言葉ばかりだった。

やりたくねぇ　もうやりたくねぇ　友達と遊べねえし　時間ねえし　難易度を上げるなんて信じられねえ　イチローくらいしか面白そうなヤツいねえし　体中痛い　俺はただ目立ちたかっただけなのに、何でこんな思いしなきゃいけねえんだよ

殴りつけるように記された言葉たちを初めて見たときは、晴希も少し驚いた。ノートの存在そのものに反抗しているように、タケルは思いを殴り書きしていた。

だけど毎日書いていた。どんな尖った言葉だったとしても、毎日毎日タケルはノートを広げていた。

神奈川予選が終わったあたりの日付だろうか、小さな字で書かれていた言葉があった。

怖い

大きく、濃く書かれた文字の中に埋もれていたとしても、その小さくて薄い文字は決して消えていなかった。

人が落ちてくるって何なんだよ
そんなの受け止められねえよ
やたら団結しててキモイし
体中痛《いて》えし、怖いし、練習長《なげ》えし、何なんだよ
演技の最中に笑顔とか絶対無理
こっちは辛《つら》いんだよ
笑えねえよ　怖《こえ》えんだよ

ミドルトップほど、難しいポジションはない。クレードルの姿勢に入りながら晴希は

思う。ミドルトップとは、三層のピラミッドの真ん中。トップを支えつつ、ベースに支えられるのだ。人の上にも乗るし、落ちてくる人を受け止めもする。

今日イチローに「カッコ悪い」って言われた
何なんだよ、マジ
怖いから、技の難易度を上げたくねえの、当然じゃん
目立ちたいとか、そんなことはもうとっくの昔からどうでもいいよ
友達と遊びにもいけないいし、彼女を作る暇もない　でも、本当はそんなことどうでもいい
怖え、マジで
なのに、何で皆笑えるんだ
あんなに怖いし体中痛いのに、何で笑えんだよ
わかんねえ

タケルはどれだけ怖い思いをしていたのだろう。どれだけの怖い思いを我慢していたのだろう。どれだけの痛みを体中に蓄積させて、一昨日《おととい》の夜、この言葉を書いたのだろう。

もうすぐ本番だ
本番さえ終われば、こんな怖いこともうしなくて済む
俺、それが嬉しくて明日は笑えるかも
皆はどうなんだろ
皆も俺みたいに、もうこんなことしなくてよくなるのが嬉しくて、笑えんのかな
それとも、本当に楽しくて笑えんのかな
わかんねえや、もう寝る

タケルのミドルは揺れる。翔に比べるともちろん、安定感はない。だけどタケル、いま、お前は笑ってる。晴希はタケルの上でバランスを取りながらも、伝えたかった。お前は、自分で気づいてないかもしれないけど、絶対にいま、笑ってる。

着地をしたら、すぐに移動。翔を頂点に置いた三角形を作る。弾けるような音楽に合わせて、トゥ・タッチを二回。ジャンプして、てのひらで触れるまでつま先を高く上げる。サクと陳は、どこまでも脚を広げられそうなほどだ。トンが必死に皆の高さについていっている。

着地音は一つ。十六人が同じタイミングで飛ぶ。全員が同じ形で、一瞬、重力がなくなる瞬間を共有する。いま目の前には翔の姿しか見えないけれど、後ろで飛んでいるメンバーも全員、同じ気持ちでいることがわかる。

それはとても不思議な感覚だ。こんなこと、今まで感じたことがなかった。全員同時に着地すると、床が揺れる。その揺れに乗って、全員の気持ちが届く。

頭の中で、皆のノートがめくられる。今まであったことが、皆のそれぞれの字で記されてきたことが、喜びが、悲しみが、苦しみが、今この場所で四方八方へと勢いよく弾け飛んでいく。

二回目の着地。重い音が一つ、床を揺らす。

音楽が止まる。思いっきり息を吸い込む。大きく口を開けて、吸い込んだ息を全て声に変えて吐き出す。

「GO!」

また、揺れる。床ではなく、アリーナが揺れる。男十六人がありったけの声を出す。

高い声も低い声もあるけれど、関係ない。声だって一つだ。

「BREAKERS!」

音楽を使ってはいけない、掛け声だけの一分間。

隊形移動をする。移動をしながら大声を張り上げる。

「GO! FIGHT! WIN!」

モーション。体の中の筋肉、インナーマッスルで体を止める。体を動かす時間をできるだけ短く、一つ一つのモーションを決めている時間をできるだけ長く。腹筋に力を込めて、明確に体をストップさせる。

「GO！　FIGHT！　WIN！　BREAKERS！」

声がどこまでも広がって、やがて自分の耳に戻ってくる。反響。たっぷりと体に染みわたるような、残響。

イチローと弦が、両面がチームカラーの黒と黄色で塗られたボードを観客に見せる。その間、次のスタンツの準備に入る。

客席から見て左から、トップは一馬、陳、晴希。三基のスタンツを作る。

「BLACK　AND　YELLOW！」

声がよく響く。反響して戻ってきた声で、シンバルのように鼓膜が激しく揺れている気がする。イチローと弦がボードを置いて、スタンツに加わった。

「BLACK　AND　YELLOW！」

両拳を握りしめて、ピンと背筋を張る。トス隊と顔を見合わせる。目を合わせて、力強く頷く。

「BLACK！」

掛け声が飛び散るのと共に、一馬が飛び上がる。

トス隊に飛ばされるのではない。自分の力で、飛ぶ。

「AND！」

陳が飛び上がる。それと同時に晴希はトス隊にクライミングする。トス隊が膝を曲げる。

解き放たれたように、晴希はアリーナの天井めがけて飛び上がる。全身が、何百、何千もの声に包みこまれる。

「YELLOW！　BREAKERS！」

これは、と晴希は思った。重力が消える最高地点でトゥ・タッチ。

これは、反響しているんじゃない。自分たちの声の残響じゃない。客席からの掛け声だ。観客から掛け声が返ってきている。

空中では、上げた手の位置を頭より後ろに持ってこないように注意する。肩を下げ、つま先を伸ばし、飛び出し時の姿勢に戻ってからクレードルに入る。

体を一本に締めて、落ちていく。

何だろう、これは。

まるで、歓声の中に落ちていくようだ。

観客からの掛け声。本当に、チアリーディングとは最高の団体競技だ。チームという枠を飛び越えて、観客とも同じ団体となって演技ができる。

競うんじゃない。皆で演じるんだ。

溝口の腕が脇の間に入ってきて、キャッチされる。そのままダブルテイク。ベースの頭の上まで一気に上がるエクステンション。同時に、他のトップが三人ともエクステンション。センターは陳。サクが緊張した表情をしているのがわかる。

「行け！」

大丈夫だ、サク。晴希は心の中で思う。強く思う。

サクのノートには、どのページにも色とりどりのペンで一馬への想いが書かれていた。やっぱりかっこいい！　今日はこんなにも話した！　腹筋触った！　サクがずっと「ノート回すのヤダやだヤダやだ」と言って抵抗していた理由はすぐにわかった。

テーピングだらけのてのひらで支えられている右足を、ゆっくりと上げる。重心を左足一本に移動させる。てのひらの上に立つというよりも、ベース陣に自分の体を突き刺す感触。丁寧にバランスを保ったまま、右足を上げ続け、背中を反らせる。

スコーピオン。予選では失敗した、秘密兵器の技。

揺れる。だけど大丈夫だ。

大丈夫だ、サク。

誰もサクのノートを見ても気持ち悪がらなかったし、笑わなかったし、からかわなかった。むしろ、サクのかわいい字にこめられた思いは、メンバーの胸を締め付けた。最初のページに書かれていた文章を、一番はじめに読んだからだ。


変わりたい。

ああ、と歓声の温度が変わったのがわかった。サクがバランスを崩している。大丈夫、大丈夫、大丈夫。自分自身の揺れも感じながら、晴希は右手で右足のつま先を摑《つか》み、頭上へと持っていく。


今まで、女っぽいって、オカマだって笑われてきた。そんなとき、今まではボクもいっしょに笑ってた。そうするしかなかったから。

ね、コーチ。ボク、こんなふうに男友達ができたのだって、はじめてだったんだよ。今までももちろん友達はいたけど、それは皆、バレエ教室の女の子たちばっかり。その子たちはボクのことを何か言ったりはしなかったけど、心の中ではキモチワルイって思ってたんじゃないかな。ほら、女の子って怖いじゃない。


女の子ってそんなに怖いものじゃないのよ、と赤ペンで書いていたコーチの字も、心なしか他のノートよりもかわいい。

だからもちろん、好きな人ができても逃げてきたんだ。何もしないで、諦めてきた。

だけど、いつだって自分からは逃げられなかったよ。皆とは違う自分とぶつからなきゃいけなかった。だけど向き合いたくなくて、ずっとずっと逃げ回ってきた。

だけどね、ボク、変わりたい。

もう、挑戦する前に諦める自分から変わりたいんだ。

大丈夫。落ちない。サク、お前は落ちない。ふるふると揺れるサクの左足を見ながら、晴希は強く思った。念じた。祈った。

サク、お前はもう、挑戦する前に諦めたりする人間じゃない。

だからね、コーチ、学祭でBREAKERSの舞台を見たとき、ボクがどれだけびっくりしたかわかる？　カズくんがカッコよかったっていうのもあるんだけどね、もちろんそれだけじゃない。

だって、男がチアをやるんだもん。そんなの、聞いたことなかった。見たことなかった。

このチームに入れば、少しは変われるかもしれない。ボク、そう思ったんだ。もう、挑戦する前に諦めるボクから、さよならしたかった。

もちろんチームに入るのにも戸惑ったよ。ヒマワリ食堂に行くか、何度も迷った。だけどボクの決断はね、間違ってなかったみたい。

サク、お前は強いよ。歓声を貫くようにして晴希は思った。危ういバランスの中で、サクはきれいにスコーピオンを決めている。サクは諦めなかった。嵐のような歓声の中で、晴希は思う。

タンブリングだってスコーピオンだってツイストだって、お前は何一つ諦めなかったんだよ。

ねえコーチ、ボクは本当にこのチームに入ってよかったよ。

サクはこれまでどれだけのことを諦めてきたのだろう。どれだけの思いを自分の中に閉じ込めてきたのだろう。毎日どうにか一馬の隣に座ろうとしたり、かっこいーとかカズ好きーとか騒いで言っていたけれど、本当はそのたびにどれほどの勇気を振り絞っていたのだろう。

男四人で、スコーピオン。四人全員、成功している。

サクの細くて小さい体は、飴細工《あめざいく》のようにやわらかくしなっていて美しい。アリーナの照明が、サクの全身をつるりと滑り落ちていく。何にも負けないバレリーナの体は、その形のまま飾っておきたいほどに美しい。

こんな人たちに出会えて、ボクは本当に幸せ者。

皆でごはん食べたり一緒に帰ったり体育の授業にもぐりこんだり、本当に楽しかったの。ボクは誰よりもできないことが多かったけど、それでも、楽しかったの。ねえコーチ。毎日の練習を通して、チアの演技に一番励まされていたのは、たぶんボクなんだよ。

音楽が始まり、ポップアップ。ギュルギュルギュル、というねじれた音を体現するように、四人同時にフルツイスト・クレードルをする。ポップアップをできるだけ高く。バネのように跳ねる。そしてそのまま、細部の筋肉にまで力を込めて一本に締めた体を、歓声を巻きこむようにらせん状に回転させる。

サクはフルツイスト・クレードルを何回も何回も練習していた。自分だけできない技。皆に置いていかれる気持ち。

晴希にはその気持ちがよくわかった。

皆、自分より上手になっていく。自分だけ、できない技がある。それは自分を責める最大の理由になる。晴希は思い出す。どんどん柔道着の帯がゆるくなっていった自分。どんどん仲間の背中が遠く感じられた日々。

もう負けたくない。負けたくないんだ。

三列に並んでダンス。隊形は長方形。

顔を下げる。一瞬、音楽が止まる。

無音が世界を包む。胸の中でカウントする。

ファイブ、シックス、セブン、エイ、

雷のようなドラム音。全員で一斉に顔をあげる。何度もビデオで撮って、何度も見返して研究を積み重ねてきたダンス。一ミリだって動きをずらさない。

振りを間違えるかもしれないという不安はない。動きは体に刷り込まれている。一つ動いたら、次の動きは自然に出てくる。ステップを踏みながら隊形を変える。今度は頂点がダブルセンターの三角形だ。センターは卓哉と卓巳。センター割れで、左右対称のダンス。まるで鏡がはめ込まれたように、卓哉と卓巳の動きはシンクロする。

止まるタイミングも、動き出すタイミングも、全て一緒になるように。体の中に流れるリズムが、十六人全員一致するように。

学祭で初めてこのチームのステージを見たときに、ダンスのひどさに愕然《がくぜん》とした。

卓哉と卓巳のノートは、思い返すと笑ってしまう。「特にメガネのやつがひどかった」と書かれている場所を見て、溝口は固まっていた。

これは俺たちがチームに入ってダンスを教えなきゃいけないと思った。だからこのチームに入った。

……というのは半分冗談で、ほんとは、悔しかったからだ。全然うまくできないダンスをがむしゃらにやっている姿を見るのは、すげえ悔しかった。

できなくたっていいんだ。できないから人は練習するんだ。

昔の自分の姿を思い出させてくれたようだった。あのステージは、忘れちゃいけないことを呼び覚ましてくれた。

卓哉と卓巳は、リズムの取り方から何から、全てを教えてくれた。ダウン、アップ、十六ビート。特にリズム感のない溝口などは大変だった。少しくらい、妥協してもいいんじゃないかと思ってしまったときもあった。

センターで踊っている二人は、本当に楽しそうだ。動きをぴったりと合わせる中で、お互いにお互いのことを尊敬しているのが伝わってくる。四つ打ちのビートに合わせて踊る卓哉と卓巳の後ろ姿は、肩甲骨の形まで似ている。

がむしゃらって、ほんとはかっこいいはずなんだ。カッコつけて踊るよりも、そっちのほうがずっとかっこいい。

サイズの大きな服を着て体のラインを隠して踊ったり、ただ深夜にクラブに行ってるだけだったり、できない技を人前で練習しなくなったり、そういうのってカッコ悪い。カッコ悪いカッコ悪いって思ってたはずなのに、いつしか自分はそっち側にいた。

体育館練習からの帰り道、暗くなって鏡のようになったビルのガラス扉の前で一列になって、ゆっくりカウントしながら踊った。一列で踊ったときに、一人に見えるまで練習した。道を歩いている人に笑われて、一瞬、動きが小さくなってしまったりした。二人一組になって、お互いのダンスを見合った。ビデオに撮ってスロー再生をし、誰がどこでズレてしまっているのか確認した。手の角度を、カウントを、脚の動きを。全部、卓哉と卓巳のアイディアだ。


そういうの、久しぶりだった。

だけど、そういうことが一番気持ちいいんだって、久しぶりに思い出せた。


ダンスは気持ちいい。演技の中で、一番一体感を感じることができる。体が触れ合うスタンツとはまた違う一体感が、体の底から漲《みなぎ》ってくる。

卓哉と卓巳をセンターに残して、メンバーは両側に散る。

ぴたっと動きを止めて下を向いた二人の頭上で、スネアドラムの音が、四つ。

それが合図だ。

二人は床に背をつけて、回りだす。歓声を全て吹き飛ばすプロペラのように、二人は回る。ブレイクダンス。二人が回るたびに歓声は大きくなっていく。二人が歓声を巻き込んでどんどん大きく、速く回っているみたいだ。

かっこいい。悔しいくらいにかっこいい。

躍動。興奮。体の中にあるエネルギーが全部、騒ぐ。今まで生きてきた中で一番濃縮された二分三十秒間。

後半戦だ。

そのまま、陳とトンを残して十四人はピラミッドの準備に入る。陳とトンが見合って、力強く頷いた。

遠野さん、がんばれ。

尚史の声が聞こえた気がした。

遠野さん、大丈夫。絶対できる。

尚史がトンのことを力強く見つめている。できる、できる、できる。絶対できる、遠野さん。

トンと陳以外の十四人で、三つのスタンツを作る。トス隊と向き合う。頷く。三六〇度エレベーター。トップが持ち上げられるときに、フルツイスト。四つ連続で鳴り響く大きなドラム音に合わせて、上がる、上がる、上がる。片足をベースのてのひらの上に乗せ、もう片方の足で床を蹴《け》る。トップ自身も、ベースの肩やスポッターの手首を押し、その力で勢いよく重心を軸足に移して一気に回転する。世界が回る。回る、回る、回る。サク、一馬、晴希の順に、上がる、上がる、上がる。

そして最後の音。四つ目の音。一番大きな音に合わせて、センターにいる二人が動いた。

「遠野さん、いけ！」

尚史の声が、音とともにアリーナに飛び散る。トンの足元が動く。バランスが揺らぐ。体中に貼られたシップ、テーピングやコルセット。その向こう側の筋肉に直接届くように、尚史は叫ぶ。

「遠野さん、できる！」

できるわけない。

読む前から予想はしていたけれど、尚史のノートは、目に痛い言葉ばかりだった。SPARKSに憧れてチームに入った尚史は、目だけはとても肥えていた。コーチよりも厳しい目線でこのチームを見ていたことが、ノートの言葉からわかる。

チアリーディングの形になっているのは翔さんだけ。一馬さんはギリギリ。イチローさんと晴希さんは運動神経でどうにかしてる感じ。あとは技術が全然できてない。溝口さんと弦さんはもっと練習するべき。晴希さんは柔軟性が足りない。新メンバーは総じてダメ。SPARKSに対抗できるのは陳ぐらいか。中でも、全員通じてトンさんが一番ダメだ。体力もないし、何もできない。何より、遠野さんは全国選手権なんてハナから諦めているように見える。

トンは、肩幅に開いた両足を踏ん張る。小さく小さく動いてバランスを取りながら、陳の体を必死に支えている。

小刻みに震えている。血管の浮いた腕が汗を滴《したた》らせながら、小刻みに震えている。

耐えろ、がんばれ、支えろ。大丈夫、絶対大丈夫。自分の右足のつま先を摑みながら、晴希は念じる。頭が割れてしまいそうになるくらいに、強く強く念じる。

遠野さんは、人前に出るのが怖いって言ってた。こんな太った姿で、体力もない自分が、大勢の人の前で演技をすることが怖いって言ってた。

遠野さんは、諦めているわけではなかった。

初めて、チームのメンバーの誰かと二人きりで話した。

初めて、ちゃんと向き合って話した。

尚史のノートには、少しずつ延びていくランニングの距離が毎日記されていた。昨日はここまで、今日はあそこまで、明日はその向こうまで。ゴール地点が日に日に変わっていく。そしていつからか、尚史のノートも変わった。

晴希さんは今日、はじめてスコーピオンを完成させた。

タケルは今日、前よりももっと高くトゥ・タッチができるようになっていた。銀と銅は今日、二人揃ってバク宙を完成させた。

はじめは、尚史のことが苦手だった。晴希だけではない、きっと皆そうだ。だけど、誰ができていないか、何ができていないかを冷静に見ている人は、誰ができるようになったか、何ができるようになったかを見ていることと同じだ。今まで「できていなかったこと」が綴《つづ》られていた尚史のノートはいつしか、メンバー全員の成長記録になっていた。

今日、ランニングが終わったあと、遠野さんは言った。

全国選手権で、シングルベース・エクステンションをやりたい。

なら、もっとスタミナつけるために距離延ばしていいですか？　と言ったら、遠野さんは頷いた。

できるかもしれない、と思った。そのときはじめて、俺はこのチームのことを少し信じた。

シングルベース・エクステンション。ベースはトン。トップは陳。

たった一人の右腕で、一人の男を持ち上げる。想像できないほどの力を必要とする技。

トンはそれをやりたいと言った。やらせてくださいと言った。

トンがまっすぐに伸ばした右腕のてのひらの上。

小さく震えるてのひらの上で、陳は美しくしなやかな筋肉に包まれた左脚を持ち上げる。

歓声が広がり、揺れる。

まるで、何か命あるものが生まれる瞬間を後ろから見つめているようだ。

陳のI字バランスは、この世で一番美しい。

芸術のような技だ。絵画を見ているような気持ちになる技だ。大海原のような歓声の中でリバティーをしながら、晴希は思った。一八〇度に開脚している陳の後ろ姿。胸を張り、筋肉に包まれた太い腕一本でエースを支えているトンの後ろ姿。

トンの書く文字は大きい。手汗で波打っているトンのノートには、一行の幅に収まらないくらい大きな文字で、トンの決意が書かれていた。

僕のこの太った大きな体は、
シングルベース・エクステンションは、男女混成のチームではよく見られる。男が女を持ち上げる。だけど今、目の前で、男が右腕だけで男を持ち上げている。

僕のこの太った大きな体は、誰かに笑われたり、バカにされたりするためのものじゃない。今までは、笑われてもバカにされても、自分を納得させてきた。痩《や》せようと思ってもできなかったんだ。仕方がない、って思っていた。だって、鏡で自分を見たときだって笑いそうになるんだから。

だけど今は違う。この大きな体は、チームのためにある。誰よりもしっかりと、メンバーを支えるためにある。この脂肪をできるだけ筋肉に変えて、トップを支える最高のベースになるための大きな体なんだ。

トンの右腕に浮いている血管がはちきれそうなほどに膨らんでいる。盛り上がった筋肉がぷるぷると小刻みに震えている。

僕のことを、皆は「トン」って呼ぶ。実はこれは、今までと同じあだ名。だけど今までは「豚」の意味で「トン」って呼ばれてきた。笑われてきた。だけど今は違う。

初めてカズたちに会ったときのことを、僕は多分一生忘れられない。場所はヒマワリ食堂だった。七月一日、月曜日。溝口は言ってくれた。

遠野だからトン。

何のためらいもなく、当然のようにそう言われたとき、本当は、トン。晴希は大声を出したい衝動に駆られていた。

本当は、僕は泣きそうになっていたんだ。

だからたくさん食べてごまかした。涙が出そうになるのを、食べることでごまかすしかできなかった。

トン、お前のことを笑うやつなんて、もうどこにもいない。テーピングやコルセットで保たれているその大きな体を見て、晴希は強く強く思う。お前のことをバカにするやつなんて、どこにもいない。そんなやつは、もうどこにもいないんだよ。

ふ、とトンが膝を曲げた。ポップアップ。トランポリンに弾かれるように、開脚させたまま陳が飛んだ。それと同時に、後ろのトップ三人もフルツイスト・クレードルをする。

陳は飛ぶ。陳のポップアップは、まるでトランポリンの上で飛んでいるように高さがある。

陳は、水に似ている。地上でも空中でも、姿形を自由に変えることができる。水滴のように飛び上がる陳は、空中で脚をたたむ。そのまま全身を小さく丸めて、回転。まわる。音もなくまわる。そのまま音もなく床で弾け、バク宙。歓声。だけど陳は喜ばない。陳の笑顔は心から喜んでいない。陳の日本語はたどたどしく、ノートにはところどころにコーチの日本語添削が入っていた。

負けたくない。

陳のノートには、とにかくそう書かれていた。

DREAMS負けたくない。SPARKS負けたくない。ずっと勝てなかった中国の体操なかま負けたくない。

ぼくはだれにも負けたくない。ぼくはサーカス団なんかじゃない。

思い出すと笑ってしまう。陳はただ高みを目指していた。メンバーの中で、一番単純なエンジンで動いていた。ストイックに、まっすぐに、チアリーディングというよりも自分自身の高みを目指していた。

はじめは、ぬるい、ゆるい、お互いもっとライバルいしきもたないとダメだっておもってた。だけど途中、考えかわった。ゆるいんじゃない。あんしん。体操とちがう。チアリーディングって、メンバーがライバルじゃなくて、なかまになる。

陳の美しさは、たまに寂しく見えるときがある。誰も近寄れない域に達している陳の美しさは、孤独と背中合わせのように見える。

唯一無二だからこそ、美しい。だけど、その美しさは、唯一無二だからこそ誰かと分かち合えるものではないのだ。

チームのメンバー、なかまになる。そんなのはじめて。だけどそれだけじゃない。大会では、みている人もなかまになる。なかまゆきえになる。

赤線で「ゆきえ」の部分は消されていたが、イチローや弦はそこでけらけらと笑っていた。きっとコイツらが教えたのだろう。

そうやってわざと下手《へた》な日本語を教えられるのも、そのミスをけらけらと笑うことができるのも、「なかま」だからだ。ノートが回っている間、陳はずっと「別に本音じゃないどす別に本音じゃないどす」と凄《すさ》まじい滑舌で言っていたが、はいはい、と皆軽くあしらっていた。

音楽のビートが変わった。最後の曲だ。

そのとき、急に実感した。

終わる。

もうすぐ、二分三十秒間の演技が終わる。終わってしまう。

どうしてだろう、自分はいつまでもこのアリーナで踊り続けている気がする。妙に視界が鮮やかに、はっきりと見えてくる。この歓声の中で、疾走するような音楽に追いつかれないように、このメンバーと共に、いつまでも踊り続けるような気がする。

この時間が、永遠に終わらないような気がする。

そして同時に、光のような速さで終わりが近づいているような気もする。

演技は最後のピラミッドへ。まずはトス隊と顔を合わせる。変則的な組み合わせだ。イチローとタケルがベースで、弦がスポット。背筋を伸ばして、頷き合う。

四基のトス隊が斜めに並んでいる。四つの音に合わせて、バックフリップ。晴希は三つ目の音を待つ。

トス隊を見ると、額に汗が浮かんでいる。そこで気づいた。自分も汗だくだ。ユニフォームが濡れている。

弦のてのひらに手を置く。以前はイチローの肩を押してバックフリップをしていた。だけど弦がそれを変えようと提案した。イチローは、夏から肩を痛めている。

一つ目の音。爆発する歓声。

ぐ、とてのひらに込めた力を、弦はしっかりと返してくれる。

俺はイチローの相棒じゃない。

押し返してきた弦のてのひらの力から、弦の思いが滑り込んでくる。触れた部分から、弦の思いが染みこんでくる。伝わってくる思いの強さだけ、もっと高く、高く飛ぶことができる気がする。

相棒じゃないし、もしかしたら友達じゃないのかもしれん。

俺はあいつが何を考えてんのかようわからん。ガキんころからそうやった。

チームが全国選手権を目指すようになって、俺はもっとあいつのことがわからんくなった。レベルアップを目指さなくなったあいつを見て、俺は、またこれか、って思った。

イチローは弦のノートが回ってきたとき、何も言わなかった。それまで、他のメンバーのノートを見ては「字ィ下手やなぁ」とか「漢字違うやん！」とか無理やり笑っていたのに、このときだけは静かだった。

弦の文字は、中学生が書いたみたいに汚かった。尖った心の声が、そのまま形になって、文字となって白い紙にかじりついているようだった。

三つ目の音で、晴希は飛び上がる。しっかりと感じられるバネの力を翼にして、飛び立つ。強い力。弦の悔しさ。今まで当然だった何かに反発心をむき出しにしているかのような、強い強いバネの力。

俺はイチローのことが嫌いなんやろうか。あいつの無神経な一言が、俺には理解できん。相手のことを考えたら、感覚でやれとか、そんなことは言えんはずや。そういう一言を聞くたびに、俺はイチローに腹が立つ。

俺がいつも何を思っとるのか、あいつは何もわかってねえ。

最高点の浮遊感を一瞬だけ味わって、回転する。まわる世界。ゆっくり見える。この瞬間が気持ちいい。まるで宇宙に飛び出したみたいだ。右隣で落ちていく一馬と、左隣で上がっていくサク。左右から起こる風。そして自分が巻き起こす風。頭を下げないように、意識。つま先を伸ばして、クレードル。まわる視界の中に一瞬、弦の姿が映り込む。

真剣な目。

真剣な目で、イチローの右肩をかばうポジションにいる。

弦、お前は絶対に、イチローのことを嫌いなんかじゃない。

嫌いだったら、ノートがあんなにもイチローのことで埋め尽くされるわけがない。

確実に受け止めてくれるトス隊。落ちるというよりも、吸い寄せられる。しっかりと筋肉のついた弦の腕が、晴希の体を受け止めてくれる。

弦のベースの安定感は、夏のころとは大違いだった。ハンモックのようにやわらかく、トップを受け止めてくれる。受け止めるというよりも、受け入れてくれる。

あいつは何もわかってないから、わからせてやりたい。

最高のベースになって、俺がイチローの背中を見て感じてきた悔しさを、イチローに教えてやりたい。俺がどれだけイチローに憧れてたんか、教えてやりたい。

クレードルで落ちた勢いを殺さないよう、そのまま床に足を着けずに、ダブルテイクでエクステンション。リズムを崩さない。少し揺れる。だけど焦らない。

重心を片足に移動させる。突き刺す感覚。そのままトップ四人はリバティーへ。

イチローには上を目指すことをやめんでほしい。あいつはもしかしたら、本気で頑張れば、SPARKSにだって入れるようなヤツなんや。あいつにはずっと、俺の憧れでおってほしい。いつまでもキラキラしててほしいんや。

わかっとる。俺はあいつみたいになれん。だからあいつには、ずっと、キラキラしとってほしい。

弦の悔しさ。何年も弦の中に積み重なっていた悔しさが、今、確固たる力となっている。それは、イチローの相棒としてではなく、弦という一人の人間の強さだ。

弦の強さが、足元から全身に流れ込んでくる。

この場所から落ちるわけがない。そう思える。

汗が頰を伝った。音を合図に、ポップアップ。高く、高く。そのまま、ねじれるようなドリル音に合わせてフルツイスト・クレードル。全身でらせんを描く。視線を動かさない。姿勢を歪《ゆが》めない。つま先を伸ばす。

スポッター役もこなすイチローの両腕が、脇の間から入り込んできた。この安心感。何の疑いもなく、トップは高いところから飛び降りることができる。イチローの腕は太い。質のいい筋肉に包まれている。

イチローはこの腕で、きっと全てのものを摑んできた。弦が摑むことのできなかったものを、いとも簡単に、目をつむってでも摑んできたのだろう。


俺は、歩み寄ることを知らんかった。

イチローの文字は、想像とは違ってきれいだった。整った美しい字は、イチローの本当の性格を映し出しているようだ。ノートは鏡になる。持ち主の心の中を映し出す。きっと本当は、イチローは頭がいいんだ。晴希はノートを見てそう思った。イチローはきっと、何も考えていないように見せて、誰よりもいろいろなことを考えている。

今までずっと、できないヤツを見て、何でできんのやって思ってきた。俺ができるのに、何でお前はできんのやって。

わからんかった。それが正しいと思ってた。

できん理由を考えたことがなかった。できるようになるためにはどうすればええかって、一緒に考えようと思ったことがなかった。

俺ができんことは、今まで見ないようにしてきた。だからはじめてDREAMSの練習に行ったときのことは、忘れられん。

何かとても大切なことを、目の前に突き付けられたような気がした。


晴希と一馬は一度スタンツから降りる。サクと陳は、ダブルテイクでもう一度エクステンション。晴希と一馬は着地をしてから、エクステンションをしている二つのスタンツの前で、トス隊と向き合う。


弦は俺のこと嫌いなんかなって思ってた。

だけど最近、やっとわかった気がする。

弦はきっと、ずっと、俺に足りないことを教えてくれてたんや。

相手のことを考えることも、悔しいって思ったことも、チームのためにって思ったことも、俺は今までに一度もなかった。どこかでできないヤツのことをバカにしていた。踊れない溝口のことを、すぐ息のあがるトンのことを、技を怖がるタケルのことを。

トス隊は、技に入る前に絶対に向かい合う。

イチローと弦が目を合わせている。


だけど違う。できないから、強くなる。人は、できないから、うまくなろうとするんや。俺はそれを知らんかった。知ろうともせんかった。

自分が正しいと思うことだけじゃ、あかん。自分と違う人にだって、歩み寄ろうとせなあかん。

そうやって、チームはできるんやと思う。


イチローの言葉が、一文字一文字、目から頭の中へ、そこから首へ、胸へ、心臓へ、腹の底へ、落ちていく。そうやって、チームはできる。皆が歩み寄って、このチームができた。

これで本当に、最後のピラミッドだ。

全員で、頷く。

胸が張り裂けそうだ。

メンバーそれぞれの思いが重なり合って、今、世界は無限に広がって見える。どこまでも思いは伸び続けていく。

今それぞれの目の前には、どんな世界が広がっているのだろう。皆の目の前にも、今俺に見えているような世界が広がっているのだろうか。

背筋を伸ばす。

トス隊にクライミングする。

音楽が盛り上がる。時の流れが速くなる。

隣でクライミングした一馬と目を合わせる。

頷き合う。

スリー、ツー、ワン、と、スポッターのカウントダウン。晴希は深く息を吸ってから身構える。

隣には一馬。

思いっきり、飛び出してやろう。

何かを突き破るように、何かをぶち壊すように、何かから生まれるように。

一馬よりも高く、美しく、飛び出してやろう。

届くまで。

あの観客席の、あの一点に届くまで。

「行け！」

翔の声がした。それと同時に、足の裏に強烈なエンジンを感じる。爆発する音と共に、飛び立つ。鳥のように。まっすぐ。ミドルトップを飛び越える。空に引っ張られているみたいに、まっすぐまっすぐ。

ハル

隣で飛んでいる一馬に呼ばれた気がした。まるで、真空の中を飛んでいるみたいだ。

ハルに

一馬のノート。

表紙を開いたところに、大きく大きく書かれていた文字。

最高点に達したところで、トゥ・タッチ。腹筋を使って、脚を開く。音が響く。二人同時。ぴったり。タイミングは完璧。そのままクレードルはしない。腹筋を使って、すぐに脚を閉じる。

そこが大地。

トゥ・タッチをしてから、ミドルにキャッチしてもらう。難易度の高い技。歓声が沸く。成功。成功だ。左手を腰に、右手を上に突きあげる。興奮が体中を包み込む。全身に電気が走ったみたいだ。

一馬と目を合わせる。

「ハル」

声。文字じゃない。声が聞こえる。

「いくぞ」

一馬はいつもみたいにニヤリと笑う。

さっきからずっと、胸が張り裂けそうだ。隣にいる一馬を見るたびに、この胸の中が膨らんでこの世界を丸ごと包みこんでしまいそうなほどに膨らんで、今にも爆発しそうになる。

本当に本当に、クライマックスだ。

落ちていく。二人同時に落ちていく。十字架のように両手を広げて、ベース陣のもとへと吸い寄せられるように落ちていく。

流れていく周りの情景が、ゆっくりと見える。視界がはっきりしている。

アリーナの中央には、翔がいる。

翔のタンブリングだ。

ミドルトップのタケルと金は、間を開けて、すでにエレベーターをしてスタンバイしている。翔は、その二人の間、スタンツの中央部分をめがけて、右足から強く一歩を踏み出す。
その一歩が、何百万歩にも見える。今まで翔が歩いてきた道のりを全て飛び越えてしまうかのように、翔は足を踏み出す。

去年の夏、
六人に初めて会ったとき、やっぱり自分は逃げられないんだって思った。
俺は結局チアに戻ってくる。そう直感した。スタンツには参加しないって言ってギリギリまで抵抗したけれど、やっぱりダメだ。
俺はチアに戻ってくる。さくらがいる限り、俺はチアをやるんだ。

アリーナを切り裂くようなソロのタンブリング。しなやかに伸びた手足はどこまでも飛んでいく弓矢のようだ。翔の四肢が風を切る音が聞こえる。翔の体が音楽のクレッシェンドを導いている。

堂本先輩の言葉の意味も、コーチが俺の前に現れた意味も、チームの皆が考えていることも、俺は何もわかっていなかった。
さくらが今、何を思っているのかも。
謝りたいとか、許してもらおうとか、そういうことじゃないのかもしれない。だけど、そうじゃないのならばどうすればいいのかわからない。

翔の字は、そのタンブリングの軌跡のように綺麗だった。

さくらにBREAKERSの演技を見てもらいたい。

俺はまたチアに戻ってきたって、伝えたい。

伝えたい。

さくらに伝えたいことがたくさんある。

だけどやっぱり、
翔は毎日、同じ言葉で文を締めくくっていた。誰があの技をうまくできなかった、誰がうまくなっていた、自分のここがダメだった、書かれている内容は様々だったが、最後の一行はいつだって同じだった。

さくらに、昔みたいに笑ってほしい。

美しい。

このアリーナの全てを巻きこんでからめとっていくような翔のタンブリングは、言葉

中に組み込まれる。

最後のバク転を終えて、翔は高く高くバク宙をする。そのまま、鮮やかにスタンツの中に組み込まれる。

皆、言葉を奪われてしまう。

それはまるで、はじめて体育館で翔のタンブリングを見たときの光景のようだった。

翔の美しいタンブリングは、見ている者の言葉をさらっていく。

この瞬間のために、翔はBREAKERSに入ったんだ。

さくらさんから、言葉を奪うために。

そして、共にチアをやっていたころのように笑ってもらうために。

十六人の思いが重なって、重なって、重なって、どこまでも飛んでいけそうだ、いつまでも踊っていられそうだ。

だけど、もう、本当にクライマックスだ。

二分三十秒の最後。

見てくれているだろうか。笑顔になってくれているだろうか。こんな自分から、パワーを感じてくれているだろうか。

翔がタンブリングをしている間、晴希と一馬はうつ伏せの状態でベース陣にキャッチされ、その反動のポップアップで仰向けになっていた。腕は横にまっすぐに伸ばして、十字架のような形を保ったままだ。

ミドルに、金、タケル、そして翔。その上、三層目の両側で待機している、陳とサク。

最後のピラミッド。

最後だ。

トス隊が膝を曲げた。

ハル

十年前と変わらない声。

昨日ノートを回したとき、一馬は晴希の右隣にいた。だから、一馬のノートが晴希に回ってきたのは最後だった。一馬のノートは他のメンバーよりも、ほんの少しだけ重く、この中に詰まっているものが多いような気がした。

インナーマッスルに力を込める。自分は板になったのだと思いこむ。腰で体を折らないように、十字架の形で平面を保ったまま、ポップアップ。


ハルに勝つ。


一馬のノートには、そう書かれていた。同じページに何回も、その一冊に何百回も。

ハルに勝つ。ハルに勝つ。ハルに勝つ。それは晴希のノートと全く同じだった。晴希が毎日書き続けていた「カズに勝つ」という言葉が、そこにも存在していた。

母さんから、話だけは聞いていた。チアリーディングってこんなにも素晴らしいものなんだよ、って母さんは俺の目線まで腰を下ろして言ってくれた。

父さんも、小さかった俺に技を教えてくれようとした。

ばあちゃんは、ちょっとちょっとそれはまだ無理だって、と笑っていた。

よく覚えている。母さんの料理はおいしかった。父さんの話はおもしろかった。ばあちゃんの家はいいにおいがした。

春は母さんと手を繋いで、舞い落ちてくる桜の花びらを掴もうとした。夏に父さんにおんぶをしてもらったときは、その広い背中が汗ばんでいた。秋はばあちゃんちに遊びにいって、子どもの俺には苦くてまずいお茶を飲まされた。冬は家族皆で、ホットカーペットのあたたかい部分を取り合った。

ずるいな。

ずるいよ。

トス隊の手から体が離れる。仰向けの状態から、上体があがってくる。目に映る景色。天井から、三階席から、二階席へ。そして向こう側から同じようにトス隊に飛ばされ、一馬があがってくる。

このまま、どこまでも飛んでいけそうだ。

だけど体は重力に負け始める。

俺は、家族のことをこんなにも覚えているのに、
それなのに、俺のことを覚えている家族はもう誰もいない。

自分の体が下へ落ちていくことを、こんなにも悲しいと感じたことはない。願いが叶うならば、このままどこまでも飛んでいきたい。

いや、飛んでいける。きっとこのままどこへでも飛んでいける。

それなのに、涙が出そうになる。


本当は、ばあちゃんに俺を思い出してもらうために、このチームを作った。

そのために、皆を巻き込んだ。柔道をやめる覚悟を決めたハルを巻き込んだ。チラシを見た溝口を、メールをしてきたトンを、他のサークルにいたイチローを、弦を、体育の授業で見つけた翔を。皆を巻き込んだ。俺はずるい。

だけどばあちゃんはきっと、もう俺のことを思い出さない。きっと俺のことを忘れたまま、母さんの、父さんのところへ行ってしまう。

終わってしまう。

このままミドルの上に着地をしたら、この二分三十秒間が終わってしまう。

目が合う。一馬の目。力強い目。力強い文字。

一瞬、一馬が笑った気がした。


だけど、わかった。

俺は、覚えていくために、チアをやっているんだ。

母さんのことを、父さんのことを覚えていくために。「一美」と、最後に母さんの名前を呼んだばあちゃんの笑顔を覚えていくために、チアをやる。

忘れられてもいい。

俺が皆のことを覚えているなら、それでいい。


二人同時に、ミドルのてのひらの上に着地する。

揺れない。揺れない。

大丈夫だ。

ブレない。乗った。

乗ってしまった。

最後の技。最後のピラミッド。すぐ隣にいる一馬から、体温を感じる。

「ハル」

声が聞こえる。

俺にとって、このチームが、最後の家族なんだ。

それで十分だ。

最後。大きな大きな音とともに、陳とサクが両側から飛んでくる。三人のミドルに、四人のトップ。音が爆発したのと同時に、歓声が爆発する。

歓声を全身に浴びる。体が震えているのがわかる。

終わる。

爆発する。体の中で。

音が。技が。頭の中の小さな一馬が。始まりの夏が。逆立ちをしたときの、頭に血がのぼる感覚が。コーチの高い位置のポニーテールが。ヒマワリ食堂の油のにおいが。青空を映すような屋上の真っ白なコンクリートが。イチローの悔し涙の跡が。トンの旧友の歪んだ頬が。学祭のステージの広さが。新メンバーと初めて会った日の緊張が。その日の炒飯《チャーハン》の濃い味が。暮れていく秋が。真っ白な病室と真っ白なベッドが。そしてその狭さが。チョコレート味の失恋が。皆の声が。十六人分のノートの厚さが。さくらさんが。ハゲ店長が。千裕の鼻血が。中国語の教授が。ザキさんが。姉ちゃんが。姉ちゃんが。苦しみが。悩みが。喜びが。悲しみが。怒りが。達成感が。筋肉が。心臓が。今までの日々が。これまでの思いが。何もかもが。何もかもが。何もかもが。爆発する。

二分三十秒が、終わる。

太陽が、すぐ近くで爆発しているみたいだ。それくらい、ここから見る景色は、光り輝いて見える。

体の中のエネルギーが、音をたてて弾けていく。極度の興奮の中で、全身が麻痺《まひ》していたようだ。頭から足の先まで張りつめていたものが一気に弾けて、震えが襲ってくる。疲労が一気に体内に流れ込んでくる。

よく見える。

たくさんの観客がいるはずなのに、一人ずつ、顔がよく見える気がする。

皆、笑顔だ。

自分と似た鼻の形が、そこにある。

今なら、宇宙から地球を覗《のぞ》いても全てが鮮明に見えそうだ。この幕張メッセを埋め尽くす観客一人一人が皆、笑っている。

本当は違うのかもしれない。だけど、それでもいい。それで十分だ。

たった一人、心から笑っていてほしいと思う人が笑顔になったならば、それでいい。

今笑顔になっていない人がいるならば、次の二分三十秒で、笑顔にしてやる。絶対に笑顔にしてやる。

ハル

また、一馬の声が聞こえた気がした。いや、違う。一馬が手を握ってきたのだ。触れている部分から、そのまま思いが流れ込んでくる。

鳴り止《や》まない歓声の中、晴希は一馬と繋いだ手を高々と真上に突きあげる。

今この目に見えている景色を、このてのひらで丸ごと摑んでしまいたい。そうしてもう二度と手放さない。二度と手放さないのだ。そんなことを思いながら、晴希は汗だくの拳をいつまでも高々と突き上げる。

あとがき

あるスポーツを描くということは、こんなにも途方もない作業なのだと痛感した。新人賞をいただいてからずっとチアリーディングのことを考え続けて、やっとのことでこの物語を書き上げたが、まだ何も摑《つか》めていないような気さえする。それでも挑戦したいと思ったのは、やはり二分三十秒間の演技に私自身が打ちのめされたからだ。これは文字にするしかないと思ったとき、同時に、私一人の力ではどうにもならないとも思った。

この物語を描くにあたって、未熟な私を助けてくださった方がたくさんいる。この方たちがいなかったら、私はこの本を上梓《じようし》することはできなかっただろう。

石黒真人さん、中嶋竜太さんをはじめとする早稲田大学男子チアリーディングチーム「SHOCKERS」の現役メンバー、そしてマネージャーの皆さん。「USAナショナルズ・イン・ジャパン」で優勝を飾った演技、とにかく痺《しび》れました！　伊達善隆さんをはじめとする「SHOCKERS」OBの方々、早稲田大学応援部チアリーダーズ「BIG BEARS」の方々、そしてそのコーチである秋山多美子さん。練習や大会を見に行かせていただいたり、話を聞かせていただいたり、忙しい中、時間を割いて何も知らない私にチアリーディングのことを教えてくださり、本当にありがとうございました。皆さんからいただいた生の声は、とても貴重な資料になりました。本当に感謝しています。これからも応援していきます。この先も、素敵な演技を見られることを楽しみにしています。

そして、「いつかスポーツものをやってみたい」と身の程知らずなことを言った私に、「じゃあ二冊目でやりましょう」と思いきったことを言ってくださった担当編集の高梨さん。「もう無理だー！」と何度も思ったけれど、そのたびに支えられて最後まで書くことができました。ギリギリのスケジュールを共に闘ってくださって、本当にありがとうございました。

チアリーディングの技術については、左記の文献を参考にさせていただきました。

『魅せるチアリーディング50のポイント』奥寺由紀監修　メイツ出版

『レッツチア　Vol.6』ニューズ出版

チアリーディングというスポーツは、特に日本ではまだまだメジャーとはいえないかもしれない。女子のチームだけではなく、男女混成、さらに男子だけのチームがあることは、尚更《なおさら》知られていないかもしれない。私は一人でも多くの人にチアリーディングの演技に触れてもらいたいと思う。どんなに小さくても、この物語がその一つのきっかけになれば嬉《うれ》しい。ぜひ、生命力が音をたてて爆発するようなあの二分三十秒間を、一度でいいから目に焼き付けてもらいたい。

そしてチアリーディングの演技と同様に、この物語が誰かの背中を押す追い風になればいいと思う。それだけで、本当にこの物語を描いて良かったと思える。

二〇一〇年九月

朝井リョウ

解説

吉田伸子

うわっ、何これ、何、何?

初めて男子のチアを見たのは、当時、小学生だった息子が通っているラグビースクールのグラウンドでだった。何かのイベントのアトラクションだったか、そのグラウンドで行われたラグビーの試合前のパフォーマンスだったか。突如現れた、黒と黄色のユニフォームを纏《まと》った男子の一団が始めたのが、何とチアリーディングだったのだ。

え? チアって、女子のやるものじゃないの? これはもしかしたら、あれか、トロカデロ・デ・モンテカルロバレエ団(男性だけで構成されるアメリカのバレエ団で、高度な技術に裏打ちされたコミカルなバレエで観客を魅了。私もファンです)のチア版みたいなものなのか?

頭の中を?マークでいっぱいにしつつも、彼らのパフォーマンスを見ているうちに、自然にわくわくして来た。ややっ、担ぎ上げちゃったよ! わわっ、(担がれた)上で片足立ちだよ! うわっ、ジャンプ、高っ! そして、何よりも印象的だったのは、彼らの笑顔だった。明るくて、楽しくて、見るものを引き込んでしまう、そのパフォーマンス。いわゆる女子のチアリーディングとはひと味違った、パワフルさにも目を奪われた。凄《すご》い！　凄い！

彼らのパフォーマンスが終了した時、観客から沸き起こったのは、割れんばかりの拍手だった。拍手をする人たちが、みな笑顔になっていた。そんな周りの様子に、あぁ、チアって、こんなに楽しくて、素敵なものなんだ、と思ったことを今でも覚えている。

それが、早稲田大学男子チアリーディング部「SHOCKERS」との出会いだった。

本書は、男子チアを描いた物語だ。本書を読む以前に「SHOCKERS」のパフォーマンスを体験していた身としては、面白さ、倍、さらに倍！　だったのだが、もちろん、事前に男子チアを見たことがなくても、面白さが目減りすることは全くない。何故《なぜ》なら、本書には男子チアの醍醐味《だいごみ》が全て詰まっているから。本書を読めば男子チアの何たるかが分かるから。むしろ、まっさらな状態で読む方が、本書の良さをたっぷりと味わえるかもしれない。それくらい、面白いのだ。

それにしても、小説すばる新人賞を受賞したデビュー作『桐島、部活やめるってよ』が、12万部を越えるベストセラーになった後の第二作めが、こんなストレートな青春スポーツ小説だなんて！　単行本で本書を読んだ時、真っ先に感じたのは、驚きだった。嬉《うれ》しくて、頼もしい、驚きだった。

同時に、たまらなく痛快でもあった。やるなぁ！　朝井さん！

何故なら。デビュー作が12万部売れるというのは、とてつもないことなのである。どれくらいとてつもないか、というと、超人気アイドルのライブチケットを、ファンクラブにも入らず、プレミア料金で競り落とすこともなく、普通に予約センターに電話したら、その電話がすんなり繋《つな》がって入手できたのと同じくらい、である。しかも、席は最前列のど真ん中、みたいな。まぁ、とにかく、とんでもなく凄いことなのだ。

「桐島」がそんなに売れたのなら、じゃぁ、二作目は、結局作中には登場しなかった桐島を主人公にしたアナザーストーリーでも、と朝井さんが思ったとしても、いや、朝井さんがそう思わなくても、担当編集者さんがそういうアイディアを出したとしても、不思議ではなかったのだ。個人的には、あんまりいいことだとは思えないのだけど、この長引く出版界の氷河期に、綺麗《きれい》ごとばかり言っていられないのも事実。

けれど、朝井さんの選択は、全く違っていた。青春小説という括《くく》りでは「桐島」と同じだけれど、中身はまるで違う。スポーツ小説という、先輩作家たちが数々の名作を残しているそのジャンルを描いたのだ。広くて楽な道ではなく、狭くて険しい道を選んだ朝井さんの、作家としての背筋の真っ直ぐさが、「桐島」の成功に寄りかかることなく、自分の小説を書いていこうとするその姿勢が、たまらなくカッコいい、と私は思った。そして、その朝井さんと並走する担当編集者さんもまた。

物語は、命志院大学柔道部の公式道場でもある「坂東道場」の長男・晴希が、幼い頃から、姉の背中を追って始めた柔道をやめると決意したところから始まる。所属している大学の柔道部の顧問に、その旨を告げに行こうとした矢先、幼なじみで親友の一馬が一足先に退部を申し出ていたことを知る。後を追って来た晴希に一馬は言う。俺が柔道をやめるタイミングは、今だ、と。「俺は、ハルと新しいことを始める」と。

そこから、晴希と一馬のチアへの道が始まる。晴希は晴希の葛藤から、一馬は一馬の思惑からと、個別の動機を抱えつつ始まったチアは、やがて仲間が一人増え、二人増えしていくうちに、ゆっくりと形になり、やがて彼らは「ＢＲＥＡＫＥＲＳ」というチームとしてまとまっていく。

メインの晴希と一馬、二人のキャラは勿論《もちろん》だが、脇を固める「ＢＲＥＡＫＥＲＳ」の面々が、みな粒揃《つぶぞろ》い。最初の入部者、溝口は高級料亭のお坊ちゃん。何かというと箴言《しんげん》を持ち出すが、抜群の頭脳を誇る理論派。一馬が作った男子チア勧誘のチラシを見て応募して来た、力士のような体型の遠野（溝口により、遠野だからトン、と命名される）、素質のありそうな男子に目星をつけるために、晴希と一馬がもぐり込んだ体操の授業で、声をかけて来たイチローと弦。そのイチローと弦が「めっちゃすごいヤツ」と推す、徳川翔。この七人、それぞれに個性的かつキャラ立ちが抜群で、個々のエピソードも読ませる、読ませる。

思わず吹き出すほどに笑わせられたり、胸の奥の深いところを揺さぶられたり、不覚にも文字が涙で滲《にじ》んだり……。とりわけ、最終章の「二分三十秒の先」には、何度も何度もこみ上げてくるものがあった。たまたま電車の中でそのページを読んでいたため、こらえるのに苦労したほどだ。

性格も、背負っているものも、抱えている悩みもばらばらなこの七人が、チアリーディングという競技を真ん中にして、友情を育んで、成長して行く。こんなストレートで王道のスポーツ小説を、敢えてあの「桐島」の後に書いたことは、もっともっと評価されて然《しか》るべきだと思う。こんなお決まりの物語、と思う向きもあるかもしれないが、そうではない。何故なら、オーソドックスなスポーツ小説である本書を書き上げたことこそが、以後の朝井さんの作品を支えているからだ。

朝井さんの作品は、「負の感情を抱えた人物たちの心理描写」が抜群に巧い。「桐島」もそうだったし、本書の後に書かれた作品『星やどりの声』『もういちど生まれる』もそうだし、「桐島」と対になるような作品である『少女は卒業しない』もそうだ。最新刊の『何者』は、その最たるものだろう。

それらは、全て本書あってこそ、だと私は思っている。そういう「負の感情」を扱う作品に取り組むために、思いきり明るく爽やかで、同時に涙するような、定型的な物語をきっちりと書くことが、朝井さんには必要だったのでは、と思うからだ。陰を描くために、陽の光が必要なように。

そのために、朝井さんが選んだのが、青春スポーツ小説であり、チアという競技なのだ。ここで、他のどの競技でもない、「チームの中の関わりがチームを強くしていく。そして、チーム同士の関わりが。チアリーディングそのものを輝かせる」チアをテーマにしたところが朝井さんのセンスの良さであり心意気だ。誰かを応援する、誰かを笑顔にする、それがチアである。そしてそれは、本書そのものでもある。だから、本書を読むと、まるで自分まで応援してもらえたかのような、温かな気持になる。あたかも、GO！ と背中を押してもらえたような気持になる。そして何よりも、笑顔になれるのだ。それがいい。それが本当にいい。

と、ここまで原稿を書いていたら、朝井さんの『何者』が、第148回の直木賞を受賞したという報せが飛び込んで来た。平成生まれでは初、戦後最年少の受賞である。朝井さん、おめでとうございます！

『何者』は、朝井さんにとって記念碑的な作品となった。朝井さん自身、「ある決意をもって書いた」ということをおっしゃられているが、その決意の土台には、間違いなく本書がある。少なくとも私はそう思っている。

GO！ 朝井さん、もっと先へ、もっと。そして、GO！ 私たち、顔を上げて、自分の道を。もしも、あなたの傍《そば》にいる大事な誰かが俯《うつむ》いていたら、そっとお勧めして欲しい一冊だ。

本文デザイン　川谷デザイン
『チア辞典』イラストレーション　まつもとあやか

この作品は二〇一〇年十月、集英社より刊行されました。

第三回　高校生が選ぶ天竜文学賞受賞作品

集英社文庫の好評既刊

いつか、君へ　Boys

ナツイチ製作委員会 編

石田衣良、小川糸、朝井リョウ、辻村深月、山崎ナオコーラ、吉田修一、米澤穂信。人気作家たちが描く、迷いながらも前へと進む「少年たち」の物語。集英社文庫創刊35周年記念の文庫オリジナル作品。

チア男子!!
原作 朝井リョウ
Ryo Asai and Ayaka Matsumoto
漫画 まつもとあやか
1～3
青春は暑苦しくて気持ちいい!
大好評発売中!
りぼんマスコットコミックス・Cookie

S 集英社文庫

チア男子《だんし》!!

2013年2月25日　第1刷　　定価はカバーに表示してあります。

著　者　朝井《あさい》リョウ

発行者　加藤　潤

発行所　株式会社　集英社

東京都千代田区一ツ橋2-5-10　〒101-8050

電話　03-3230-6095（編集）

03-3230-6393（販売）

03-3230-6080（読者係）

印　刷　凸版印刷株式会社

製　本　凸版印刷株式会社

フォーマットデザイン　アリヤマデザインストア　　マークデザイン　居山浩二

ISBN978-4-08-745032-3 C0193